고산자의 꿈

대동여지도

임나경 역사소설

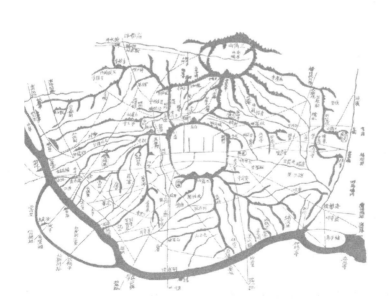

황금소나무

대동여지도
고산자의 꿈

2016년 9월 7일 1판 1쇄 인쇄
2016년 9월 12일 1판 1쇄 발행

지은이_임나경 / 펴낸이_정영석 / 펴낸곳_황금소나무
주 소_서울시 관악구 국회단지15길 10, 102호
전 화_02-6414-5995 / 팩 스_02-6280-9390
출판등록_제2015-000032호
홈페이지_http://www.mindbooks.co.kr
ⓒ 임나경, 2016

ISBN 978-89-97508-32-7 03810

이 도서의 국립중앙도서관 출판예정도서목록(CIP)은 서지정보유통지원시스템 홈페이지
(http://seoji.nl.go.kr)와 국가자료공동목록시스템(http://www.nl.go.kr/kolisnet)에서 이
용하실 수 있습니다. (CIP제어번호: CIP2016021894)

프롤로그

푸서리길 헤치며

외로운 밤 길품 삼아

야천의 북두칠성

바라보면,

괜스레 허공에 떠올리는

꿈길.

좁디좁은 에움길도

가무러질 듯한 후밋길도

고혈한 길손에게는

귀한 벗,

가슴에 에이는

미망의

조각들이어라.

一장 과거와의 해후

붉은 서광

1894년 7월 23일, 함화당.

홰 울음소리가 아니었다. 지밀상궁이나 내관의 헛기침 소리도 아니었다. 새벽바람을 타고 귓속으로 파고든 정체불명의 불청객은 심장을 조이듯 둔탁하고도 날카로웠다.

"듣지 못하셨소, 중전?"

왕은 몸을 일으켜 옆에 누운 여인을 내려다보았다. 범접하기 힘든 여인의 얼굴은 반물색 깃든 번루빛에 에워싸여 더욱 낯설게 보였다. 이미 먼저 잠이 깬 듯, 작고도 총기 어린 두 눈이 어슴푸레한 어둠 속에서 계명성처럼 빛났다. 그녀의 잔뜩 찌푸려진 미간을 보고 있으니, 왕의 가슴이 더욱 두방망이질치기 시작했다.

"분명 총성과 대포 소리였사옵니다. 이 새벽에 궐 안에서 누가 총을 쏜다는 말입니까?"

왕은 마른침을 삼켰다. 옥좌에 앉은 뒤로 늘 두벌잠을 잔 그는 자신을 둘러싼 권력 싸움으로 인해 단잠의 기억이 희미했다. 심장에서부터 스멀스멀 기어 나오는 기분 나쁜 느낌은 불편한 심기를 더욱 괴롭혔다.

"여봐라, 궐에 무슨 일이 있는 것이더냐?"

중전의 목소리는 평소와 다름없이 태연했지만 단삼을 여민 작고 하얀 손이 눈에 띌 정도로 떨리고 있었다. 희미하게 들리는 총성은 점점 커지더니 이내 새벽의 공백을 거침없이 잠식했다. 문 밖에서 내관들과 나인들의 다급스러운 걸음 소리가 들려오고 평정을 잃은 지밀상궁이 큰 목소리로 외쳤다.

"마마! 큰일 났사옵니다. 지금 영추문과 건춘문을 부수고 일본군들이 들어왔다고 하옵니다."

"뭐라? 어찌 전하께서 계신 이 궐에 저놈들이 난입을 한다는 말이더냐? 우림위의 병사들은 그냥 보고만 있었다고 하더냐?"

중전은 절로 떨리는 아랫입술을 꾹 깨물었다. 그 작은 머리에서는 온갖 생각들이 스쳐 지나갔다. 다시는 보고 싶지 않은 시아버지부터 그녀를 혐오하는 거만한 위정자들이 떠오르자 낯빛이 점점 붉어졌다. 그러나 이내 자색을 띈 얼굴은 마치 귀신을 본 듯 하얗게 질려 버렸다.

"도, 동궁은! 저 무도한 것들이 내 아들을 가만두지 않을 것이다. 내 당장 동궁전으로 갈 것이다!"

중전은 비틀거리며 일어섰지만 이내 쓰러졌다. 왕이 부축했으나 그녀는 팔을 뿌리치고 문으로 향했다. 지밀상궁과 판내시부사는 눈물로 호소하며 창호 앞을 막아섰다.

"아니 되옵니다, 마마! 궐내의 모든 병사들이 싸우고 있지만 속수무책이라고 하옵니다. 지금 나가시면 큰일 나십니다."

"비키거라. 하나뿐인 내 아들이 위험하다. 어서 비키지 못하겠느냐?"

판내시부사는 무릎을 꿇고 방바닥에 나부죽하게 엎드렸다. 그는 가슴을 치며 울부짖는 중전을 안타깝게 올려다보았다.

"신을 밟고 가셔도 아니 되옵니다. 이 나라의 지존이신 전하의 안위와 관계된 일이옵니다. 동궁전을 지키는 내금위장이 있으니 심려치 마시옵소서."

왕은 망연자실한 채 애가 타 발만 구르는 중전을 허공을 바라보듯 힘없이 쳐다보았다. 옥좌에 앉은 뒤로 어림쟁이처럼 본인의 의지대로 살아보지 못한 그였다. 이제 아들까지 지키지 못하는 현실 앞에서 못나고 못난 자신이 죽도록 노엽고 싫었다. 상아빛 이부자리 위로 그는 가을바람에 흩날리는 검부러기처럼 쓰러졌다.

"러시아 영사관이나 청나라에 도움을 청해야겠구나."

"마마, 어찌된 영문인지 전화가 되지 않사옵니다. 아마도 저놈들이 통신선을 모두 끊은 듯하옵니다."

판내시부사의 말을 들은 그녀는 획 뒤돌아 망부석처럼 앉아 있는 지아비를 노려보았다. 핏발이 선 여인의 눈에는 가득 찬 원망과 함께 연민이란 야릇한 감정도 뒤섞여 있었다. 처음부터 지어미로서의 기대를 모두 버린 그녀였다. 하지만 어미 된 입장에서 한여름 노마처럼 비실거리는 그를 보고 있으니 가슴속에 묵혀 둔 응어리들이 솟구쳐 올라 미친 듯이 울렁거렸다.

그녀는 두 눈을 질끈 감았다. 그러고는 날숨을 크게 한 번 내쉬었다. 본능적인 두려움과 분노로 떨리는 입술 사이로 오장육부를 한데 모아 쥐어짠 신음소리가 새어나왔다.

"저놈들은 필시 날 노리고 온 것이다. 날 노리고 온 것이야……."

"쏴! 무조건 다 쏴 죽여라. 한 놈도 남김없이 다 쓸어버려!"

영추문을 도끼로 부순 야마구치는 굶주린 들개처럼 밀려들어 오는 병사들을 더욱 채근하였다. 밤새 경복궁을 향해 잠을 설치며 달려온 맹수들은 벌겋게 핏발이 선 눈을 치켜뜨며 눈앞에 보이는 이들을 향해 거침없이 총탄을 퍼부었다.

조선 최고의 무인이라 자처하는 동료들이 초겨울 들판에 말린 벼이삭처럼 맥없이 쓰러지자 내금위의 병사들은 뒤로 주춤거리고 말았다.

"벌써 잊었더냐! 우리의 목숨은 이미 전하의 것이다. 당장 전하를 지키지 못하겠느냐!"

내금위장의 얼굴에 결연하고도 슬픈 빛이 감돌았다. 그 누가 보아도 이 싸움의 승패는 이미 정해진 것이었다. 자신의 마지막을 직감한 그는 바위너설처럼 투박하고도 우렁찬 기합 소리와 함께 총을 쏘며 달려드는 승냥이 떼를 향해 검을 휘둘렀다.

"탕!"

바윗장처럼 단단한 그의 가슴에서 피가 튀었다. 폐부 깊숙한 곳에서 온몸이 타들어 가는 고통이 느껴졌다. 이대로 쓰러져서는 안 되었다. 온몸에 총탄이 박혀도 일본군이 함화당으로 들어가는 것은 막아야 했다. 내금위장은 허연 눈자위를 드러내며 풀숲을 헤치듯 두 손으로 모아 쥔 검으로 눈앞의 적들을 베어 내고 있었다.

"어라……."

야마구치는 괴력을 발휘하며 자신의 부하들을 베어 내고 있는 내금위의 수장을 노려보았다. 이리저리 흩날리는 검은 전복 자락은 점점 등빛을 띠는 서광 속에서 매의 날갯짓처럼 장중하고도 거리낄 것이 없었다. 야마구치는 옆에 서 있는 부대장에게 고개를 끄덕였다.

"저놈부터 죽여라."

키가 크고 마른 사내의 입가에 묘한 미소가 걸쳐졌다. 부대장은 사력을 다해 검을 휘두르는 장수를 향해 총부리를 겨누었다. 이미 여러 개의 총탄이 박힌 표적은 가슴에서 콸콸 흘러내리는 피로 제대로 등을 펴지도 못했다.

"타탕!"

날카로운 총성과 함께 목멱산 너럭바위 같은 거대한 그림자가 멈추었다. 내금위장은 비틀거리며 앞으로 고꾸라졌지만, 멀리서까지 들릴 듯한 거친 숨소리를 내쉬며 땅에 검을 꽂은 채 한쪽 무릎을 꿇고 있었다. 잠시 후, 이마 한 가운데서 자색의 선혈이 쏟아져 내렸다.

"질긴 놈이군. 뭐해? 어서 마무리하지 않고?"

야마구치의 다그침에 부대장은 다시 한 번 숨을 들이쉬고 겨누었다. 또 한 번의 야무진 총성에 억지로 버티던 사내의 왼쪽 눈에서 피가 튀었다. 사내는 얼굴을 부르르 떨더니 가물거리는 등불처럼 힘겨운 숨을 몰아쉬며 그들을 노려보았다.

"탕!"

들개의 우두머리는 숨을 부여잡던 사내의 의지를 기어이 꺾고 놓고야 말았다. 목울대에 구멍이 뚫려 쓰러진 장부의 눈에서는 피눈물이 흘러내렸다. 선두에서 몸을 던져 적을 베던 수장이 쓰러지자 궐을 지키던 병사들의 눈은 광기로 번득였다.

"내금위장께서 쓰러지셨다. 우리도 그 뒤를 따르자!"

운명을 직감한 젊은 꽃들이 들개들의 포악한 사냥질에 하나둘씩 쓰러졌다. 밤새 차가워진 땅은 그들의 피로 뜨겁게 데워지고 있었다. 조선 최고의 무인으로서 드높았던 자긍심은 한낱 문명의 도움을 받고 탈바꿈한 낭인들의 패악에 처참하게 짓밟혔다.

대청마루 밑에 숨어들어 가 두 손으로 숨소리를 죽이고 있는 어린 생각시의 맑은 눈망울에서 눈물이 흘러내렸다. 그녀를 껴안고 있는 나인은 울음을 삼키며 천천히 그리고 하나하나 머릿속에 새기듯 속삭였다.

"잘 보고 기억하거라. 이것이 쓰러져 가는 조선이다."

"어찌 되었느냐? 막지 못한 것이더냐?"

밝아진 동창을 바라보며 왕은 허기도 잊은 채 방 안을 서성였다. 그와 달리 중전은 두 눈을 감고 숨소리 하나 들리지 않을 정도로 차분했다. 돌처럼 가린스러운 그녀를 보자 그는 온몸에 소름이 돋았다. 한 번도 여인으로 다가오지 않았던 지어미, 타고난 총명함과 냉정한 성정은 자신이 열정적인 사내이자 하늘같은 지아비임을 늘 잊게 만들었다.

"마마, 마마! 일본놈들이 함화당 앞까지 들어왔습니다!"

창호 밖에서 울부짖는 지밀상궁의 목소리에 왕은 온몸이 굳어 버렸다.

도살을 기다리는 소처럼 손가락 하나도 움직일 수가 없을 정도였다. 그는 억지로 고개를 돌려 중전을 내려다보았다. 그녀는 한번 숨을 길게 내쉬었다. 마치 오랫동안 그렇게 숨을 쉬어 본 적이 없는 사람처럼 정성스럽게 또 깊은 진동이 느껴질 정도로 내쉬었다. 중전은 한겨울 무겁게 떨어지는 차가운 비처럼 중얼거렸다.

"다 끝났습니다, 전하."

모든 것을 까무러뜨릴 것처럼 거친 군화 소리가 함화당을 에워싸자 왕은 그만 털썩 주저앉고 말았다.

"여기는 조선의 지존이신 주상 전하께서 계신 곳이오. 감히 총칼을 들고 난입하다니, 왈짜패들이 하는 짓이지 뭐요?"

지밀상궁의 매서운 꾸지람에 낄낄거리는 사내들의 웃음소리가 들려오자, 무릎 위에 올려진 중전의 주먹이 부르르 떨렸다. 가슴 깊숙이 분노를 구겨 넣는 그녀를 보자 왕은 사내라는 것이 부끄러워 더는 그녀를 바라볼 수가 없었다.

"탕!"

총소리와 함께 나인들의 비명 소리가 들려왔다. 몇 번 더 총성이 울린 뒤, 카랑카랑한 목소리가 공허한 아침 햇살 사이를 비집고 들어오기 시작했다.

"전하, 저는 일본 공사 오토리 게이츠입니다. 어서 문을 열어 주십시오. 이미 충분히 무고한 희생이 있었습니다!"

왕은 머리 위에서 뜨거운 무언가가 온몸을 훑고 지나가는 것을 느꼈다. 극렬한 두려움에 그만 두 눈을 꾹 감아 버리자, 차갑고도 조그만 옥수가 그의 손등을 다사롭게 어루만졌다.

"전하께서는 이 나라의 지존이시자 아버지입니다. 저런 무도한 이들에게 자식 같은 백성들을 쉬이 넘겨주실 것이옵니까? 망석중이라고 천하의 조롱거리가 될 일입니다. 방금 지밀상궁은 우리를 위해 기꺼이 목숨을 던졌습니다. 헌데, 전하께서 이리 약하게 꺾이셔야 되겠습니까?"

"허면 어찌하면 좋소. 이미 조선 최고의 무인이라는 내금위 장수들을 도륙내고 여기까지 온 놈들이오."

중전의 조그맣고도 총기어린 눈에서는 눈물이 흘러내렸다. 그녀는 애써 미소를 지으며, 떨고 있는 그의 손을 감싸 쥐었다.

"버티실 때까지 버티셔야 합니다. 설령 저놈들 손에 이 궐을 내준다고 해도 말입니다."

"대체 얼마나 더 혼이 나야 문을 열어 준다는 말인가?"

"자식 이기는 부모가 어딨다고 합니까? 아들놈을 인질로 잡으면 두 말 않고 순한 양처럼 굴 것입니다."

"야마구치, 자네 대단해."

일본 공사는 비릿한 미소를 지으며 대갈마치처럼 야무진 대대장의 얼굴을 바라보았다.

"당장 너희들은 자선당을 포위해라. 어서!"

오토리 게이츠는 대지를 데우기 시작하는 이글거리는 여름 해를 올려다보았다. 장마가 끝난 조선의 하늘은 눈이 시릴 듯한 번루빛으로 아름다웠다. 새벽의 피비린내를 모두 쓸어버릴 듯 강렬하게 내리쬐는 햇살에 그는 눈살을 찌푸렸다.

"정말 더워 죽겠군. 정오가 지나기 전에 저 영악한 여우가 꼬리를 내려야 할 텐데 말이지……."

"아바마마, 어마마마!"

방 안의 공기는 견딜 수 없이 더웠다. 창과 문을 꽁꽁 닫아 채워진 열기로 어지러울 정도였지만 방에 앉아 있는 두 사람은 골수까지 파고드는 한기에 몸이 떨릴 정도였다.

"저 목소리는 동궁 아니오?"

왕은 벌떡 일어나 창을 열어 밖을 바라보았다. 일본군들에게 에워싸인 세자가 울부짖고 있었다. 강인한 어미의 성정을 물려받지 못한 그는 겁에 질린 어린 강아지처럼 새하얗게 질린 모습이었다.

"아바마마, 어마마마! 이제 어찌하면 좋사옵니까?"

왕은 여전히 차분하게 눈을 감고 앉아 있는 중전에게 따지듯 다그쳤다.

"저, 저놈들이 세자까지 볼모로 잡고 있소. 중전! 더는 버틸 수 없소."

하지만 여전히 그녀는 눈을 감고 아무 말도 하지 않았다. 그는 다시 창밖으로 눈을 돌렸다. 일본군들이 아들을 억지로 무릎을 꿇리며 시시덕거리고 있었다. 그때, 약삭빠르게 생긴 한 사내가 천천히 세자의 옆에 다가왔다.

"전하, 세자 저하를 모시고 왔습니다. 이런 이런……. 저하께서 겁을 잔뜩 먹으셨군요. 저희들도 새벽별 보고 용산에서 여기까지 달려온지라 배가 고파 죽겠습니다. 전하, 이제 그만 고집 피우십시오. 하나뿐인 귀한 세자 저하는 살리셔야 할 것이 아니겠습니까? 지금 궐 안의 모든 전화선과 전선이 다 끊겼습니다. 그 어디로도 도움을 청하시지 못한단 말입니다. 전하께서 문을 열어 주시면 세자 저하께서는 무사하실 것이옵니다."

그녀는 눈물을 흘리는 지아비의 선한 눈을 바라보았다. 그녀 또한 눈가가 촉촉이 젖어 있었다. 차마 소리 내지 못하고 주먹으로 입을 틀어막고 흐느끼는 그를 보자 중전은 그 가석한 모습에 가슴이 찢어질 듯 아팠다. 그녀는 지아비의 눈물을 어머니처럼 살뜰히 닦아주며 고개를 끄덕였다.

"잘 버티셨습니다. 전하, 정말 잘 버티셨습니다."

"이런, 이렇게 더운 곳에 이러고 계셨습니까? 전하, 저희들이 전하를 지켜 드리고자 한걸음에 달려왔습니다."

문을 열고 군화발로 들어선 오토리 게이츠는 한 손에 피 묻은 검을 들고 조롱하듯 조선 왕을 내려다보았다. 자리옷을 부여잡은 왕의 손은 이 무도한 자를 마주하자 저절로 떨리고 있었다.

"감히 여기가 어디라고 예를 갖추지 않는 거요? 당장 전하께 예를 갖추시오!"

꼿꼿하게 앉아 불호령을 내리는 중전을 보자, 일본 공사는 가소롭다는 듯 입맛을 다시더니 욱둥이처럼 이리저리 검을 흔들어 대며 큰 소리를 질렀다.

"전하! 이제 무서워하지 마십시오. 이리 든든한 대 일본 제국의 군대가 있는데 어찌 그리 겁을 집어먹고 계신단 말입니까?"

"대 일본 제국이라? 너희들은 아직도 그 옛날 조선 땅에서 노략질하던 어설픈 왜구놈들이로구나. 이리 법도도 모를 정도로 무지한데다 예도 갖추지 못하는 걸 보면 말이다. 어딜 가서 자랑스러운 대 일본 제국의 군대라고 감히 큰소리치지 말거라! 천하가 비웃을 터이니."

얼굴 가득 가소를 띄는 중전을 보자, 거만한 일본 공사의 한쪽 뺨이 실룩거렸다. 그는 살의가 담긴 눈빛으로 그녀를 노려보았다. 작고 가냘프나 다라진 얼굴. 일본이 조선을 삼키려면 가장 먼저 제거해야 할 첫 번째 사냥감이었다.

오토리 게이츠는 갑자기 피맛이 그리웠다. 이미 새벽에 구역질이 날 정도로 충분한 피비린내를 맡은 그였지만 갑자기 그녀를 보자 또다시 그 익숙하고도 역한 냄새가 그리워졌다.

"하하, 웃으십시오. 전하, 이 좋은 날, 왜 그리 인상만 쓰고 계십니까? 오늘부터 발 뻗고 맘 편히 주무십시오. 대 일본 제국이 전하와 전하의 조선을 지켜 드릴 것이옵니다. 아하하!"

1894년 7월 25일 오전 7시 50분 풍도 앞바다.

비릿하고도 습한 짠 내가 코를 찔렀다. 청백색의 휘장이 바다 주변을 에워싼 듯 해무가 자욱하여 모든 것이 꿈에서 보는 것처럼 흐릿했다.

"안개가 짙습니다, 함장님. 오늘은 그냥 지켜보는 것이 어떨까요?"

요시노호의 함장인 가와하라 유이치는 부함장의 말에 아무 대꾸도 없이 앞만 바라보고 있다가 들릴 듯 말 듯 한 목소리로 입을 열었다.

"발포해."

부함장은 경악한 얼굴로 그를 쳐다보았다. 거친 바닷바람에 검게 그을린 얼굴에서 빛나는 두 눈, 그것은 마치 사냥 전 독수리의 눈과 같았다. 부함장은 헛기침을 두어 번 하더니 신중하게 되물었다.

"대본영에서 아직 포격 명령이 내리지 않았습니다. 헌데……."

가와하라 요이치는 그를 무섭게 노려보았다. 한걸음 그에게 바짝 다가들자 부함장은 당황하여 뒷걸음쳤다. 경고하듯 내뱉는 요이치의 말에는 날카로운 비수가 숨어 있는 듯했다.

"발포해. 모든 것은 이틀 전부터 계획된 것이란 말이다. 그렇지 않다면 우리가 왜 숨어서 대기하고 있겠어?"

안갯속 바다를 조심스럽게 순항하던 청의 치이완호의 대리함장 팡보취안은 걱정스러운 낯빛으로 망원경을 들어 살피기 시작했다.

"저것 좀 보게, 첸슈챵. 아무래도 저거 군함 같은데……."

부장인 첸슈창은 팡보취안에게 망원경을 건네받았다. 짙은 안갯속에 거무스름하게 보이는 것은 분명 배의 형체였다. 그 크기로 보아 대리함장의 말대로 작고도 날렵한 자태가 필시 순양호일 가능성이 컸다.

"우리가 이동하는 것은 극비리에 진행되니 다른 나라에서 알 리가 없는데……."

"저 약삭빠른 일본놈들이 눈치 채고 미리 준비하고 있었던 것이 아닐까요?"

"그럴 리가 없어. 같은 수군에서도 모르는 일인데, 어엇!"

갑자기 배가 큰 바위에 맞은 것처럼 천둥 같은 소리와 함께 거세게 흔들리고, 팡보취안과 첸슈창은 저만치 나가 떨어졌다. 엄청난 충격에 정신이 혼미해진 대리함장은 억지로 몸을 일으켜 밖을 살폈다. 갑판에는 병사들이 급습에 쓰러지거나 줄에 매달린 괴뢰처럼 이리저리 뛰어다녔다. 팡보취안을 따라 나온 첸슈창은 다급한 목소리로 외쳤다.

"선미가 거의 다 부서졌습니다. 분명 일본놈들입니다! 저놈들이 숨어서 우리를 지켜보고 있었던 겁니다. 어찌하면 좋겠습니까? 저희들도 포격 준비를 해야 하지 않겠습니까?"

"포격은 무슨!"

"허면……."

팡보취안은 홍안이 되어 거칠게 숨을 몰아쉬었다. 엉망이 된 갑판과 오합지졸이 되어 나래진 병사들을 바라보던 그는 분개하여 소리쳤다.

"우선 백기를 달고 항복한 척하며 물러난다. 까오장호와 까오승호와 합류할 때까지 저놈들과 부딪히면 절대 안 된다. 뭘 해? 내말대로 하지 않고!"

"요이치가 공을 세우고 싶어 환장했군."

아키츠시마호의 함장 가와카미 히코노조는 백기를 단 치이완호에 발포하며 추격하는 요시노호를 향해 냉소를 지었다. 파이프 담배를 입에 물고 뻐끔거리던 그를 부함장은 의아하게 쳐다보았다.

"저희들도 요시노호를 따라 저놈들을 추격해야 하지 않을까요?"

가와카미 히코노조는 고개를 흔들어 시원스럽게 담배연기를 내뿜었다. 윤기가 흐르고 양옆으로 치켜 올라간 콧수염을 어루만지며 그는 아랫입술을 삐죽이 내밀었다.

"어리보기처럼 설쳐대는 놈 아니더냐? 우린 슬슬 뒤따라가며 결정적인 순간에 합류하면 그만이야."

"치이완호가 백기를 달고 까오슝호를 향해 가고 있습니다. 사령관님, 저희들도 배를 돌려야 하지 않겠습니까?"

광이호에서 개탄스러운 얼굴로 치이완호를 바라보던 사령관 츠보이는 결의에 찬 듯 힘주어 말했다. 작은 체구의 그는 마치 돌덤불 속에서도 가장 눈에 띄는 밑돌처럼 어수룩함이란 찾아볼 수 없는 이였다.

"우린 끝까지 저항한다."

"하지만 치이완호처럼 우선 병사들의 안위가 먼저 아니겠습니까? 후일을 도모하는 것이……."

"우리는 청군이다. 지금 저놈들이 우리를 공격한 것은 대청을 우습게 보고 벌인 망발이야. 그래도 가만히 있으란 말인가?"

츠보이는 두려움에 가득 찬 부함장을 꿰뚫어 보듯 응시하였다. 사령관의 눈에서는 알 수 없는 힘이 흘러나왔다. 그것은 썰물이 되어도 드러나지 않는 속여처럼 거대하고도 엄청난 크기의 압력이었다. 부함장은 입술을 깨물며 고개를 떨구었다.

"알겠습니다. 명을 받들겠습니다."

"광이호가 의외로 선전을 하는군요."

치이완호를 향해 발포하던 요시노호를 향해 반격을 하는 광이호를 보며 아키츠시마호의 부함장은 경악한 눈으로 쳐다보고 있었다. 그때 파이프 담배를 문 가와카미 히코노조의 한쪽 입술이 살짝 위로 치켜 올라갔다.

"저놈들을 향해 발포해."

"예? 그저 가만히 보고 있으라고 하시지 않으셨는지요?"

뜬금없는 명령에 부함장의 눈이 휘둥그레졌다. 히코노조는 너털웃음을 웃으며 연달아 파이프 담배를 뻐끔거렸다. 뭉게구름처럼 연기가 피어나는 그의 입술에서는 음흉한 미소가 배여 나왔다.

"우리도 공 한번 세워 보자고. 도망치는 놈들을 향해 포를 쏘아 대는 것보다 끝까지 목숨 걸고 날뛰는 들개들을 사냥하는 것이 더 낫지 않겠어?"

갑자기 광이호의 갑판이 무참히 깨지며 병사들이 바다로 떨어졌다.

지휘하던 사령관 츠보이는 엄청난 충격에 그만 넘어져 어깨를 다치고 말았다.

"괜찮으십니까? 사령관님! 다른 배 한 척이 저희들을 향해 포를 쏘아 댑니다. 이미 배 옆 부분이 다 박살이 나 버렸습니다. 병사들도 모두 어쩔 수 없이 바다로 뛰어들고 있습니다."

츠보이는 두 눈을 꾹 감아 버렸다. 대청국의 치욕스러운 날이었다. 일본보다 더 현대적이고 거대한 위용을 자랑하던 청의 수군은 겨우 몇 년 사이에 부쩍 커 버린 괴자기 같은 일본놈들에게 하루아침에 어이없이 당하고 있었다.

'이제 저놈들의 시대가 온 것인가? 과연 그러한 것인가?'

1894년 7월 25일 저녁 7시, 경복궁 강녕전.

석반을 들고 잠시 휴식을 취하던 왕은 밖에서 다급스럽게 들려오는 군화 소리에 또 한 번 옥죄는 가슴을 부여잡았다.

"무슨 일인가? 저놈들이 또 무슨 수작을 부리는 것이야?"

미간이 잔뜩 찌푸려진 대전별감의 얼굴은 더욱 일그러졌다. 이틀 전, 일본군에 완전히 포위된 경복궁은 전혀 외부와 연락을 취할 수 없는 상태였다. 마치 불빛 하나 없는 캄캄한 어둠 속에서 손을 더듬어 걸어가는 형상이었다.

"전하, 오토리 게이츠입니다. 소신이 아주 놀라운 소식을 가지고 왔사옵니다!"

문 밖에서 고래고래 소리를 질러 대는 일본 공사는 그 누가 보아도 뻔뻔한 몽짜였다. 완력으로 남의 집을 차지한 그는 멋대로 궁 안을 휘젓고 돌아다니며 왕을 기만하는 언행을 멈추지 않았다. 그뿐만 아니라 다른 일본군들 또한 궐 안의 나인들을 희롱하고 궐내 누각을 헤집고 다니며 말썽을 피웠다.

"들어오시오."

화려한 창호가 열리자 오토리 게이츠는 살짝 고개만 까딱할 뿐 하늘 높이 턱을 쳐들고 조선의 왕을 나삐 보았다. 왕은 그 꼴이 보기 싫어 얼른 고개를 돌려버렸다.

"기뻐하십시오, 전하! 저희 대 일본 제국의 병사들이 오늘 아침 풍도 앞바다에서 몰래 병사들을 싣고 수송하던 청나라의 배들을 하나도 빠짐없이 침몰시켰습니다. 구백 명 가까이 되던 청의 오합지졸들은 모두 물고기 밥이 되었답니다. 아하하!"

조선 왕은 고개를 돌려 목을 뒤로 젖혀 가며 껄껄 웃고 있는 일본 공사를 쳐다보았다. 책상 위의 그의 손이 자신도 모르게 움찔움찔 거렸다.

"그, 그게 정말이오? 일본이 청의 대군을 이겼단 말이오?"

"예! 요시노호의 함장인 가와하라 요이치, 아키츠시마호의 가와카미 히코노조, 나니와호 도고헤이 아치로가 바로 그 승리의 주역들입니다. 치이완호는 대파된 채 달아났고, 두 척은 저 깊은 바다 속으로 침몰했으며, 까오슝호는 저희들이 본국으로 이송 중입니다. 아, 이리 기쁜 날이 어디에 있습니까?"

오토리 게이츠는 숨 한번 쉬지 않고 달리는 전차처럼 신이 나서 떠들어댔다. 조선 왕의 얼굴은 점점 다자색으로 변해 갔다. 온몸에 힘이 빠지고 등에서는 땀이 흘러내렸다. 그토록 믿었던 청이 이리 무참히 깨질 줄은 상상도 하지 못한 그였다.

"아, 알겠소. 수고하셨소. 물러가시오."

왕은 단 그 세 마디의 말을 하면서도 목구멍이 절로 달라붙는 듯 다달거리고 답답하여 숨을 쉴 수가 없었다. 눈앞의 살쾡이는 그의 일거수일투족 하나하나를 놓치지 않고 두 눈을 반짝이며 살피고 있었다.

"전하께서는 기쁘시지 않으신가 봅니다. 환하게 웃으시기는커녕, 용안이 이리도 어두우시다니요? 혹시 청군이 이기기를 내심 바라셨던 건 아닌지……."

보다 못한 대전 내관이 그를 향해 쏘아붙였다.

"무엄하오! 감히 전하 앞에서 이 무슨 망발이오? 당장 물러가시오."

조선 왕은 사력을 다해 억지 미소를 지었다. 오른쪽 뺨이 어색하게 실룩거렸지만 분명 그는 웃고 있는 모습이었다.

"그럴 리가 있소? 늦더위에 잠을 설쳤더니 몸이 좋지 않소. 애쓰셨소. 물러가시오."

오토리 게이츠는 자신을 노려보는 대전 내관을 가소롭게 훑어보고는 예도 갖추지 않고 강녕전을 나섰다. 왕은 책상 위에 머리를 묻고 거친 숨을 내쉬었다. 그런 왕의 모습을 쳐다보는 대전 내관의 눈가에는 눈물이 맺혀 있었다.

"전하……."

"내 나라에서 저놈들이 싸움을 해도 난 망석중이처럼 이렇게 지켜보아야 하다니. 참으로 못난 왕이로다. 아, 이제 조선의 앞날은 어찌되는 것인가? 조선은 대체 누구를 믿어야 한단 말인가?"

우연한 만남

1894년 9월 1일 아침, 비변사 서고.

청일 전쟁이 일어난 후, 궐 안의 공기는 언제부턴가 심산하고 썽그런 기운을 머금어 절로 몸을 움츠리게 만들고 있었다. 늦더위는 아직도 한낮이면 숨을 쉴 수 없을 정도의 열기를 내뿜어 견디기 힘든 날이 이어졌지만, 그 누구도 싫증을 내는 이가 없었다. 언제 들이닥칠지 모르는 매섭고도 광폭한 태풍을 앞두고 있는 바닷가 사람들처럼 내쉬는 숨소리 하나 조심스럽고 가년스러웠다.

연이은 일본의 승리, 그러나 아무도 기뻐하는 이가 없었다. 남의 나라에서 자국의 이익을 위해 투견들처럼 싸움질하는 이들을 보며 조선의 백성들은 힘든 고통의 나날을 지내야 했다. 풍도 해전, 성환 전투가 이어질수록 청군이 거쳐 간 지역의 이들은 수탈을 당하고 삶의 터전을 잃어버렸다.

이 엄중한 때에 한 사내가 태연하게 아무도 없는 비변사 서고를 이리저리 산책하듯 노닐고 있었다. 깃을 세운 하얀 남방, 동그란 검은 테에 콧수염을 기른 그는 포마드 기름으로 말끔하게 머리를 빗어 넘겨 한눈에 보아도 점잖은 신사였다. 그의 뒤를 따르는 비변사 서리는 입을 삐죽거리며 아래위로 그를 나삐 보았다. 흐르는 땀을 연신 소매부리로 닦아 대며 따라다니던 서리는 계정꾼처럼 온갖 불평을 늘어놓았다.

"이 쿰쿰한 냄새나는 서고에 뭘 찾을 것이 있다고 그러십니까? 대충 보시고 그만 나갑시다. 사시가 지나면 숨이 막힐 듯 더우실 겁니다."

사내는 짜증 섞인 서리의 말에 빙그레 미소만 지을 뿐, 이곳저곳을 살피며 관심 있는 서책들을 꺼내 보았다. 자신의 말을 귓등으로 듣는 그를 보며, 서리는 목소리를 높였다.

"그만 가십시다! 하루 종일 헌 서책 냄새 맡으며 지내기 싫습니다. 일본에는 온갖 태서의 서책들이 들어와 있을 텐데 뭣 하러 여기까지 쑤시고 다니시는 겁니까?"

사내는 보던 서책을 덮으며 뒤돌아섰다. 온화하고 선한 눈매의 그는 한눈에 보아도 박식한 학자의 풍모가 느껴졌다. 계속 침묵을 지키던 그의 입에서 나온 말은 의외의 답변이었다.

"혹시 도첩은 없습니까? 조선의 지도를 보고 싶습니다."

서리는 두 눈을 껌뻑거리며 그를 다시 바라보았다. 미안하다거나 이제 나가자고 할 줄 알았던 그가 뜬금없는 대답을 하자, 어이가 없어 말문이 막혀 버렸다.

"예?"

다시 되묻는 서리에게 한 발짝 다가선 사내는 환하게 웃으며 정중하게 청했다.

"조선의 지도를 보고 싶습니다. 그것만 보고 나갈 터이니 절 도와주십시오."

서리는 잠시 망설였다. 한 나라의 지도를 본다는 것은 백성들의 속살을 보여 주는 것이나 마찬가지였다. 망설이는 그를 보며, 사내는 허리를 굽혀 깍듯하게 예를 올렸다.

"다시 한 번 부탁드립니다. 조선의 아름다운 산야를 한눈에 보고 싶습니다. 이 이노스케, 그저 학자로서의 지식에 대한 순수한 열망 때문이니 도와주십시오."

서리는 바짝 마른 아랫입술에 침을 묻혔다. 이리 간절하게 청을 하니 들어주고 싶었지만, 자신은 한 나라의 극비 사항을 관리하는 서리였다. 비변사 서고에서 한 글자, 한 장의 종이라도 빠져나가는 것은 바로 자신의 목을 내놓는 것이었다. 그는 그 선하고 부드러운 눈을 한동안 바라보았다. 경복궁에서 주인 행세를 하고 있는 포악하고 가린스러운 무뢰배 같은 일본놈들 하고는 천성이 다른 놈인 것이 분명했다.

서리는 좌우를 살피더니 그에게 다붙어 속삭이기 시작했다.

"절대 내가 보여 줬다는 말을 하셔서는 안 됩니다. 까딱하다가는 내 목이 날아갑니다."

"그 어떤 경우에도 이곳에서 도첩을 보았다는 말은 하지 않겠습니다."

앞장서는 서리를 보며 이노스케는 희미한 미소를 머금었다. 부드러운 얼굴 뒤로 그는 탐욕스러운 야망을 감추고 있었다. 이노스케는 조선을 한눈에 볼 수 있는 지도를 찾고 있었다. 일본 내에도 조선의 전도가 있었지만 군대와 함께 들어와 직접 답사를 해 보니 틀린 곳이 많이 발견되어 신뢰할 수 없는 자료였다.

'드디어 나도 야마가타 아리토모 앞에 큰 소리를 칠 수 있게 되는구나. 오늘 네 거만한 코를 납작하게 만들어 주마.'

서리의 뒤를 따르는 이노스케는 알 수 없는 긴장감이 느껴져 가슴이 쿵쿵거리기 시작했다.

'왜 이러는 것일까? 갑자기 어찌 이리 심장이 두근거리지?'

그것은 익숙하고도 낯선 감정이었다. 생애 가장 소중한 것들을 마주하기 전에 느끼는 생소하고도 들뜬 감정과도 같았다. 자신의 분신과도 같은 첫 아들을 안고 밀려왔던 형언할 수 없는 감동처럼 온몸과 마음을 에워싼 그 절실하고도 아득한 것들이 그의 오감으로 다시 재현되고 있었다.

'그래, 어젯밤 더위 때문에 너무 오래 잠을 설쳐서 그런 게야.'

이노스케는 아무것도 아닌 것처럼 픽 웃으며 시원하게 날숨을 내쉬었다. 하지만 요동치는 심장의 움직임은 더욱 거세졌다.

"여깁니다. 이곳이 바로 도첩들을 보관하는 곳이지요. 절대 그 누구에게도 발설해서는 안 됩니다."

서리는 여전히 불안한 얼굴로 그를 바라보았다. 이노스케는 고개를 끄덕이며 그에게 공손하게 예를 올렸다.

"정말 감사드립니다. 힘든 부탁을 들어주셨으니 당연히 그 정도 약속은 지켜야 하지요?"

그제야 서리는 굳은 얼굴을 펴며, 얼럭광대가 밑자락을 깔 듯 거드름을 피며 길게 지껄였다.

"이곳은 조선이 개국된 이래 만들어진 모든 도첩들이 보관되어 있습니다. 왜란을 겪으며 불타 없어진 것도 있지만 그런대로 보관이 잘 된 경우이지요. 지속적이고 정기적인 지도책과 지리서의 편찬으로 많은 지도가 만들어졌습니다. 물론, 어명으로 만들어진 경우도 있지만 백성들 사이에서 편의를 위해 만들어진 것들도 많았지요. 특히, 이쪽에 있는 도첩들이 꽤 볼만하실 겁니다. 휘황찬란하게 그려진 왕실 지도보다도 몇십 배는 훨씬 용이한 지도들입니다."

서리가 가리키는 곳은 비변사 서고에서도 가장 구석진 곳이었다. 일부러 관심을 가지지 않는다면 그냥 스칠 정도로 어둡고도 습한 곳이었다. 이노스케는 천천히 손을 뻗어 일목요연하게 정리된 많은 서책들 중에서 한 권을 꺼냈다.

이상했다. 참으로 이상했다. 먼지가 앉은 낡은 도첩을 만졌을 뿐인데 손끝에서 전달된 뜨겁고도 끈적끈적한 그 무언가가 점점 온몸으로 퍼져갔다. 이노스케는 본능적으로 손을 떼고 몸을 움츠렸다. 얼른 도첩을 꽂았다. 하지만 이상하게도 그 다음부터는 다른 것들은 보이지도 않고 그 도첩만 눈에 들어올 뿐이었다.

서리는 어이가 없는 듯 피식 웃으며 그의 등을 툭 쳤다.

"거, 엄청 깔끔한 것을 좋아하시는군요. 한동안 보지 않아 먼지가 뽀얘

서 그렇지 관리 상태는 양호합니다. 제가 대신 꺼내 드릴까요?"

이노스케는 머쓱한 듯 웃었다. 그는 다시 한 번 손을 뻗었다. 그러고는 두 눈을 감고 힘껏 도첩을 뽑아 들었다. 넓고도 묵직한 것이 다섯 손가락을 통해 느껴졌다. 그는 천천히 아주 조심스럽게 눈을 떴다. 금황색 표지의 서책이 오른손에 들려 있었다.

'대동여지도.'

힘찬 필체로 쓰인 다섯 개의 글자가 시야에 가득히 들어왔다.

"아, 쓸 만한 거 뽑으셨군요? 제가 보기에도 그 도첩이 제일 나은 것 같습니다. 헌데, 이상하게도 다들 그 진가를 알아보지는 못하더라고요. 아마 다른 도첩들이 더 대규모적으로 제작이 되어서 그럴 겁니다."

서리의 말에 이노스케는 천천히 도첩을 펼쳤다.

"아!"

도저히 믿을 수 없었다. 아니, 믿을 수가 없었다. 그것은 마치 가장 현대적으로 제작된 일본의 지도만큼이나 정확한 도법으로 만들어진 지도였다. 이노스케는 비단을 펼치듯 천천히 양옆으로 도첩을 펼쳤다. 접혀졌던 부분이 점점 더 넓어질수록 그의 숨소리는 더욱 더 커지고 거칠어졌다.

"하하, 놀라신 게요? 하긴 나도 그랬지요. 내가 사는 곳을 한번 찾아보았는데, 삼십년 전에 만들어졌는데도 똑같이 다 그려져 있어서 얼마나 놀랐는지 모릅니다. 구경 잘 하시오. 난 너무 더워서 잠시 밖에 나가 봐야겠습니다."

넋이 나간 이노스케를 두고 서리는 손부채질을 하며 서고를 빠져나가기 시작했다. 서리가 문을 닫고 나가자, 이노스케는 미친 사람처럼 꽂혀 있는 다른 도첩들도 한꺼번에 여러 권 꺼내어 펴 보기 시작했다.

도첩 속에 담긴 지도들은 하나도 서툴지 않고 깔끔하고 정확했다. 필요한 것들만을 추려 간단하게 상징화가 잘된 범례, 다른 도첩의 지도와 경계선을 서로 연결하면 칼날 하나 들어가지 못할 정도로 빈틈이 없는 정밀함. 그것들은 필시 전문적인 지도 제작자가 아니고서는 절대 만들어낼 수 없는 것들이었다.

"도저히 이해가 가지 않아. 조선처럼 낙후된 나라에서 어찌 이런 지도가 나온단 말인가?"

이노스케는 서고의 문 쪽으로 재빨리 달려갔다. 문을 열어 밖을 살펴보니 다행히 아무도 보이지 않았다. 계속 덥다고 투덜거리던 코푸렁이 같은 서리는 아마도 시원한 바람을 쏘이러 나간 듯싶었다. 이노스케는 조심스럽게 서고의 문을 닫고 자신이 보고 있던 도첩들을 놓아둔 장소로 뛰어갔다.

충격을 받아 아직도 정신이 없는 지리학자는 도첩을 들고 표지의 오른쪽 상단에 적힌 이름을 뚫어지게 쳐다보았다.

"고산자. 고산자……. 한 번도 들어 본 적이 없는 이다."

이노스케는 도첩 네 권을 우선 집어 들고 그의 남방 밑 가슴팍에 끼워넣었다. 양쪽에 책 두 권씩 덧입혀진 그의 상체는 마치 어색하게 부풀린 헝겊인형처럼 보였다. 그는 일어서며 가져가지 못하는 나머지 도첩들을 안타까운 시선으로 쳐다보았다.

"우선 사령관에게 먼저 보인 뒤, 다시 이곳에 와야겠군. 조선인들이 서고의 문을 굳게 잠그기 전에 나머지 것들도 빼내야겠어."

二장 새로운 세상

불청객

1894년 9월 1일 오후, 일본 영사관 내 작전회의실.

탁한 유록색의 제복을 입은 군 간부들은 모두 쌍둥이처럼 똑같은 표정으로 앉아 있었다. 미간을 잔뜩 찌푸린 채 입술을 늘어뜨린 그 얼굴에서는 절로 긴장이 느껴질 정도였다.

그중 회의실의 책상 가장 한가운데 앉은 덩치가 크고 얼굴에 살집이 제법 두둑한 사내가 콧수염을 손가락으로 비비꼬며 장교들을 훑어보고 있었다. 한참을 그리 앉아 있던 그는 얼굴이 벌게지며 갑자기 패악스럽게 소리를 질렀다.

"다들 꿀 먹은 벙어리가 된 거야? 지금 조선 땅에 대 일본 제국의 병사들 만 육천 명이 들어와 있어. 청나라 놈들 또한 연이은 패전에 잔뜩 독이 올라 있다고. 저놈들이 점점 더 위쪽으로 전선을 이동시키고 있는데, 우리는 지금 제대로 된 보급로 하나 확보하지 못하고 빌빌거리지 않는가? 공부 꽤나 한 엘리트 군관들이라고 하면서 어찌 한마디도 못하는 등신이란 말이야?"

책상 위를 지휘봉으로 탕 내려치자 다른 장교들은 그와 눈을 마주치지 않기 위해 서로 고개를 돌렸다. 답답해진 그는 자리에서 벌떡 일어서더니 장교들 뒤를 거닐며 한심한 듯 혀를 찼다.

"쯧쯧, 밥이나 축내는 것들. 이 데림추 같은 것들아, 어서 무슨 말이라도 하지 못하겠냐?"

모두들 숨소리조차 죽인 채 고개만 푹 숙이고 있었다. 무도한 계정꾼은 홍안이 된 얼굴을 더욱 일그러뜨리며 책상 위에 놓인 지도와 표식들을 손으로 쓸어버렸다.

"하루 종일 탁상공론만 하면 뭐하나? 내가 여태껏 똥주머니 같은 너희들을 데리고 좋아서 이 냄새나고 더러운 조선 땅에 버티고 있는 줄 아느냐? 나가, 다 나가라고!"

분개한 그의 얼굴이 짙은 다자색으로 변해 가자 앉아 있던 장교들은 서둘러 일어서 슬그머니 빠져나가기 시작했다. 줄행랑을 치는 그들을 보며 화가 머리끝까지 난 사내는 술주정을 하듯 고래고래 고함을 질러 댔다.

"이 쓸모없는 것들! 이 식충이들!"

회의장에 한 명도 남지 않고서야 그의 패악스러운 성정은 조금씩 누그러지기 시작했다. 한꺼번에 모든 힘을 화풀이로 발산한 그는 의자에 털썩 주저앉아 담배를 꺼내 입에 물었다. 한 모금 한 모금 연기를 내뿜을 때마다 시뻘겋다 못해 흙빛이 되어 가던 그의 얼굴은 평온해져 있었다. 제법 기운이 좋아진 그는 히죽거리기까지 하며 여유 있게 통통한 두 볼이 홀쭉해질 정도로 담배를 깊이 빨아들였다.

"사령관님!"

얼굴에 비지땀을 흘리며 누군가가 정신없이 회의장으로 뛰어들었다. 검은 안경을 쓴 그를 쳐다보는 사내의 얼굴에는 경련이 일었다. 생각 같아서는 저 도움 안 되는 샌님의 멱살을 쥐고 마구 흔들어 대고 싶었지만 탈진하여 일어설 힘도 없었다. 그는 귀찮은 듯 눈을 감으며 계속 담배를 뻐끔거렸다.

"사령관님, 제가 놀라운 것을 찾았습니다."

담배를 피던 사내는 눈을 뜨지도 않고 손가락으로 문 쪽을 가리켰다.

"당장 나가."

그러나 포마드 기름을 바른 앞머리가 땀에 엉클어질 정도로 뛰어온 그는 결연한 얼굴로 책상 위에 들고 온 책들을 내려놓았다.

"야마가타 아리토모 사령관님, 지금 이렇게 한가하게 담배를 피우실 때가 아닙니다."

삐죽이 튀어나온 못처럼 심기를 거스르는 그의 말에 사령관은 부리부리한 두 눈을 치켜뜨고 노려보았다. 이노스케는 성난 황소 같은 그 눈빛에 두서구니가 싸늘해졌다. 포악스럽고 무자비한 그는 한 치의 자비심이라고는 눈곱만큼도 찾아볼 수 없는 탐욕스러운 자였다. 그러나 늘 자신을 군대 밥이나 축내는 버러지 취급하는 그를 제대로 한방 먹일 기회를 잡은 이상 이대로 물러날 수는 없었다.

"왜 이래? 자네 죽고 싶어?"

이노스케는 한번 크게 숨을 들이쉬고는 책상 위에 놓인 책 하나를 펼쳤다. 일정한 간격으로 접힌 종이가 쭉 늘어나면서 섬세하고도 아름다운 도엽이 눈앞에 펼쳐졌다. 야마가타 아리토모는 윗입술을 삐죽거리며 도엽과 이노스케를 번갈아 바라보았다.

"이게 뭔가?"

"조선의 지도입니다. 이 지도만큼 현대적이고 정확한 것은 없습니다. 보십시오. 우리가 명치유신 때 그렸던 과학적인 도법의 조선 전도보다 훨씬 정밀합니다. 이제껏 우리가 제대로 보급로를 확보하지 못한 것은 지형을 숙지하지……."

"다 집어 치워!"

엄청난 괴력의 사나이가 자리에서 벌떡 일어서 지휘봉으로 책상 위에 놓인 도첩들을 강풍처럼 쓸어버렸다. 사나운 황소의 기세에 이노스케는 뒤로 한 발자국 물러섰다. 입에 담배를 물고 이글거리는 눈으로 그를 바라보는 사령관의 얼굴은 또다시 붉게 물들어 가고 있었다.

"사, 사령관님……."

"이따위 미개한 종족들이 만든 지도를 갖고 와 감히 나한테 들이대? 자네가 이러고도 대 일본 제국의 자랑스러운 학자라고 자신할 수 있나? 당장 이 허접한 것들을 치우지 못하겠어?"

이노스케의 두 손이 두려움과 분노로 벌벌 떨렸다. 그러나 감히 전시에 지엄한 군법을 어길 수는 없었다. 저 무도한 불곰 같은 이를 상대하고 싶지 않았지만 자신이 조선에 파견된 이상 해야 할 임무를 반드시 수행해야 했다.

"허접한 것이 아닙니다. 보십시오, 이 범례와 축척을 말입니다. 대충 눈어림으로 그린 지도가 아닙니다. 하나하나 다 맞추어 보고 현대적인 도법으로 만들어진 지도란 말입니다! 서로 다른 도첩들을 맞추면 경계선 하나 틀리지 않습니다."

"어디서 감히! 지금 항명하는 것이야? 영창에 가고 싶어 환장했군."

한 걸음 한 걸음 자신에게 다가오는 거인을 보자 이노스케는 자신도 모르게 침을 꼴깍 삼켰다. 저 무도한 이의 말대로 떨어진 도첩들을 들고 망중한을 방해당한 그에게 사과하고 나가 버리면 그만이었다. 그런데 그의 입에서 나온 말은 자신의 의지와는 달리 엉뚱하고도 위험했다.

"항명이 아닙니다. 조언입니다."

황소 같은 사령관의 눈이 흰자위가 보일 정도로 더욱 휘둥그레졌다. 강색이었던 그의 얼굴은 어느새 흑자색으로 변해 가고 있었다. 야마가타 아리토모는 입에 문 담배를 땅바닥에 내동댕이치더니 이노스케의 좁은 두 어깨를 마구 흔들어 대며 격노하고 말았다.

"나가, 당장 나가! 내 마지막 남은 인내심이 바닥이 나기 전에. 오늘 저녁부터 차가운 영창에서 밤을 지새우기 싫으면 당장 나가란 말이야!"

하늘은 그지없이 쾌청했다. 아직 더운 열기가 느껴졌지만 열도의 공기와는 사뭇 달랐다. 혼란한 정세를 떠올리지 않고 산뜻하면서도 마음을 가볍게 하는 대기의 부드러운 손길을 맛보고 있으면 무릉도원에 앉아 있는 것처럼 그지없이 편안했다. 이노스케는 숨을 깊이 들이마셨다.

"아 좋다……."

도첩을 들고 있는 두 손이 아직도 떨리고 있었지만 폐부 깊숙이 정화시켜 주는 시원하고도 상쾌한 조선의 공기에 점점 평온을 되찾아 가고 있었다.

"의뭉스러운 놈들보다는 단순해서 낫지만 아리토모 그자, 주니가 나 펼펄 날뛰는 꼴이라니……. 잠자는 멧돼지 건드려 괜한 봉욕만 치렀구먼. 해가 지기 전에 비변사 서고에나 다시 가 봐야겠어."

이노스케는 안경을 고쳐 쓰고 표지에 쓰인 세 단어를 내려다보았다. 주름이 잡힌 미간 사이로 바람에 식혀진 땀방울이 흘러 내렸다. 그는 다시 한 번 도첩을 폈다. 한 땀 한 땀 붓으로 정성스럽게 바느질한 듯, 도엽 위의 선들은 삐쳐 나온 부분 하나 없이 매끈한 자태를 뽐내고 있었다. 다시 책을 덮고 그는 아까 본 이름을 다시 쳐다보았다.

"고산자……. 고산자라."

이노스케는 낯선 이름 세 글자 위에 손가락을 올리고 마치 여인의 가느다란 목덜미를 어루만지듯 조심스럽게 쓰다듬었다. 그는 상기된 얼굴로 도첩을 펼쳐 뚫어질 듯 내려다보았다. 하얗고 가느다란 중지가 짚은 지도 위의 지명은 '약현'이라고 적혀 있었다. 성질 급한 가납사니에게 쫓겨나다시피 하여 의기소침해진 입가에 살짝 옅은 비소가 머물다 지나갔다.

"조선과 같은 무지한 나라에 이런 지도가 있었다니. 이자들은 이 지도와 지도제작자를 모른 것인가, 일부러 숨긴 것인가?"

숙명의 시작

"아이고 우라질!"

시커먼 무지렁이가 등에 진 지게와 작대기를 사정없이 바닥에 내동댕이쳤다. 마당에서 흙장난을 치며 놀고 있던 사내아이 둘은 씩씩거리며 들어선 게정꾼을 보자 자리에서 일어나 부엌 쪽으로 쪼르르 달려갔다.

"뭘 그리 눈만 뻐끔거리며 쳐다봐? 애비가 왔는데도 이것들이 인사도 안 하는 것이야?"

어디서 실컷 두들겨 맞은 듯 사내의 말고기 자반 같은 얼굴은 여기저기가 터지고 퉁퉁 부어 있었다. 너럭바위같이 널찍한 얼굴에 난 수염은 마치 여기저기 삐져나온 솔기 터진 소맷부리처럼 엉망이었다. 사내는 평상에 나부라지듯 퍼질러 앉더니, 아직도 피가 흐르는 부어터진 눈두덩을 손등으로 비벼 댔다.

"어디서 이리 얻어맞으신 게요? 저번의 그 객주 놈이 이리 두들겨 팬 거요?"

가무대대한 얼굴의 여인이 겁을 집어먹은 아이들을 치마폭으로 감싸며 딱하다는 듯 혀를 찼다. 아이들을 달랜 그녀는 지아비 곁으로 다가와 얼굴에 묻은 피를 치맛자락으로 살뜰히 닦아 내었다. 그러나 사내는 거칠게 날숨을 내쉬며 내자의 손을 사정없이 뿌리쳤다.

"치워!"

"그럼 좀 씻으시오. 이리 피투성이가 되어 있으니 아이들이 겁먹은 게 아니오? 또 그 못된 놈이 이리 만든 거요? 삯은 줍디까?"

사내의 부리부리한 눈이 튀어나올 듯 휘둥그레지며 숨소리가 사나워졌다. 아이들은 흥분한 아버지의 얼굴을 보자 겁먹은 생쥐처럼 방 안으로 쪼르르 달려갔다.

"이 여편네가? 아니, 서방이 반송장이 되어 이리 들어왔는데, 삯은 줍디까? 에라이!"

사내는 평상에서 일어나더니 성큼성큼 사립문 밖으로 걸어갔다. 여인은 답답한 듯 한숨을 쉬더니, 마지못한 듯 지아비의 팔을 부여잡고 살살 구슬렸다.

"이 대못박이 같은 사람! 내가 언제 돈만 밝혔다고 그러오? 이리 오시오. 내 상처 좀 닦아줄 테니."

"치워!"

여인은 그 가량가량한 몸으로 마치 소를 잡아끌 듯 지아비를 평상으로 데리고 갔다. 조금은 분이 풀린 듯, 사내의 벌겋던 얼굴도 조금씩 진정되어 가고 있었다. 방 안에서 문틈으로 이 광경을 내다보던 아이들 중 좀 더 어린 사내아이가 고개를 갸우뚱거렸다.

"근데, 형. 오늘은 아버지 어디 가신 거야?"

"아마 중촌에 가셨을 거야. 거기 사는 율관 집 제사 때 쓸 고기 때문에 얼음을 가지고 가셨잖아. 꼭두새벽부터 동빙고에서 얼음 지고 나가셨는데, 오늘도 헤매셨나 보다. 보아하니 삯도 못 받으시고 매만 버셨나 봐."

형의 말을 들은 아이의 얼굴빛은 어두워졌다. 여기저기 걷어차인 돼지 오줌통처럼 아버지의 얼굴은 터지고 멍이 들어 엉망이었다. 새벽 별을 보고 집을 나선 아버지는 저녁밥을 다 먹고 나면 그제야 절뚝거리며 돌아왔다. 멀쩡하게 들어오는 날보다 맞고 오는 날이 더 많았다.

"여기 약현에 산 지도 석 달이 다 되어 가는데 아버지는 아직도 길을 모르시는 거야? 한성이 그리도 넓은 거야?"

아이는 의아한 눈빛으로 형을 바라보았지만 한숨 소리만 들릴 뿐이었다. 아이는 뭐라고 하고 싶었지만 그 작은 입을 오물거리며 더는 말을 하지 않았다. 괜히 자꾸 물어봐야 핀잔만 들을 것이 뻔했다.

척박한 황해도 토산에서 입에 풀칠이라도 하기 위해 무작정 한성으로 내려온 그들이었다. 핏줄 하나, 아는 이 하나 없는 그들에게 제일 수월한 일이 지게 품을 파는 것이라고 하여 덩치 크고 힘센 아버지는 무작정 배달 일을 자처했다.

한성은 황해도 촌놈에게 망망대해였다. 한성에 사는 이도 다 모르는 그곳을 이제 겨우 발을 디딘 그가 알 리 만무했다. 처음 배달을 간 날은 걸음도 제대로 걷지 못하고 절뚝거리며 겨우 집으로 돌아왔다. 오후까지 도착한다던 생선이 저녁밥상 다 물리고 술시가 다 되어 도착했으니 삯은 고사하고 매만 실컷 벌어 돌아온 것이었다. 그날, 아이는 밤새 훌쩍거리는 어머니의 울음소리에 잠을 잘 수 없었다.

거의 매일 두들겨 맞다시피 하면서도 데통스러운 아버지는 지게를 메고 새벽마다 집을 나섰다. 어머니는 사립문 밖으로 발자국 소리가 멀어져 가면 등을 돌린 채 숨죽여 울었다. 아이는 초어스름이 질 때마다 가슴이 콩닥거리기 시작했다. 연신 사립문 밖을 내다보며 절뚝거리는 지게꾼을 찾으며 그렇게 하루를 마무리하는 것이 언제부턴가 정해진 일과가 되어 버렸다.

아버지는 울면서 약을 발라 주는 어머니에게 투덜거리면서도 간간히 내자의 얼굴을 아련하게 바라보았다. 아이는 코끝이 싸하게 시큰거려 자꾸 킁킁거렸다.

"형, 언제나 아버지의 성한 얼굴을 볼 수 있을까? 보고 싶다. 정말 보고 싶어……"

깐깐오월의 습한 바람은 지친 몸을 물에 젖은 솜처럼 축 늘어지게 만들었다. 아이는 평상에 대자로 누워 부른 배를 벅벅 긁어 대는 형 옆에서 고사리 손으로 열심히 조물거리고 있었다. 오만상을 찌푸리며 누워 있던 형은 실눈을 뜨며 투덜거렸다.

"이 더운데 뭐하고 있냐? 괜히 배 꺼지게 어정뱅이처럼 그러고 있지 말고 나처럼 누워나 있어."

아이는 형의 말에 대꾸도 하지 않고 야무진 손으로 열심히 나뭇가지를 이리저리 만져 댈 뿐이었다. 형은 입을 삐죽거리더니 자리에서 벌떡 일어나 앉았다. 아이는 한쪽 눈을 찡그려 감고는 새총을 쏘는 척하며 이리저리 살펴보기 시작했다.

"형, 이걸로 꿩 잡을 수 있을까?"

형은 기가 찬 듯 동생의 이마를 쥐어박으며 가불거렸다.

"꿩? 메추리도 못 잡겠다. 네가 돌 매달아 쏘기도 전에 벌써 날아가겠네."

"왜?"

"말총이 있어야 돌을 매달아 던지지. 우리가 말총 살 돈이 어디에 있냐?"

동생은 형의 비아냥거림이 싫은지 입꼬리를 늘어뜨리며 나뭇가지만 만져 댈 뿐이었다. 아침 일찍 밥상을 물리고 어머니가 삯바느질 거리를 구하러 나가고 나면 금방 배가 고파 왔다. 동네에 사는 아이들이 새총으로 잡아 구운 참새고기를 얻어먹은 뒤로, 아이는 계속 새총을 만드는 데 넋이 나가 있었다.

"내가 보기에는 솔개도 잡을 수 있을 만큼 튼튼하구나. 애들아, 물 한 잔 얻어 마실 수 있겠느냐?"

평상 위로 드리워진 검은 그림자에 깜짝 놀라 두 아이는 입을 벌리고 위를 올려다보았다. 키 큰 외눈박이 사내가 아이 옆에 다가앉았다. 겁에 질린 형과는 달리 동생은 호기심 어린 눈빛으로 사내를 이리저리 훔쳐보았다. 희끗한 흰머리가 제법 보이는 사내는 햇볕에 그을린 듯 낯빛이 갈색이었다. 짙은 다갈색 두루마기 아래로 이리저리 터진 미투리는 그가 얼마나 걸어 다녔는지 보여 주는 증거였다. 소매부리로 땀을 훔치며 사내는 삿갓을 벗어 부채질을 해댔다. 검은 가리개로 가리지 않은 눈매는 날카롭지만 선해 보였다.

"누구세요?"

사내는 말없이 웃으며 아이만 내려다볼 뿐이었다. 경계하는 형과 달리 동생은 부엌으로 달려가더니 제 머리보다 더 큰 바가지에 물을 한가득 떠 내밀었다. 단숨에 물을 들이켠 사내는 시원하게 숨을 한번 내쉬더니 다복솔처럼 덥수룩한 아이의 머리를 쓰다듬었다.

"어디 보자, 물 한잔 시원하게 마셨으니 뭘 주면 좋을까?"

그가 펼친 봇짐에서는 온갖 종이뭉치와 함께 희귀한 것들이 들어 있었다. 아이들은 눈빛을 반짝이며 그 신기한 신주단지를 보며 입맛을 다셨다. 어린 동생은 동그랗고 다갈색 모양의 나무로 둘러싸인 납작한 쇠뭉치를 무릎 위에 올려놓고 이리저리 돌리며 살펴보았다.

"이게 뭔가요?"

"아, 그거 함부로 다루면 안 된다. 윤도라는 것이다."

사내는 고사리 손에서 윤도를 건네받아 봇짐 속으로 다시 집어넣었다. 흰 종이꾸러미를 꺼낸 그는 그 속에 놓인 메찰떡을 아이들에게 하나씩 나누어 주었다.

"내가 가진 것이 이것밖에 없구나. 이거라도 먹거라."

아이들은 동그란 눈을 크게 뜨며 게걸스럽게 떡을 뜯기 시작했다. 떡 맛에 넋이 나간 형과는 달리 동생은 씹으면서도 연신 봇짐 속을 들여다보느라 목을 빼고 있었다. 사내는 빙그레 웃으며 아이의 가슬가슬하고도 발간 볼을 살짝 꼬집었다.

"다시 보여 줄까?"

사내는 봇짐 속에서 윤도와 함께 작고 동그란 것을 같이 꺼내어 앞에 내려놓았다.

"이것은 윤도라는 것이고 좀 더 작은 이것은 패철이라고 한다. 윤도는 지관들이 들고 다니는 것이지."

"무엇에 쓰는 물건입니까?"

"방향을 살필 때 쓰는 물건이란다."

이리저리 봇짐 속을 살피던 아이의 눈에 누렇고도 손바닥 안에 들어올 만큼 작은 서책이 들어왔다. 사내는 아이의 얼굴을 흐뭇하게 웃으며 바라보더니, 서책을 꺼내 내밀었다.

"물 한 바가지 얻어 마신 값치고는 너무 비싸구나. 한번 보겠느냐?"

사내가 건네준 서책은 정말 작았다. 그것은 책이라기보다는 작은 종이 뭉치처럼 보였다. 조그마한 손으로 서책을 뒤적이던 아이는 이리저리 구불거리는 그림을 얼굴 가까이 다붙이고 바라보았다.

"허허, 처음 보느냐? 몇 살인고? 고 녀석 참 총기 있어 보이는구나."

"올해 일곱입니다. 헌데, 이게 다 무엇입니까?"

"정리표가 있는 작은 지도책이란다. 이것만 있으면 세상천지 어디로든 갈 수 있다."

"어디로든 갈 수 있다고요? 이 넓고 넓은 한성뿐만 아니라 세상천지 어디로든 말이에요?"

아이의 흑단처럼 새까만 눈동자는 마치 샘을 발견한 어린 노루처럼 반짝거렸다. 어디로든 갈 수 있는 신기한 이 물건은 하늘에서 뚝 떨어진 보배임이 틀림없었다. 아이는 그 낡고 작은 서책을 부여잡고 행복한 듯 이리저리 몸을 흔들었다. 사내는 봇짐에서 다른 종이 꾸러미들을 꺼내 평상 위에 펼쳐 놓았다. 작은 서책에 그려진 그림처럼 하얀 종이 위에 뱀처럼 구불구불한 선들이 이리저리 복잡하게 얽혀 있었다.

"자, 이것도 지도란다. 이건 내가 이 지도책에 없는 곳들을 직접 보고 그린 것이지. 잘 보거라, 강도 있고 집도 그려져 있지?"

마치 세상을 축소하여 옮겨 놓은 것처럼 집이며 산이며 온갖 것들이 그 조그마한 종이 한 장에 모여 있었다. 한참 동안 종이를 들고 환히 웃던 아이는 갑자기 침울하게 고개를 푹 숙였다.

"우리 아버지도 이거 하나만 있었다면 맨날 매 맞고 돌아오시지 않아도 되는데……."

"아버지가 뭘 하시누?"

"매일 새벽마다 동빙고에서 얼음을 배달하셔요. 한성 온 지 얼마 되지 않아서 늘 얼음을 늦게 갖다 주시니 품삯보다 매삯을 더 버시지만요. 만약 아버지께서 이런 걸 갖고 다니신다면 훨씬 빨리 얼음을 배달하실 건데……."

사내는 가칠한 아이의 얼굴을 바라만 보았다. 주는 떡을 다 먹고 봇짐만 뻔히 바라보는 코푸렁이 같은 형과는 달리 동생은 어리지만 모도리처럼 야무져 보였다. 사내는 아이의 손에 든 지도를 가져와 접으며 궁색한 초가삼간을 이리저리 둘러보았다.

"네 이름은 무엇이더냐? 한성에 온 지는 얼마나 되었는고?"

"정호라 합니다. 황해도에서 온 지 석 달이 다 되어 가는데, 한성은 너무 넓어서 가도 가도 끝이 없습니다."

"하하하!"

봇짐을 정리하던 사내는 재미있다는 듯 껄껄거렸다. 그가 삿갓을 쓰며 평상에서 일어나자 방실거리던 아이의 입술은 이내 축 늘어졌다.

"가시는 겁니까? 다시는 뵐 수 없겠네요."

천천히 사립문을 나서며 사내는 말없이 웃기만 했다. 아이는 짚신을 신고 사내의 곁으로 뛰어가더니 땀내가 가득 배긴 옷자락을 꼭 붙들었다.

"다시 뵙지는 못하겠지요? 그렇지요?"

사내는 아이 앞에 몸을 수그려 머리를 쓰다듬었다. 그러고는 그 작고도 가칠한 얼굴을 감싸 안았다.

"묏자리를 찾아야 하니 한동안 이 동네 주변을 돌아다녀야 할 듯싶구나. 난 저 칠패 시장으로 가는 고개 너머에 있는 주막에 머물 거다. 심심하면 날 찾아오너라. 내 이름은 안수교라 한다."

하지가 지나 점점 물기를 머금은 듯 조금만 걸어도 팔뚝과 목덜미에 땀이 송골송골 맺혔다. 발갛게 떠오르던 해는 정남을 향해 가더니 청백색 구름 떼 속으로 숨어 버렸다. 온몸이 물먹은 가마처럼 축 늘어지는 날씨에 정호는 땀을 훔치며 열심히 고개를 넘고 있었다.

"조금만 더 가면 되겠네. 계속 걸었더니 배가 다 고프네."

머리 밑에서부터 흘러내리는 찝찝한 땀방울보다 단내가 훅훅 올라올 정도로 참기 힘든 허기가 아이의 발걸음을 잡았다. 대갈마치마냥 꼭 다문 아이의 작은 입술은 허옇게 들떴지만 굳은 결기로 인해 더욱 앙팡져 보였다.

저 멀리 굴뚝 연기가 보였다. 아이의 허연 입술이 입에 걸려 헤벌쭉거렸다. 땀이 배여 미끈거리고 발바닥이 쿡쿡 쑤셔 왔지만 정호는 마치 과녁을 향한 화살처럼 정신없이 뛰기 시작했다.

"다 왔다, 다 왔어! 드디어 왔다고!"

칠패 시장 근처에 위치한 주막은 작고 아담했지만 보부상과 도성 안으로 들어가려는 객들로 늘 북적였다. 통통하고 얼굴이 심하게 얽은 주모는 치마에 손을 닦으며 꾀죄죄한 아이를 아래위로 훑어보더니 패악스럽게 소리를 질러 댔다.

"밥 얻어먹으러 올 거면 저녁에 와야지. 한창 손이 바쁠 때 이리 오면 어찌하라고? 썩 가지 못해?"

정호의 가칠한 두 뺨은 이내 홍안이 되었다. 그 크고 하얀 두 눈을 치켜뜨며 걸인 취급을 당한 아이는 다라지게 대들었다.

"저 거지 아니에요. 지관 아저씨 뵈러 왔다구요."

"어이고 그러셔요? 에끼, 이놈아!"

주모는 아이의 머리를 한 대 쥐어박고 귀를 잡아당기며 한길 가로 끌고 갔다.

"쥐방울만한 것이 어디 수작을 부리려고! 저녁에 다시 오너라. 그때 남은 찬밥에 나물 넣어 비벼 줄 테니."

"정말 거지 아니라니까요!"

정호는 분한지 두 눈에 눈물까지 그렁거리며 소리를 질렀지만 가년스러운 여인은 더 세게 귀를 잡아당기며 흔들어 댔다.

"아이, 아파요! 그만 해요!"

아이의 조그마한 귀는 어느새 발갛게 부어올랐지만 멧돼지 뒷다리처럼 굵은 그녀의 팔뚝은 강풍에 흔들리는 고목처럼 더욱 거세게 움직였다.

"그만 하게나. 그 조그마한 아이 귀 떨어지겠네. 원 사람이 그리도 강퍅해서야!"

울부짖던 아이는 다가오는 사내를 보고 반가워 미소 지었지만 몽짜처럼 심술궂은 여인은 못마땅한 듯 여전히 귀를 놓아주지 않았다.

"그만 놓으라니까! 어허, 내가 이리 말하지 않은가?"

사내의 호통에 그제야 여인은 아이의 귀를 한 번 더 흔들어 대더니 놓아주었다. 정호는 두 손으로 부어오른 귀를 만지며 그녀를 흘겨보았다. 여인은 팔짱을 끼며 사내 앞으로 거들먹거리며 걸어왔다.

"이 거지 아이를 아십니까? 아니, 나으리께서 먹이시려면 직접 데리고 가시지 왜 한창 바쁜 절 귀찮게 만드십니까?"

안수교는 대꾸도 하지 않은 채 정호의 귀를 이리저리 살폈다. 우악스러운 손으로 얼마나 잡아당겼던지 귓바퀴에는 목홍빛 피멍이 살짝 들어 있었다. 사내의 눈에서는 쌍그런 빛이 감돌더니 입을 삐죽거리고 있는 경망스러운 여인을 향해 경을 쳤다.

"멍이 들지 않았나? 만약 이 아이가 제대로 듣지 못한다면 내 자네에게 책임을 물을 것이네. 알겠는가?"

주모는 서슬 퍼런 사내의 두 눈을 보더니 슬금슬금 뒷걸음질 쳐 부엌으로 냉큼 숨어 버렸다. 안수교는 정호의 눈물을 닦아 주며 등을 어루만져 줬다.

"괜찮으냐? 많이 아팠겠구나."

"괜찮습니다. 하나도 안 아픕니다."

아이는 여전히 훌쩍거리고 있었지만 점점 얼굴이 밝아지고 있었다. 사내는 정호의 땀에 젖은 꼬질꼬질한 저고리를 보더니 안쓰러운 듯 수건으로 목 언저리와 얼굴을 닦아 주었다.

"한참을 걸어왔겠구나. 배고프지?"

봉놋방에 앉아 국밥을 떠먹는 아이는 그가 보고 있는 서책들에서 눈을 떼지 못했다. 되는대로 여기저기 국물을 흘리며 퍼먹는 정호를 보며 그는 어이없다는 듯 피식 웃었다.

"천천히 먹거라. 뭐가 그리 궁금한고?"

"그 지도라는 것은 어찌하면 그릴 수 있는 것입니까? 글을 배우고 붓을 잡을 줄만 알면 그릴 수 있는 것입니까?"

사내는 한꺼번에 질문을 쏟아 내는 그 조그마한 입을 보며 말없이 웃기만 했다. 아이는 대충 국밥 한 그릇을 비우고는 얼른 그의 곁으로 가 바닥에 널려져 있는 종이들을 하나하나 들고 살펴보기 시작했다.

"이 녀석아, 거꾸로 들고 뭘 하는 것이더냐? 글도 모르면서 어찌 지도를 보려고 해?"

정호는 순간 얼굴이 벌게졌다. 종이를 내려놓으며 아이는 창피한지 얼굴을 들지 못했다. 잠시 어색한 침묵이 흐르는 동안 안수교는 아이를 찬찬히 뜯어보았다. 비쩍 마른 체구에 작고도 동그란 그 얼굴은 여느 사내아이들과 다르지 않았지만 한번 툭 던진 말 한마디 듣고 약현에서 여기까지 꾸역꾸역 걸어온 것을 보면 보통 내기가 아닌 듯했다.

"지도를 그리고 싶으냐?"

정호는 얼굴을 들지 못한 채 고개만 끄덕였다. 무릎에 올린 조그마한 고사리 손등 위로 눈물이 뚝뚝 떨어졌다. 사내는 이리저리 널린 지도들을 하나하나 모아 정리하고는 봇짐 안에서 낡은 창호지를 꺼내 바닥 위에 폈다. 필낭에서 작은 붓을 꺼낸 그는 그 위에 둥그런 원을 그리더니, 위, 아래, 좌, 우로 네모난 점을 찍었다.

"자, 보거라. 이 둥그런 원은 한성을 둘러싼 성곽들이다. 그리고 이 네모난 것들은 사대문을 의미하지."

아이는 사내의 곁에 다가들어 종이 위의 그림을 자세히 들여다보았다. 안수교는 갑자기 동그란 원으로 좌우로 좌악 선을 그려 가르더니 그 선 위에 위아래로 작은 작대기 같은 선을 그려 넣었다.

"이것은 청계천이다. 이것들은 청계천 위에 세워진 다리들이지. 그리고 여긴 잘난 양반님네들이 사시는 북촌, 이곳은 남촌. 어떠냐, 지도 그리는 것이 어렵지는 않지?"

정호는 하얀 이빨로 아랫입술을 살짝 깨물며 수줍게 웃었다.

"정말이네요? 쉽습니다. 허면 제가 한성을 잘 알기만 하면 이리 그릴 수 있는 것입니까?"

안수교는 붓을 놓으며 고개를 저었다. 원하던 대답을 듣지 못한 아이는 실망한 얼굴로 입술을 축 늘어뜨렸다. 그는 봇짐에서 지난번에 보았던 작은 지도책을 꺼내 펼쳤다. 그는 지도의 여백에 적힌 무수한 글자들을 가리켰다.

"자, 이곳을 보면 한성까지 며칠이 걸리며, 호구, 찰방역에 관한 것들이 적혀 있다. 정확한 거리를 알아야지 그렇지 않으면 오히려 사람들이 이것을 보고 헷갈릴 수가 있지."

"허면 정확한 거리는 어찌 압니까? 아주 긴 자가 있어서 재는 겁니까?"

"기리고차라는 수레가 있어서 잴 수 있기는 하지. 하지만 그것보다 이 사람의 두 다리가 가장 정확한 거란다."

"사람마다 걸음걸이와 빠르기가 다른데 어찌 정확한 겁니까?"

"아하하! 그놈 참! 잔망스럽긴!"

안수교는 진지하게 물어보는 아이의 더부룩한 머리를 연거푸 쓰다듬었다. 여위고 작은 얼굴에서는 간절함이 느껴졌다.

"한꺼번에 다 알 수 있겠느냐? 하나하나 조금씩 알아 가자꾸나. 하지만 그것보다 더 중요한 것이 있다. 너 우선 천자문부터 익혀야겠구나. 재간을 배 안에서부터 배우겠느냐?"

"허, 또 빗님이 내리시는구나."

시원한 장대비가 질퍽거리는 대지를 또 한 번 적셨다. 할 일이 많아 미끈유월이라고 하지만 이리도 비가 내리니 밖으로 감히 돌아다니는 이들이 보이지 않았다. 봉놋방에서 밖을 내다보며 단죽을 뻐끔거리는 안수교는 회보라색 풍경 속으로 연기를 내뿜었다.

"그래, 다 썼느냐?"

"네."

정호는 창호지에 쓴 글자를 그에게 내밀었다. 고개를 끄덕이며 흡족한 미소를 지었다.

"필체가 좋구나. 글구멍이 타고난 녀석임에 틀림이 없는 거 같다. 자, 다시 한 번 물어보자꾸나. 거리를 재는 주척은 무엇이 있더냐?"

"촌, 척, 보, 장, 리, 식입니다. 열 촌은 한 척이며, 한 보는 육 척과 같사옵니다. 또한, 열 척은 한 장이니, 백팔십 장이 한 리에 해당하며 한 식은 삼십 리와 같사옵니다. 또한, 한 식은 한 번 쉬어 가는 것을 의미하는데, 이는 역과 원이 대로 위에 자리 잡는 기준이 되기도 하옵니다."

"허면 한 보는 어떤 걸음을 의미하더냐?"

"한 걸음은 두 발이 같은 위치에 오는 것을 의미합니다."

"잘 익혔구나. 오늘은 여기까지 하고 좀 쉬자꾸나."

정호는 계속 서책을 바라보았지만 안수교는 아련한 눈빛으로 계속 밖을 바라보았다. 정호는 책을 덮고 스승의 곁에서 같이 비 내리는 풍경을 지켜보았다. 거침없이 땅으로 내다 꽂는 빗줄기는 마치 전장에 나간 장수의 창처럼 격렬하고 매서웠다. 움푹 팬 땅에 자그마한 웅덩이가 생기더니 이내 황톳빛 물이 흘러넘쳐 여기저기로 흘러가고 있었다. 보기만 해도 이상하게 가슴이 후련해졌다. 정호는 무릎을 모아 그러안고 그 위에 턱을 받히고는 흥미롭게 빗줄기의 유려한 춤사위에 넋을 빼앗겼다.

"부모님께서 글 배우는 것을 아시더냐?"

"아닙니다. 아시면 분명 아버지께서 노발대발하실 겁니다. 조만간 제 형도 아버지처럼 지게품을 팔아야 할 것 같습니다."

기어들어 가는 목소리로 대답하는 아이의 얼굴은 금세 어두워졌다. 안수교는 그저 고개만 끄덕이며 시원하게 단죽을 빨아들였다.

"내가 왜 애꾸가 되었는지 아느냐?"

"예?"

스승은 남령초 연기를 회색 허공 속으로 내뿜었다. 유백색의 연기는 그 비어진 공간 속에서 금세 어우러져 자취를 감추었다.

"스스로 자만해서 눈 한쪽을 빼앗겼지. 더 겸허히 살피고 노력했어야 하는데, 그러지 못했어. 기세등등한 안동 김씨 세력의 묏자리가 물에 폭 잠겨 버려 내 눈을 이 지경으로 만들어 놓았지."

정호의 얼굴에는 연민의 빛이 떠올랐다. 사실 항상 궁금했었다. 저리 다문발식한 스승이 왜 불편하게 한쪽 시력으로 살아야 하는지 호기심이 일었지만 감히 물어볼 수 없었다. 안수교는 곰방대를 문턱에 대고 탁탁 털며 날숨을 내쉬었다.

"배우는 것이 좋으냐?"

"예."

스승은 말뚱한 눈빛으로 대답하는 제자를 사랑스럽게 내려다보았다. 하지만 그 눈빛에는 슬픔과 한숨이 배여 있었다. 그는 정호를 계속 바라보더니 다시 한 번 남령초 연기를 내뿜었다.

"모든 일에는 대가가 따른다. 너 또한 그러할 것이다. 감히 천한 네가 배움을 탐하는 것은 이 세계에서는 결코 허락된 것이 아니란다. 허니, 더욱 독한 분기와 끈질긴 결기로 앞에 닥친 것들을 헤치고 나가야 한다. 알겠느냐?"

건들바람이 불어오는 약현은 그 어느 때보다 여유롭고 풍요로웠다. 추석이 갓 지난 가을 햇살은 한여름의 열정을 모두 삭혀 버리고 온전히 속으로 품어 낸 부드러움만을 갖춘 듯 다사로웠다. 주막집 평상 위에 엎드린 사내아이는 콧등에 묻은 땀을 연신 닦아 가며 무엇인가를 열심히 그리고 있었다.

"뭘 그리 열심히 하는 것이더냐? 지관 나으리께서는 어디 가셨더냐?"

부엌에서 바구니에 나물을 담아 평상에 걸터앉은 주모는 아이가 그리는 그림을 뚫어지게 바라보았다. 좁디좁은 종이 한 장 위에 그대로 나붓하게 내려앉아 자리 잡은 듯 그림 속의 세계는 다감하고도 평화롭게 보였다.

"이게 무엇이냐? 보아하니 보부상들이 들고 다니는 종이쪼가리와 비슷하구나."

정호는 숨을 죽인 채, 떨리는 손으로 종이 위에 기와집을 그려 넣더니, 허리를 펴고 그 구김살 없는 얼굴에 맑은 웃음을 지었다.

"다 되었다!"

정호는 종이를 들고 이리저리 살피더니 주모에게 내밀었다.

"어때요? 한성이랑 비슷한가요?"

주모는 미간을 찌푸리고 한참을 들여다보더니 입술을 축 늘어뜨리며 고개를 끄덕였다.

"뭐 내가 본 것들이랑 비슷하구나. 대체 이건 왜 그리는 것이더냐? 왜 이걸 가지고 한성이라도 한 바퀴 휘 돌고 싶은 것이야?"

정호는 수줍게 웃더니 고개를 저었다. 생전 처음 그린 지도, 그 지도의 임자는 아이가 이 한 장의 지도를 그리기 위해 더운 여름 내내 고개 너머 힘들게 다리품을 팔았다는 사실을 전혀 알 리 없었다.

"허, 제법 그렸구나. 어디 보자."

주막 안으로 들어선 안수교가 제자가 그린 종이를 들여다보았다. 얼기설기 울퉁불퉁한 선들이 우스꽝스러웠지만 제법 모양새를 갖춘 지도책의 지도들과 비교해도 손색이 없을 정도였다. 안수교는 봇짐 속에서 봉투 하나를 꺼내어 제자가 그린 첫 지도를 고이 접어 넣었다.

"하하, 꼼꼼하게도 그렸구나. 그래, 이제 어찌할 것이더냐?"

정호의 얼굴은 상기되기 시작했다. 식구들 몰래 글을 배워 가며 또한 지도책 속의 지도들을 베껴 그려 가며 보낸 시간들이 떠오르기 시작했다. 무엇보다 이제 매일 저녁마다 어머니의 울음소리와 아버지의 악다구니를 듣지 않아도 된다는 생각만으로 심장이 미친 듯이 두근거렸다.

"아버지께 드려야지요. 가 보겠습니다, 스승님!"

"그래. 어서 가 보거라!"

땅에 나부라질 듯 허리를 굽히며 인사를 하고 정호는 미친 듯이 뛰기 시작했다. 한 손에 쥔 지도를 연신 내려다보며 아이는 해맑은 얼굴로 마치 어미 품으로 달려가는 아기처럼 순수한 환희로 들떠 있었다.

"대체 어디다 쓸려고 그린 겁니까?"

나물을 다듬으며 주모는 어이없다는 얼굴로 안수교를 바라보았지만 그의 얼굴에는 수심만이 가득했다.

"글쎄, 말이오. 저 아이가 그리 정성을 다해 그린 그것을 과연 받는 이가 기뻐할지 그게 의문이오."

해가 서산으로 기울기 시작하자, 남빛으로 변하기 시작하는 저녁 하늘이 강색으로 물들어 갔다. 조금씩 어그러지기 시작하는 보름달이 새치름하게 모습을 나타내자, 정호의 뜀박질은 빨라졌다. 눈감고 금방 갈 수 있는 논들길이 오늘 따라 가래떡처럼 늘어진 듯 무척이나 길었다.

"아버지께서 오시기 전에 도착해야 하는데. 아마 보시면 틀림없이 기뻐하시겠지?"

저 멀리 동네에서 가장 작은 초가삼간이 보였다. 이미 어머니가 밥을 짓기 시작한 듯 잿빛 연기가 피어오르고 있었다. 숨이 턱밑까지 차오르고 목울대가 따끔거렸지만 정호는 더욱 빨리 뛰어갔다.

"어머니!"

사립문으로 들어서자 비쩍 마른 여인이 미간을 잔뜩 찌푸린 채 부엌에서 얼굴을 내밀었다. 오늘 북촌 양반님 댁의 잔치에 일하러 갔다 돌아온 그녀는 하루 종일 받은 멸시와 피로로 쓰러질 것처럼 보였다.

"아니, 집을 비우고 어딜 쏘다니는 게냐? 이 어미가 솥에 밥 지어 놓으라고 그리 일렀건만 뭘 하고 돌아다니는 것이더냐?"

핀잔하는 어머니를 보자 갑자기 정호는 온몸에 서리를 맞은 듯 한기가 느껴졌다. 손에 든 봉투를 뒤에 감춘 채, 아이는 슬그머니 부엌으로 뛰어 들어갔다.

"어이고 못살아. 네 형은 벌써부터 네 아버지랑 일을 하는데, 너는 언제

철이 들려고 동네 강아지마냥 쏘다니고 다니는 것이야? 이 어미가 고단해 죽을 지경인데, 인제 밥을 지으면 언제 저녁을 먹느냐? 이 덩둘한 녀석 같으니!"

악에 받힌 그녀의 목소리에 정호는 그만 서러워졌고, 절로 봉투를 품에 넣었다. 초라한 밥상 위에는 잔칫집에서 얻어 온 부침개와 함께 고무라기가 가득한 떡 쪼가리 몇 개가 놓여 있을 뿐이었다. 평소라면 어머니 몰래 하나 집어서 냉큼 입 안에 넣었을 그였지만 오늘은 이상하게 군침조차 돌지 않았다.

'그래, 아버지는 분명 칭찬해 주실 거야.'

의기소침해 있던 아이는 부글부글 끓기 시작하는 솥을 보며 누가 보기라도 하듯 주변을 두리번거리며 미소 지었다. 뛰어오느라 뜨거워진 작은 두 뺨이 아궁이의 열기에 어여쁘게 불그레졌다.

"요즘 어딜 그리 쏘다니는 것이야? 아버지 아시면 경을 치신다. 이 어미한테라도 솔직하게 말하려무나. 싸고 싼 사향도 냄새가 나는 법이다."

툴툴거리면서도 기죽은 막내아들이 안쓰러웠는지 여인은 나물국에 털어 넣을 나물을 썰며 홀끔거렸다. 정호는 한번 떠보는 어미의 말에 마치 포도대장 앞에서 심문을 받는 듯 식은땀이 줄줄 흘러내렸다. 그는 품속에 깊숙이 숨겨 둔 봉투가 보일 새라 더욱 가슴을 그러안으며 쭈그렸다. 어미는 경계하는 막내를 보더니 기가 찬 듯 피식 웃었다.

"괜찮다. 이 어미가 아버지 그 강퍅한 성미 다 아는데 뭘 그리 숨겨?"

아이는 한참을 쭈뼛거리더니 땀으로 흠뻑 젖은 저고리 안에서 유백색 봉투 하나를 끄집어내었다. 소댕을 열어 나물과 된장을 넣고 휘휘 젓던 어미는 휘둥그레진 눈으로 봉투를 열었다. 봉투 속에서 한 장의 종이를 펴 본 여인은 한참을 들여다보더니 고개만 갸우뚱거릴 뿐이었다.

"이게 대체 뭐냐?"

정호는 가슴이 콩콩 뛰었다. 하루 종일 기다린 이 순간! 남몰래 한여름 장맛비를 맞으며 자드락길을 오르내리며 다친 것도 수십 번이고 뱀을 잘못 밟아 오줌을 지린 것도 열 손가락을 꼽을 정도였다. 하지만 가슴 벅찬 지금 그 고생한 기억들은 다 사라져 기억도 나지 않았다.

"지도에요, 어머니! 이것만 있으면 이제 아버지께서 매 맞고 삯도 못 받는 일이 없을 거예요."

"누가 너에게 준 것이더냐?"

정호는 목구멍에서 치밀어 오르는 뜨거운 말을 내뱉고 싶어 온몸이 근질거렸다. 아이는 이 세상에 태어나 가장 큰 목소리로 노래하듯 소리쳤다.

"제가 그린 거예요, 어머니. 제가 스승님한테 배우고 익혀서 그린 지도라구요. 스승님께서도 잘 그렸다고 얼마나 칭찬해 주셨다구요!"

어미의 손끝이 한겨울 강풍에 흔들리는 문풍지처럼 파르르 떨리며 종이가 툭 떨어졌다. 바짝 마른 벼이삭 같은 얼굴이 더욱 창백해졌다. 기대와 다른 그녀의 모습에 정호는 조그마한 심장을 누군가 쥐어짜는 것처럼 아파 왔다. 아이는 얼른 바닥에 떨어진 종이를 주어 재빨리 봉투 안에 집어넣었다.

"너, 너 말이다……. 우리 몰래 글 배우고 다니는 것이더냐?"

"예, 아뇨, 그게요……."

순간 아이는 눈앞이 번쩍거림과 함께 왼쪽 뺨이 화끈거렸다. 정신을 차리고 눈을 떠 보니 화가 난 어미가 담자색 입술을 일그러뜨리며 그의 두 팔을 붙잡고 마구 흔들어 댔다.

"쪽박이 제 재주를 모르고 한강을 건넌다고 하더니, 꼭 네가 하는 짓거리가 이것이구나! 이 얼빠진 놈아, 하루 벌어먹고 살기도 빠듯한데 글을 배워? 네 형과 아버지가 등골 빠지게 얼음 배달하는 거 보고도 그리 신선놀음하고 싶은 것이야. 어찌 그리 철이 없는 것이더냐?"

"뭐? 뭐가 어쩌고 어째? 글을 배워?"

마른하늘에 날벼락이 친 듯 아이와 어미는 부엌 밖에서 씩씩거리는 사내를 보고 얼어붙고 말았다. 등에 진 지게를 마당에 내동댕이치며 거칠게 부엌 안으로 들어서는 지아비 옆에서 어미는 억지웃음을 지으며 가살을 떨었다.

"오늘은 왜 이리 일찍 오신 게요? 정길아, 일이 빨리 마친 게냐?"

"그, 그게 다른 사람을 시켜 대신 배달했다고 해서……."

화가 난 아버지 뒤에서 장남은 새파랗게 질려 더듬거리고만 있었다. 아버지는 막내아들이 두 손으로 꼭 쥐고 있는 봉투를 빼앗더니 그 안에 든 종이를 꺼냈다.

"아, 아버지!"

사내는 겁에 질린 막둥이를 보지도 않고 종이를 펼쳐 고사리 손으로 땀 흘려 그린 지도를 보며 가소만 짓고 있었다.

"네가 글을 배워? 이깟 종이 쪼가리에 그림 그리면 밥이 나오더냐, 떡이 나오더냐? 이런 멀건이 같으니라고! 너도 내일부터 당장 형하고 같이 얼음 배달이나 해. 집 지키라고 놔두었더니 양반 놀음이나 하고 자빠졌구먼!"

"정호는 어리지 않소? 내가 내일부터 데리고 다니며 소일거리 시킬 것이니 제발 화 좀 푸시구랴."

아버지는 손에 든 종이를 박박 찢기 시작했다. 정호는 뜨거운 것이 머리끝에서 발끝까지 훑고 지나감을 느꼈다. 겁에 질려 부엌 구석에서 떨고 있던 아이는 자신도 모르게 달려들어 시커멓고 말라비틀어진 아버지의 팔을 붙들고 울부짖었다.

"그러지 마셔요! 내가 이거 아버지 드리려고 그린 거라구요. 여름 내내 힘들게 비 맞아 가며 뱀에 물릴 뻔하며 얼마나 고생해서 그린 건지 아세요?"

"이 녀석이! 저리 가지 못해?"

눈이 뒤집어진 게정꾼은 아이의 팔을 뿌리치며 산산조각이 난 아이의 첫 선물을 저녁밥을 짓는 아궁이 속으로 쳐 넣었다. 정호는 순간 말을 잊고 활활 타고 있는 지도를 쳐다보고만 있었다. 말없이 지켜보고만 있던 형은 동생의 손을 잡아 이끌었지만 정호는 뿌리치고 아버지를 노려보았다.

"아버지는 나빠요! 아버지는 똥주머니 같은 몽짜라구요!"

되바라지게 대드는 막내를 보자 아버지의 사나운 눈은 허옇게 눈자위를 드러내었다. 사내는 주변을 두리번거리더니 밀대 하나를 집어 들고 고래고래 소리를 질러 댔다.

"이 못된 놈! 너 빼고 우리 식구 모두 밥벌이 하는 동안 놀고 자빠진 주제에 어디 대들어? 오늘 혼 좀 나 봐라!"

겁에 질려 동생과 아들을 막아서는 형과 어머니와 달리 정호는 그 자그마한 몸을 에워싼 분노로 홍안이 된 얼굴을 일그러뜨리며 소리쳤다.

"아버지는 계속 맞고 사실 거예요. 내가 저걸 왜 그랬냐구요? 오늘처럼 실컷 개처럼 일하고도 돈 한 푼 못 받고 돌아오실까 봐, 또 맞고 들어오실까 봐, 그래서 우리들한테 또 화풀이하실까 봐 겁이 나서 그랬다구요. 저 지도만 있으면 한성 어디든지 갈 수 있었다구요. 아버지는 정말 얼치기에 반편이에 쓸모도 없는 매련퉁이에요!"

정호는 형과 어머니를 밀치고 부엌 밖으로 뛰쳐나갔다. 화가 머리끝까지 치민 아버지가 밀대를 들고 따라 나왔지만 어머니가 지아비의 허리를 끌어안았다.

"이거 못 놔? 이 여편네가 미쳤나?"

"정길이 아버지, 그만하고 씻으시구랴. 정길아 뭐하니? 아버지 손에서 밀대 빼야지?"

장남과 어머니가 성난 아버지를 말리는 동안 정호의 작은 두 뺨은 눈물로 축축하게 덮여 있었다. 얼굴이 말고기 자반처럼 변한 아버지는 약현의 그 작은 동네가 떠나갈 듯 패악스럽게 소리를 질렀다.

"사람이 분수를 알고 살아야지! 우리같이 무지렁이 같은 것들은 그저 이 더러운 세상에 바짝 나부라져서 주는 것만 받아먹고 살아야 할 팔자야. 글? 네놈 대가리에서 그 썩어빠진 생각 지워 버리기 전에는 다시는 집구석에 들어올 생각 말거라. 이 쓸모없는 발록구니야!"

계속 달렸다. 얼마나 달렸는지 모른다. 그저 희끄무레한 자국길을 보이는 대로 달렸다. 갑자기 몸이 공중으로 붕 뜨더니 딱딱하고 차가운 바닥에 떨어졌다. 오른쪽 발목이 시큰거리고 아팠지만 이상하게도 고통을 느끼지 못했다.

　정호는 눈을 들어 쪽색의 야천을 바라보았다. 유백색 달무리에 둘러싸인 달은 그 어느 때보다 밉살스러울 정도로 탐스러워 보였다. 차라리 그믐이라면 이 초라한 신세를 보지나 못할 것을 이리로 훤하게 내비쳐 보여 주니 징그러울 정도로 밉고 또 미웠다.

　"내가 뭘 잘못했다고. 그저 아버지 도와주려고 그런 것인데……."

　돌부리에 부딪혀 생채기 난 발목에서는 피가 흘러내렸다. 평소라면 울먹거렸겠지만 원통하고도 슬픈 어린 사내아이는 심장에 불을 지른 것처럼 가슴속이 뜨겁고 답답했다.

　차가운 땅을 짚고 일어섰다. 풍성한 수확을 기대하고 생명력을 지탱해 주는 대지는 작은 사내아이의 서러운 마음을 달래 줄 약간의 온기마저도 남아 있지 않은 듯했다. 정호는 목 언저리를 쓰다듬는 바람에 부르르 떨었다. 추워서 떤 것이 아니라 따뜻한 품과 손길이 그리웠다.

　"이런 모습 보여 드리기 싫은데, 정말 싫은데……."

"오늘은 영 매상이 아니네. 거참 희한하구먼, 왜 이리 손이 없지?"

주막집 주모는 주막 안을 쓰윽 둘러보았다. 평소라면 붐벼야 할 주막이 오늘 따라 적막했다. 입맛을 다시며 그녀는 사립문 밖에 매어 둔 제등을 내리기 위해 손을 뻗다 절뚝거리며 걸어오는 아이를 보고 화들짝 놀랐다.

"너, 누구야?"

아이는 훌쩍거리며 아무 말이 없었다. 그녀는 침을 꼴깍 삼키며 고개길에 가끔 나타난다는 아이의 혼백 이야기가 생각났다. 주모는 싸리비를 주워 들고 천천히 아이에게로 다가갔다.

"누구냐니까?"

아이는 얼굴을 들어 그녀를 바라보았다. 얼굴이 퉁퉁 붓고 여기저기 흙이 묻어 꾀죄죄하기는 했지만 낯이 익은 얼굴이었다. 주모는 더욱 다가들더니 그제야 안도의 한숨을 내쉬었다.

"놀라지 않았더냐? 이 오밤중에 무슨 일이야?"

아이는 아무 말 없이 주막 안으로 걸어 들어갔다. 주모는 아이의 발목에 흐르는 피를 보고 안 되었다는 듯 혀를 찼다.

"어디서 다친 게야? 꼴이 또 그게 뭐냐? 아까는 신바람이 나서 정신없이 뛰쳐나가더니 무슨 일이 있었던 게야?"

봉놋방 앞마루에 앉아 연초를 피우던 안수교는 험한 꼴로 자신에게 다가오는 제자를 보고 말없이 일어섰다. 아이는 부끄러운 듯 고개를 들지 못하고 계속 흐느끼고만 있었다. 스승은 아이 앞에 쭈그려 앉더니 계속 단죽을 뻐끔거리며 바라보고만 있었다.

"밥은 먹었더냐?"

아이는 말없이 고개만 내저었다.

"아버지께서 너 글 배운다고 혼을 내신 모양이로구나."

아이는 그 말에 더욱 서럽게 울었다.

"제가 잘못한 것도 없는데, 왜 혼이 나야 하지요?"

안수교는 대답 없이 일어서더니 뒤돌아섰다. 오늘따라 스승의 뒷모습이 마치 임금님이 사신다는 궐의 담벼락처럼 크고 넓게 보였다. 스승의 단죽에서 피어오르는 연기는 마치 궁궐 위를 노니는 구름처럼 보였다.

"오늘은 여기서 자고 동이 트면 집으로 가거라. 주모, 여기 국밥 하나 말아 주시오!"

보름이 지나 그믐을 달려가고 있는데도 달이 무척이나 밝았다. 온 세상을 환히 비추는 월광은 지저분한 봉놋방의 문지방의 틈을 비집고 들어와 아직도 분기를 삭히지 못한 아이의 다불다불한 머리카락을 쓰다듬었다.

"아직도 화가 난 것이더냐?"

스승의 목소리에는 웃음이 배여 있었다. 그것이 못내 서운한 듯 정호는 이불을 머리끝까지 뒤집어썼다.

"오늘 봉놋방에 있던 객들이 길을 떠나 편하게 잘 줄 알았더니 네가 들어와 또 이리 새우잠을 자야 하는구나."

이불 속에서 훌쩍거리는 소리가 흘러나왔다. 들썩이는 이불을 제친 안수교의 눈에 아이의 다친 발목이 눈에 들어왔다. 자리에서 일어난 그는 수건을 꺼내 핏자국을 닦기 시작했다.

"지난번에 내가 그러지 않았더냐? 세상이 너를 편히 놔두지 않을 거라고. 어찌 보면 이건 아무것도 아닐 수 있다. 허니, 너무 서운해하지 말고 내일 아침 기분 좋게 집으로 돌아가거라."

"제가 무엇을 잘못했습니까? 아버지를 위해 그동안 배운 것을 가지고 지도를 그렸을 뿐입니다."

"미련해지거라."

뜬금없는 스승의 말에 아이는 뒤돌아보았다. 피를 닦은 안수교는 약을 꺼내 바르며 미소 지었다.

"미련이 담벼락을 뚫는다고 하지 않더냐? 지금처럼 계속 미련하게 세상을 대하다 보면 분명 이루는 바가 있을 것이다."

정호는 일어나서 스승을 빤히 바라보았다. 세상에 태어나서 자신의 눈을 뜨게 한 사람, 세상에 태어나서 처음으로 자신에게 뜨거운 가슴이 있음을 알게 해 준 사람. 정호는 달빛에 비친 어슴푸레한 스승의 모습을 보고 또 보았다.

"약을 발랐으니 곧 아물 거다. 내일부터는 오지 말거라. 난 길을 떠날 것이다."

하늘이 무너지는 심경이었다. 풍랑으로 일렁이는 바다에서 노를 잃어버린 듯, 유일하게 의지할 수 있는 가장 큰 버팀목이 없어진다는 생각에 아이는 그의 손을 잡고 매달렸다.

"저를 데려가 주십시오. 스승님을 따라다니며 열심히 배워 지관이 되겠습니다. 늘 먹고 살 걱정만 하는 이 약현에서 벗어나고 싶습니다!"

스승은 말없이 제자의 다심한 얼굴을 어루만졌다. 그는 봇짐을 뒤지더니 작은 지도책과 함께 두루마기 한 개를 꺼내어 건넸다.

"어차피 난 여기 잠시 머물 예정이었다. 원래 지난달에 떠나야 했지만 너를 가르치는 기쁨에 집착하여 더 있었단다. 넌 미욱한 아이가 아니다. 너처럼 글눈이 밝은 아이는 처음 보았다. 이리 누군가를 흥이 나도록 가르쳐 본 적이 없던 나다. 비록 나는 가지만 넌 계속 노력하며 배워야 한다. 이 지도책은 알다시피 사람들이 들고 다니며 보는 지도이다. 도리표까지 정리되어 있어 많은 도움이 될 것이다. 그리고 이 지도는 '팔도전도'를 필사한 것이다. 조선 땅을 한 눈에 볼 수 있는 지도지."

"가지 마십시오!"

정호의 눈에는 간절함이 가득했지만 외면해야 하는 안수교의 마음은 에이고 아팠다. 스승은 제자의 고사리 손을 잡았다. 정호는 처음으로 다스한 온기를 느꼈다. 심산한 이 세상에 어머니에게서도 느껴 보지 못한 너그러운 마음을 그에게서 오롯이 느꼈다.

"부모에게 효도하는 것이 도리라고 하지 않았더냐? 네가 부모께 자식으로서의 도리를 다하고 나를 찾거라. 연이 닿는다면 언젠가 또 만나겠지……."

정호는 울었다. 그저 아무 말 없이 울기만 했다. 서럽고 고맙고 안타까운 마음으로 흐느껴 울었다. 스승 또한 각박한 세상살이에 그를 두고 자신의 여정을 떠나야 하는 것이 안타까웠는지, 깊이 주름진 눈꼬리에서 눈물이 계속 흘러내렸다.

"꼭 만나자꾸나. 꼭 만나 나를 기쁘게 해 다오."

평생의 벗

"정호 왔구나. 네 형이나 아버지보다 네가 훨씬 낫다!"

어물전 여주인은 뚱뚱한 몸을 흔들어 대며 얼음을 내려놓는 아이에게 다가갔다. 이제 막 열두 살이 된 사내아이는 훤칠한 키 때문에 또래 아이들보다 훨씬 성숙해 보였다. 총기 있고 끌끌해 보이는 눈망울 때문인지 초라한 옷매무새를 지녔지만 그 누구라도 호감을 가지게 하는 인상이었다.

"한성에서 저보다 빨리 배달하는 지게꾼은 없을 걸요?"

"대체 그 비결이 뭐냐? 삼십 년 된 지게꾼보다 네가 더 빠르구나?"

정호는 품속에서 종이 한 장을 꺼내 들었다. 마치 싸움에서 이긴 개선 장군처럼 아이의 얼굴에는 거만한 미소와 함께 자부심이 넘쳐 났다.

"이 한성이 제 손 안에 있어요. 아무리 여기서 나고 자란 사람이라고 하여도 나만큼 모를 걸요? 길 찾는 재주는 홍길동이라구요."

어물전 주인은 껄껄 웃으며 아이에게 품삯을 건넸다.

"그렇구나. 내가 기특해서 더 주니 가면서 요기라도 좀 하려무나."

"고맙습니다!"

넙죽 인사를 하고 돌아서는 어린 지게꾼을 애처롭게 쳐다보며 어물전 여주인은 혀를 차며 가슴이 답답한 듯 한숨을 내쉬었다.

"저리 대갈마치처럼 야무진 놈이 양반집에 태어났으면 얼마나 좋았을

꼬? 아이고 아깝다 아까워.”

빨리 배달 일을 마친 정호는 여유롭게 운종가를 돌아다녔다. 한식이 지난 시전은 다스한 날씨에 동해 구경 나온 여인네들이 많았다. 백당전, 청포전, 화피전 등 어딜 가나 진귀한 물건이 눈길을 끌었지만 그의 마음을 이끄는 것은 오로지 한 군데뿐이었다.

사람이 북적이는 시전 한가운데를 벗어난 그는 후미진 골목길로 들어섰다. 멀리서부터 풍겨 오는 쿰쿰한 종이 냄새와 먹 냄새에 정호는 절로 미소 지었다.

“왔느냐? 그렇지 않아도 새로 나온 지도책과 지리지가 있는데 한번 보겠느냐?”

“보면 뭐해요? 사지도 못하는데. 오늘은 어떤 책을 필사하면 될까요?”

책전 영감은 여기저기 서책을 뒤적이는 아이를 보더니 자리에서 일어났다. 그가 건넨 서책을 이리저리 훑어보던 정호는 만족하며 고개를 끄덕였다.

“‘해좌전도’와 ‘천하고금대청편람도’? ‘해좌전도’는 지난번에 보여 주신 거 아닙니까?”

“이번에 새로 필사되어 나온 건데 더 자세하게 나왔다고 많이들 사가지. 자, 이건 네가 그리도 보고 싶어 하던 ‘대명일통지’ 필사본이다.”

정호의 얼굴에 화색이 돌았다. 책전 영감에게서 낚아채듯 서책을 받아들고 이리저리 훑어보던 아이는 그 자리에 서서 다 읽을 것처럼 정신없이 책장을 넘겨 댔다.

"귀한 서책을 빌려줬으니 책값을 해야지. 이게 네가 베낄 책이다."

책전 영감은 다른 서책 대여섯 권을 내밀었다. 가마무트름한 얼굴의 사내아이의 입은 다물 줄을 몰랐다.

"고맙습니다, 어르신! 깔끔하게 필사해서 갖다 드릴게요!"

책전을 나선 정호는 그제야 허기가 졌음을 깨달았다. 새벽에 대충 요기하고 얼음을 배달하느라 점심밥을 건너 뛴 것이 이제야 생각났다.

"어물전에서 삯도 더 받았는데, 죽이나 한 그릇 먹고 갈까?"

피맛길로 들어선 정호는 여기저기서 풍겨 오는 식욕을 자극하는 냄새에 점점 더 배가 고파졌다. 죽집으로 향한 그는 가마솥에서 보글보글 끓고 있는 죽들을 바라보며 침을 꼴깍 삼켰다.

"정호 왔구나. 그래 오늘은 뭘로 줄까?"

"오늘은 율자죽이 맛나겠어요. 한 그릇 주셔요."

죽집 노파는 더운죽을 한 그릇 가득 떠서 내밀었다. 정호는 지게를 내려놓고 허겁지겁 죽을 퍼먹기 시작했다. 노파는 급하게 먹는 아이에게 냉수 한 사발을 내밀었다.

"더운죽이니 천천히 먹거라. 입천장 데일라. 오늘도 책전에 들린 것이더냐?"

죽집 노파는 지게 속에 소복이 담긴 서책들을 보며 들릴 듯 말 듯 한숨을 내쉬었다. 이 팍팍하고 재미없는 세상은 아이의 열망을 받아 주기에는 인색하다는 것을 잘 알고 있는 그녀였다.

"너 정도 총기 있는 아이면 충분히 다른 일도 할 수 있을 터인데. 장사 배워 보는 건 어떠냐? 글을 알고 있으니 좋지 않으냐?"

"장사에는 관심 없어요. 전 그냥 좋아하는 서책 읽는 게 좋아요."

"양반도 아니고 과거 볼 것도 아닌데, 그깟 서책이나 뒤적이면 뭘 하누?"

노파는 입술을 일그러뜨리며 여기저기 달라붙는 파리떼를 손으로 쫓아냈다. 도무지 알 수 없는 녀석이었다. 제 아비와 형과는 확실히 다른 놈인 것이 분명했다. 노파는 연신 땀을 훔치며 뜨거운 솥을 저으며 도깨비같은 아이를 마냥 바라보았다.

"이야, 대갓집 도련님께서 길을 잃으셨나 봅니다."

"이 옷은 청포전에서 산 감으로 만드신 옷입니까? 번쩍번쩍합니다요, 히히!"

호건을 쓰고 반물색과 연두색이 섞인 사규삼을 입은 열서너 살 정도 되어 보이는 사내아이가 운종가 왈짜패들에게 에워싸여 있었다. 숫된 얼굴에서는 한성에서 오래 산 이들에게 느껴지는 뺀들뺀들한 구석이 하나도 보이지 않았다. 아이는 주변을 힐끗거렸지만 사람 하나 죽어도 눈 하나 깜짝하지 않는 이곳에서 양반댁 도령님이 왈짜패들에게 봉욕을 치렀다고 하면 오히려 고소해할 이들이 많은 곳이 지금의 한성이었다. 더군다나 위세 등등한 양반님들 꼴 보기 싫어 다니는 피맛길에서 팔 걷어 부치고 양반을 도와 줄 이들은 없었다.

"순순히 돈을 내놓으십시오. 그러시면 털끝하나 건드리지 않고 곱게 보내드리겠습니다."

"도, 돈이라니? 우연히 운종가에 나와 구경하다 종자를 잃어버려 찾을 뿐이다."

사투리가 어색하게 섞인 한성 말을 듣던 가납사니들은 고개를 젖히며 껄껄 웃어댔다. 아이는 얼굴이 점점 더 하얗게 질려 누렇게 뜨기 시작했다.

"하하하! 촌구석에서 행세 꽤나 하시는 분이시로구면. 시골의 양반이나 여기 한성의 천것들이나 다 똑같거든. 아, 어서 돈 내놓으라니까?"

가장 험악하게 생긴 놈이 사내아이의 멱살을 그러쥐고 흔들었다. 하지만 겁에 질렸을지언정 아이는 끝까지 엽낭을 내놓지 않고 고집을 피우고 있었다. 허공에 손발을 허우적거리면서도 양반집 도련님은 끝까지 엽낭을 찬 허리춤을 꼭 움켜쥐었다.

죽집 노파는 답답하다는 듯 한숨을 내쉬며 정호가 내민 죽 그릇을 받았다.

"보아하니 한성에 올라온 지 얼마 안 된 양반댁 자제분이시로구면. 그냥 몇 푼 좀 쥐어 주면 가 버릴 터인데, 어찌 저렇게 고집을 피우시누?"

정호는 천천히 왈짜패들에게로 걸어갔다. 걱정이 된 죽집 노파는 뛰어가 팔을 잡았지만 그는 막무가내였다.

"저놈들 극악한 놈들이다. 차라리 못 본 척하거라. 겁나서 돈 내놓겠지."

"돈을 줬으면 벌써 주었겠죠. 저놈들 다리 밑에서 사는 놈들인데 일부러 저렇게 어린 양반집 자제분이나 아녀자들을 겁박해서 돈 빼앗는 못된 것들이에요."

"덩치를 봐라. 네가 이기겠느냐?"

"제 걱정 마시고 부탁하나만 들어주시겠어요? 저 앞 국밥집에 제가 잘 아는 나장 어르신께서 다른 분과 드시고 계시더라고요. 가서 좀 여기로 뫼셔 와 주시겠어요?"

정호는 픽 웃으며 노파의 손을 잡고 두드리고는 계속 발걸음을 옮겼다. 갑자기 등장한 불청객에 왈짜패들은 험상궂게 노려보았다. 멱살을 쥐여 대롱대롱 매달린 사내아이는 정호의 등장에 기대하는 눈빛으로 바라보았다.

"야 너 빠져. 죽도록 두들겨 맞기 전에. 우린 이 멧부엉이 같은 도련님께 돈 몇 푼 받고 나면 고이 보내드릴 테니까."

정호는 못들은 척 계속 걸어가더니 자신의 전대에서 엽전 한 냥을 꺼내 땅바닥에 던졌다.

"이 돈 받고 얼치기처럼 아이나 여자들 돈 후리지 말고 떳떳하게 살아."

"뭐? 아니 이 녀석이?"

사내아이를 그러쥐던 놈은 멱살을 풀고 정호에게 달려들었다. 다른 놈들도 같이 합세하여 주변을 에워쌌다.

"보아하니 전대가 두둑한 게 꽤나 벌었나 보네. 네놈이 대신 우리한테 돈 좀 주겠느냐?"

정호는 전혀 겁먹지 않고 왈짜패들을 둘러보았다.

"싫은데? 내가 왜 등골 휘도록 얼음 배달해서 번 피 같은 내 돈을 너희들 같은 어리숙한 놈들에게 줘야 하는데?"

"뭐야? 너 오늘 제삿날이다."

사내아이의 멱살을 쥐었던 놈이 정호의 멱살을 쥐고 음험하게 속삭였다.

"청계천의 말뚝이를 네가 모른다 이거냐? 그래 어디 한번 오늘 제대로 네놈한테 가르쳐 줄까?"

"말뚝이었냐? 내가 얼음 지고 운종가 돌아다닌 것이 이 년이 넘었지만 오늘에야 네놈 이름 들어본다. 내가 여기서 소리 지르면 뛰어와서 도와줄 사람들이 얼마나 많은 줄 아느냐? 같은 동빙고에서 배달일하는 지게꾼이며 전방 주인, 심지어 내가 지도 그려 준 보부상들이 널리고 깔렸다. 자, 한번 쳐 봐. 어서 치라구!"

"이놈이! 오냐. 이제 운종가에 나오면 다리가 덜덜 떨릴 정도로 두들겨 패주마."

말뚝이는 정호의 얼굴을 치기 위해 한쪽 팔을 높이 들었다. 그러나 정호의 얼굴에는 전혀 두려움이나 당황하는 기색이 보이지 않았다.

"아니, 너 정호 아니더냐? 이놈들, 지금 뭣들 하는 것이야? 여기서 코 찔찔 흘리는 어린 애들 돈이나 훔치는 거야? 너희들 오늘 옥방에서 한번 자 보고 싶더냐?"

마치 얼룩소처럼 오른쪽 눈에 큰 반점이 난 큰 덩치의 나장이 육모방 망이를 휘두르며 패거리에게로 뛰어왔다. 깜짝 놀란 왈짜패들은 그 길로 정신없이 줄행랑을 치기 시작했다. 정호는 나장에게 공손하게 인사를 올렸다.

"정말 고맙습니다, 어르신."

"이 녀석아, 너처럼 꾀자기 같은 놈이 웬일로 저놈들과 엮인 거야?"

나장은 아직도 쭈그리고 앉아 부들부들 떨고 있는 양반집 도련님을 곁눈질로 흘끔 보더니 입술을 어그러뜨리며 비릿하게 웃어댔다. 정호도 마지못해 웃으며 다시 한 번 허리를 숙였다.

"참으로 고맙습니다."

"고맙긴. 지난번에 네가 좀 갖다 준 얼음 덕분에 어머니께서 시원한 화채 잘 드셨단다."

"남은 쪼가리 좀 갖다 드린 건데요, 뭘."

나장은 식은땀을 소맷부리로 닦고 있는 물렁팥죽 같은 아이를 보고는 다시 국밥집으로 향해 걸어가기 시작했다. 정호는 겁에 질린 아이에게 다가가더니 일으켜 세워 이리저리 살폈다.

"괜찮으십니까? 댁이 어디십니까? 제가 뫼셔다 드릴까요?"

"고 고맙다……. 구경하느라 정신없어 이리로 흘러들어 왔는데, 날 따르는 종자가 없어져서 이리 봉욕을 치렀다."

아이의 말을 듣는 정호는 갑자기 예전 평양에서 온 한 상인이 생각났다. 그 사람도 이렇게 사투리를 썼는데, 하삼도 출신이 아닌 것은 분명했다. 아이는 갑자기 허리춤을 뒤지더니 엽낭을 열어 정호에게 엽전 몇 냥을 건넸다. 하지만 정호는 손사래를 치며 뒤로 물러났다.

"아닙니다. 당연히 사람으로서 해야 할 일을 했을 뿐입니다."

"받아. 내 마음이 그래야 한결 가볍다."

아이는 억지로 정호의 손에 돈을 쥐어 주었다. 손바닥에 올려진 엽전을 한참 동안 들여다 본 그는 활짝 웃으며 아이에게 고개를 숙여 예를 올렸다.

"고맙습니다. 대신 댁까지 뫼셔다 드리겠습니다. 길을 잃어버리시고 종자도 없으시니 제가 도와드리겠습니다."

아이의 표정이 갑자기 환해졌다. 정호는 다시 한 번 아이를 찬찬히 뜯어보았다. 뺀질거리며 잘난 척하는 얼굴 허연 한성의 양반집 자제들과는 사뭇 다른 아이였다. 약간 그을린 낯빛과 사투리 때문에 솔봉이처럼 촌스러운 부분이 많았지만 귀티 나고 선해 보이는 인상이 함부로 자란 평민은 아닌 듯싶었다.

피맛길을 벗어나며 아이는 여기저기 풍겨 오는 맛난 냄새에 입맛을 다시기 시작했다. 마침 송화떡을 팔고 있는 행상을 보자, 아이는 냉큼 달려가 떡을 집어 물었다.

"너도 먹거라. 아까는 겁이 나서 허기도 잊었는데, 이제야 배가 고프다니."

"괜찮습니다. 헌데, 댁이 어디십니까?"

질겅질겅 떡을 씹어 대는 아이는 떡 맛에 취해 아무 생각이 없는 듯 보였다. 정호는 이 무시근한 양반댁 도령을 보며 어이가 없어 픽 웃고 말았다.

"왜 웃느냐?"

"도련님께서 드시는 것을 보니 '까마귀 떡 감추듯'한다는 말이 생각납니다. 방금 그리 혼이 나시고도 떡이 넘어가십니까?"

아이는 싱긋 웃으며 앞장서서 걸어갔다. 정호는 이상하게도 그 아이가 좋았다. 피붙이 외에는 그 누구에게도 느껴 보지 못한 다감한 감정이 이 아이를 통해 피어나고 있었다.

"우리 집은 회현방 장동이다. 엄밀히 말하면 우리 집도 아니지. 우리 큰댁 종숙부 댁이다. 가친께서 일찍 돌아가셔서 난 그 집 양자로 와 있지.

보다시피 난 이곳 토박이가 아니야. 개성에서 왔어."

두서없이 자신의 이야기를 술술 늘어놓는 아이는 마치 몇 년이나 어울린 친구처럼 가깝게 느껴졌다. 정호는 자신도 모르게 이 아이의 표정과 말에 이끌려 운종가 여기저기를 돌아다니고 있었다.

"회현방이라면 어진 선비님들께서 기거하시는 곳이 아닙니까? 도련님의 양부께서 매우 덕이 높으신 분이신가 봅니다."

"좋은 분이시지. 근데, 선비는 아니시다. 무관이시지. 허나, 많은 서책을 읽으셨기에 매우 박학하신 분이시다. 거문고로 풍류를 읊을 줄도 아셔서 기녀들이 그리 좋아라 하지. 아, 물론 양모께서는 거문고 소리도 듣기 싫어하시지만."

아이는 정호의 지게에 들어 있는 서책들을 흘깃 보더니 호기심 어린 눈빛을 반짝였다. 그러고는 걸음을 멈추고 그에게로 바짝 다가들었다.

"너 글을 아는구나? 앞으로 너 내 동무하자!"

뜬금없는 제안에 정호는 놀라 뒤로 물러나 고개를 수그렸다. 마치 금단의 영역에 침범하는 대죄를 저지른 듯 정호의 심장은 미친 듯이 두근거렸다. 아이는 그런 그를 보고 깔깔 웃으며 남은 떡을 뜯어 쩝쩝거리며 씹기 시작했다.

"서당에 가도 나보고 촌뜨기라고 하도 한성 샌님들이 상대를 안 해 줘서 그런다. 웃긴 것들이 나보다 더 모르면서 한성에 오래 살았다고 잘난 척하는 것이 얼마나 배알이 꼬이던지……. 난 최한기라고 한다. 내 양부께 말씀드릴 테니, 가끔 우리 집으로 와 내 말벗이라도 해 다오."

"아이고, 도련님! 대체 어디에 가셨습니까? 쇤네가 너무 놀라 죽는 줄 알았습니다!"

솟을대문 밖에서 발을 동동거리며 기다리고 있던 비복은 모시던 주인이 멀리서 나타나자 한걸음에 미련한 몸을 이끌고 뒤뚱거리며 달려왔다. 이미 여기저기 얻어터진 듯 종자의 얼굴에는 시퍼렇게 멍이 들어 있었다. 딱 보아도 민충해 보이는 비복은 한기의 사규삼을 여기저기 털며 너스레를 떨었다.

"부황이한테 벌써 한 대 맞은 거로구나? 이 미거한 놈아! 그리 사람이 많은 저자거리에서 한눈팔고 날 놓치면 어찌 하느냐? 됐다. 난 무사하니 그냥 들어가자꾸나."

"어허, 어찌 삭령 최씨 삼대독자로서 함부로 몸을 놀리더냐? 어서 들어오지 못하겠느냐?"

방건을 쓰고 흰색 대창의를 입은 키 큰 사내가 대문 안에서 나와 성큼성큼 걸어왔다. 장대한 기골과 날카롭고 고집스러워 보이는 눈매는 무관의 풍모를 그대로 보여 주었다. 마치 태산의 봉우리처럼 찌를 듯한 그의 기개에 정호는 지레 겁을 집어먹고 뒤로 물러났다.

한기는 공손하게 손을 모으고 양부에게 고개를 숙였다.

"송구하옵니다, 아버님. 제가 길을 잃었습니다. 길생이 탓이 아니니 너무 나무라지 마십시오."

"다친 곳은 없더냐?"

양자를 걱정스럽게 살피는 최광현의 눈빛에는 핏줄에 대한 애절함이 절절히 묻어났다. 한기는 배시시 웃으며 뒤에서 고개만 수그리고 있는 정호의 손을 잡아 이끌었다.

"이 아이가 제가 길을 잃어 왈짜패들한테 당하고 있는 것을 도와주었습니다. 만약 이 아이가 아니었다면 전 오늘 아버님을 뵙지도 못했을 겁니다."

최광현은 뒤에서 비쩍 말라 꾀죄죄한 얼굴로 지게를 짊어진 사내아이를 쳐다보았다. 아이는 마치 큰 죄를 지은 듯 얼굴을 들지 못하고 다 터져 맨발이 다 드러난 짚신만 내려다보고 있었다.

"고맙구나. 애 썼다."

"겨우 그겁니까, 아버님? 제 목숨을 구해 준 아이입니다. 적어도 따듯한 밥 한 끼는 먹여서 보내야 하는 것이 아닙니까?"

잔망스럽게 웃으며 양부를 올려다보는 한기를 보며 정호는 화들짝 놀라 그만 털썩 무릎을 꿇고 말았다.

"아, 아닙니다. 전 할 일을 한 것뿐입니다. 도련님, 나으리, 부디 강녕하십시오!"

서둘러 일어나 삼십육계 줄행랑을 치려는 정호의 지게를 누가 뒤에서 꽉 붙들었다.

"야, 어디 도망가? 너 이제는 나한테 못 벗어나!"

정호는 몇 번이고 눈을 비비고 쳐다보았다. 생전 처음 들어와 보는 양반집이었다. 그저 강 건너 불구경하듯 자신과 아무 상관도 없을 거라 생각한 그들의 영역에 이리 들어와 있으니 어색한 불편함에 편히 앉을 수가 없었다. 두리번거리며 서 있는 정호의 팔을 잡아끌며 한기는 재미있다는 듯 까르르 웃어 댔다.

"야, 나보다 어찌 네가 더 촌놈이더냐? 앉아서 다과나 들자."

비자가 내온 화채와 함께 백당전에서 구경만 해 본 주전부리들이 한상가득 차려져 있었다. 정호는 아직도 이 모든 것이 꿈만 같았다. 한기는 그중 밀과 하나를 들어 쓱 턱 앞에 내밀었다.

"먹어. 먹을 거 앞에 두고 먹어야지."

시원하게 화채를 들이킨 한기는 정호 옆에 놓인 서책 하나를 쓱 집어 펼쳤다.

"'대명일통지'? 너 지리서에 관심이 있더냐?"

"예, 지도에 관한 서책이라면 무조건 찾아봅니다. 마침 필사본이 나왔다고 하여 빌려 왔지요."

"지도라. 행여 지관이 되고 싶어 서책을 찾아 읽는 것이더냐?"

정호는 고개를 흔들었다. 한기는 다시 한 번 눈앞에 앉아 있는 아이를 물끄러미 바라보았다. 딱 보아도 남촌에 사는 몰락한 양반집 자제는 아니었다. 양반이 아닌 자들이 글을 배우는 까닭은 딱 두 가지였다. 중인이라면 잡직의 관리가 되거나, 천민들이라면 장사치가 되어 돈을 벌려는 것이었다. 헌데, 이 아이는 이도저도 아니니 더욱 호기심이 일어 견딜 수 없었다. 한기는 정호 옆에 바짝 다가가 앉았다.

"지관이 되려는 것도 아닌데, 지도에 관한 것만 읽는다? 너 참 희한하구나?"

갑자기 한기는 밖으로 뛰어나갔다. 정호는 아이가 열어젖힌 아자문만 쳐다보며 일어섰다 앉았다를 반복하고 있었다. 그 짧은 순간 동안 정호의 머릿속에는 온갖 생각이 떠올라 심산하여 견딜 수가 없었다.

아무리 돈으로 양반 자리도 사고 팔 수 있는 시대라지만 아직까지 양반이 아닌 자가 감히 학문을 탐하는 것은 이 조선 땅에서 불경한 일이었다. 그의 머릿속에서는 매타작을 당하거나 갖고 있는 서책을 빼앗기는 온갖 상상이 떠올랐다. 정호는 책전에서 갖고 온 서책을 챙겨 얼른 자리에서 일어나 문 밖으로 나섰다.

"어디 가는 거야? 너 벌써 가려고?"

한기는 두 손에 먼지가 뽀얗게 앉은 서책 두 권을 들고 물끄러미 정호를 바라보았다. 민망해진 정호는 들고 있던 서책을 뒤로 감추더니 꾸벅 인사를 했다.

"다른 일이 있어 가 봐야 합니다. 오늘 제게 베풀어주신 은혜, 잊지 않겠습니다."

한기는 아쉽다는 듯 입술을 늘어뜨리며 손에 든 서책을 내려다보았다.

"저런, 안타깝구나. 이 서책을 보여 주려고 했는데……."

"예?"

"네가 지리서에 관심이 많다며? 내 양부님의 서재에 가면 방금 조선에 들어온 온갖 태서의 서책들이 다 모여 있다. 그중에 최근에 그려진 전도가 있어서 한번 보여 주려고 가져왔는데……."

정호는 잠시나마 못난 생각을 한 자신이 부끄러워 얼굴이 홍안이 되었다. 고개를 들지 못하는 그를 보며 한기는 마치 갓난아이처럼 천진하게 웃어 댔다.

"길생아, 이 아이 마중 좀 해 주고 오너라. 참, 네 이름도 모르고 있었구나. 이름이 무엇이더냐?"

"정호, 김정호라고 합니다."

정호는 기어들어 가는 목소리로 들릴 듯 말 듯 대답했다. 살짝 눈을 들어 보니 툇마루에 서 있는 한기는 그를 보며 계속 미소 짓고 있었다.

"너 참 신기한 아이로구나. 그 서책이 보고 싶으면 꼭 다시 들르거라. 내 종자들에게 말해 놓을 테니 걱정 말고."

미끈한 초승달은 쪽빛 구름 사이로 쏙 들어갔다 나오기를 반복하며 장난질을 치고 있었다. 오늘 하루도 힘들었던 아버지는 구저분한 신세한탄을 한 자락 늘어놓고 나자, 그제야 겨우 잠이 들었다. 정호는 조심조심 문을 열고 디딤돌에 있는 짚신 위에 발을 얹었다. 풀벌레 소리도 아주 가끔 들려올 뿐 세상은 그지없이 고요했다. 품에 꼭 껴안은 서책들을 간간히 들여다보며 정호는 까치발로 부엌으로 향했다.

부싯질을 하여 초를 켠 작은 부엌 안은 먹을 것이 별로 없어 휑하고 넓어 보였다. 부뚜막에 앉아 서책을 펼친 정호는 하루 중 이 순간이 가장 좋았다. 그 누구의 방해 없이 조용히 서책을 필사하며 읽다 보면 금방 달도 지고 해가 떠올랐다.

책전 영감이 준 베낄 서책을 펼쳤다. 거의 여인네들이 좋아한다는 소설이 대부분이었다. 먹을 갈기 위해 찬장 위쪽에 숨겨 둔 다 깨진 벼룩을 내렸다. 물을 붓고 엄지손가락만큼 남은 먹을 천천히 갈기 시작했다.

먹을 갈 때 마음은 항상 평온했지만 오늘은 이상하게도 싱숭생숭했다. 낮에 회현방에서 본 방금 들어온 지도책 이야기 때문인지, 아니면 자신을 그리도 가슴 뛰게 한 그 순진하고 소박한 양반댁 도령 때문인지 알 수 없었지만 오늘밤은 필사하지 않더라도 잠을 잘 수 없을 것 같았다.

"또, 책 베끼냐? 너 그러다 내일 새벽에 못 일어나면 어쩌려고?"

배를 긁어 대며 형 정길이 부엌 안으로 들어섰다. 목이 마른 듯 냉수 한 사발을 떠 시원하게 들이킨 그는 동생 옆에 앉아 책전에서 빌려 온 서책들을 들어 이리저리 훑어보았다.

"이게 그리도 재밌더냐? 이렇게 글을 아니 차라리 장사를 배워 보면 어때?"

정호는 그저 말없이 먹만 갈았다. 자신이 글을 깨우쳤다는 것을 아는 모든 이들은 장사 일을 배우라고 강요했다. 그러나 그는 그 말이 세상에서 제일 듣기 싫었다. 장사 일을 배울 거면 차라리 절에 들어가 승려가 되어 조용히 사는 것이 낫다고 생각했다. 정호는 아랫입술을 꾹 깨문 채 그저 말없이 먹만 갈았다.

"치, 그런데 너 오늘 벌이가 괜찮더라? 어물전 아줌마가 더 주신거야?"

"응······."

"어찌 그리 빨리도 배달을 갈 수 있지? 난 이제 한성 길 다 아는데도,

겨우 시각에 맞추어 도착하는데."

정호는 고개를 들어 형을 바라보았다. 넓적한 얼굴에 흐리멍덩한 눈빛이 밤비에 자란 사람처럼 허술해 보였다. 뭐라고 말하려고 입술을 달싹거리던 그는 다시 입을 꾹 다물고 먹만 갈았다.

자신과 말을 섞지 않으려는 동생을 한동안 쳐다보던 형은 하품을 하며 부엌 밖으로 향했다. 이제 온전히 자신만의 시간, 정호는 먹을 쥔 손에 더욱 힘을 주었다.

"그래, 오라고 했으니까 가보는 거야. 어차피 난 은인이잖아? 가서 넉살 좋게 웃으며 서책 보러 왔다고 하지 뭐."

"아직도 오지 않은 게야?"

방과 툇마루를 왔다 갔다 하는 한기는 마당을 쓸고 있는 비자를 채근하기 시작했다. 벌써 신시가 다 지나가고 있지만 정호는 코빼기도 보이지 않았다. 조바심이 난 아이는 디딤돌 위에 있는 단청빛의 녹피혜를 대충 신고 대문으로 향했다.

"그리 오라고 일렀거만 내 말을 무시한 것이더냐?"

아이는 내심 서운했다. 정말 오랜만에 마음에 맞는 동무를 만나 즐거웠던 그는 다시 그 아이를 볼 수 없을 거라는 불안한 상실감에 낯빛이 어두워졌다. 대문을 열고 밖으로 나가 고개를 빼고 쳐다봤지만 사람이 많이 나다니는 한길에는 그림자 하나 보이지 않았다.

"양반이라서 괜스레 겁을 집어 먹은 건가?"

한기는 어깨를 축 늘어뜨린 채 뒤돌아섰다. 대문 안으로 걸어가는 그는 서운함에 눈물이 앞을 가렸다.

"도련님!"

갑자기 땅 위에 널브러진 망석중이 같던 한기의 얼굴에 생기가 돌았다. 뒤를 보니 그토록 기다리던 손님이 숨을 헐떡이며 달려오고 있었다. 정신없이 뛰어온 그는 계속 손등으로 목 언저리와 이마의 땀을 훔치고 있었다.

"어제 말씀하신 지도책을 보러 왔습니다. 보여 주실 거지요?"

한기는 냉큼 양부의 서재로 뛰어가 어제 미리 빼어 놓은 지도책들을 가지고 나왔다. 마당에서 기다리고 있던 정호의 얼굴에는 한기의 손에 들린 서책들을 보자 자신도 모르게 배시시 웃음이 배여 나왔다.

"아직 펼치지 않았는데도 좋은 모양이로구나?"

한기는 방으로 향하며 뒤를 따르는 정호를 연신 쳐다보았다.

"밥은 먹고 온 것이냐? 그래, 어제 그 서책들은 다 베낀 것이더냐? 오늘 할 일은 다 마친 것이냐?"

"하나씩 천천히 물어보십시오, 도련님. 밥은 먹었고 어제 그 서책들은 보름 뒤에 갖다 주면 되고 오늘은 이른 아침에 배달하고 와 이제 일이 없습니다."

방으로 들어선 한기는 책상 위에 지도책을 내려놓았다. 정호는 어제 미처 보지 못한 한기의 방 안을 다시 한 번 찬찬히 살펴보았다.

옻칠한 검은 책상 위에는 그리다 만 화족도가 그려진 두루마기가 서인에 눌려 있었다. 남포석 벼루 위에는 귀한 황모필이 놓여 있어 이 집의 재력을 가늠할 수 있게 하였다. 화려한 꽃무늬가 들어간 화병은 예전 운종가에서 본 물건과 비슷한 청나라 청자와 비슷하였다.

"그림을 그리시다가 나오셨군요."

한기는 서책들을 내려놓으며 장난스럽게 웃었다. 서인을 치우고 두루마기를 말며 그는 답답한 듯 시원하게 날숨을 내쉬었다.

"한성에 동무가 없으니 이리 그림을 그리기라도 해야 하루가 금방 가더구나. 이제 네가 왔으니 청승맞게 앉아서 화공 흉내를 낼 필요가 없구나."

한기는 들고 온 서책 중에서 구불구불한 글씨로 써진 서책을 펼쳤다. 여섯 개의 땅덩어리가 연한 번루빛 바탕 위에 떡 덩어리처럼 딱 붙어서 그려져 있었다. 정호는 우연히 책전에서 청을 통해 들어온 태서의 지도책을 본 것이 기억났다. 이것도 필시 그러한 경로로 얻은 태서의 지도책이 분명했다.

"혹시 청에서 들어온 태서의 지도책입니까?"

"맞다. 여기 적힌 글자들도 처음 보는 것들이지?"

"그런데 이건 어느 나라입니까?"

"우리가 사는 세상이다."

정호는 한기의 말에 마치 뒤통수를 얻어맞은 듯 멍했다. 이제껏 책전에서 봤던 지도책 속의 세상은 청나라와 조선 그리고 왜국이 다였다. 이 조선 땅 외에 그 어떤 세상도 생각해 본 적이 없던 정호였다.

"허면 조선은 어디에 있습니까?"

"여기쯤 있다고 하더구나. 보이지도 않지?"

한기가 짚은 역삼각 모양의 땅덩어리 오른편을 쳐다보았다. 너무 작아 존재하지도 않는 듯, 아예 보이지 않아 없던 세상처럼 그렇게 조선이 붙어 있었다. 정호는 실망한 듯 입술을 축 늘어뜨렸다.

"조선이 그리 작습니까?"

"실망했나 보구나? 나도 무척 실망했지만 그렇다는구나. 이 세상은 넓고도 끝도 없이 큰 것이 아니라 이렇게 둥글다고 하는구나. 재밌지 않으냐? 조선 말고도 수많은 이들이 다른 곳에 살고 있다는 것이?"

정호는 말없이 지도책을 넘겼다. 책장을 넘길 때마다 펼쳐지는 새로운 세계들. 순간 정호는 자신이 낯선 세상에 와 있는 것처럼 어색했다. 한기는 그에게 바짝 다가들어 앉더니 한쪽 어깨로 정호를 툭 쳤다.

"네가 그린 지도가 보고 싶다. 보여 줄 수 있느냐?"

"예?"

"그토록 지도에 관심이 많은데 내가 너라도 한번 그려보았을 것이다."

정호는 가슴이 콩닥거렸다. 마치 혼자서 배달을 시작한 그날처럼 두려움과 함께 알 수 없는 설렘에 들뜨기 시작했다. 그는 천천히 품속에 깊이 숨겨 둔 보물을 꺼내었다. 갈색 기름종이에 고이 싼 지도는 땀에 절여 여기저기 얼룩이 졌지만 곱게 다루어 상태가 양호했다. 지도책에 나온 지도들만큼 세련되고 정밀하지는 않았지만 한눈에 한성을 다 둘러보았다고 할 정도로 많은 것들이 그 종이 한 장에 다 들어 있었다.

한기는 입을 벌린 채 지도와 정호를 번갈아보며 탄복하였다.

"너 정말 대단하구나?"

"아닙니다. 그저 기억나는 대로 그려보았을 뿐입니다."

"정말 놀랍구나. 내가 본 그 지도들만큼 정확하구나. 대단해!"

정호는 절로 배시시 흘러나오는 기쁨을 참지 못해 아랫입술을 깨물며 수줍게 웃었다. 어릴 적 처음으로 그린 지도가 아버지에 의해 불쏘시개로 태워진 이후로 그 누구에게도 자신이 그린 지도를 보여 주지 않았다. 마치 자신을 가르쳤던 첫 스승의 칭찬보다도 열 배, 아니 몇천 배 더 큰 희열을 느끼며 정호는 두근거리는 심장을 다독이고 있었다. 놀라운 표정으로 지도를 한참 동안 들여다보던 한기는 갑자기 정호를 빤히 쳐다보았다.

"내 부탁 하나 들어주겠느냐?"

"무엇입니까?"

한기는 연분홍빛의 어여쁜 뺨에 깊이 보조개를 심었다. 정호를 오롯이 바라보며 활짝 웃는 그 모습은 고향을 떠나 한성에서 살아가는 소년의 외로운 마음이 그대로 실려져 있었다.

"날 위해 이 세상의 지도를 만들어 다오. 이 조선뿐만 아니라 다른 곳의 지도도 말이다. 꼭 그리 해 다오."

"예?"

한기는 정호가 그린 지도를 들며 고개를 끄덕였다.

"그 어떤 서책이든 지도책이든 보고 싶으면 내게 어려워 말고 말하거라. 내가 이 낯선 한성에서 처음으로 마음에 맞는 지기를 만났으니 못해 줄 게 무엇이겠느냐? 내 외로움을 덜어 주었으니 나도 네가 이루고자 하는 그 포부를 위해 도울 수 있는 데까지 도와줄 것이다."

첫정

　고요한 약현 동네를 비추는 겨울 반월은 마치 처녀들이 갖고 노는 연경처럼 매끄럽고 투명했다. 모두가 잠든 밤이었건만 가장 작은 초가에서 희미한 송화색의 불빛이 흘러나왔다. 아지랑이 같은 입김으로 벌겋게 얼어붙은 손끝을 녹이며 부뚜막에 앉아 글을 쓰는 어린 청년은 돌배기가 갓 지난 아기처럼 천진한 미소를 머금고 있었다.

　"다 베꼈네. 그럼, 오늘 도련님한테서 빌려 온 서책을 한번 볼까?"

　청년은 필사한 서책들을 가지런하게 정리하여 찬장 위에 올려놓고는 품에서 서책 하나를 꺼내 펼쳤다. 보기만 해도 눈이 어지러울 정도로 지도는 촘촘하게 그려져 있었다.

　"어라? 이거 참 희한하네? 어찌 조선의 영토가 분명하게 그려져 있지 않은 것일까?"

　청년은 등잔불을 가까이대고 들여다보더니 고개를 흔들었다.

　"청나라 놈들이 조선 땅도 제 것인 줄 알고 있구먼. 엉큼한 것들. 파란 눈에 머리 노란 태서인들을 시켜 틀린 부분도 고쳐 만들었다고 하더니, 순 엉터리야."

　"엉터리는 네놈이 엉터리다. 기름도 아까운데, 정호 너는 아직까지 안 자고 뭘 하더냐?"

　덩치가 산만한 한 사내가 입맛을 다시며 부엌 안으로 들어왔다. 사내는 여기저기 두리번거리더니 소댕을 열어 저녁에 먹고 남은 숭늉을 한 사발 떠서 벌컥벌컥 들이켰다.

"웬만하면 자리끼 좀 챙겨 들어가. 맨날 자다 깨서 서책 보는 사람 방해하지 말고."

"정신 차려 이놈아."

정길은 답답한 듯 한숨을 쉬며 동생 옆에 털썩 주저앉았다. 그러고는 정호가 열심히 들여다보는 서책을 물끄러미 바라보더니 못마땅한 듯 입을 삐죽거렸다.

"그 회현방 도련님한테서 또 서책 빌려 온 것이더냐? 그 도련님께서는 책전을 차리시려나 그 집에는 서책이 넘쳐 나는구만."

"그런 말 하지 말어. 나 때문에 구하시는 서책들도 얼마나 많은 줄 알아? 예전처럼 죽도록 필사하지 않아도 그분 덕분에 편하게 서책 읽었으니 얼마나 고마우셔?"

"뭐 고마워?"

정길의 눈꼬리가 사나워졌다. 마치 자신을 가르치려 하는 동생이 괘씸한 것인지, 양반 행세 하며 자신의 처지를 자각 못한 그 어리석음이 안타까운 것인지 알 수 없었지만 점점 붉어지는 그 면상은 화가 난 것이 분명했다.

"픽도 고맙다. 이 녀석아. 이제 아버지 허리 병이 나 배달일도 못하는 거 아냐, 모르냐? 만약 크게 다치시기라도 하면 너와 내가 아버지 몫까지 일해야 하는 거야. 그런데 양반님들처럼 점잖게 공자 왈 맹자 왈 하시겠다? 에라이, 빌어먹을 놈아, 냉수 마시고 속 차려!"

정호의 얼굴이 홍안이 되었지만 그는 아무 말도 못하고 서책만 넘기고 있었다. 형의 말이 옳았다. 날이 찬 겨울인데다 기력이 많이 약해진 아버지는 배달 일을 제대로 해내지 못해 사람들이 일거리를 맡기지 않았다. 형과 함께 아버지 몫까지 도맡아 한다고 하여도 지금보다 더 나아질 희망은 보이지 않았다.

"들어가서 자. 형 말 알았으니 나도 한번 생각해 볼게."

"방법이 있기나 하냐? 서책이 그리 좋으면 차라리 책쾌 일이나 하던지."

"……."

정호는 더는 아무 말도 하지 않았다. 귀찮은 듯 돌아서 앉아 읽지도 않은 서책만 넘겨 델 뿐이었다. 저녁 내내 마음을 두근거리게 하던 지도책 속의 지도들이 하나도 눈에 들어오지 않았다. 마치 까막눈이 된 듯한 글자도 읽을 수가 없었다.

형은 한심한 듯 정호를 다시 한 번 흘깃 보고는 부엌을 나갔다. 오늘따라 문틈을 비집고 들어오는 밤바람이 뼈 속에 시리도록 차가웠다. 정호는 억지로 웃었다. 가슴속이 뻐근하고도 답답했지만 숨 한번 크게 내쉬고 지도책만 들여다볼 뿐이었다.

"내일 생각하자. 방법이야 있겠지. 뭐 벌어먹고 사는 일 널리고 널렸는데, 지지리 궁상맞은 배달 일보다 더 못한 일이야 있겠어?"

오늘도 배달일이 들어오지 않았다. 동지가 다 되어 가는 이 추운 날에

밖에 놔두기만 해도 꽁꽁 어는 마당에 얼음을 배달시킬 사람이 없는 것은 당연했다. 정호는 무작정 지게를 지고 동빙고에서 정오까지 기다리다 허탕치고 저자거리로 나섰다.

하늘이 희뿌연 것이 금방이라도 눈이 나릴 것 같았다. 어린 지게꾼은 이리저리 둘러보며 어젯밤 형이 한 말이 생각나 마음이 무겁기만 했다.

'이 빌어먹을 놈아, 냉수 먹고 속 차려!'

책쾌 일을 해 볼까 하는 생각도 있겠지만 수완이 좋지 않은 이상 큰 벌이가 되지 않는다고 들었다. 중인이 아니니 잡과에 응할 수도 없어 형 말대로 장사할 것이 아니라면 써먹을 곳이 없는 글은 배워도 아무 소용이 없었다.

"수고하셨습니다, 자 받으시지요."

저 앞 큰 청포전 앞에서 전방 주인이 현판을 새겨 온 각자장에게 셈을 치르고 있었다. 정호는 무심히 그들의 모습을 보더니 갑자기 돈을 받고 돌아서는 영감에게 뛰어갔다.

"어르신, 어르신!"

"뭐야?"

노인은 행여나 방금 받은 삯을 빼앗길 새라 얼른 전대에 넣고 두루마기를 내렸다. 까무잡잡하고 다기져 보이는 그는 한눈에 보아도 가린스럽게 보였다. 정호는 넙죽 허리 굽혀 인사하며 자신을 경계하는 노인에게 한발자국 다가갔다.

"어르신께서 저 현판을 새기셨습니까?"

"그렇다. 헌데, 왜? 나한테 일 맡기려고 부른 건 아닐 테고."

"각자 일을 배우려면 글을 잘 알아야 한다고 들었습니다. 저 현판뿐만 아니라 다른 것들도 새깁니까?"

입맛을 다시던 노인은 수염을 어루만지며 거들먹거렸다. 아무 말도 하지 않고 시간만 끄는 그를 보며, 정호는 다랑귀를 뛰며 소맷부리를 잡아당겼다.

"어허, 이놈이?"

"어르신……."

웃으며 보채는 청년을 보며 노인은 어쩔 수 없다는 듯 뒷짐을 지고 딴 곳만 바라보았다. 하지만 정호는 포기하지 않고 밉상만 부리는 노인에게 가살을 떨며 계속 채근했다.

"가르쳐 주십시오. 각자 일을 하면 현판뿐만 아니라 목판도 새긴다고 들었습니다. 요즘은 소설도 많이 읽는데, 각자 일을 하면 떼돈을 벌 거 아닙니까?"

"떼돈은 무슨? 이 녀석이 약 올리는 것도 아니고. 뭐 그럭저럭 먹고 살 만은 하다."

정호는 이빨이 다 드러나게 미소 지었다. 그러고는 무릎을 꿇고 노인의 손목을 두 손으로 부여잡으며 사정하기 시작했다. 난감해진 각자장은 팔을 떨치려고 했지만 혈기왕성한 청년의 힘을 이기는 것은 무리였다.

"아, 놓지 못해?"

"허락하실 때까지 가지 않을 것입니다. 가르쳐 주십시오. 돈 안 주셔도 되니 열심히 배우겠습니다."

"놓으라니까?"

노인은 발버둥을 치고 발로 정호의 허리와 허벅지를 마구 때렸지만 망부석처럼 그는 꼼짝도 하지 않았다. 보다 못한 청포전 옆의 혜전 주인이 삿대질을 하며 짜증을 냈다.

"아, 남 장사하는 데서 뭐하는 거요? 거 빨리들 가시오. 안 그래도 추워서 손님도 없는데, 그나마 있던 손님 다 떨어지겠네."

"내가 안 가고 싶어서 이러나? 이 녀석이 놓아줘야 가지?"

"야, 이놈아 어서 가. 나도 장사해야 해."

혜전 주인의 말에 정호는 능글맞게 웃으며 팔짝 뛰는 노인을 올려다보았다.

"제자로 받아 주시면 놓아 드리고 그렇지 않으면 여기서 날밤을 샐 것입니다."

"어서 받아 준다고 해요. 거 참, 어르신 고집이 너무 질기시네."

주변에 사람들이 점점 모여들자 각자장은 더욱 난감해졌다. 자신을 이상하게 쳐다보는 눈초리를 배겨내지 못한 그는 마지못한 듯 고개를 끄덕이며 패악을 부려 댔다.

"알겠다. 그러니, 내 손 놔!"

"내일 어디로 찾아가야 합니까?"

"뭐?"

"스승님께 배우려면 어디로 가야 합니까? 한성 바닥을 다 뒤지고 돌아다닐 수도 없지 않습니까? 다른 각자장을 찾아가라고 하지 마십시오. 전 스승님이 아니면 싫습니다."

"아이고 진짜! 아래대 사는 박길생을 찾아오너라. 거기 사는 사람들은 다 나를 알고 있으니."

"참말입니까?"

"이 녀석이? 청포전 주인한테 물어보면 될 거 아니냐?"

그제야 정호는 두 손을 놓고 넙죽 큰 절을 올렸다. 뜬금없는 그의 행동에 주변 사람들은 재미있다는 듯 키득거렸다. 박길생은 노여운 듯 젊은 청년을 노려보더니 벌게진 얼굴로 얼른 뒤돌아 뛰어가 버렸다. 정호는 자리에서 일어나더니 저만치 달아나는 각자장을 향해 큰소리로 외쳤다.

"고맙습니다, 스승님! 허면 이 제자 내일 찾아뵐 때까지 편안하십시오!"

"밥 먹자."

오늘도 멀건 나물국에 거친 보리밥이었다. 아버지와 형은 오늘도 허탕 친 듯 어깨가 축 늘어져 밥상을 쳐다보지도 않고 있었다. 그러나 어머니는 다부진 얼굴로 이제 그 사나운 기세가 많이 꺾인 가장의 손에 수저를 쥐여 주었다. 그녀는 반찬을 집어 밥 위에 올려 주며 어린아이 달래듯 그를 위로하였다.

"먹고 걱정을 하든 하시구랴. 그렇게 걱정한다고 걱정거리가 없어지면 얼마나 좋겠소? 정길이 너도 어서 먹어. 밥상 앞에서 한숨 쉬면 오던 복도 나간다. 근데, 정호 얘는 대체 어딜 간 거야?"

그때, 갑자기 구멍 난 문지방이 다 찢어질 정도로 발칵 문이 열렸다. 깜짝 놀라 수저를 떨어뜨린 아버지는 화가 나 사나운 들개처럼 고함을 질러 댔다.

"뭐야? 밥도 안 처먹고 싸돌아다니고!"

"아버지, 어머니! 저 이제 각자 일을 배울 거예요. 각자장이 될 거라구요!"

"저 녀석이 무슨 생게망게한 짓거리를 하는 거야?"

한껏 들떠 방 안으로 뛰어들어 온 정호는 눈앞에 차려진 밥상 앞에 털썩 주저앉았다. 멍하니 바라만 보고 있는 부모와 달리, 형은 반가운 손님을 맞이하듯 동생에게 수저를 건네며 다정하게 말을 건넸다.

"그래? 야, 그거 돈 많이 번다며? 아버지, 각자장들이 제법 산다죠? 사시사철 일거리가 떨어지지 않으니, 얼마나 좋아요? 잘했다. 참으로 잘했어."

어두운 얼굴로 고개를 수그린 아버지와 달리, 어머니는 눈을 둥그렇게 뜨며 아들들을 번갈아 볼 뿐이었다. 정길은 허겁지겁 밥을 퍼먹는 동생의 밥그릇에 밥을 더 얹으며 신이 난 듯 떠들어 댔다.

"이제 아버지 새벽별 보며 일어나지 않으셔도 되요. 우리 정호 덕분에 한 시름 놓았네요. 잘했다, 정말 잘했어!"

달도 져 버린 새벽하늘은 밤보다 더 고요했다. 정호는 한기에 더수구니가 스멀거렸지만 억지로 자꾸 감기는 눈을 크게 떴다. 온몸에 스며든 추위보다 나른하게 끌어당기는 졸음이 의지를 약하게 만들었다. 정호는 다시 한 번 눈을 감았다 크게 떴다. 형은 벌써 일어나 핫바지를 여미며 나갈 준비를 하고 있었다.

"벌써 깼어? 좀 더 자지 그래?"

"아니야, 영감님 마음 변하기 전에 빨리 가서 진을 치고 앉아 있어야지."

몸을 일으키자 어깨 죽지와 허리가 욱신거렸다. 아침마다 느끼는 익숙한 고통이었다. 내일부터는 아마 조금씩 이 고통에서 벗어날 수 있을 거라는 희망에 정호는 입술을 깨물고 어깨를 으쓱거렸다.

건장한 장한 둘이 들어서자 휑하던 마당은 갑자기 좁아졌다. 지게를 짊어진 정길은 아직도 잠이 덜 깬 동생을 걱정스럽게 바라보았다.

"더 자. 괜히 오늘 가서 꾸벅거리다 하루 만에 쫓겨나면 어떡하냐?"

"형이나 배달거리 없나 걱정해. 괜히 지게 짊어지고 여기저기 서성이지 말고 칠패 시장에나 한번 가 봐. 오늘 배 들어오는 날이라 어물전 장사치들이 바쁠 거야."

"나도 안다. 이 일 시작한 지 몇 년이냐? 잘 다녀와라."

서로 다른 곁길로 향하며 정길은 가끔 뒤돌아 동생을 걱정스럽게 바라보았지만 정호의 얼굴에는 설렘과 긴장으로 가득했다. 숫보기처럼 보일 만큼 순진한 얼굴로 동천에서 조금씩 스며 올라오는 효광을 뚫어지게 쳐다보았다.

"이제 허리 부러져라 지게일 할 필요가 없겠네. 각자하며 여러 서책도 볼 테니 얼마나 좋아? 왜 진즉 그 일을 생각 못 했을까? 이런 어리보기 같으니."

"아래대가 맞긴 맞구나. 어찌 집집마다 군졸이 하나씩은 살고 있네."

참으로 재밌고도 낯선 동네였다. 훈련원 군졸들이 모여 사는 동네라 조반을 챙겨 먹고 길을 나선 군졸을 보고 있으니, 괜스레 위압감이 들어 절로 어깨를 움츠렸다.

한겨울 새벽바람을 쐬며 걸어왔더니 허기와 피로에 정호의 발걸음은 절로 이리저리 꼬였다. 벙거지를 고쳐 쓰며 어디론가 바삐 걸어가는 군졸을 보자 얼어붙어 감각이 없던 정호의 두 발은 절로 뛰고 있었다.

"박길생 어르신 댁이 어딥니까?"

"아, 괴팍한 각수 늙은이? 저기 큰 나무 하나 보이지? 저 나무 옆으로 가면 아마 아침부터 나무 고르느라고 낑낑대고 있을 거다."

군졸의 말에 정호는 지쳐 있던 몸에 생기가 돋아남을 느꼈다. 앙상한 가지만 남은 아름드리나무를 향해 젖 먹던 힘을 향해 뛰었다. 군졸의 말대로 나무 옆 스무 보정도 떨어진 곳에 크게 지어진 나무집 두 채가 눈에 들어왔다. 그는 숨을 고르며 옷매무새를 가다듬었다. 조심스럽게 걸음을 내딛으며 전날 본 모도리 같은 늙은이를 찾았지만 그 그림자도 찾을 수 없었다. 강팍한 각수 대신 넓은 마당에 대여섯 명 정도의 젊은 장한들이 대패질을 하거나 나무를 자르며 수다를 떨고 있었다.

"야, 너 뭐야?"

앙팡진 목소리에 정호는 깜짝 놀라 입을 벌린 채 뒤돌아보았다. 돌아보는 순간 그는 아무런 생각을 할 수 없을 정도로 머리가 멍해졌다.

녹청색 몽당치마를 입고 연분홍 저고리를 입은 여인이 팔짱을 낀 채 두 눈을 부라리며 쳐다보고 있었다. 작고 하얀 얼굴에 시원스럽게 생긴 이목구비가 한눈에 들어올 정도로 귀티가 나는 용모의 여인이었다. 무엇보다 갈고리달 같은 새카만 눈썹 아래 보이는 커다랗고 똘망한 눈이 가장 보기 좋았다. 살별처럼 위로 길게 뻗은 눈꼬리는 마치 선녀도에 나오는 천상녀처럼 고혹적인 자태를 뽐내고 있었다.

정호는 눈바래기처럼 마냥 그녀를 쳐다보고 서 있었다. 여인은 그에게로 다가와 그 고운 입을 삐죽거리며 나빠 보듯 이리저리 훑어보았다.

"더럽게 코나 질질 흘리고. 너 대체 누구냐고? 보아하니 걸뱅이는 아닌 듯하고. 누구지?"

어린 여인의 말에 정호는 부끄러운 듯 뒤돌아 소맷부리로 코를 닦았다. 그녀 말대로 누런 코가 때 묻은 소맷부리에 흥건히 닦여 있었다. 그는 갑자기 얼굴이 화끈거리고 입안이 타들어 갔다. 이 세상에서 제일 멍청한 반편이가 된 듯하여 고개를 들 수가 없었다.

"오라버니들! 얘 누구에요?"

"글쎄다. 네 말대로 밥 동냥하러 온 거 같지는 않고. 너 훈련원에서 심부름 온 아이더냐?"

한 사내가 대패질을 멈추고 정호에게로 천천히 걸어왔다. 그제야 그는 자신이 왜 이곳에 왔는지 떠올랐다. 정호는 손바닥으로 얼굴을 이리저리 훔치더니 뒤돌아 허공을 보며 여인에게 다듬거리며 입을 열었다.

"박길생 어르신을 찾아왔습니다. 어, 이리 찾아오라고 하셨습니다."

"왜?"

되바라진 여인의 말투에 정호는 다시 한 번 목구멍이 막혀 버렸다. 평소 언변이 좋아 전방 여주인이 귀여워하는 그였지만 오늘따라 벙어리가 된 듯 말이 나오지 않았다.

'얼치기 같으니……'

정호는 아랫입술을 잘근잘근 깨물었다. 여전히 경계어린 눈빛으로 그를 나쁘게 보던 여인은 정호의 곁으로 다가온 사내를 향해 재미있다는 듯 까르르 웃어 댔다.

"아버지께서 이런 반편이를 데려다 쓰실 생각이신가 보네. 아, 너 혹시 어제 저자에서 우리 아버지 붙들고 협박했던 그놈이야?"

"분이 네 말대로 스승님이 말씀하신 그놈이로구나. 이리 일찍 온 것을 보니 참말인가 보네."

정호는 그제야 두근거리던 가슴이 차분해짐을 느꼈다. 천천히 얼굴을 들고 자신을 호기심어린 눈빛으로 쳐다보는 사내를 쳐다보았다. 딱 보아도 떡 벌어진 어깨 때문인지 숫기 가득한 그는 스물 정도가 되어 보였는데, 서글서글한 눈빛이 사람 좋아 보이는 인상이었다.

"스승님께서 너 때문에 어제 봉욕을 치렀다고 하시더구나. 이름이 뭐냐?"

"저, 정호라고 합니다. 김정호."

"난 학윤이라 한다. 이학윤. 날 따라오너라. 치목 중이시다."

학윤은 앞장서서 그에게 고개를 까딱거렸다. 정호는 크게 한번 숨을 고르고는 뒤를 따랐다. 갑자기 더수구니가 뜨거웠다. 정호는 천천히 뒤로 고개를 돌렸다.

그녀가 그 하얗고 작은 손으로 입을 가린 채 키득거리고 있었다. 차가 왔던 목 언저리가 마치 부싯질을 한 듯 후끈거렸다. 정호는 얼른 고개를 돌리고는 뛰어가 학윤의 뒤로 다가붙었다. 그러고는 머릿속에 지금의 자신을 떠올리는 온갖 말들을 생각하기 시작했다.

'반편이, 얼치기, 어리보기…….'

"음……. 다 형편없어, 이번에 들어온 나무들은 왜 다 이 모양이야?"

"그만 좀 까탈스럽게 고르십시오. 내가 보기엔 다 상품입니다."

"뭐야? 야 이놈아, 각수가 보기에 형편없으면 형편없는 거지, 뭐 시끄럽게 나불대?"

뒷짐을 진 박길생은 뿌다구니 같은 성미를 그대로 드러내며 얼굴이 벌게졌다. 그러나 나무전 주인은 태연스럽게 나무 삯을 받을 때까지 버틸 요량으로 콧구멍만 후벼 댔다.

"뭐, 알아서 하십시오. 좋은 걸로 갖다 드려도 늘상 싫다 하시니 저도 어쩔 수 없습니다."

"뭐? 이놈이? 다 가져가, 가져가라고!"

"답답할 일 있나? 나무 없으면 속 타는 건 어르신입니다. 요즘 어디서 이런 상품을 구할 수 있는 줄 아십니까?"

화가 난 각자장은 입술을 꾹 다물고는 계속 나무상을 노려보았다. 그러나 그의 말이 틀리지는 않았다. 갈수록 오르는 나뭇값에 이 정도 목재를 구할 수 있는 것도 운이 좋은 것이었다. 박길생은 입맛을 쩝쩝거리며 허리춤에 찬 전대에서 돈을 꺼내 나무상의 불룩한 배에 대고 툭 던지듯 건넸다.

"이거나 먹고 떨어지거라."

"결국 주실 거면서 생색내시기는. 갑니다!"

나무 삯을 받은 주인은 헤벌쭉거리며 사립문 밖으로 향했다. 박길생은 여전히 마음에 들지 않는 듯 입을 다문 채 이리저리 나무만 만져 대고 있었다.

"스승님, 정호라는 아이가 왔습니다. 어제 그 청포전 앞에서 뵈었던 아이라고 합니다."

아직도 얼굴이 말고기 자반 같은 박길생은 신경질적으로 정호를 노려보았다. 정호는 그의 사나운 눈빛에 일순간 기가 죽었지만 헛기침 한번 크게 하고는 한 보 앞으로 나와 넙죽 인사를 올렸다.

"김정호 왔습니다, 스승님! 닭이 홰를 치기도 전에 눈떠 달려왔습니다. 무슨 일부터 할까요?"

"스승은 무슨 얼어 죽을 스승! 학윤아, 네가 알아서 부려 먹거라."

박길생은 한 손으로 코를 한번 횡하고 풀고는 입맛을 다시며 작업장으로 향했다. 학윤은 눈을 동그랗게 뜨고 쳐다보고만 있는 정호의 어깨를 다감하게 두드렸다.

"아침밥도 안 먹었겠구나. 따라오너라. 금강산도 식후경이라는데, 다 먹고 살자고 하는 짓 아니겠느냐?"

"분이야, 국에 밥 한 그릇 말아서 주겠느냐?"

"세상에 야무진 오라버니께서 조반도 거르고 오셨단 말이에요?"

부엌에서 소댕을 닦던 분이는 학윤의 뒤에서 고개를 숙이고 있는 정호를 보더니 장난스럽게 웃어 댔다.

"아, 저 얼치기가 진짜 얼치기가 맞네. 밥도 안 먹고 여기까지 꾸역꾸역 걸어온 건가요?"

학윤은 정호의 손을 잡고 부엌 안으로 향했다. 분이는 소댕을 열어 국 그릇에 밥을 푸더니 다른 작은 솥에서 두어 국자 떠 소심한 신출내기에게 건넸다.

"먹어. 이거 한음식이네? 밥시간도 한참 지났는데, 점심밥이 아닌지 모르겠다."

정호는 두 손으로 조심스럽게 국그릇을 받아 들었다. 배가 고파 쓰러지기 직전이었지만 이상하게도 먹을 수가 없었다. 홍안이 된 정호를 흘깃 보던 학윤은 재미있다는 듯 웃어 댔다.

"분이야, 네가 그리 물끄러미 보고 있으니 부끄러운가 보다. 어서 나와."

"그런가? 오라버니도 참! 여긴 원래 내가 일하는 곳인데, 나가려면 이 녀석이 나가야지. 안 그래요?"

정호는 일어선 채로 허겁지겁 퍼먹기 시작했다. 어느 샌가 시장기는 다 잊어버리고 그저 후딱 먹고 이 부엌을 나가야겠다는 생각밖에 들지 않았다. 정신없이 먹는 그를 보며 분이는 고개를 젖혀 재밌다는 듯 웃었다.

"하하하! 야, 너 정말 배고팠구나. 누가 보면 사흘 굶은 줄 알겠다."

"그만 놀리거라, 분이야. 그리고 처음 본 총각한테 왜 그리 말을 놓는 거냐?"

"오라버니도 참! 딱 보아하니 내 또래 아니면 어려 보이는데, 왜 내가 말을 높여요? 그리고 이제 막 들어온 신출내기인데 각자 일을 알아도 내가 더 아니 당연히 말을 놓아도 되지 않나?"

분이는 산토끼처럼 새까만 눈동자를 반짝이며 정호를 빤히 쳐다보았다. 정신없이 국밥을 먹어 치우는 정호의 얼굴은 벌게지다 못해 더수구니까지 짙은 강색이 되어 가고 있었다. 다 먹은 그릇을 분이에게 내미는 정호는 차마 쳐다보지 못하고 옆으로 고개를 돌렸다.

"여, 여기 그릇……."

"너 몇 살이야? 난 열다섯이야."

정호는 뭐라고 말을 하려고 했지만 목울대가 풀로 붙여 버린 듯 아무 소리도 낼 수 없었다. 그는 그저 고개만 끄덕이며 계속 분이의 미투리만 내려다보았다. 그녀의 쾌활한 웃음소리가 그의 달궈진 목덜미를 간지럽혔다.

"그래? 그럼 동무구나. 난 분이야. 네 스승님의 딸이지. 앞으로 내 말 잘 들어야 밥 챙겨 줄 테니 나한테 잘해야 한다. 지금처럼 굴퉁이처럼 굴었다간 제일 늦게 먹을 줄 알어!"

뜨끈한 국물이 배 속을 채우니 모든 게 하나둘씩 눈에 들어왔다. 두 채의 나무집은 서로 그 쓰임새가 다른 곳이었다. 분이가 있던 부엌이 붙어 있던 곳은 작업하는 공방이었고, 뒤에 아담하게 지어진 곳은 박길생의 식솔들이 머무는 곳이었다.

학윤은 이리저리 두리번거리는 정호를 아까 들여온 판목들을 쌓아 둔 창고로 데리고 갔다. 한눈에 보아도 여러 종류의 나무들이 놓여 있었고, 다듬어진 판목들은 커다란 수통에 층층이 담겨져 있었다.

"오늘은 첫날이니 우선 이 나무들을 사람들이 앉아 있는 평상 저쪽으로 옮겨 놓거라. 할 수 있겠지?"

"그럼요. 오 년 가까이 얼음을 실어 날랐으니 이 정도쯤은 끄떡없어요. 나무 종류가 다양하네요."

"쓰임새에 따라 다르다. 이렇게 나무를 고르는 것을 치목이라고 한다. 목판에 쓰이는 판목으로는 대추나무, 배나무, 가래나무, 박달나무, 자작나무가 좋지. 대추나무는 너도 알다시피 단단하고 벌레가 잘 먹지 않거든. 배나무는 연해서 칼질하기가 쉽고."

"그런데 왜 저 판목들은 저렇게 물에 담가 놓았습니까? 나무를 물에 담그면 썩지 않나요?"

"결을 삭히는 것이지. 연판이라고도 한다. 소금물에 몇 년간 담가 놓아야 부드러운 결을 얻을 수 있지. 또, 원하는 대로 각자할 수 있으니 이 연판하는 과정은 꼭 필요하고도 중요하다. 자, 옮기자꾸나."

정호는 학윤을 따라 잘려진 대추나무를 어깨에 메었다. 묵직하고도 단단한 재질이 차가운 얼음과는 달랐다. 항상 얼음을 지느라 등이 시렸던 그는 향기로운 나무 냄새가 참 좋았다.

하루 종일 학윤의 뒤통수만 쳐다보며 따라다니며 시키는 대로 판목을 옮기고, 다듬은 판목들을 소금물에 담갔다. 정신없이 일만 하다 보니, 어느새 어스름이 지기 시작하고 있었다. 무거운 나무를 들고 몸을 구부린

채 옮기다 보니 어깨와 허리가 쑤셨지만 그래도 정호는 뿌듯하고 마음이
즐거웠다.

"첫날이니 이제 가 보거라. 스승님께서는 절에 현판을 걸러 가셨으니
늦게 오실 게다."

학윤에게 인사를 하고 돌아서는 정호의 눈앞에 차갑고도 하얀 눈꽃잎
이 날렸다. 꽁꽁 언 얼굴 위로 나려 앉는 풋눈은 마치 춘삼월 여기저기
날리는 도화처럼 여리고 다스했다.

"아, 눈이다! 포슬눈이네?"

부엌에서 뛰어나온 분이가 환하게 웃었다. 행주치마에 손을 닦은 그녀
는 내리는 눈을 두 손으로 받으며 빙글빙글 돌았다. 고요히 흐르는 개울
위에 팽그르르 돌며 내려앉는 배꽃처럼 분이의 모습은 곱고도 애처로웠
다. 뽀얀 뺨에 물들여진 연한 분홍빛 홍조는 곱게 수가 놓인 제비댕기보
다 더 고왔다.

정호는 그저 마냥 웃었다. 자신이 왜 웃는지도 모르고 그냥 웃었다. 머
리 위에 눈이 쌓여 정수리가 점점 시려 왔지만 입술부터 시작된 열기는
휘몰이 장단처럼 정신없이 온몸을 휘감고 돌았다.

'곱다. 참으로 곱다.'

뱅글뱅글 돌며 나부시 춤을 추던 어린 여인은 그 도톰한 입술을 열어
흥얼거리며, 손바닥 위에 올려진 눈을 뺨으로 갖다 댔다. 지새는달이 아
쉬운 마음을 번루빛 서쪽 하늘에 남겨 놓듯, 청아하고도 구슬픈 노랫소
리에 감흥을 이기진 못한 정호는 자신도 모르게 신음 소리를 내었다.

"아아······."

손끝까지 전해지는 열기는 자신도 모르게 분이에게 저절로 다가가도록 만들었다. 한 걸음 한 걸음 가까이 다가설 때마다 그녀의 노랫소리는 더욱 귓속으로 깊숙이 파고들었다.

분이는 노래를 멈추고 다가오는 정호를 의아하게 쳐다보았다. 자신을 빤히 바라보는 그 아름다운 눈빛에 그의 발걸음이 절로 멈추었다. 분이 또한 그렇게 자신을 천상바라기처럼 바라보는 정호를 뚫어지게 보고 있었다.

한동안 도톰하게 동심원을 그리던 입술이 양귀비의 매혹적인 꽃잎처럼 활짝 피었다. 희미하게 보였지만 그것은 분명 부끄러운 희열에 겨워 스며 나온 여인의 미소였다.

분이는 스르르 내리는 눈처럼 정호에게 다가가더니 손바닥에 쌓인 눈을 그의 뺨에 문질렀다. 손바닥에 앉아 있던 눈꽃은 그렇게 녹아 기쁨의 눈물이 되어 뜨거운 뺨 위로 흘러내렸다. 홍건하게 두 볼이 젖었지만 정호는 꿈쩍도 않고 그녀를 바라보고만 있었다. 분이는 손바닥에 다스하고도 설레는 온기를 느꼈다. 촉촉하게 물든 자신의 손바닥을 내려다보며, 그녀는 첫 연정에 마음을 빼앗긴 어린 청년을 보며 들릴 듯 말 듯 속삭였다.

"치, 반편이. 그렇게 쳐다만 보고 있으면 뭐해? 너 참 곱다고 말해 줘야지?"

"요즘 왜 그렇게 얼굴 보기가 힘든 것이더냐?"

한기는 서운한 듯 정호를 흘겨보았다. 소한이 다 되어 가는 운종가는 소맷부리에 두 손을 집어넣고 종종걸음을 걷는 사람들로 붐볐지만 오랜만에 개천가에 나와 흥겹게 놀고 있는 남사당패를 구경하는 이들은 추위도 잊고 기다리고 있었다.

"각자 일을 배우고 있습니다. 아버지께서 허리를 다치셔서 더는 배달일을 하시는 것이 힘드시거든요."

"각자? 그 현판 새기는 각수들이 하는 일 말이더냐?"

여사당이 부채를 흔들며 빨리 엽전을 내놓으라고 교태를 떨기 시작했다. 덜미쇠와 산받이가 음악에 맞춰 몸을 흔들기 시작하자 여기저기서 엽전을 던지며 박수를 쳐 댔다.

"네, 각수 일을 하며 여러 서책도 볼 수 있으니 참 좋지요."

"그렇지. 허나, 힘들지 않느냐? 주경야독하느라 힘든 너를 아니 마음이 좋지 않다."

한기가 미간을 찌푸리며 고개를 끄덕이자, 정호는 밝게 웃으며 꼭두각시놀이만 바라보았다. 슬슬 흥이 돋자 광대들은 사람들의 이목을 빼앗기 위해 온갖 재미난 추임새를 넣으며 몸을 흔들어 댔다. 추워서 코끝과 볼이 빨개진 사람들이 덜미를 보며 깔깔거리며 웃고 있었지만 한기의 얼굴은 여전히 어두웠다.

"저보다도 도련님 걱정부터 하십시오. 이번에 급제하셔야 생원이 되시지요. 나으리께서 오매불망 입신양명을 위해 애써 힘쓰라고 그동안 얼마나 살펴 주셨습니까? 도련님께서 어려서부터 총명하셔서 크게 기대하시고 계시겠지요."

한기는 인형을 흔들며 사람들의 넋을 빼는 산받이를 보며 씁쓸하게 미소만 지을 뿐이었다. 정호의 말이 맞았지만 그는 정작 벼슬길에 관심이 없었다.

사실 개성에서 한성에 있는 숙부에게 양자로 온 것은 집안을 일으키기 위해서였다. 과거에 필요한 서책을 보는 것보다 새로 들어온 서학과 관련된 서책들이 훨씬 좋았다. 이 답답하고 고루한 조선의 유교 경전보다 보다 넓은 세상의 이치를 적어 놓은 태서의 서책들을 보며 한기는 더욱 갈급한 마음을 느끼고 책전을 찾고 또 찾고 있었다.

"그래야지. 하지만 난 그냥 새로운 서책들을 보는 것이 좋다. 가린스럽고 몽짜만 부리는 그런 벼슬아치가 되고 싶지 않다. 나만 입신양명하여 겸허히 살면 뭘 하겠느냐? 보거라, 지금 이 세상이 살기 좋은 곳이더냐?"

한기의 말에 정호는 아무 말도 할 수 없었다. 그가 한 모든 말들은 정호가 학문의 깊이에 더욱 빠져들수록 느끼는 것들이었다. 지금의 조선은 음습하고 고통스러운 지옥이었다. 패악스러운 관리들의 채근에 백성들은 삼시 세 끼 먹는 것도 힘든 일이었다. 배만 채우는 소수의 세력가들을 위해 민초들의 고혈은 고갈되어 하루 사는 것도 버거울 정도였다.

광대들의 몸짓에 웃고 있는 사람들의 얼굴은 잠시나마 현실을 잊고 있는 듯 천진했다. 정호는 어두운 얼굴로 꼭두각시놀음을 보고 있는 한기의 팔을 툭 쳤다.

"오랜만에 뵈었으니 어서 새로 구하신 서책 구경시켜 주십시오. 이번에는 또 어떤 것을 보여 주실 겁니까?"

정호의 말에 한기의 얼굴이 어린아이처럼 밝아졌다.

"그렇지 않아도 지금 책전에 이야기해 놓은 서책이 있다. 참, 또 다른 '조선전도' 필사본도 구했지. 헌데, 어찌나 크던지 들고 다니며 보기가 영 힘들더구나. 역시 '해동여지도'만한 지도는 아직 없는 것 같다."

"그렇습니까? 저도 빨리 보고 싶습니다."

책전을 향해 걸어가는 둘의 걸음은 더 환해지는 미소만큼이나 빨라졌다. 사당패들의 한판 춤이 끝나자 우레와 같은 박수 소리가 쏟아졌다. 여기저기서 떨어지는 엽전을 주우며 광대들은 신이 나서 계속 연신 넙죽거렸다. 현실에 안주한 이들의 잠깐의 위로는 끝이 났지만 책전으로 향하는 두 어린 청년의 마음은 또 다른 세계를 향한 갈망으로 설레고 뜨거웠다.

"어서들 곁두리 드세요!"

오전 일을 끝내고 슬슬 허기가 질 무렵, 늘 그렇듯 분이가 여동생과 함께 일꾼들을 위한 참을 나누어 주고 있었다. 모두들 기다리고 있었듯 메떡을 받아 들고 정신없이 뜯어먹기 시작했다.

"분이야, 요즘 일거리도 많은데 메떡이 뭐냐? 시루떡이나 개피떡으로 준비하면 안 되겠느냐?"

"선떡 드리지 않은 것만 해도 감지덕지하셔요. 먹는 것만 밝히시지 말고 일이나 제대로 하셔서 아버지께 야단맞지나 마셔요."

곁두리를 갖고 투정부리는 일꾼에게 분이는 톡 쏘아붙였다. 각수들은 껄껄 웃으며 분이를 쳐다보았다. 톱밥들과 사내들의 땀 냄새로 가득한 작업장은 그녀가 나타나면 절로 화사한 꽃밭으로 바뀌었다. 고운 용모에 활달한 성정은 모든 사내들이 바라보기만 해도 행복해지는 꽃이었다.

서쪽 하늘의 지새는달을 보고 집을 나오는 정호에게는 오전에 먹는 곁두리가 아침밥이나 마찬가지였다. 허겁지겁 정신없이 떡을 뜯던 그는 갑자기 목이 막혀 캑캑거리며 가슴을 두드렸다.

"에그 체하겠다. 어서 마셔라."

수통을 내미는 학윤의 얼굴에는 연민이 가득했다. 정호는 벌컥거리며 물을 마시더니 겸연쩍은 듯 웃었다. 학윤은 수통을 건네받으며 정호의 짚신을 내려다보았다. 여기저기 터진 신은 조금 있으면 다 벌어져 버려야 할 정도였다. 이 한겨울, 새벽부터 걸어와 일을 배우는 정호를 보고 있으니, 학윤은 절로 가슴이 에였다.

"동상에 걸리지 않니? 그 먼 길을 매일 새벽에 이리 걸어오는데?"

"괜찮습니다. 조금 있으면 봄이 올 테니 겨울만 버티면 되지요. 이깟 추위, 지게 일 하며 숱하게 겪어 아무렇지도 않아요."

갑자기 정호의 앞에 커다란 메떡덩어리가 쑥 다가왔다. 깜짝 놀란 그는 위를 올려다보았다. 새침한 표정의 분이가 입을 오물거리며 내려다보고 있었다.

"뭐해? 안 받고."

"왜?"

"그럼 주지 말까? 칫!"

토라진 그 얼굴을 보자 정호는 자신도 모르게 떡 덩어리를 얼른 건네받았다. 어찌할 줄 몰라 떡만 쳐다보는 그를 향해 일꾼 하나가 놀려 댔다.

"정호는 좋겠네? 분이가 직접 챙겨 주고? 부럽다, 부러워. 저 새침이가 너한테 떡 하나를 더 주다니?"

분이는 짓궂은 사내를 향해 뒤돌아 눈을 흘기더니 냉큼 다가가 그가 먹던 떡을 낚아챘다.

"왜 그래? 내가 먹던 거도 정호 줄려고?"

"치, 남이야 떡을 더 주든 말든 무슨 상관이래? 앞으로 제대로 곁두리 드시고 싶으면 내 심기 건드리지 마요."

팩 돌아서며 쪼르르 부엌으로 도망가는 그녀의 뒤를 향해 사내들은 저마다 한마디씩 놀려 대기 시작했다.

"야, 정호는 좋겠네. 저 콧대 높은 것이 네가 맘에 들었나 봐?"

"왜 아니래? 정호 인물이 좀 좋아? 저 여우 같은 것이 딱 집었지."

"정호야, 잘 부탁한다. 앞으로 너한테 잘 보여야 더 잘 얻어먹겠다. 하하하!"

얼굴이 강색이 된 정호는 어찌할 줄 몰라 방금 받은 떡만 주무르고 있었다. 하지만 자신도 모르게 입술 한쪽이 실룩거리고 있었다. 괜스레 마음이 들뜨고 너무도 기분이 좋았다. 더수구니를 차갑게 할퀴는 한풍도 하나도 느껴지지 않았다. 정호는 계속 손에 든 메떡과 분이가 쏙 들어간 부엌문만 번갈아 바라보며 그렇게 입술만 실룩거리고 있었다.

"정호 이제 오느냐?"

평소와 달리 어머니는 평상에 앉아 아들을 기다리고 있었다. 정호는 이상하게 가슴이 두방망이질 쳤다. 초라한 집을 감싸는 심산한 기운에 그는 얼른 어머니에게 다가갔다.

"왜 그러세요?"

어머니는 그저 치맛단으로 눈물만 찍어낼 뿐이었다. 정호는 여기저기 헤어진 문지방을 바라보았다. 불이 켜진 방 안에는 형이 흐느껴 울고 있었다. 정호는 다시 한 번 어머니에게 물었다.

"왜 그러세요? 아버지께 무슨 변고가……."

"오늘 물에 빠지셨다."

어머니는 다달거리며 겨우 입을 떼었다. 그 한 마디를 하는 것도 그녀에게는 버거워 보였다.

"오늘 사헌제가 끝나고 얼음을 잘라 내는데, 그만 발을 헛디뎌서 물에 빠지셨단다. 네 아버지께서 헤엄을 못 치시지 않느냐? 한참 동안 그 얼음장 같은 물속에서 허우적거리셨나 보더라. 겨우 물에서 건져냈는데……."

"의원은요? 의원은 왔다 갔나요?"

어머니는 더는 아무 말도 못하고 치마에 얼굴을 묻고 울기만 했다. 정호는 눈앞이 빙빙 돌았다. 정신없이 방 안으로 뛰어들어 갔다. 눈물로 범벅이 된 형이 그를 올려다보고 있었다.

보랏빛이 도는 아버지의 입술은 낯설었다. 늘 미간에 깊은 주름이 팬 채 자신을 노려보던 아버지가 아니었다. 눈을 감고 축 늘어져 있는 그는 다른 사람처럼 너무도 낯설었다.

"정호야……. 아버지께서……."

정호는 아버지의 앙상하게 야윈 손을 부여잡았다. 심장까지 파고들 정도로 이상한 한기가 느껴졌다. 그는 아버지의 가슴 위에 귀를 대었다. 하지만 아무런 소리도 아무런 움직임도 느낄 수 없었다.

"미안하다 정호야. 오늘 아버지께서 일하러 나가시는 걸 말렸어야 하는데……. 막내가 고생하는데 그냥 볼 수는 없다고 하시면서 얼음 자르는 일이라도 해야겠다고 하시더라……. 내가 아버지를 지켜봤어야 하는데, 칡 끈으로 얼음 동여매느라 아버지께서 물에 빠지신 걸 못 봤어. 내가, 내가 죽일 놈이다."

가슴이 아플 정도로 뻐근하고 숨이 막혔다. 원통하고 애통해서 소리라도 지르고 싶었지만 목구멍을 솜으로 틀어막은 듯 아무런 소리도 낼 수 없었다. 두 뺨 위로 계속해서 눈물이 흘러내렸다. 온몸이 마비된 듯 손가락 하나도 움직일 수가 없었다.

"날 용서하지 마, 내가 죽일 놈이다……."

형은 차가운 아버지의 손을 부여잡고 꺼이꺼이 소리 내며 울었다. 정호도 그렇게 울고 싶었다. 그렇게 서럽게 소리 내서 울고 싶었다. 하지만 이상하게도 아무런 소리를 낼 수 없었다. 그저 이제는 푸르죽죽하게 변한 아버지의 다목다리만을 쳐다보며 눈물만 흘릴 뿐이었다.

자시가 지났다. 남은 식구들이 이미 죽은 가장을 에워싸고 앉아 있었지만 가슴 맺힌 슬픔보다 근심어린 시선으로 서로를 바라보고 있을 뿐이었다. 어머니는 이미 탈진한 듯 벽에 기대어 그렇게 지아비를 쳐다보고 있었다.

"아버지 장례는 어떻게 할 거야? 제대로 묻어 드려야 하지 않아?"

"묘 살 돈도 없는데, 무슨. 요즘 아무데나 장사 치렀다가 봉욕 치른다는 이야기도 못 들었어? 양반놈들이 죄다 저네 땅이라고 해서 돌무덤 하나 세울 땅도 없다."

한탄하듯 가슴을 치는 형을 보며 정호는 더는 아무 말도 하지 않았다. 그렇게 한참 동안 아버지의 주검만 내려다보던 그는 자리에서 일어나 밖으로 뛰어나갔다.

"이 밤에 어디 가는 거야? 지금 성문도 다 닫혔어. 파루가 되려면 한참 남았다고!"

형의 만류에도 그냥 뛰었다. 도저히 그 집에 앉아 있기가 힘들었다. 퍼렇게 얼어 죽은 아버지를 보고 있으니 자신의 심장마저 얼어붙는 것 같았다. 어서 빨리 그곳을 벗어나고 싶었다.

오늘따라 이지러지기 시작하는 보름달이 보기 싫었다. 환하게 비추지도 않는 으스름달이 꼴도 보기 싫었다. 얼어붙은 발에 차이는 돌 때문에 발가락이 아리고 아팠다. 큰길을 놔두고 일부러 푸서리길을 걷는 자신이 스스로도 이해되지 않았다. 그렇지만 훤하게 다 보이는 대로에서 아버지 관 살 돈도 없는 초라한 자신을 내보이고 싶지 않았다.

이리저리 휘청거리며 걷던 그는 털썩 주저앉아 그 어떤 밤보다도 청아한 잔별들을 올려다보았다.

"아버지 싫어요. 정말 싫어요! 끝까지 가시면서도 어쩜 그리 저희들을 비참하게 하시나요?"

"에그 추워라."

분이는 몸을 부르르 떨며 문을 닫았다. 닭이 홰를 쳤지만 아직까지 사방은 깜깜한 밤이었다. 어머니께서 돌아가신 뒤로부터 집안 살림을 도맡아 한 그녀였지만 하루 중 단잠을 포기하고 일어나야 하는 지금이 제일 싫었다.

"언제쯤 따듯해지려나?"

팔짱을 낀 채 종종걸음으로 부엌으로 향하던 그녀는 부엌 앞에 웅크리고 앉아 있는 커다란 그림자를 보고 벌렁 넘어졌다.

"누, 누구요?"

분이는 손등으로 눈두덩을 비비더니 눈을 커다랗게 뜨고 바라보았다. 시커먼 그림자는 귀신이 아니면 도둑이었다. 그녀는 주변을 두리번거리다 어젯밤 아버지가 수리하고 올려 둔 그무개를 집어 들었다. 크게 숨을 들이쉰 분이는 두 눈을 부라리며 소리를 질렀다.

"귀신이 아니면 말해라. 누구야? 이걸로 맞기 싫으면 얼른 말해!"

그림자는 천천히 고개를 들었다. 어둠 사이로 눈물이 반짝거렸다. 분이는 두 손으로 그무개를 감싸 안고 천천히 그림자에게로 다가갔다.

"정호야? 너 정호니?"

분이는 그제야 안도의 한숨을 내쉬었다. 정호는 부엌 앞에 웅크린 채 울고 있었다. 늘 아침밥을 치우고 나면 들어서던 그가 이제 막 동이 틀려는 시간에 이 자리에 있는 것이 이상했다. 그녀는 얼른 부엌문을 열고 그를 들여보냈다. 불을 켜고 다시 바라보니 푸르죽죽한 것이 밤새 밖에서 지새운 듯 보였다. 분이는 아궁이에 급히 불을 지폈다.

"아버지께서 돌아가셨어."

그녀가 묻기도 전에 정호는 멍하니 입을 열었다. 아직도 울고 있는 그의 얼굴은 핏기 없이 수척했다. 분이는 그 어떤 말도 생각이 나지 않아 계속 바라보고만 있었다.

"물에 빠져 돌아가셨는데. 임종도 못 지켰어. 근데, 더 비참한 것이 뭔 줄 알아? 아버지 관 살 돈도 없다는 거야. 이 조선 천지에 널린 게 산인데 아무데나 묻을 수도 없데. 나 너무 못나지 않아? 나 왜 이렇게 못난 놈일까?"

울고 있는 정호의 입술이 파르르 떨렸다. 분이는 한동안 그렇게 지켜보고 있다 다가가 그의 두 손을 잡았다. 차가운 돌처럼 꽁꽁 얼어붙은 그 손을 감싸 쥔 그녀는 정호의 두 눈을 빤히 바라보았다.

그 선하고도 슬픈 두 눈동자에는 그녀의 고운 얼굴이 가득 들어 있었다. 분이는 두 눈을 감고 더 가까이 그에게 다가붙었다. 정호는 순간 자신의 입술 위로 부드럽고 따스한 무언가가 닿는 것을 느끼고는 눈을 감았다. 얼어붙은 몸과 마음이 입술 사이로 파고드는 향기로운 숨을 통해 훈훈해졌다. 맥박도 느껴지지 않을 만큼 차가운 목덜미를 비단 같은 작은 손이 어루만지고 있었다. 정호는 자신과 힘든 지금을 잊을 만큼 그녀에게 빠져들었다. 온몸이 공중에 떠 산산이 흩어진 것처럼 뜨겁고 가벼웠다. 생전 처음 열락의 열기에 에워싸인 그의 귓가에 아름다운 노래 소리가 들려왔다.

"넌 내 사내야. 그러니 다 이겨내고 다 잊어. 이제부터는 나만 보면 돼."

"안 된다, 안 돼! 가불이라니!"

아침부터 단층장을 뒤지는 딸의 뒤에서 박길생은 펄펄 뛰며 소리를 질러 댔다. 그러나 분이는 아무렇지도 않게 저 깊숙이 숨겨 둔 나무함을 꺼내더니 만족스러운 듯 미소만 지을 뿐이었다.

"가불이라니요? 빌려주는 거지요. 그리고 처지를 바꾸어 생각해 보세요. 아버지께서 돌아가셨는데 제가 장례 치를 돈도 없다면 어찌하시겠어요? 그냥 화장해서 차가운 경강에 여기저기 뿌려 대요?"

"내가 죽긴 왜 죽어? 그리고 왜 남의 일에 네가 나서서 도와주냐는 말이다. 그놈이 달라고 하던?"

나무함을 두 손으로 끌어안은 분이는 벌떡 일어나더니 실망스러운 눈빛으로 아버지를 바라보았다. 차갑게 노려보는 딸의 눈빛에 가린스러운 각자장은 뒷짐을 지고 헛기침만 할 뿐이었다.

"아버지께서 안 주신다니 제가 도와야지요. 정호는 그리 배은망덕한 사람이 아니에요. 만약 갚지 않으면 제가 쫓아가서라도 받을 테니 걱정 붙들어 매세요. 그리고 아버지! 왜 그리 인정이 없으세요?"

톡 쏘아붙이듯 대꾸하고는 창호를 열고 뛰어나가는 딸의 뒷모습을 보며 박길생은 답답한 듯 날숨만 쉬어 댔다.

"제 어미를 닮아 오지랖이 넓어. 왜 닮아도 그리 쓸데없는 것만 닮았는지 모르겠네? 어이고!"

"받아. 그리고 한동안 집안이 정리될 때까지 나오지 않아도 된다고 하셨어."

분이는 하얀 천에 싼 것을 정호에게 쥐어 주었다. 그는 한걸음 뒤로 물러서며 손사래를 쳤다.

"아니야, 내 일은 내가 알아서 할 테니 넌 상관 마."

그녀는 그의 앞으로 바짝 다가가 억지로 그의 손을 잡고 천 꾸러미를 쥐어 주었다. 천으로 감쌌지만 금속 특유의 묵직하고도 차가운 촉감이 손바닥에 느껴졌다. 정호는 다시 건네려고 했지만 분이는 두 손을 뒤로 감추며 두어 걸음 물러났다.

"그거 우리 어머니가 내게 남겨 주신 홍옥 비녀를 판 거야."

정호는 화들짝 놀라 그녀에게 다가섰지만 분이는 계속 뒤로 물러섰다.

"그 돈으로 관곽전에 가서 좋은 관도 사고 양지바른 곳에 묻어 드려. 그리고 앞으로는 절대 내 앞에서 질질 짜는 뒤웅스러운 모습 보이지도 마. 약조해 줘!"

정호는 눈앞이 뿌예져 절로 얼굴을 숙였다. 감히 그녀 앞에서 고개를 들 수 없었다. 고맙다는 말을 해야 했지만 이상하게도 한 마디도 할 수 없었다. 그저 그렇게 고개를 숙이고 천 꾸러미만 내려다 볼 뿐이었다.

분이는 살그머니 다가오더니 그의 얼굴을 감싸고 재미있다는 듯 까르르 웃었다.

"치, 울어? 이 반편이. 알아들었으면 얼른 가서 아버지 잘 보내드리고 빨리 와. 안 그러면 나까지 우리 아버지한테 야단맞는다고."

경칩을 앞둔 산하는 조금씩 생기를 뿜어내며 아직도 살아 있음을 자신하고 있었다. 금황색과 다갈색으로 뒤덮였던 산들에서는 조금씩 연둣빛 잎눈과 뽀얀 꽃눈이 여기저기서 고개를 내밀었다.

작업장으로 향하는 정호의 발걸음은 시간이 갈수록 빨라졌다. 마음은 벌써 아래대로 가 있었지만 아직도 몸은 이제 막 남촌에 들어서 있었다. 주술이라도 외워 홍길동처럼 빨리 가고 싶었다. 정호는 가쁜 숨을 다시 한 번 가다듬고는 정신없이 뛰기 시작했다.

점점 더 동네에 가까워질수록 발걸음이 가벼워졌다. 마치 새처럼 날아가듯 정호는 주변의 그 어떤 것들도 돌아보지 않고 앞만 보고 달렸다. 저 멀리 연기가 올라오는 나무집이 보이자, 그의 심장은 더욱 뜨거워졌다.

"분이야!"

이제 막 아침 밥상을 치우고 밖으로 나온 분이는 숨을 헐떡이며 자신에게 뛰어오는 정호를 보고 활짝 웃었다. 그녀는 주변을 둘러보더니 그의 손을 잡고 부엌 안으로 들어갔다. 부뚜막 위에 준비된 소반에는 밥 한 그릇과 국 한 그릇이 다른 찬과 함께 소담하게 준비되어 있었다. 그녀는 부엌문을 닫더니 달려가 아직도 숨을 몰아쉬는 그에게 입을 맞추었다.

정호는 하루 중 이 시간이 제일 행복했다. 잠자리에 들 때면 어서 빨리 다음 날이 오기를 바라며 눈을 감았다. 은근슬쩍 형에게 아래대로 이사 가자고 말을 꺼내 보기도 했지만 늘 핀잔만 들을 뿐이었다. 정호는 잘록한 허리를 꼭 끌어안으며 세상에서 가장 달콤한 숨을 깊숙이 들이마셨다.

황홀경에 빠져 있던 그를 그녀는 장난스럽게 바라보았다.

"배고프지? 빨리 먹어. 다른 각수들 들이닥치기 전에!"

완연한 봄이었다. 누가 뭐라고 하지 않아도 따스한 바람, 화사한 꽃들과 여인들의 용모는 겨울을 이긴 봄이 이 세상을 지배하고 있음을 보여 주는 표상이었다. 한기와 함께 저잣거리를 거닐던 정호는 도자전 앞에 늘여 놓은 장신구 중 칠보와 석웅황으로 장식된 수식을 손에 들고 살펴보았다.

"어머니한테 드릴 것이더냐?"

운종가에 나오면 무조건 책전으로 향하던 정호가 도자전 앞에서 걸음을 멈추는 것이 이상했던 한기는 그와 수식을 번갈아 쳐다보았다. 정호는 그의 물음에 아무런 대꾸도 하지 않은 채 그냥 손에 든 장신구만 바라볼 뿐이었다. 잠시 동안 동무의 안색을 살피던 한기의 입가에는 배시시 웃음이 배여 나왔다.

"너 연모하는 여인이 있구나?"

한기의 말에 얼굴이 붉어진 정호는 수식을 내려놓으며 총총걸음으로 앞서가기 시작했다. 그러나 한기는 얼른 달려가 옆에 다가붙으며 툭툭 치며 계속 놀려 댔다.

"이야, 정호가 장가갈 때가 다 된 모양이네?"

"그 무, 무슨 말씀이십니까? 아닙니다. 아버지께서 그리 되셔서 어머니께 드리려고……."

"속일 사람을 속여라!"

한기는 정호의 이마를 한 대 쥐어박으며 장난스럽게 웃어 댔다. 말고기 자반처럼 더수구니까지 벌게진 정호는 입술만 잘근잘근 씹으며 아무 말도 할 수 없었다. 그저 고개만 푹 숙이고 걷기만 할 뿐이었다. 한기는 더는 묻지 않고 그의 옆에서 같이 걸을 뿐이었다.

부끄럽긴 했지만 정호는 행복했다. 한기뿐만 아니라 이 운종가에 모인 모든 이에게 은애하는 여인이 생겼다고 자랑하고 싶을 정도였다. 저 도자전에 있는 패물과 장신구뿐만 아니라 이 세상에 있는 모든 어여쁘고 귀한 것들을 다 그녀에게 주고 싶을 정도로 가슴이 벅차올랐다.

계속 말없이 동행하던 한기는 앞만 바라보며 툭 던지듯 입을 삐죽거리며 한마디 내뱉었다.

"여인이 좋긴 하나 너무 빠지지 말거라. 그간 못 본 서책들이 많이 밀려 있지 않더냐?"

마치 연둣빛 물감을 여기저기 흩어 놓은 듯 여리고 고운 잎들이 가득한 시절이었다. 금가루를 뿌린 듯 송화빛 햇살은 눈이 부셨고, 여름의 열기가 바람 속에 숨어 있었지만 참으로 좋은 계절이었다.

단오를 맞이한 이들은 모두 잠시 일을 멈추고 이 좋은 시절을 즐기고 있었다. 아침 일찍 수리취떡을 준비한 분이는 정호와 함께 목멱산에 올라 계곡에 발을 담갔다.

"뭘 그리 읽고 있는 거야?"

물장구를 치며 떡을 먹던 분이는 그늘에서 비스듬히 기대어 서책을 읽고 있는 정호 곁으로 다가왔다. 익숙한 향기로운 체취에 그는 빙그레 웃으며 뒤돌아보았다. 이제 열여섯이 된 그녀는 작약처럼 곱고도 고왔다. 아래대에 사는 사내들뿐만 아니라 각수들이 침을 흘리며 쳐다보았지만 그녀의 눈은 오로지 한 곳만을 향해 있었다.

"'동국문헌비고'에 나오는 읍지야. 잘 그렸지?"

분이는 그가 내미는 지도책 속의 읍지를 빤히 바라보았다. 그림처럼 재미나게 그려져 있는 그곳은 온갖 것들이 다 들어가 있었다.

"글쎄, 난 지도에 대해서는 잘 모르지만 네가 그린 지도가 제일 좋더라. 지금 보여 줘. 어서 빨리!"

정호는 수줍게 웃으며 품에서 곱게 접힌 종이를 꺼냈다. 한성의 온갖 것들이 그 한 장에 다 그러져 있었다. 간략하고도 정밀한 묘사는 한 눈에 보아도 길을 찾아갈 만큼 직접 비교해 보고 찾아본 흔적이 배여 있었다.

"갈수록 더 정교해지네. 더 알아보기도 쉽고. 역시 네가 그린 것이 제일 좋아."

분이는 가슬가슬한 사내의 뺨에 입을 맞추었다. 시원한 미풍과 함께 정호는 그녀의 입술이 오늘 따라 더욱 부드럽게 느껴졌다. 하얗고 작은 옥수를 만지며 그는 다감하게 웃었다.

"계속해서 더 좋은 지도를 그릴 거야. 누가 보아도 너처럼 고와서 마음에 쏙 들어올 지도를 그릴 거야."

작은 첫걸음

"어디 보자. 아까 넘겨준 현판은 어찌 되었더냐?"

"여기 있습니다."

학윤은 정호가 생전 처음으로 각자한 현판을 들고 꼼꼼하게 글자들을 살펴보았다. 처음 만든 현판을 옆에서 지켜보는 정호는 침을 꼴깍 삼켰다. 그의 손등은 여기저기 난 생채기로 성한 곳이 없었고, 손바닥은 피목처럼 가칠했다.

학윤은 흡족한 얼굴로 정호의 어깨를 두드렸다.

"너 타고난 손재주를 지니고 있구나. 처음 해 본 솜씨 치고는 제법이야."

"정말입니까?"

"조금씩 각자하다가 나중에 목판 같은 것도 한번 맡겨 봐야겠구나. 애썼어."

정호는 벅찬 마음을 진정시키지 못해 활짝 웃었다. 여름 내내 땀띠로 고생하며 남모르게 잘려 나간 판목 쪼가리를 가지고 연습하고 또 연습했던 그였다. 박길생이 인정할 때까지 연장에 손을 대서는 안 되었지만 분이가 아버지 몰래 연장을 챙겨 주었다. 밤마다 서책 읽는 시간까지 쪼개 가며 한 글자씩 각자 연습을 했다. 점점 그의 손이 엉망이 되어 갈수록 글자들은 조금씩 정확하게 매무새를 갖추어 갔다.

"허나 스승님께서 아직 제게 일을 주시지 않았습니다. 어찌 벌써부터 일을 시작한다는 말입니까?"

"그럼 계속 연판할 판목들을 자르고 다듬는 일만 할 것이더냐? 돈을 벌기 위해 이 일을 배우는 것이 아니었더냐?"

학윤의 말에 정호는 뛸 듯이 기뻤지만 그 까탈스러운 얼굴을 잔뜩 찡그리고 못마땅하게 자신을 각자하는 박길생이 떠올랐다. 아버지 장사 치르라고 분이가 어머니의 유품을 팔아 돈을 건네 준 다음부터는 노골적으로 정호를 괴롭혔다. 자신보다 늦게 들어온 사람에게는 각자를 허락하면서 그에게는 그 어떤 일도 주지 않았다. 정호는 늘 자신을 몰래 도와주는 학윤의 믿음직한 얼굴을 보며 크게 날숨을 내쉬었다.

"열심히 하겠습니다. 이제 나도 각수가 되는 것이네요?"

"오늘은 뭘 각자하고 있어? 목판이잖아? 벌써 목판을 각자하는 거야?"

분이는 오전 곁두리를 들고 와 나누어주었다. 그녀는 정호에게 밤떡을 하나 더 건네주며 다가붙어 앉았다. 정호는 주변을 살피고는 둘을 보고 능글거리며 웃는 각수들과 눈이 마주치자 비켜 앉았다.

"너무 그러지 마라. 다들 놀리지 않니?"

"어때? 둘이 정분난 거 아래대 사람들도 다 알고 있는데? 우리 아버지만 빼고."

분이는 더욱 그의 곁에 다붙어 그가 각자하는 목판을 내려다보았다. 다갈색 목판 위에 끌과 망치가 마치 짝을 이루듯 기분 좋은 소리를 내며 판목 위에서 춤을 추었다. 끌이 지나는 곳마다 조그만 길이 아로새겨졌다. 인고의 시간이 지날수록 완연한 자태를 뽐내며 숨겨져 있던 조개가 모래사장에서 드러나는 것처럼 서서히 글자가 나타났다. 일정한 속도와 똑같은 동작으로 두 손은 쉬지도 않고 민첩하게 움직였다. 마치 주술을 부리듯 아무것도 없던 밋밋한 판목 위에는 배자된 것과 똑같은 글자가 그림자처럼 박혀 있었다.

"역시 재주가 대단해. 나도 많이 봤지만 이리도 깔끔하게 각자한 것을 본 건 처음이다. 이 목판으로 서책을 찍어내면 참 보기 좋겠다."

"보기 좋아? 뭐가 보기 좋아?"

마치 가납사니처럼 사납고도 칼칼한 목소리가 정호의 등 뒤를 서늘하게 만들었다. 정호는 깜짝 놀라 분이에게 떨어져 자리에서 일어났지만 그녀는 태연하게 목판을 들여다보았다.

"너는 곁두리만 나누어주고 가지 뭐하고 앉아 있는 게야? 썩 부엌으로 가지 못해?"

박길생은 홍안이 된 얼굴로 숨을 몰아쉬었다. 정호는 죽을죄를 지은 듯 고개를 푹 숙이며 자신에게 다가오는 스승을 감히 쳐다보지도 못했다. 분이는 목판을 들고 까르르 웃으며 아버지에게로 달려갔다.

"보세요, 얼마나 꼼꼼하게 각자했는지 몰라요. 아버지, 이렇게 솜씨 좋은 각수 본 적 있으세요?"

잔설이 내려앉은 박길생의 수염이 파르르 떨리더니 깡마르고 주름진 두 손으로 분이가 든 목판을 사정없이 내동댕이쳤다. 강퍅한 소리와 함께 정교하게 새겨진 글자들이 여기저기 찍히고 부서져 엉망이 되었다.

"이 미친 것아, 썩 나가지 못해? 이딴 걸 각자해 놓고는 너는 뭘 잘했다고 그리 멀뚱하게 서 있는 게야?"

"아버지 제정신이세요? 이거 며칠 있으면 훈련원에서 찾으러 오는 목판이에요. 어떻게 이리 만드실 수 있냐고요!"

분이의 두 뺨은 분노로 빨갛게 달아올랐다. 자신을 죽일 듯 노려보는 딸을 박길생은 생게망게한 일을 당한 듯 멍하게 쳐다보고 있었다. 분기를 참지 못한 분이의 눈에서는 눈물이 흘러나왔다. 그녀는 목판을 들고 나무부스러기를 손으로 털어 내더니 정호에게 다시 내밀었다.

"몇 글자밖에 깊게 새기지도 않았으니 대패로 밀고 다시 각자해. 시간이 없잖아?"

정호는 자신도 모르게 두 손을 내밀어 목판을 받았다. 순간 눈앞이 뿌예져서 아무것도 보이지 않았다. 얼굴과 더수구니가 뜨거워 등에는 땀이 흘러내렸다. 아직도 제자로 인정하지 않는 박길생보다는 그 어떤 상황에서도 곁을 지키는 그녀의 큰마음에 가슴이 아려 왔다.

"미친 것! 에잇 꼴도 보기 싫다. 둘 다 나가 버려!"

정인의 손을 잡고 작업장 밖으로 나가는 딸을 보자, 박길생은 몽니가 사나운 성질머리를 그대로 드러내며 악을 쓰며 고함을 질러 댔다. 아침선반에 일을 들놓고 곁두리를 먹던 각수들은 강퍅한 늙은이가 답답한 듯 한숨을 쉬며 마주보았다. 자신을 바라보는 눈초리들이 곱지 않자 박길생은 삿대질을 하며 겁박하기 시작했다.

"너희들도 쫓겨나고 싶어? 대충 쳐 먹고 일하지 않고 뭐해? 이런 대가리에 똥만 가득 찬 것들 같으니라고!"

목판을 들고 분이와 함께 나온 정호는 그저 그녀의 손에 이끌려 걸어갈 뿐이었다. 그가 각자하는 것을 스승이 못마땅하게 여겼지만 꽤나 괜찮은 솜씨 덕분에 그 사나운 늙은이가 여태껏 묵인하며 있었다는 것을 정호도 알고 있었다. 오늘 그가 이리 팔팔 뛰는 것은 딸 분이와 인정하기 싫은 제자가 부스러기에 딱 붙은 밀떡처럼 둘이 붙어 있는 꼴이 보기 싫었기 때문이라는 것도 정호는 알고 있었다.

"여기 앉자. 좀 있다 아버지께서 나가시면 그때 들어가서 일해."

분이는 동네 구석에 있는 성황당 안으로 들어가더니 털썩 주저앉아 떡을 씹었다. 정호는 어지럽게 버려진 신당을 훑어보자 더욱 마음이 심산해져 계속 서 있을 뿐이었다.

"어차피 아버지 성미 알고 있었잖아? 학윤 오라버니께서 너를 특별히 이뻐해서 여태껏 일을 할 수 있었잖아? 다른 사람보다 빨리 배우니 어서 배울 만큼 다 배워서 다른 곳에 가서 돈이나 버는 게 낫겠다. 그렇게 꿔다 놓은 보릿자루처럼 서서 뭐해?"

분이는 일어서서 그의 팔을 끌고 들어왔다. 풀이 죽어 있는 그의 목에 팔을 두르며 그녀는 아무 걱정이 없는 아기처럼 환하게 웃어 주었다. 그러고는 그 부드러운 입술로 그의 입술을 덮으며 그녀는 달콤한 숨을 불어넣었다.

정호는 매번 그녀에게 놀랄 뿐이었다. 아버지의 죽음으로 모든 것을 포기하고 싶을 때도, 자신을 구박하는 박길생 때문에 각자를 포기하고 싶을 때도 그녀가 이렇게 어루만져 주면 모든 근심이 없어지고 절로 힘이 솟아났다. 정호는 자신에게 온전히 기댄 그녀의 가느다란 허리를 세게 그러안았다.

"정호야, 우리 언제 가연을 맺을 수 있을까?"

그녀는 한숨을 토하듯 말했다. 그는 대답하기 위해 입술을 달싹거렸지만 그 어떤 말도 해 줄 수 없었다. 분이를 향한 마음은 세상의 그 어떤 사내보다 크고 깊다고 자신하지만 그녀를 위해 해 줄 수 있는 것은 하나도 없었다. 정호는 대답을 기다리며 들썩이는 그녀의 쪽빛 옷고름만 쳐다보고 있을 뿐이었다.

분이는 그의 얼굴을 감싸 안았다. 그리고 자꾸만 외면하는 그 두 눈을 똑바로 바라보았다.

"미안해할 필요 없어. 정말 미안하다면 빨리 각자 일을 배워. 그리고 내 손을 잡고 당당하게 저곳에서 나오라고."

"어떠하냐? 대단하지 않느냐? '조선지도'를 참고하여 만든 것이라고 하는구나. '조선지도'가 어떠한 것이냐? 임금께서 명을 내려 만든 지도가 아니더냐?"

방 안을 가득 채운 지도를 내려다보며 한기는 가슴을 쭉 내밀며 자랑스러워했다. 정호는 태어나 이렇게 큰 지도를 한 번도 본 적이 없었을 뿐더러 이리도 많은 내용을 담은 지도도 본 적이 없었다. 그러나 이상하게도 그의 마음에 쏙 들어오지 않았다. 평생 곁에 지니고 다닐 정도로 손이 가는 지도가 아니었다.

"왜 아무 말도 없어? 지도책을 볼 때마다 신이 나서 항상 시끄럽게 떠들던 네가 아니더냐?"

시무룩한 정호를 보며 한기는 서운한 듯 입을 삐죽거렸다. 정호는 앉아 방 안을 가득 채운 지도를 접기 시작했다. 한참을 접고 나자, 그는 그 지도책을 한기에게 내밀었다.

"이리 큰 것을 누가 들고 다니겠습니까? 자고로 수시로 꺼내서 펴 보아야 하는데 이리 접는 데도 오랜 시간이 걸리는 것을 가지고 다닐 이는 아무도 없습니다. 그리고 다른 팔도의 군현도들도 쓸데없이 이십 리 방괘를 똑같이 맞추느라 작은 고을을 같은 크기의 종이에 그려 실제의 크기를 가늠하기 힘듭니다. 이것은 종이만 낭비한 지도입니다. 거기다 지도의 여백에 그 어떤 자세한 설명이 없어 이 지도가 말하고자 하는 바를 다 알기 힘들지요."

"허나, 이리 크니 보기가 좋지 않으냐?"

"벽에 걸어 두고 그림처럼 보기만 한다면 좋겠지요. 하지만 지도란 실제로 쓸모가 있어야 하기 때문에 들고 다니기가 용이해야 합니다. 이것은 지도가 아니라 그림입니다. 더군다나 이것은 필사본이라 군데군데 빠진 곳도 더러 보이는군요."

기껏 애를 써서 지도를 구한 한기는 축 늘어진 어깨로 자리에 주저앉았다. 이제 막 장가를 들어 상투를 올린 그는 음전한 아내와 꿈같은 시간을 보내는 것보다 어릴 적 죽마고우와 함께 지도책을 보고 이야기를 나누는 것이 좋았다.

한동안 풀이 죽어 있던 그는 갑자기 눈빛을 반짝이며 책상 위에 두 손을 짚고 정호에게로 고개를 쭉 내밀었다.

"너 요즘 각자하지? 목판도 새기지 않더냐?"

"그렇습니다만."

"필사본뿐만 아니라 목판본 지도도 많이들 보지 않더냐? 필사를 하다 보면 하나둘씩 더해지거나 빠져서 오히려 원본보다 필사본이 엉망인 경우가 많지. 허나, 지도가 새겨진 목판으로 찍어 내면 그럴 염려가 없지 않더냐? 물론, 나무로 새겨야 하니 많은 것을 다 넣을 수 없어 한계가 있긴 하지. 요즘 많이들 보는 지도도 목판본으로 나온 것들이 아니더냐?"

한기의 말에 정호는 자리에서 벌떡 일어섰다. 넙죽 인사만 올리고 창호를 열고 허겁지겁 신을 신었다. 새 신랑은 금방 온 동무가 이리 빨리 가는 것이 서운한지 골 밴 목소리로 투정을 부렸다.

"벌써 가는 것이더냐?"

정호는 신을 신고 마당으로 나서며 한기를 보고 미소 지었다.

"도련님 말씀대로 한번 목판에 새겨 볼려구요. 고맙습니다! 앞으로 제가 더 수련할 수 있도록 이리 길을 열어 주셨습니다!"

정호는 아래대를 향해 뛰고 또 뛰었다. 조금이라도 지체할 시간이 없었다. 이제 박길생이 그를 인정하지 않아도 그는 하나도 슬프지 않았다. 먹고살기 위해 억지로 각자를 하는 것이 고통스러웠던 그는 이제 이 일을 그 어떤 것보다도 사랑할 수 있게 되었다. 정호는 기쁘고 또 기뻤다. 삶의 또 하나의 목표가 생긴 지금, 그는 이 기쁜 마음을 정인에게 제일 먼저 털어놓고 싶었다.

부엌에서 저녁 밥상을 정리하던 분이는 부엌으로 뛰어드는 갱충쩍은 사내를 보고 놀라 그릇을 떨어뜨렸다. 정호는 숨을 몰아쉬며 미간을 찌푸린 채 자신을 바라보는 그녀의 손을 잡고 들뜬 목소리로 소리쳤다.

"분아, 연판이 잘 안 된 판목들 좀 구할 수 있을까? 나 하고픈 일이 생겼어!"

한로가 다 되어 가는 가을밤의 공기는 마치 도포자락을 늘어뜨린 선비들의 운치 있는 모습처럼 여유로운 멋이 숨어 있었다. 마음을 차분하게 만드는 풀벌레 소리들이 청아한 밤공기를 더욱 상쾌하게 돋웠다.

창고에 숨어 천천히 각자를 하는 정호 옆에서 분이는 의아한 얼굴로 그와 목판을 번갈아 바라보았다. 늘 품에 넣고 다니던 지도에 들기름을 먹여 정성스럽게 판목에 배자한 그는 삐뚤삐뚤하게 어긋나면서도 구불구불한 길을 각자하느라 숨소리까지 죽이며 열중하였다.

"갑자기 왜 지도를 각자하는 거야? 이건 그림이라 어려울 텐데?"

"필사를 하게 되면 사람의 힘으로 베끼는 거라 분명 틀린 곳이 나와. 하지만 서책을 찍어 내듯 지도를 이렇게 목판으로 찍어 내면 아무 문제가 없지."

"그렇지만 지도는 필사가 정확하다며?"

"맞아. 하지만 틀린 곳이 더러 생기지. 목판은 넣을 수 있는 것들이 많지 않지만 꼭 보아야 할 것들만 새긴다면 문제가 없겠지."

분이는 진지한 눈빛으로 열심히 망치로 끌을 두드리는 이 골샌님 같은 사내를 사랑스럽게 지켜보았다. 그녀는 무릎을 오므린 채 턱을 괴고 한참을 바라보았다. 분이는 그의 이런 순수한 모습이 참 좋았다. 자신이 하는 일에 빠져 때 묻지 않은 맑은 눈동자를 반짝이며 집중하는 이 모습이 참 좋았다.

"한번 찍어 볼까?"

정호는 천에 먹을 묻혀 목판 위에 골고루 묻혔다. 크게 한 번 숨을 내쉰 그는 조심스럽게 종이를 그 위에 덮었다. 마치 갓난아이의 배냇저고리를 벗기듯 천천히 목판에서 종이를 떼어낸 그는 정인을 보고 환히 웃었다.

"됐어! 이거야. 이제 힘들게 지도를 베끼지 않아도 돼. 분이야, 내가 할 일이 하나 더 늘었어!"

"학윤이 이 목판 누가 새긴 건가?"

훈련원의 습독관 이 진사가 이전에 납품한 목판을 내밀었다. 학윤은 주변을 살피더니 아주 작은 목소리로 물었다.

"잘못되었습니까?"

"아니네. 솜씨가 참 깔끔해서 말이지. 마침 내 지기가 교서관 저작으로 있는데, 이 목판을 새긴 각수를 보고 싶다고 하네."

작업장 밖에 한 선비가 이곳을 연신 힐긋거리며 서성이고 있었다. 학윤은 자신을 멀리서 노려보고 있는 박길생을 보더니 미간을 찌푸렸다.

"나으리, 잠시만 기다려 주십시오."

학윤이 다가가기도 전에 박길생이 먼저 논둑의 미꾸라지처럼 재빠르게 그의 곁으로 다가오고 있었다. 그 조그맣고도 반들반들한 눈동자를 반짝이며 다린스러운 노인은 제자에게 사납게 소리쳤다.

"뭐야? 또 잘못된 거야?"

"그게 저……. 교서관에서 나오신 분께서 정호를 찾으신답니다."

"왜?"

박길생은 훈련원 습독관과 작업장 밖에서 자신을 바라보는 교서관 저작을 번갈아 쳐다보았다. 그는 하필이면 제일 보기 싫은 놈을 찾는 것이 못마땅했지만 그 아이의 솜씨가 빼어남을 자신도 잘 알고 있는 터였다. 학윤은 스승의 눈치를 보더니 마치 여름날 종달새가 지저귀듯 아주 빨리 속삭였다.

"어차피 분이 때문에 스승님께서 애가 타시지 않습니까? 저놈이야 눈엣가시일 것이구요. 이참에 저놈 살길도 마련해 주고 스승님께서도 다리 뻗고 주무시구요. 어떻습니까?"

"흠……."

박길생은 손 하나가 없어지는 것이 내심 안타까웠지만 분이를 생각하니 학윤의 말도 일리가 있었다. 그 작은 눈을 이리저리 굴리던 그는 헛기침을 몇 번 하더니 각자하느라 정신이 없는 정호에게 다가가 대뜸 사납게 소리를 질렀다.

"어서 일어서!"

영문도 모르던 제자는 자신을 죽일 듯이 바라보는 스승의 서슬에 심장을 조아리며 일어섰다. 뒤에 서 있던 학윤이 빙그레 웃으며 그에게 미소를 지었다.

"어찌 그러십니까?"

"널 찾으시는 분께서 계시다. 아 뭐해? 그리 느려 터진 암소마냥 서 있지 말고 빨리 나가 봐!"

속에서 부아가 치미는 박길생은 하기 싫은 말을 내뱉고는 팩 돌아서며 다른 곳으로 재빨리 걸어갔다. 스승이 자리를 뜨자, 학윤은 정호의 어깨에 손을 올렸다.

"교서관에 네가 일할 자리가 생기려나 보다. 이제 눈치 보지 말고 열심히 하려무나."

학윤의 말에 정호는 어안이 벙벙했다. 갑자기 찾아온 행운이 믿기지가 않았던 그는 학윤의 뒤를 따르며, 아무런 생각도 떠오르지 않았다. 아니,

오직 그 순간 머릿속에는 분이밖에 떠오르지 않았다.

작업장 밖 마당에는 아주 점잖은 젊은 두 사람이 목판을 들여다보며 담소를 나누고 있었다. 학윤과 정호가 그에게 인사를 올리자, 그들 중 한 사람이 앞으로 한 걸음 걸어 나왔다.

"자네가 이 목판을 각자한 각수인가?"

"그렇습니다."

"아주 어려 보이는군. 몇 살인가?"

"열일곱입니다."

그는 흡족하게 웃으며 정호의 얼굴을 들여다보았다. 부엌에서 나온 분이가 치마에 손을 닦으며 걱정스럽게 그들을 바라보고 있었다.

"참으로 단정한 인상이로군. 꾀자기처럼 요령을 피우지는 않겠어. 나는 교서관 저작으로 있는 김이순이라고 하네. 우연히 내 벗이 있는 훈련원에 갔다가 이 목판을 보고 각수가 탐이 났다네. 마침 이 동네에 사는 군졸에게 들으니 자네 손재주가 대단하다고 들었네. 영특해서 일도 빨리 배운다고 하던데, 어떤가? 나를 따라 교서관으로 가는 것이?"

정호는 다가온 행운을 붙잡고 싶었지만 선뜻 앞으로 나서지 못했다. 저만치 금방이라도 울음을 터뜨릴 듯한 정인만 계속 눈에 들어왔다. 얼굴이 붉어진 채 아무 말도 못하는 그를 보며 학윤은 재빨리 능글맞게 둘러댔다.

"아하하! 정호 이놈이 보시는 바와 같이 숫기 없고 아둔합니다. 아마 하던 일이 있어서 마음이 편치 않은 듯합니다."

김이순은 고개를 끄덕였다. 학윤은 정호를 데리고 평상으로 데려가더니 연신 분이를 바라보며 단단히 이르기 시작했다.

"우선 여기서 나가 제대로 돈을 벌어 자리를 잡아라. 내 분이한테는 잘 일러 놓을 테니 걱정 말고. 이 녀석아, 사내가 큰 바다로 나가는데 그걸 잡을 속 좁은 여인네라면 차라리 포기하는 게 맞다. 분이라면 네 마음을 이해할 테니 걱정 말고 저분을 따라가거라. 너 여기서 평생 구박받으며 썩고 싶으냐?"

정호는 입안이 뜨겁고 바짝 말라 왔다. 분이가 천천히 이리로 걸어왔다. 그 곱고 영롱한 눈가에는 어느새 촉촉이 물기가 배여 있었다. 정호는 바로 앞에 선 그녀가 먼저 말할 때까지 그 무슨 말을 해야 할지 몰라 망설였다. 얼른 저 관리의 뒤를 따라가야 하는 것이 맞지만 땅에 다붙은 듯 발걸음이 떨어지지 않았다.

"가, 이 반편아."

"분이야……."

"가. 학윤 오라버니 말씀이 다 옳아. 너 여기 있으면 결국엔 우리 아버지 구박에 쫓겨나게 될 거야. 실컷 이용당하고 나중에 나까지 놓치지 말고 어서 저분 따라가. 빨리 돈 벌어서 나 데려가라고."

분이는 학윤에게 고개를 끄덕였다. 학윤은 정호를 기다리는 선비들에게로 냉큼 뛰어갔다. 정호는 두 볼을 발갛게 물들인 채 평소처럼 가살을 떨며 웃지 않는 그녀에게 무엇을 해야 할지 몰랐다. 그녀는 그저 눈물을 삼키고만 있었다. 정호는 그 하얀 옥수를 부여잡고 다달거리듯 입을 열었다.

"조금만 기다려 줘. 자주 보러 올게. 그러니 조금만 참고 기다려 줘."

三장 현실의 벽

숨겨진 보물찾기

1894년 9월 1일 저녁, 일본 영사관 내 장교 숙소.

비변사 서고에서 몰래 빼온 서책들이 이리저리 널려 있었다. 이노스케는 지도책 한 권을 들었다. '청구도'라고 적힌 다갈색의 표지는 마치 익숙한 얼굴처럼 낯설지 않았다. 그는 지도책을 펴 그곳에 적힌 글을 소리 내어 읽었다.

"최한기가 쓴 '청구도제'라? 나의 벗 정호는 스무 살 안팎부터 지도와 지리지에 깊은 뜻을 두고 오랫동안 찾아 열람하여 여러 방법의 장점과 단점을 찾아 살폈다……. 여러 방법의 장점과 단점을 찾아……."

이노스케는 '팔도분표'로 표기된 지도의 색인도를 보자 마치 첫눈에 반한 여인을 본 듯 멍하니 앉아 있었다. 각 지명이 여러 개의 색인도로 구분되어 있는 이 지도는 아무리 전도가 크다고 하여도 정확한 위치를 찾아볼 수 있는 이정표 역할을 하는 것이었다.

"대단해, 정말 대단해. 이자가 아직 살아 있는지 궁금한데. 만날 수만 있다면 여한이 없겠어."

그는 '제표총목'에 기술된 기호 설명을 보며 빙그레 미소 지었다.

"벌써부터 기호의 실용성을 알고 있었군. 이자는 필시 전문 지도제작인이 분명해. 보통 범상한 인물이 아니야."

'청구도'의 지도책 하나하나를 펼 때마다 이노스케는 마치 어린아이가 보물찾기를 하듯 상기되어 갔다. 어스름이 깔렸던 늦여름은 어느새 자정을 향해 가고 있었다.

"교수님, 뭐하십니까?"

방문이 왈칵 열리며 잘생기고 말끔한 젊은 장교가 들어왔다. 마치 깃털이 반지르르한 제비처럼 그의 행동거지는 날쌔고 빈틈이 없었다. 지적인 눈매와 고상한 말투는 그가 고등 교육기관에서 수련된 장교라는 것을 보여 주고 있었다. 대갈마치처럼 반짝이는 안경 뒤에 숨겨진 두 눈동자는 어두운 밤 숲속에서 사냥감을 노리는 표범처럼 매서웠다.

"이게 뭡니까?"

"아, 야와타리. 어서 오게."

이노스케는 당황하여 허겁지겁 지도책들을 정리하기 시작했다. 순간 야와타리의 입가에 묘한 미소가 걸쳐졌다. 이노스케 옆에서 같이 거들며 야와타리는 생전 처음 보는 지도를 염탐하듯 살피기 시작했다.

"'청구도'와 '대동여지도'라. 이건 조선의 지도입니까?"

"그, 그렇다네."

말끝을 흐리며 야와타리의 손에서 지도책을 낚아챈 이노스케의 이마 위로 땀이 송골송골 맺혀 있었다. 젊은 장교는 눈앞에서 허둥대는 교수의 땀방울 하나까지도 놓치지 않고 지켜보았다.

"한눈에 보아도 대단한 지도입니다. 헌데, 왜 사령관님께 보여 주시지 않은 겁니까?"

"보여 드렸지. 그런데 단번에 쫓겨났다네. 이깟 미개한 족속들이 만든 지도를 치우라고 하셨지."

냉소를 띠며 지도책들을 정리하는 이노스케는 연신 옆에서 그의 모든 것을 주시하는 장교를 바라보았다. 곰살맞은 성격의 젊은 장교는 평소와 달리 말이 없었다. 그의 두 눈은 오롯이 이노스케가 갖고 있는 지도책들을 향해 있었다. 이노스케는 이상하게도 기분 나쁜 예감에 심장이 옥죄여 왔다. 그는 얼른 등 뒤로 지도책들을 치우고는 억지웃음을 지었다.

"이왕 이리 나를 찾아왔으니 우리 브랜디 한잔 할까?"

"보고 싶습니다."

이노스케의 얼굴에서 웃음이 사라졌다. 야와타리는 사냥감을 앞에 두고 달려들기 직전의 표범처럼 여유롭게 미소 지었다.

"보고 싶습니다. 그 지도들."

이노스케는 침을 꼴깍 삼켰다. 야와타리의 말대로 대일본제국의 자랑스러운 백성이라면 얼른 지도책들을 내놓아야 했다. 그러나 그러고 싶지 않았다. 이 순간 그에게는 이 지도들은 자신만이 간직하고픈 고귀한 것이자 가장 큰 보물이었다. 이노스케는 너스레를 떨며 억지로 야와타리에게 술을 따라 건넸다.

"이 냄새나는 고지도들을 봐서 뭘 하려고? 한잔 하게나."

"그토록 숨기고 싶을 정도로 귀한 것이겠지요. 교수님, 전 교수님과 잘 지내고 싶습니다. 협조하시지요."

이노스케는 술병을 든 채 목이 탄 듯 들이켰다. 그의 머릿속에서는 무슨 수를 써서라도 저 지도책들이 넘겨지는 것을 막아야 한다는 생각뿐이었다. 이상했다. 정말 이상했다. 자신도 모르게 그런 생각을 하고 있다는 것이 스스로도 이해가지 않았다.

"교수님! 강제로 가져가야 합니까? 순순히 내놓으십시오. 이 지도, 엄청난 발견입니다."

"하지만 사령관께서……."

"우직한 그 사람은 제가 설득하겠습니다. 아, 당연히 교수님의 공도 섭섭지 않게 치하해 드릴 테니 걱정 마십시오. 자, 어서 지도들을 넘기십시오."

평소의 야와타리가 아니었다. 심장을 파헤칠 정도로 꿰뚫어 보는 듯한 눈빛을 보고 있으니, 술병을 든 손까지 벌벌 떨려 올 지경이었다. 이노스케는 아무 말도 할 수 없었고 비킬 수도 없었다.

'안 돼, 절대 안 돼……'

갑자기 큰 나무 하나가 들어오듯 야와타리가 빠르게 이노스케를 밀쳤다. 옆으로 쓰러진 지리학자는 제정신을 차리고 그를 저지하려고 했지만 날쌘 그는 벌써 지도책들을 다 챙겨 두 팔 가득 안고 있었다. 이노스케는 달려가 그의 팔을 붙들었지만 잘 훈련된 군인의 힘을 이기기는 힘든 일이었다.

"교수님, 감사드립니다. 꼭 교수님의 공을 잊지 않겠습니다."

야와타리는 얼른 뒤돌아 문을 열고 밖으로 뛰어나갔다. 이노스케는 그렇게 쓰러진 채 멍하니 어둠 속으로 사라지는 야와타리의 뒷모습만 바라볼 뿐이었다. 가슴 아프게 잊힌 첫사랑과의 이별처럼 그의 마음은 아리고 또 아팠다.

"안 돼, 절대 안 돼……. 네놈들의 야욕에 그걸 희생시킬 수 없어."

1894년 9월 2일 오전 9시, 일본 영사관 내 작전회의실.

"이게 뭐야?"

담배 연기를 뿜으며 야마가타 아리토모는 한심한 듯 눈앞의 젊은 장교를 보며 피식 웃었다. 야와타리는 정자세를 한 채 진지한 얼굴로 입을 열었다.

"오늘 아침 부하를 시켜서 비변사 서고에 있는 다른 고지도들도 가져오도록 하였습니다."

"뭐야?"

얼굴이 슬슬 벌게지기 시작하는 가납사니는 자리에서 벌떡 일어나더니 부하 장교에게 바짝 다가붙어 평소처럼 소리를 질러 댔다.

"이미 평양 전투의 군수물자 이동경로는 다 파악되어 정하지 않았나? 지금 이노스케 그 샌님처럼 엉뚱한 짓거리로 나를 노엽게 만드는 것이야?"

"아직 누가 이 전쟁의 승자일지 모릅니다. 허나, 제 생각대로라면 어제의 그 이동경로라면 분명 대패할 것입니다. 어젯밤 제가 이 지도에서 평양 일대를 살펴보니 우리가 놓친 것이 많았습니다."

눈 하나 깜짝이지 않고 또록또록하게 제 할 말을 다하는 새파란 장교를 보며, 사령관의 부리부리한 눈이 더욱 희번덕거렸다. 야와타리는 대노한 사령관을 앞에 두고도 침착하게 '대동여지도'라고 적힌 도첩을 펼쳐 수십 개의 선들이 교차하는 평양 일대를 가리켰다.

"이 지도에는 실제 이곳까지 가는 시간거리도 적혀 있습니다. 물론 우리가 있는 이 한양이 기준이지요. 이 지도에 의하면 어제 정한 이동경로로 가는 것보다 여기 그려져 있는 이 길이 하루를 벌게 해 줍니다. 어떻습니까, 이래도 제가 엉뚱한 짓거리를 하는 것입니까?"

야와타리의 말에 아리토모는 할 말을 잊은 채 입만 벌리고 쳐다보았다. 조약돌처럼 매끄럽게 생긴 면상에 자신감 있는 웃음을 띠며 젊은 장교는 책상 위에 올려놓은 도첩들을 하나하나 경계선을 맞추어 펼치기 시작했다.

"사령관님께서 이번 전쟁에 대승하는 것이 목적이시라면 저뿐만 아니라 천황 폐하께서도 실망하실 겁니다. 우리가 왜 조선에 왔습니까? 단지 그 냄새나는 청군들을 이 조선 땅에서 쫓아내기 위해서? 아니요, 아니지요! 이 조선을 우리의 나라로 만들기 위해 준비하러 온 것입니다. 전쟁은 구실일 뿐 숨어서 조선을 우리 땅으로 만들 기반을 닦기 위해 온 거란 말입니다. 이런 생각을 우리만 하는 것일까요? 아닙니다. 많은 열강들이 침을 흘리며 조선을 바라보고 있단 말입니다. 어쩌면 우리 몰래 이 조선 땅을 측량하며 지형도를 만들고 있을지도 모르지요. 허니, 이제부터 하는 제 말을 잘 들으셔야 할 겁니다. 그렇지 않으면 조만간 사령관 자리에서 쫓겨나 비참하게 본국으로 송환되셔야 하겠지요. 야마가타 아리토모 사령관님!"

회의실 밖에서 이노스케가 아랫입술을 깨물며 숨을 죽이고 있었다. 창백한 그의 얼굴에서는 죄책감과 함께 알 수 없는 분노마저 느껴졌다. 벽을 짚으며 어렵게 발걸음을 떼는 그의 입술 사이로 고통스러운 신음 소리가 흘러나왔다.

'이제 어찌하면 좋은가? 내가 몹쓸 짓을 저질렀구나. 참으로 큰일을 저질렀어.'

1894년 9월 3일 오전 10시, 일본 영사관 내 작전회의실.

사령관의 명령을 전달받은 장교들이 하나둘씩 작전회의실로 들어왔다. 평소처럼 회의실 한가운데 자리 잡은 긴 책상과 의자들이 어디론가 없어지고 대신 커다란 일장기와 함께 조선의 커다란 전도가 회의실 바닥에 덮여져 있었다.

"이것이 뭡니까, 사령관님?"

"왜 자랑스러운 일장기를 이런 바닥에 둔 것입니까?"

웅성거리는 장교들의 소리가 높아지자 아리토모는 야와타리에게 고개를 끄덕였다. 야와타리는 주변을 한번 쓱 훑어보더니 두 손으로 거대한 일장기를 들고 한쪽으로 젖혔다. 일장기 아래 숨겨져 있던 거대한 지도가 눈앞에 나타나자 시끄럽던 회의장이 순식간에 조용해졌다.

"이게 뭔가, 야와타리?"

"조선의 지도인데. 여러 개의 지도가 맞붙어 하나의 큰 전도를 이루고 있군."

"조선의 땅이라면 다 알고 있다네."

"이 두 개의 지도는 다 똑같은 조선이 아닌가? 지금 뭐하는 것이야?"

연신 떠들면서도 장교들은 눈앞에 놓인 거대한 조선의 북녘 땅을 그린 반쪽 전도에서 눈을 뗄 수 없었다. 각기 다르게 채색된 각각의 도엽들은 마치 모자이크처럼 훌륭하고도 완벽하게 맞춰져 있었다. 날렵하고도 정교한 선, 한눈에 들어오는 범례들. 서로 의아한 눈빛을 나누며 장교들은 오늘 아침에 일어나는 희한한 일들을 이해할 수가 없었다.

한동안 말없이 서 있던 야와타리는 의미심장한 얼굴로 장교들을 둘러보았다. 그는 뾰족하고도 날카로운 턱을 치켜들고는 나직한 목소리로 입을 열었다.

"어느 것이 위대한 대일본제국이 만든 지도입니까?"

훼방꾼

"이야, 어찌 이리 깔끔하게 다듬었는가?"

"정말 시키면 시키는 대로 그대로 배자한 것을 각자한다니까? 타고났어!"

각수들은 모여들어 한 어린 청년이 각자하는 목판을 쳐다보며 이야기

꽃을 피우고 있었다. 얼마 전에 교서관에 들어온 한 어린 각수는 이곳에서 몇 년을 지낸 각수보다도 더 재빠르고 정확하게 일을 해내고 있었다.

주변에서 칭찬이 늘어졌지만 그의 마음에는 오매불망 자신만 기다리는 정인만이 있을 뿐이었다. 빨리 제대로 자리 잡아 그녀와 함께 가연을 맺어 다른 이들처럼 즐겁게 살고 싶을 뿐이었다.

"뭐야? 다들 일 안 하고 게으름 피우고 있지?"

한 사내의 목소리에 한순간 화기애애하던 작업장은 쥐죽은 듯 조용해졌다. 허둥거리며 제자리로 돌아가는 각수들을 하나하나 노려보는 사내는 정신없이 각자하는 한 젊은이에게 천천히 다가갔다.

"야, 김정호. 왜 이리 시끄러운 거야?"

어린 각수는 연장을 내려놓고는 자리에서 일어나 인사를 올렸다. 정호를 노려보는 사내는 스무 살 갓 넘은 덩치 좋은 장한이었다. 가마무트름한 얼굴에 난 다박수염과 함께 작고도 매서운 그 눈빛은 마치 어둠 속에서 눈을 번득이는 이리처럼 기분 나빴다.

"오늘도 또 저러네?"

"이지헌 저놈, 순 날강도 같은 놈이야. 실력도 없는 것이 처세에만 밝은 놈이지. 저 자리도 판교한테 잘 보여 얻은 보리동지라지? 김 공작을 몰아내고 그 자리에 꿰차 놓고는."

"조용히 하게. 저 엉큼한 놈이 다 듣고 있어. 안 듣는 척하면서 다 알고 있네."

각수들은 머리를 조아리며 이 기분 나쁜 침묵에 귀를 기울이고 있었다. 이지헌은 늘 그러하듯 무표정한 얼굴로 누군가를 계속 응시했다. 담담했으나, 그 작고도 매서운 눈에서는 묘한 살기가 흘러나왔다.

교서관 각수들의 실질적인 우두머리인 공작은 작업장에 들어설 때부터 새로 들어온 햇병아리가 마음에 들지 않았다. 타고난 영특함과 손재주에 시키는 일마다 군손질 없이 처리하니 시간이 갈수록 각수들은 자신보다 저 사람 좋은 척하는 꾀보의 말을 더 따르고 있었다.

며칠 전 일이었다. 한 각수가 갖다 준 판목이 아닌 다른 판목에 각자한 것을 보자 이지헌은 다시 하라고 명을 내렸지만 각수는 미심쩍은 얼굴로 그를 빤히 바라보았다.

"잠시 쓰고 버릴 목판이온데 대추나무보다는 칼질이 쉬운 배나무가 낫지 않습니까?"

"너희들보다 더 경험 많은 내 말을 듣지 않고 마음대로 각자하면 안 된다는 것을 모르더냐?"

"정호의 말에 의하면 오래 보관을 해야 한다면 대추나무가 맞지만 또 교정본에 맞는 목판을 새로 각자해야 하는 경우에는 배나무가 더 낫다고 하더군요. 정호 말이 틀린 적이 있었습니까?"

이지헌은 아무런 대답도 하지 못했다. 그저 각수가 가져온 목판을 내동댕이쳐 부수며 다시 하라고 밖에 할 수 없었다. 그렇게라도 몽짜를 부리지 않으면 이 교서관에서 그가 설 자리가 없었다.

사람들이 좋아하고 인정하는 그 재주보다도 이지헌은 자신을 의식하지 않는 저 모습이 제일 꼴 보기가 싫었다. 아무리 심술을 부리고 못살게 굴어도 저 숫되배기인 척하는 엉큼한 놈은 늘 순종하는 얼굴로 고개를 조아리며, 척척 맡은 일을 해내었다. 일부러 힘든 일만 골라서 시켜도 다 해내니 작업장을 벗어나 다른 교서관의 관리들도 그의 이름을 알 정도였다.

천천히 그는 정호에게로 다가갔다. 오늘도 저 매부수수한척 가살을 떠는 놈은 열심히 목판을 들여다보며 구슬땀을 흘리고 있었다. 마음속에서는 저놈의 더수구니를 잡아 냅다 패대기치고 싶은 마음이 용솟음쳤지만 그는 침을 한 번 꼴깍 삼키고는 내뱉고 싶지 않은 말을 꺼냈다.

"어이, 정호. 하던 일 멈추고 날 따라와."

아랫입술을 씹으며 분기를 억누르는 그의 마음을 아는지 모르는지 이 어린 각수는 계속 하던 일에 정신이 팔려 있었다. 이지헌의 왼쪽 눈 밑이 파르르 떨리며 왼쪽 뺨도 실룩거렸다. 옆에서 일하던 한 각수가 정호의 옆구리를 찌르자 그는 얼른 자리에서 일어나 머리를 조아렸다.

"송구하옵니다, 공작 어르신."

"자꾸 두 번 부르게 하지 말라고 했지? 따라와."

"예? 어딜요?"

뒤돌아 앞장서던 이지헌은 짜증이 가득 배인 눈빛으로 정호를 노려보았다. 정호는 어서 가 보라고 채근하는 각수들의 눈짓에 천천히 이지헌의 뒤를 따랐다. 각수들의 가린스러운 우두머리는 자신의 뒤통수에 대고 손가락질하는 이들의 야유가 느껴졌다. 당장이라도 저것들을 한꺼번에 요절을 내고 싶었지만 아직 그에게는 그럴 만한 힘이 없었다.

"제가 잘못한 것이 있습니까?"

어린 각수의 목소리에는 전혀 두려움이 없었다. 이지헌은 이 아이의 이런 모습이 제일 싫었다. 차라리 열쭝이같이 군다면 측은함이라도 생길 것을 이놈은 항상 예의바르고 당당한 모습으로 고임성 있게 보여 윗사람들과 각수들에게 호감을 샀다. 쌍그런 눈빛으로 정호를 노려보며 이지헌은 귀찮은 듯 내뱉었다.

"그걸 내가 어찌 알아? 박사 나으리께서 부르신다."

"예?"

이지헌은 계속 입을 꾹 다물고 성큼성큼 걸어갔다. 얼마 전 교서관 창준이 신출내기가 각자한 목판을 보고 호들갑을 떨어 대어, 집무실에 있던 모든 관리들이 맞장구를 치며 이런 사람을 공작으로 세워야 한다고 난리를 쳤다. 날이 갈수록 배알이 꼬이는 통에 자신의 자리까지 노리는 저놈을 쫓아내고 싶었지만 딱히 좋은 방도가 떠오르지 않았다.

오늘 아침, 일지를 정리하는 그의 곁에서 박일환은 그의 마음을 아는지 모르는지 정호를 친히 데려오라고 몇 번이나 일렀다. 그는 박일환이란 이 작자가 정말 싫었다. 늘 재주에 따른 대가를 주어야 한다고 주장하는 그는 올 추석에 갖다 준 뇌물을 다린스럽게 내치며 호통을 쳤다. 양반들이라면 뇌물이라면 환장을 하는데, 마다하는 그 꼬락서니가 가식적이고 노여웠다. 그런 그가 더군다나 이 아이를 친히 부르니 오늘처럼 일진이 더럽고 사나운 적은 없을 듯싶었다.

"데려왔습니다, 나으리."

"들이게나."

문을 열자 책상 위에 여러 목판을 올려놓고 살피는 사내가 앉아 있었다. 귀티 나는 얼굴에 단정하고도 사내다운 풍채를 지닌 젊은 관리는 마치 야산에 피어나는 구절초처럼 다정한 인상을 풍겼다.

"이 아이가 정호입니다. 뭐해? 인사 올리지 않고?"

정호는 수줍게 허리를 숙였다. 박일환은 다감하게 미소 지으며 천천히 어린 각수에게로 다가왔다. 불안한 눈빛으로 두 사람을 번갈아 보던 이지헌에게 박일환은 고갯짓을 했다.

"이 공작, 수고 많았네. 이제 가 보시게."

"예?"

"내가 이 아이랑 친히 할 이야기가 있어서 그런 거네. 내 자네의 도움이 필요하면 다시 부르겠네."

말고기 자반처럼 벌게진 얼굴을 수그리며 문지방을 넘는 이지헌의 두 손은 떨리고 있었다. 문을 닫았지만 그의 심장은 미친 듯이 두방망이질 치기 시작했다. 그는 자신도 모르게 창호에 귀를 대고 숨소리를 죽였다.

"자네가 김정호로군. 평판이 대단해서 행여나 싶었는데, 역시 소문대로일세."

"아, 아닙니다. 그저 하라는 일만 했을 뿐입니다."

"아니야. 그렇지 않아. 자네는 각자뿐만 아니라 서체에 대한 깊은 이해를 지닌 자일세. 각수들 중 서체에 관심을 가지고 공부하는 이는 극히 드물지."

박일환은 책상 위에 올려진 목판 중 하나를 손에 들고 찬찬히 살폈다. 깔끔하고 일목요연하게 새겨진 글자들은 마치 붓으로 그린 것처럼 전아함이 배여 있었다. 신선이 술에 취해 나무에 대고 장난스럽게 쓴 것처럼 부드럽고도 강인한 서체가 매우 우아하였다.

"혹시 서책을 많이 읽는가?"

"그러하옵니다."

"내 들으니 자네는 지리지와 역사서에 관심이 많다지?"

정호의 두 뺨은 홍조를 띠었다. 한기 외에 자신을 기억하고 인정해 주는 이가 또 한 사람 생겼다는 것이 설레게 했다. 먼발치에서밖에 보지 않았지만 그는 다른 관리들과는 전혀 다른 행보를 보여 주는 양반이었다. 서책을 끼고 틀린 글자나 지적해 대는 보비리 같은 위인이 아니라, 작업장을 자주 둘러보며 일하는 장인들을 직접 챙기는 다감한 사람이었다. 정호는 새어나오는 미소를 감추기 위해 입술을 꾹 다물고 고개를 숙였다.

"다 알고 있다. 자네, 직접 지도도 그린다지? 혹시 갖고 있는가?"

"예? 그걸 어찌……"

"이 박일환이가 모르는 것은 없다네. 한번 구경시켜 주게나. 글눈도 뛰어나고 두릅손도 좋은 자네의 지도가 궁금하구먼."

정호는 잠시 망설였다. 한기를 제외한 양반에게 지도를 보여 주는 것은 생전 처음이자 위험한 일이었다. 물론 민간에서 많은 지도가 필사되어 사용되고 있었지만 주로 지도를 제작하는 것은 나라와 관리들이 주도하는 일이었다. 사사로이 사비로 지도를 만드는 이들도 있었지만, 그 누구도 그들을 대단한 인물이라고 찬을 하며 인정하는 경우는 없었다.

하지만 이 사람은 괜찮을 듯 같았다. 정호는 자신도 모르게 품속 깊이 감추어 둔 봉투를 꺼내어 그에게 내밀었다. 두 팔이 절로 떨렸다. 박일환은 재미있다는 듯 웃으며 그가 내민 봉투를 받아 열었다.

"원 사람도. 어찌 그리 겁이 많은가?"

봉투에서 꺼낸 종이를 펼친 그는 한동안 말이 없었다. 정호는 부끄럽기 그지없었다. 한기와 분이 외에 저자에서 만나는 보부상들과 아래대의 군졸들이 인정한 솜씨이기는 했지만, 그들은 모두 전문적인 지식을 지닌 자들이 아니었다. 중대한 시험을 치르듯, 그는 손가락을 만지작거리며 이리저리 지도를 꼼꼼히 살피는 박일환을 바라만 보았다.

"이 지도에 제목을 붙였는가?"

"예?"

"여기가 어딘지 알리는 제목이 있지 않은가? 한성 같은데, 제목은 붙였겠지?"

"'수선전도'라 하옵니다. 언젠가 목판으로도 이 지도를 각자하기 위해 혼자 수련 중입니다."

정호는 말해 놓고 부끄러운지 대문니로 입술을 꾹꾹 눌러 댔다. 박일환은 흡족한 듯 고개를 끄덕였다. 가슴속에서 스멀거리는 기쁨은 목구멍에 걸려 터져 나오지 못하고 몸부림쳤다. 우쭐우쭐 춤을 추고 싶었지만 애써 참느라 몇 번이고 크게 들숨을 쉬어 댔다.

"좋네, 아주 좋아. 내 자네한테 부탁할 일이 있으이. 만약 이 일을 잘 마무리 지어 준다면 내 특별히 제조 영감께 청하여 자네를 공작 자리에 천거하겠네. 이리 장한 재주를 지닌 자를 썩혀서야 되겠는가?"

박일환은 서책 한 권을 내밀었다. 정호는 조금씩 눈을 들어 다갈색 표지에 '임원경제지'라고 쓰인 글자와 교서관 박사를 번갈아 바라보았다.

"이것은 꽤 오래 전에 쓰인 농서라네. 세월이 많이 흘렀지만 이 서책에 담겨진 생각들은 지금 보아도 감탄스러울 정도로 앞서가고 있다네. 청을 통해 들어온 태서의 서책들이 많아도 무엇보다 우리의 실상에 맞게 적은 책이 최고가 아니겠는가? 이것을 목판에 각자해 주게. 내 이 공작에게 이 야기해 놓을 테니 다른 일은 잠시 미루고 이것부터 하게나."

정호는 입을 벌린 채 한동안 멍하니 그를 바라보기만 했다. 연달아 찾아오는 행운이 꿈처럼 아득하게만 느껴졌다. 서책을 받아 들고 무슨 말을 해야 할지 몰라 서 있는 어린 각수에게 박일환은 손짓을 하며 껄껄 웃어 댔다.

"어서 가서 일하게나. 빨리 완성해야 자네가 김 공작이 되지 않겠는가? 할 일이 많다네."

안에서는 경쾌한 웃음소리와 함께 감사의 인사를 올리는 어린 청년의 우렁찬 목소리가 들려왔지만 문 밖에서 숨을 죽이고 있는 사내의 얼굴은 아귀처럼 사정없이 일그러졌다. 이지헌의 축 늘어진 입술이 부르르 떨리며, 숨소리가 거칠어졌다.

"네가 감히 내 자리를 넘봐? 머리에 피도 안 마른 놈이 공작이라……. 네놈이 그 자리에 오를 일은 절대 없을 것이다."

"누구냐? 감히 교서관에 낯선 계집이 들어오다니?"

소설이 다 되어 가는 초겨울 밤은 평소와 다르게 공기가 가볍고 다사로웠다. 이지러져 그믐달을 향해 가는 가느다란 달은 마치 은으로 된 화피궁처럼 보였다. 교서관 수장제원은 교서관 작업장을 얼쩡거리는 여인을 보자 이내 달려가 눈을 부라렸다.

"썩 나가지 못하겠느냐?"

"정호를 찾아왔습니다. 끼니를 놓친 거 같아 곁두리라도 챙겨 주려고요."

저녁하늘에 뜬 개밥바라기처럼 커다란 눈망울이 생기 있게 빛났다. 여인의 화사한 미소에 무뚝뚝한 사내는 그만 넋이 나가 자신도 모르게 실실 웃고 있었다.

"얼른 갖다 주고 와야 해. 윗분들이 아시면 난 쫓겨난다."

"고맙습니다, 어르신."

여인은 들고 있던 찬합을 열어 떡 하나를 꺼내 수장제원의 손에 들려 주었다. 사내는 부니는 모습이 예쁜 그녀가 기특한 듯 껄껄 웃으며 고개만 끄덕였다. 여인은 몇 번이고 인사를 올리며 작업장으로 얼른 뛰어들어 갔다.

"누구냐?"

여인이 건네준 떡을 한입 베어 물려는 순간, 저음의 목소리가 수장제원의 두서구니를 서늘하게 했다. 얼른 뒤돌아선 그는 받은 떡을 소매부리에 넣고 연신 굽실대었다.

"송구하옵니다, 나으리."

"누구냐니까?"

겁을 잔뜩 집어먹은 사내는 눈을 찡긋거리며 천천히 고개를 들었다. 강색의 관복을 입은 배가 불룩한 사내가 수염을 어루만지며 거만하게 내려다보았다. 수장제원은 다시 한 번 고개를 수그리며 싹싹 빌기 시작했다.

"죽을죄를 지었습니다. 그냥 밤참만 건네고 간다고 해서."

"그래?"

사내는 천천히 작업장으로 다가갔다. 모든 각수들이 퇴청한 작업장에는 각수 한 사람만이 열심히 일을 하고 있었다. 여인은 계속 음식을 이것저것 집어 주며 그에게 먹이느라 정신이 없었다.

"분아, 어서 가. 이러다 들키면 너도 나도 큰일 난다."

"걱정 마. 밖에 문지기 아저씨한테 떡 하나 드렸거든. 어서 먹어. 저녁도 굶고 이게 뭐니?"

정호는 시원하게 수통을 들이켰다. 끼니를 놓친지라 찬합 속의 모든 음식들이 맛났다. 분이는 온통 생채기투성이인 그의 손을 보자 금세 시무룩해졌다. 그는 정인을 위해 두 손을 잡고 다정하게 속삭였다.

"이번 일만 잘하면 공작이 될 수 있어. 그럼, 빨리 너를 데려갈 수 있다고. 조금만 참고 기다려."

"어떻게 나라님 보는 것만큼 네 얼굴 보기가 힘이 드니? 참으로 무심하다. 정말이지 교서관에 들어가서 날 보러 오는 날이 다섯 손가락에 꼽을 정도야?"

"미안하다. 정말 미안해. 앞으로 간간히 들를게."

"지키지도 못할 약조 하지 말어. 내가 오는 게 훨씬 낫겠다."

입을 삐죽이 내밀고 찬합을 챙겨 일어서려 하자 정호는 그녀의 손을 잡아끌었다. 그러고는 주변을 한번 살피더니 가슴 가득 분이를 끌어안고 새까맣게 윤기가 흐르는 사랑스러운 머리채를 쓰다듬었다.

"미안해. 조금만 기다려. 조금만 기다리면 가기한 꿈대로 살 수 있을 거야."

작업장에서 정을 나누는 두 사람을 지켜보던 관리는 비소를 머금었다. 마치 원하던 먹이를 오랜만에 만난 늙은 고양이처럼 그의 거슴츠레한 눈은 음험하게 빛났다. 제 딸뻘 되는 여인을 보며 군침을 흘리는 사내의 숨소리는 고요한 밤공기를 어지럽힐 정도로 점점 커져 갔다.

"저년, 제법인데. 잔망스러운 것이 감질나게 만드는군."

그러나 탐욕스러운 늙은 사내를 저만치 다붓하게 떨어진 곳에서 지켜보는 음흉스러운 두 눈이 또 하나 있었다. 어린 여인을 보며 애가 탄 사내와는 달리 그는 회심의 미소를 짓고 있었다. 작업장에서 서로 그러안은 두 남녀와 늙은 관리를 번갈아보며 그는 입맛을 다셨다.

"교서관 제조 강대수가 여색이라면 환장한다고 했었지. 하늘이 나를 돕는구나. 그래, 저 녀석은 절대 내 자리를 빼앗을 수 없지. 그렇고말고!"

"오늘도 밤을 샌 것이더냐? 네놈이 완전 신이 났구나."
"빨리 이걸 마치고 다른 일을 하고 싶어서 그래요."

정호는 움푹 팬 눈자위를 비비며, 밤새 각자한 목판을 내려다보았다. 종이 위에 올려놓은 글자가 그대로 내려앉은 듯 날렵한 서체를 보고 있으니 온몸을 에워싼 피로가 다 사라지는 듯하였다. 다른 각수들도 하나둘씩 다가와 그의 목판을 보며 고개를 끄덕였다.

"역시 정호야. 그래, 박사 나으리께서 널 천거해 주신다고?"

"너 공작이 되면 우리 잘 봐줘야 한다? 야, 어서 이지헌 그놈 기가 팍 죽은 꼬락서니 한번 좋겠구먼."

각수들은 생각만 해도 좋은지 너도나도 웃고 있었다. 그들은 이 어린 각수가 자신들의 꿈을 대신 이뤄 주는 듯 그 장한 모습이 자랑스러웠다. 이제껏 체아직이었던 공작 자리를 늘 양반님들 똥구멍이나 쫓아다니는 이들이 꿰찼던지라 그의 앞날에 많은 기대를 하고 있었다.

그러나 모두가 기뻐하는 것은 아니었다. 단 한 사람만이 작업장 문 앞에서 가무칙칙한 얼굴로 노려보고 있었다.

'그래, 지금 실컷 웃거라. 네놈이 가진 것을 다 빼앗기고도 그리 웃을 수 있는지 두고 보자꾸나.'

"오늘도 이리 숨어서 훔쳐보고 계시옵니까? 어찌 고매하신 제조 대감께서 이러실 수 있습니까?"

작업장에서 일하는 정인에게 저녁곁두리를 가지고 온 여인을 지켜보던 강대수는 귀신을 본 듯 화들짝 놀랐다. 이지헌은 가소를 지으며 작업장의 두 남녀와 강대수를 번갈아 바라보았다.

"이런 쳐 죽일 놈이 있나? 난 누가 이리 밤늦게까지 일하나 보러 온 것이다. 감히 제조인 나를 능멸하다니 네놈이 간이 부었구나."

이지헌은 부리부리한 그의 얼굴을 보고도 주눅 들지 않고 오히려 환하게 웃을 뿐이었다. 그는 공손히 허리를 숙여 인사를 올렸다.

"교서관 공작 이지헌이라고 합니다. 제가 제조 대감께서 그토록 원하시는 것을 얻게 해 드릴 수 있을 듯싶어 이리 찾아뵈었습니다. 잠깐 저와 함께 가시겠습니까?"

이지헌의 말을 들은 강대수의 눈이 반짝거렸다. 앞장서는 그를 따라가며, 탐욕스러운 관리는 마치 원하던 여인을 품에 안은 듯 만족스러운 얼굴로 히죽거렸다.

야천에 가득한 달무리는 붉디붉어 마치 피를 뿌려 놓은 듯 탁했다. 쌀쌀한 밤바람에 실려 온 구름은 연한 강색으로 물든 보름달을 더욱 뿌옇게 흐려 놓았다. 참으로 기분 나쁘고도 그 누구라도 얼른 지나갔으면 하고 여길 만한 밤이었다. 서고에 들어온 이지헌은 주변을 살피더니 강대수에게 손을 흔들었다. 뚱뚱한 배를 흔들며 까치발로 뛰어온 교서관 제조는 그 짧은 거리를 걷고도 숨이 찬지 헐떡거렸다.

"나랑 정분을 낼 것도 아니고, 왜 이리 음습한 곳으로 날 데려왔더냐?"

"저 연인을 품게 해 드리면 제게 무엇을 주실 겁니까?"

"뭐라? 네놈이 환장했구나."

강대수는 비굴하게 웃으며 자신을 쳐다보는 이지헌을 보자 치가 떨렸다. 저까짓 계집이라면 얼마든지 수단과 방법을 가리지 않고 취할 수 있었다. 어이가 없는 그는 홍안이 되어 삿대질을 하며 버럭 소리를 질렀다.

"내가 누군지 알고 까부는 것이더냐? 내 외가가 지금 조선을 후려잡고 있는 유서 깊은 안동 김씨 집안이다. 소리 소문 없이 네 목숨을 앗아갈 수도 있음이야."

"허나, 대감. 어찌 하나만 알고 둘은 모르십니까? 이 이지헌, 그리 미거한 인물이 아니옵니다. 저 아이를 탐해 겁간했다는 투서가 제 연장통에 그대로 담겨져 있습니다. 만약 제가 죽어 누가 그 투서를 보면 어찌될까요? 아무리 조선 땅을 쥐고 흔드는 안동 김씨라고 하여도 남의 정혼자를 빼앗아 욕을 보였다고 하면 교서관의 나뻣한 척하는 위인들이 나으리를 잡아먹으려고 덤빌 겁니다. 자, 어서 저를 죽이시지요."

강대수는 이지헌을 죽일 듯이 노려보더니 갑자기 웃어 댔다. 이지헌 또한 만족스러운 얼굴로 그를 노려보았다.

"좋다. 네가 원하는 것이 무엇이더냐?"

이지헌은 이 순간만을 기다리며 오늘 하루를 보냈다. 그는 크게 숨을 한번 들이쉬고는 천천히 그리고 또록또록하게 입을 열었다.

"제 욕심은 크지 않습니다. 교서관 저작 자리면 충분합니다. 대신 저 모도리 같은 놈이 절대 나으리 눈앞에 얼씬거리지 않도록 하겠습니다."

"오늘은 아무도 없네? 문지기 아저씨께서 어딜 가셨나?"

동지를 앞두고 구름이 달빛을 가린 칠흑 같은 밤이었다. 오늘따라 교서관을 밝히는 불들이 다 꺼져 있었다. 분이는 다듬거리며 천천히 발걸음을 옮겼다. 익숙한 곳이었지만 어둠 때문에 모든 것들이 처음 보는 듯 낯설었다.

다행히 작업장에서는 아주 희미한 불빛이 스며 나오고 있었다. 그제야 그녀는 안도의 한숨을 내쉬며 찬합을 꼭 끌어안고 바쁘게 걸어갔다. 이상하게도 작업장에서는 늘 듣던 소리가 들려오지 않았다. 주변이 적막했지만 분이는 정인을 만난다는 기쁨에 달리기 시작했다.

"정호야, 배고프지……."

작업장에는 정호 대신 도포와 갓을 쓴 뚱뚱한 사내가 덩치 큰 비복 둘과 함께 그녀를 바라보고 있었다. 분이는 본능적으로 이곳을 빠져나가야겠다는 생각에 슬슬 뒷걸음질을 치기 시작했다. 뒤로 물러서는 그녀와 달리 사내는 능글거리는 미소를 지으며 앞으로 성큼성큼 다가오고 있었다.

"가까이서 보니 더욱 곱구나. 네 이름이 분이더냐? 달빛 아래에서 보아도 곱던데 불빛 가까이서 보아도 곱구나. 이리 오너라, 어서!"

분이는 세차게 고개를 흔들며 뒤돌아 뛰었다. 그러나 작업장 앞에 버티고 서 있는 커다란 사내 둘이 그녀에게 재갈을 물리고 두 손을 거칠게 묶기 시작했다. 정성스럽게 싸온 저녁곁두리가 그녀의 몸부림과 함께 땅바닥으로 이리저리 나뒹굴었다. 아무리 소리를 지르려고 했지만 여인의 애달픈 비명 소리는 교서관 담장을 넘지 못했다. 어깨에 메여서도 발버둥치는 그녀를 제지 못한 한 사내가 세게 아랫배에 주먹질을 하자 분이는 기절하고 말았다.

"쯧쯧……. 왜 그리 여인을 험히 다루더냐? 무도하긴. 사람들이 오기 전에 어서 가자꾸나!"

작업장에서 나온 음탕한 양반은 주변을 살피더니 급하게 교서관을 빠져나가기 시작했다. 사내와 종자들이 사라지자 어디선가 검은 그림자 하나가 쑥 나오더니 천천히 작업장 안으로 들어섰다.

그의 발걸음은 오직 한곳만을 향해 있었다. 젊은 각수가 밤새워 각자한 목판들이었다. 그는 여기저기 널려진 목판들을 하나하나 모아들더니 다시 밖으로 발걸음을 옮겼다.

"오늘따라 달빛이 없어 어둡군. 이래서야 정호가 일을 하겠나?"

사내는 장작을 쌓듯 목판들을 쌓았다. 차가운 돌바닥 위에 쌓인 목판들은 어둠 속에서 더욱 서글프게 보였다. 사내가 부싯질을 하자 맨 위 목판 위에서 시작된 불길은 점점 아래로 향했다. 점점 커지는 불길이 어두운 교서관 안을 조금씩 밝히기 시작하자 사내는 기쁨에 겨워 음습한 밤공기 사이로 기분 나쁜 웃음을 마음껏 토해 내었다.

"으히히히! 아하하! 좋구나, 좋아. 참으로 좋다!"

"이제 괜찮구먼. 아이고 죽다 살아났네."

"약을 드시고 나니 나아지셔서 다행입니다."

"이상하구먼. 늘 먹는 밥인데, 어찌나 물똥을 쌌던지 허리도 펼 수 없네."

"배탈 나셨나 봐요. 천천히 드시지 그러셨어요?"

"이지헌 밑에서 일하는 놈이 웬일로 고기를 가져와서 먹었잖어. 갑자기

기름기가 들어가니 창자가 놀랐나 보네."

배탈이 난 수장제원을 의원에게 데리고 갔던 정호는 이제야 교서관으로 돌아오고 있었다. 오늘따라 달빛이 전혀 보이지 않았다. 대낮이라면 금세 올 길도 다듬거리며 오느라 이리 지체된 것이었다.

어디선가 불빛이 보이기 시작했다. 자세히 쳐다보니 오늘따라 벌건 불빛으로 환히 밝혀진 교서관이었다.

"저거 작업장 근처 아닌가요?"

"왜 저리 벌게? 아이고! 불이 난 게야? 세상에 불이 났구먼!"

정호는 아무 생각도 나지 않았다. 그저 미친 듯이 뛰기만 할 뿐이었다. 세상에서 유일하게 지켜 줘야 할 그녀가 저 안에 있었다. 그의 뒤에서 절룩거리며 따라오는 수장제원은 어찌할 줄 몰라 소리만 질러 댔다.

"불이야, 불! 교서관에 불이 났다!"

정호의 예감대로 작업장 앞마당에 있는 곳에서 높이 쌓인 장작더미가 활활 타오르고 있었다. 다행히 서고 쪽으로 불은 번지지 않았지만 이미 작업장 입구까지 태우며 불길은 커져 가고 있었다.

"분이야, 분이야! 어디 있느냐? 내가 왔으니 어서 나와!"

주변을 아무리 살펴보았지만 분이의 모습은 보이지 않았다. 수장제원의 비명을 들은 사람들이 불을 끄기 위해 하나둘씩 작업장 근처로 모여들고 있었다. 사람들과 함께 온 수장제원은 넋이 나간 정호의 팔을 잡아당겼다.

"서고까지 불길이 번지지 않아서 다행이야. 뭐해? 어서 불을 끄지 않고!"

멸화군이 그들을 밀치고 들어와 불길을 잡기 시작했다. 다행히 작은 불이라 작업장 입구까지만 태우고는 사라져 버렸다. 한숨을 돌린 번을 서는 교서관 사람들은 제자리에 털썩 주저앉아 숨을 고르고 있었다.

"엥? 이거 그 처자가 항상 들고 오는 찬합 아닌가?"

아픈 배를 부여잡고 뭔가를 들고 온 수장제원을 보자 정호는 자리에서 벌떡 일어섰다. 그의 말대로 분이의 찬합이었다. 정호는 다시 한 번 작업장 안으로 들어갔지만 작업장 안은 말짱하고 나무쪼가리 하나 태운 것이 없었다. 그의 곁으로 온 수장제원은 고개를 갸우뚱거리며 중얼거렸다.

"이상하구먼. 작업장은 깨끗한데. 처자가 불이 나서 깜짝 놀라 뛰쳐나갔나 보네, 쯧쯧. 그나저나 멸화군들이 작업장 앞마당에서 불탄 장작들을 지금 살피고 있는데 가 봅세."

이상한 불길함이 정호의 가슴을 덮고 있었다. 아무리 생각해도 분이가 한 행동이 이해가 되지 않았다. 만약 그녀의 성정대로라면 불이 났다면 냉큼 불을 끄기 위해 수성금화사로 달려갔을 것이다. 하지만 정호와 수장제원이 발견하기 전까지 아무도 불이 난 것을 알지 못했다.

'대체 어디로 간 거야?'

사람들은 장작더미를 이리저리 꼬챙이로 쑤시던 중 반쯤 타다 남은 목판을 발견하고는 정호를 불렀다.

"이보게, 자네 각수지? 이거 목판 아닌가? 반쯤 타다 남았구먼. 쯧쯧……. 누가 이리 정성껏 각자해 놓은 것을 태웠을꼬?"

정호는 사람들이 건네준 목판을 받자마자 비틀거렸다. 눈에 익은 서체, 익숙한 나뭇결. 그것은 박일환이 자신에게 부탁한 서책의 목판본들이었다.

"안 돼!"

정호는 정신없이 맨손으로 뜨거운 잿더미를 헤집었다. 사람들이 말렸지만 그는 뿌리치고 손바닥이 화기에 데는 줄도 모르고 미친 사람처럼 까맣게 타 버린 목판들을 들고 울부짖었다.

"누, 누가……. 대체 누가 이런 것이야?"

새까만 목판들을 들고 미친 사람처럼 소리치는 젊은 각수를 보며 사람들은 마음이 아파 시선을 돌려버렸다. 정호 덕분에 배앓이를 치료한 수장제원은 미안한 마음에 그의 뒤에 서서 아무 말도 못한 채 손등으로 눈물만 훔쳐 댔다.

작업장 입구에서 한쪽 입술을 추켜올린 사내가 비통해하는 젊은 각수를 보며 흐뭇하게 바라보고 있었다. 천천히 구름이 비껴 나자 숨어 있던 달빛이 그의 서늘한 두 눈을 비추었다.

"주제를 모르면 그리 되는 것이다. 내 눈을 뽑는 한이 있더라도 네놈이 설쳐대는 꼴은 보지 않을 것이다."

"뭐라? 다 탔단 말이더냐? 전부 말이더냐?"

"그러하다고 하옵니다."

간밤에 일어난 화재 소식을 들은 박일환은 그만 두 눈을 감고 주저앉왔다. 무엇보다 실학에 뜻을 둔 그는 그 서책을 대량으로 찍어내어 보급하고픈 원대한 꿈이 있었다. 모든 것이 하루아침에 수포로 돌아가자 그는 가슴 위에 돌이 얹힌 듯 답답하여 편히 숨을 내쉬지도 못했다.

"그래, 김정호는 어찌하고 있느냐?"

"밤을 새워 만든 목판들이 다 불쏘시개가 되었으니 반쯤 넋이 나갔다고 합니다. 작업장에 앉아 아무것도 못하고 멍하니 허공만 바라본다고 합니다."

박일환은 두 눈을 감았다. 제조에게 말한 기한을 지킬 수 없는 것보다 젊은 각수의 꺾어진 의욕과 사라진 푸른 꿈이 안타까웠다.

교서관 제조는 두 사람이 있었는데, 그 둘은 음과 양처럼 달라도 너무 달랐다. 안동 김씨 외가를 등에 입은 탐욕스럽기로 소문난 강대수는 뇌물만 갖다 바치면 그 재주와 인품에 상관없이 관직을 내려 주는 발록구니였지만, 또 다른 제조 조길현은 달랐다. 꼿꼿하고 강직한 성품으로 사람의 겉모습을 보지 않고 그가 지닌 능력과 인성으로 평가하는 사람이었다. 조길현에게 재주가 비상한 어린 각수를 공작 자리에 천거하자, 그는 말로는 믿을 수 없으니 그 장한 재주의 증좌를 가져오라고 명했다. 각자할 부분이 이제 얼마 남지 않았는데, 모든 일이 수포로 돌아가 버렸으니 박일환도 어쩔 수가 없었다.

하지만 이대로 가만히 앉아 있을 수는 없었다. 박일환은 한번 크게 숨을 들이마시고는 문을 열고 작업장으로 향했다. 어떻게 해서라도 정호가 다시 연장을 손에 쥐도록 설득해야 했다.

"쯧쯧, 아직 저러고 있네. 저 녀석 밥은 먹고 저러는 거야?"

"아침 내내 저러고 있더니 망부석이 되려나? 큰일일세."

작업장 구석에서 쪼그리고 앉아 벽에 머리를 기대고 망연자실한 어린 각수를 보고 각수들은 가슴 아픈 듯 한마디씩 던졌다. 그의 꿈은 그들의 꿈이나 마찬가지였다. 높으신 왕께서 계시는 궐에서도 부패와 부정이 만연하고 날만 밝으면 탐관오리들이 참빗처럼 싹싹 긁어 가는 지금, 올바른 방법으로 재주를 인정받는 정호의 모습은 그들에게 또 다른 희망이었다. 어젯밤 활활 타 버린 목판들은 정호뿐만 아니라 그들의 꿈이 잿더미처럼 사라져 버린 것이나 마찬가지였다.

"근데, 이상하지 않아? 어찌 다른 목판들은 멀쩡한데 정호 꺼만 다 탔을까?"

"다들 그것 때문에 이지헌을 의심하잖아. 정호가 공작이 되어 봐, 제일 먼저 배알이 꼬일 놈은 그놈이지. 실력으로 봐서 정호가 훨씬 나으니 그 엉큼한 놈이 수작을 부린 거야."

"쉿, 말조심해. 각수들 사이에 그놈 발쇠꾼들이 군데군데 있다고 하니 말일세."

각수들은 갑자기 작업장으로 쑥 들어온 한 관리의 등장에 하던 이야기를 멈추고 자리에서 일어났다. 박일환은 손사래를 저으며 그들에게 하던 일을 계속할 것을 명하고는 한 구석에서 망부석처럼 허공만 바라보는 각수에게로 다가갔다.

"하룻밤 사이에 반쪽이 되었구나. 그깟 목판은 얼마든지 다시 각자하면 된다. 내 제조 대감께 잘 말씀드릴 터이니 괘념치 말고 다시 끌과 망치를 들어라."

정호는 천천히 눈을 들어 그를 올려다보았다. 다감한 그 모습은 볼 때마다 그에게 힘을 실어 주었다. 계절이 또 한 번 바뀔 때까지 정호는 참으로 흥진 춤을 추듯 신명나게 목판을 새겼다. 밤마다 즐겨 읽던 서책들도 잊고 교서관 작업장에서 외롭게 밤을 지새울 때도 그는 그 순간순간이 구름 위를 날아가는 것처럼 행복하기 그지없었다.

"저 때문에 그리 하시면 안 됩니다. 나으리께서 제조 대감께 신의 없는 사람처럼 보여서는 안 됩니다. 그동안 참으로 좋았습니다. 제 재주를 인정해 주신 것만 해도 전 백골난망입니다."

"하지만 어제 그 일은 네 잘못이 아니지 않더냐? 일부러 자리를 비운 것도 아니고. 허니……."

"그건 저 아이의 말이 맞습니다, 나으리!"

주변이 마치 찬물을 끼얹은 듯 조용했다. 박일환이 뒤돌아보니 이지헌이 가소를 지은 채 거들먹거리며 자신에게로 다가오고 있었다. 그는 해쓱한 얼굴로 서 있는 정호를 한번 흘깃 쳐다보더니 박일환에게 인사를 올렸다.

"저 아이는 이제 교서관에 있어서는 안 됩니다, 나으리."

순간 박일환과 다른 모든 각수들은 놀란 눈빛으로 일제히 이지헌을 쳐다보았다. 그는 자신을 바라보는 곱지 않은 시선에도 주눅 들지 않고 목소리를 높였다.

"어젯밤 왜 불이 났겠습니까? 그리고 이상하게도 정호의 목판들만 다 타 버렸지요. 대체 누가 그랬을까요?"

각수들은 뻔뻔하게 웃고 있는 이지헌을 죽일 듯이 노려보았다. 모두가 진실을 알고 있는데도, 저 위인은 더욱 높이 고개를 쳐들었다.

"정호는 수장제원이 배앓이를 하자 교서관을 나와 의원을 찾으러 나갔다고 했습니다. 목판을 빨리 완성해야 하는 그가 왜 그리 오래도록 자리를 비웠겠습니까? 그것은 바로 자신이 무고하다는 것을 알려 모두의 눈을 속이기 위해서였습니다."

한 각수가 듣다못해 자리에서 벌떡 일어나 삿대질을 해 댔다.

"그 무슨 말씀입니까? 어제 배앓이를 한 수장제원한테 들었습니다. 정호 덕분에 살았다구요. 헌데, 어찌 아무 증좌 없이 죄를 뒤집어씌우십니까?"

"그래? 허면 자네가 정호가 결백하다는 것을 증명할 수 있나?"

이지헌의 질문에 각수는 아무 말도 하지 못했다. 다듬거리며 슬그머니 자리에 도로 앉는 그를 보며 이지헌은 그럴 줄 알았다는 듯 실실 웃으며 고개를 끄덕였다.

"정호는 그동안 교서관의 물품들을 몰래 빼돌려 왔습니다. 제가 언제부턴가 연장이며 판목들이 없어지는 것을 수상히 여겨 사람을 시켜 저 아이의 모든 행동거지를 살피도록 하였지요. 밤마다 목판을 각자한다는 핑계로 정호는 교서관에 있어야 할 물품들을 하나둘씩 눈에 보이지 않게 밖으로 빼돌렸습니다."

그 순간 어제 저녁부터 아무것도 먹지 못한 정호의 눈에 분노의 광기가 번득였다. 그는 비틀거리며 일어서더니 이지헌에게 다가갔다.

"아니에요, 그렇지 않습니다! 전 아무것도 훔치지 않았어요!"

"그러하더냐? 헌데, 네놈이 어둠을 틈타 교서관 앞에서 물건을 빼돌려 파는 것을 본 사람이 있다. 어제 왜 불이 났는지 말해 주랴? 너를 만나 교서관 물건을 사기 위해 들어온 자가 담뱃불을 잘못 지펴 불을 내고 말았지. 네가 자진해서 수장제원을 의원한테 데리고 간 것은 그 장물업자가 들어올 여지를 주기 위해서였겠지. 수장제원이 자리를 비운 틈을 타 네가 준비해 둔 물건들을 가져가려던 그놈이 단죽에 부싯질을 하다가 그만 작업장 입구에서 불을 내고 만 것이야. 마침 교서관으로 수장제원을 부축하고 돌아오던 너는 행여나 죄가 밝혀질까 두려워 뛰어들어 왔고 일부러 네가 각자하던 목판들을 태워 무고함을 증명하려고 했던 거다."

"아닙니다. 절대 아닙니다! 하늘에 맹세코 교서관에 있는 그 어떤 물건에도 손을 대지 않았습니다!"

조용히 이지헌의 말을 듣고만 있던 박일환은 입을 열었다.

"내가 보기에도 정호는 그럴 사람이 아닐세. 여기 있는 모든 이들이 그의 인품을 알지 않은가? 군손질해야 할 목판을 항상 자진해서 다듬는 사람일세. 내가 장담하네."

이지헌은 그를 나삐 보며 싱글거렸다. 자신보다 품계가 높은 관리에게 이리 건방지게 구는 하극상을 보자 각수들의 얼굴은 홍안이 되어 부들부들 떨리고 있었다.

"나으리 말씀대로라면 얼마나 좋겠습니까만 어젯밤 모든 것을 지켜본 이가 있습니다. 아, 저기 오는군요. 어서 오너라."

작업장 입구에서 우물쭈물하며 한 사내가 고개를 들지 못하고 천천히 걸어오고 있었다. 키가 작고 얼굴이 심하게 얽은 그는 교서관 측간의 오물을 푸는 똥거름장수였다. 똥거름장수가 지나갈 때마다 각수들은 누가 먼저라고 할 것 없이 비켜서서 코를 막고 눈살을 찌푸렸다.

"자네 어젯밤에 본 일을 그대로만 말해 보게나."

"예. 측간에 제가 두고 간 오줌잣대기가 생각나 찾아들고 밖으로 나가고 있었습니다요. 헌데, 작업장 안에서 어떤 사내가 보따리에 무언가를 가득 담아 나오더니 잠시 서서 곰방대에 불을 붙이더만요. 그러고는 교서관 밖으로 나가 버렸는데, 아 그놈이 불이 붙은 연초를 떨어뜨린지라 그만 문에 불이 붙고 말았지요. 불을 꺼야 하나 망설이고 있는데, 어떤 젊은이가 뛰어들어 오더니 작업장 안에서 목판들을 들고 나와 불 속에 집어넣기 시작했습니다요."

이지헌은 고개를 끄덕이며 웃으며 정호를 바라보았다.

"허면 그 목판을 불 속에 집어넣은 자가 여기에 있더냐?"

똥거름장수는 천천히 고개를 들어 좌우를 살피더니 정호를 가리키며 갑자기 소리를 질렀다.

"저, 저놈입니다요! 저놈이 불길을 더 치솟게 만들었습니다요!"

"참말이더냐?"

"틀림없습니다. 제 두 눈으로 똑똑히 보았습니다!"

정호는 지금 눈앞에 펼쳐지는 일들이 꿈만 같았다. 아니, 차라리 꿈이었으면 했다. 한순간에 방화를 저지른 몹쓸 굴통이가 되어 버린 그는 의심스럽게 바라보는 각수들을 향해 고개를 흔들었다.

"난, 난 아닙니다. 절대 제가 불을 지르고 훔친 것이 아닙니다."

"그럼 교서관과 아무 상관이 없는 저자가 거짓을 고하는 것이더냐?"

"한 번도 본 적이 없는 자입니다. 헌데, 어찌 저자가 저를 모함하는 것입니까?"

"한 번도 본 적이 없으니 진실을 말하는 거겠지. 이래도 잡아뗄 것이더냐?"

이지헌은 자신만만한 얼굴로 정호 앞으로 다가갔다. 길을 잃은 산 속에서 이리 떼에 둘러싸인 것처럼 정호를 노려보는 각수들의 눈에서는 배신한 동료에 대한 분노가 치밀어 오르고 있었다. 무고하다고 아무리 소리 질러도 그의 말은 허공 속의 메아리였다.

"측간에 다녀가는 것은 주로 날이 밝기 시작하는 이른 아침이지 않나? 어두운 야밤에 어찌 교서관으로 온 것인가?"

박일환이 대뜸 아무도 묻지 않는 질문을 내던졌다. 비쩍 마른 곰보는 당황하여 이지헌만 바라볼 뿐이었다. 박일환은 수상한 기운을 눈치채고 유일한 목격자 앞으로 바짝 다가붙었다.

"자네 말 한마디에 저 젊은 각수의 목숨이 달렸네. 자, 이 공작이 아닌 내 눈을 보고 말하게. 사실대로 다 말하면 아까 말한 것은 없던 걸로 해주겠네. 자, 어젯밤에 정말 교서관에 온 것인가?"

똥거름장수의 이마에서 땀이 흘러내렸다. 더수구니에서 느껴지는 쌍그런 눈빛에 절로 온몸에 소름이 끼쳤다. 박일환의 말이 맞았지만 그저께 새벽에 자신에게 엽낭을 건네며 협박하던 이지헌의 음험한 목소리가 그의 목구멍을 틀어막고 있었다.

"잘 해야 하네. 만약 시킨 대로 일만 잘해 주면 이제 앞으로는 더럽게 똥 푸며 조롱당하는 일은 안 하게 도와주겠네. 요즘은 돈만 있으면 양반도 되는 세상이네. 자네도 양반답게 살아야지?"

그는 눈을 세게 감고는 숨을 크게 들이쉬었다. 그러고는 죽을 때까지 후회할 단 한마디를 툭 던지듯 내뱉었다.

"어젯밤에 와서 본 사람은 저자입니다. 틀림없습니다, 나으리."

"죽자."

분이는 무릎에 얼굴을 묻은 채 계속 혼자 지껄였다. 방금 부엌에서 떠 온 양잿물을 담은 사발을 앞에 놓고 그렇게 두 시진이나 앉아 중얼거리고 있었다. 아침부터 아무것도 먹지 않고 마시지 않았지만 하나도 허기가 느껴지지 않았다.

간밤에 일어난 일들은 그냥 꿈이었다. 다시는 꾸고 싶지 않은 꿈이었다. 그렇게 생각하고 아무렇지도 않은 척 지내면 그만이었다. 하지만 정인을 생각할 때마다 깊이도 알 수 없는 구렁텅이로 빠져들 듯이 무서운 공포가 온몸을 잠식하여 괴롭혔다.

"나한테 오겠느냐? 본댁이 널 구박하지 않도록 특별히 손을 써 놓겠다."

징그럽고 탐욕스러운 목소리가 귓가를 맴돌자 두 손으로 귀를 틀어막았지만 이명처럼 온 머릿속을 빙빙 돌았다. 낯선 사내들에게 이끌려 들어간 곳은 어둡고 차가운 버려진 폐가였다. 아무리 소리를 지르고 발버둥을 쳤지만 사지가 마비된 듯 소용이 없었다. 어두운 그림자가 낄낄거리며 옷고름을 풀어헤치는 순간부터 분이는 눈앞이 빙빙 돌고 아무 소리도 들리지 않았다. 그저 뜨거운 눈물만이 두 뺨으로 흘러내려 귓불을 적실 뿐이었다. 마치 뜨거운 아궁이에 던져진 것처럼 아프고 쓰라린 고통에 휩싸여 입술을 깨물었다.

분이는 천천히 양잿물을 담은 사발을 향해 손을 뻗었다. 극렬한 한기에 벌벌 떨려 왔다. 다시 한 번 보고 싶은 정인이 눈앞에 떠올랐지만 눈을 꼭 감고 머리를 흔들었다. 사발 그릇을 입에 갖다 대었다. 차갑고도 매끈한 질감이 느껴지자 절로 마음이 평온해졌다. 잠시의 고통 뒤에 찾아오는 안식을 생각하며 빙그레 미소 지었다.

"이, 이년이! 당장 내려놓지 못해?"

문이 왈칵 열리며 흥분한 박길생이 뛰어들어 와 사발을 낚아챘다. 하얀 이부자리에 시커먼 물이 쏟아졌다. 분이는 사발에 남은 것을 들이키려고 기어가 손을 뻗었지만 박길생이 재빨리 주워 마당에 던져 깨 버렸다.

분이는 핏발이 선 눈으로 아버지를 노려보았다. 죽고 싶어도 죽을 수 없는 것이 노엽고도 또 노여웠다. 그녀는 미친 듯이 아버지에게 달려들어 쥐어짜는 듯한 목소리로 비명을 질렀다.

"왜 그랬어? 왜 그랬어? 악! 아악!"

여인의 울부짖는 소리에 작업장에 있던 각수들이 모여들기 시작했다. 박길생은 자신의 소매부리를 잡고 패악을 부리며 소리를 지르는 딸을 방안에 밀어 넣고는 문을 닫았다.

"구경났어? 다들 가서 일하지 못해?"

강퍅한 늙은이의 호통에 각수들은 어정거리며 발걸음을 돌렸다. 몇 사람이 계속 가는 내내 뒤돌아보자 분을 이기지 못한 그는 삿대질을 하며 고래고래 고함을 질러 댔다.

"죽고 싶어? 썩 가서 일하지 못해?"

방 안에서는 곡소리가 흘러나왔다. 박길생은 평상에 올려놓은 피우다 만 곰방대를 들고 뻐끔거렸다. 시원하게 연기를 뿜어 대던 그는 울음소리가 새어나오는 문을 바라보며 한숨을 내쉬었다.

"널 잘 챙겨 주시겠다고 하더라. 그 건깡깡이 같은 놈은 싹 잊어버리고 고개 쳐들고 번듯하게 살거라."

방에서 흘러나오던 울음소리가 갑자기 뚝 그치더니 거칠게 문이 열렸다. 눈두덩이가 알아볼 수 없을 정도로 통통 부은 분이는 악에 받친 목소리로 아버지를 향해 퍼부었다.

"딸내미 팔아 치우고 번듯하게 사실라고? 아버지가 사람이에요? 어찌 나한테 이럴 수 있어요?"

"뭐? 아니 이년이……."

"왜 공명첩이라고 사 주고 양반 행세하게 해 준답디까? 그거 아버지 평생소원이잖아요. 공명첩 사서 떵떵거리며 사는 거……."

박길생의 얼굴이 벌게졌지만 그는 아무 말도 하지 않고 단죽만 뻐끔댈 뿐이었다. 가소를 지으며 딸은 밖으로 나가더니 동네가 떠나갈 듯 소리를 질렀다.

"동네 사람들! 딸 팔아 양반된 사람 이야기 좀 들어보시겠소? 저 살자고 짐승 같은 놈에게 첩으로 딸을 팔아넘기고 배부르게 사는 아버지 이야기 좀 들어 보시겠소?"

강퍅한 늙은이는 마루에 대고 곰방대를 세게 탕탕 치더니 딸을 한심한 듯 바라보았다.

"너 잡아먹은 그놈이 교서관 제조라며? 그놈이 정호와 네 사이를 몰랐을 듯싶으더냐? 오늘 아침에 찾아온 놈이 첩으로만 간다면 정호 그놈한테 그 어떤 해코지도 하지 않을 거라고 하더라. 이 얼치기 같은 것아, 네 처신 하나에 여러 목숨 달렸어."

분이의 새파란 입술이 부르르 떨렸다. 그 크고 아름다운 눈에서는 쉴 새 없이 눈물이 흘러나왔지만, 극렬한 슬픔에 신음 소리 하나 새어 나오지 않았다. 하룻밤 사이에 그토록 가슴속에 깊이 품었던 많은 꿈들이 허공으로 흩어져 버렸다. 가린스러운 현실은 그 소박한 꿈들마저 비웃으며 짓밟고 있었다.

박길생은 천천히 딸에게로 다가가더니 두 손을 모아 쥐었다. 소리 죽여 흐느끼는 그녀의 들썩이는 어깨를 두드리며, 이제 막 흩날리는 가랑눈을 쳐다보았다.

"이게 다 네 운명인 게야. 사람은 말이지 아무리 피하려고 해도 제가 갈 길은 가게 되어 있어. 정호에게도 너에게도 바른 선택이야. 마음줄 독하게 틀어쥐고 정신 똑바로 차리거라!"

"들어오게나."

교서관을 떠나기 위해 행장을 꾸리는 정호는 박일환의 집무실로 들어섰다. 늘 그렇듯 그는 한결같은 자세로 앉아 서책과 목판을 들여다보고 있었다. 비참한 자신의 모습을 보여 주기 싫은 정호는 감히 얼굴을 들 수가 없었다.

"죄를 지은 것도 아닌데, 왜 그러는 것인가? 가슴을 펴고 나를 보게나."

박일환은 자리에서 일어나 그의 앞으로 다가왔다. 정호는 목덜미가 뜨거워지며 눈앞이 뽀얗게 흐려졌다. 오랜 시간을 함께 지낸 자들이 하루아침에 그에게 등을 돌렸다. 그리도 다정했던 이들이 그를 원수 대하듯 하대하며 마지막 인사도 받지 않았다.

"다른 이들은 몰라도 나는 안다네. 자, 받게나."

박일환은 봉투 하나를 내밀었다. 정호는 눈물을 삼키고는 그를 올려다보았다. 그는 웃고 있었다. 항상 그에게 그랬던 것처럼 기쁘게 웃고 있었다.

"그 봉투에 적힌 각자장을 찾아가게나. 예전의 그곳으로 돌아간다면 분명 자네 스승께서는 받아 주시지 않을 걸세. 내 이름을 말하면 군말 없이 자네를 일할 수 있도록 해 줄 터이니……."

"나으리……."

박일환은 정호의 어깨를 두드렸다. 정호는 그 어떤 말도 할 수 없었다. 하루아침에 오명을 뒤집어쓰고 쫓겨나는 비참한 현실이 아직 그에게는 버거웠다. 유일하게 자신을 믿어 주는 사람의 온정을 느끼자 심장이 터질 듯이 두근거렸다.

"어떻게 해서든 자네를 교서관에 다시 들일 거야. 그러니 절대 낙심하지 말고 부지런히 서책을 읽으며 일을 하게나. 심성이 고운 사람이니 성실한 자네를 보면 아주 좋아할 게야."

정호는 한 걸음 뒤로 물러났다. 두 손을 번쩍 들어 천천히 무릎을 꿇고 이 고마운 사내에게 큰절을 올렸다. 목울대에서 시작된 떨림은 점점 더 온몸으로 퍼져 나가더니 꾹꾹 눌러 온 서러움을 건드리고 말았다.

불쌍한 젊은 각수는 꺼이꺼이 소리를 내어 울었다. 억울하고 분하여 계속 눈물이 흘러내렸다. 여기저기 베이고 찍힌 상처로 가득한 손등으로 장맛비 같은 눈물방울이 연이어 떨어졌다.

"나으리, 이 크신 은혜 절대 잊지 않을 것입니다. 그 어느 곳에 있더라도 늘 나으리의 은혜를 생각하며 참고 또 참을 것입니다!"

오늘 따라 바람이 얄밉도록 추웠다. 하늘에서 나리는 가랑눈은 그의 아픈 마음을 아는지 모르는지 이리저리 춤을 추며 땅 위로 내려앉았다. 한참 일할 시간에 교서관을 나서는 것이 어색했다. 뿌듯한 마음으로 새벽바람을 맞던 그 상쾌함으로 가볍던 발걸음 대신 지금은 발목에 돌을 달아 놓은 듯 무거웠다.

정호는 몇 번이고 계속 뒤돌아 교서관 현판을 바라보았다. 가슴 뛰는 설렘으로 하루하루를 보냈던 정겨운 곳, 그에게는 또 다른 고향이자 집이었다. 잠시 눈을 붙이고 교서관을 향하던 하루의 시작은 정인을 만나러 가는 것처럼 들뜬 행복이었다. 이제 다시 갈 수 없는 고향, 가슴에 상처만을 싸안고 떠나는 이곳을 가슴속에서 힘겹게 지워 냈다.

'다시 돌아올 수 있을까? 다시 예전처럼 행복하게 웃으며 저 문턱을 넘을 수 있을까?'

"아니 이게 누구야, 정호 아니야?"

아래대로 들어서자 낯익은 아낙네가 바구니를 옆에 끼고 그에게로 쪼르르 달려왔다. 정호는 제일 먼저 마주치는 이가 보고 싶던 얼굴이 아니어서 씁쓸했지만 반가워하는 여인을 보고 인사를 올렸다.

"교서관에 들어가고 나서 오랜만에 보네. 그래, 일은 잘하고?"

정호는 어색한 미소로 마지못해 고개를 끄덕였다. 여인은 한숨을 쉬며 그를 한동안 바라보더니 딱하다는 얼굴로 입을 열었다.

"분이가 그리 되어서 어쩨. 헌데, 이 동네에는 어쩐 일이야?"

여인의 말을 들은 정호는 가슴이 철렁 내려앉았다. 보고 싶은 정인을 만나러 온 그에게 연신 혀를 차며 고개를 흔드는 아낙네의 말에 정호는 다붙어 숨을 몰아쉬며 물어 댔다.

"왜요? 우리 분이가 왜요?"

여인은 잠시 당황한 얼굴로 그를 바라보더니 난처한 듯 말을 잇지 못했다. 대답을 하지 않는 그녀를 보며, 정호는 가슴이 터질 것 같아 미친 사람처럼 소리를 질렀다.

"분이가 왜요? 어서 말씀해 주셔요! 저 미치는 거 보고 싶으세요?"

평정을 잃은 청년을 보며 여인은 크게 날숨을 내쉬고는 다달거리며 입을 열었다.

"몰랐구먼. 분이는 여기 없어. 벌써 북촌에 있는 양반님 댁의 첩으로 갔잖아. 박길생도 공명첩 얻어서 남촌에 새집을 얻었다고 지금 이사 갈 준비로 정신이 없는데. 아이고, 이를 어쩌나?"

정호는 비틀거리며 뒤로 물러났다. 도저히 믿을 수가 없었다. 아니, 믿어지지가 않았다. 며칠 전 자신을 보며 한결같이 미소 짓던 정혼자가 다른 이의 여인이 되어 있다는 것을 믿을 수가 없었다. 그는 정신없이 뛰기 시작했다.

"아이고, 가 봐야 소용없어. 그 못된 영감이 분명 내칠 거야. 봉변당하지 말고 그냥 돌아가!"

안쓰럽게 소리치는 여인의 말이 들리지 않은 듯 정호는 더욱 미친 듯이 내달렸다. 차가운 바람에 눈이 시린지 계속 눈물이 흘러내렸다. 오늘따라 눈감고도 가는 길은 질펀한 눈서릿길로 변해 있었다. 이미 백말이 흠뻑 젖어 냉기가 스멀거리며 올라오고 몇 번이고 앞으로 고꾸라졌지만 정호의 얼굴은 벌겋게 달아올라 있었다.

'아닐 거야. 잘못 안 걸 거야. 절대 분이가 그럴 리 없어.'

저 멀리 아름드리나무가 보였다. 늘 그러하듯 나무집 굴뚝에서는 연기가 피어오르고 있었다. 익숙한 광경에 정호는 자신도 모르게 활짝 웃었다.

'그래, 절대 그럴 리가 없지. 우리 분이는 그럴 아이가 아니야.'

마당으로 들어섰는데 귓가 속으로 기분 좋게 파고들던 낯익은 소리가 하나도 들리지 않았다. 각수들의 끌을 때리는 망치질 소리도, 톱질하는 소리도, 서로 농을 주고받는 정겨운 웃음소리 그 어느 하나도 들리지 않았다. 어색한 침묵 속에서 정호는 천천히 부엌 쪽으로 걸어갔다. 약간 열린 문틈 사이로 분이가 행주치마에 손을 닦으며 그에게 달려올 것만 같았다. 그는 눈을 감고 두 손으로 있는 힘을 다해 삐거덕거리는 나무문을 열어젖혔다.

부엌 안에는 그녀가 없었다. 뜨끈한 온기와 함께 소댕을 열고 간간히 국간을 보던 그 익숙한 모습을 찾을 수가 없었다. 주인 잃은 가마솥이 싸늘한 아궁이 위에 덩그렇게 걸려 있을 뿐이었다. 정호는 햇살에 녹아내리는 밤눈처럼 힘없이 쓰러졌다.

"어찌된 거야, 대체 어디로 간 거야?"

동네 아낙이 말한 이야기가 자꾸 귓가에 맴돌았다. 정호는 도무지 이해할 수가 없었다. 절대 작별 인사도 없이 떠날 그녀가 아니었다. 맺고 끊는 것이 확실한 다라진 그녀의 모습은 언제나 보기 좋았던 그였다.

밖에서 카랑카랑한 목소리가 들려왔다. 짐꾼에게 봄바르게 잔소리를 해 대는 모양새가 결코 마주치고 싶지 않은 스승이 분명했다.

"어서 옮기라고! 쓸데없는 연장이나 판목들은 놔두라고. 엥? 부엌에 누가 들어갔나?"

박길생은 활짝 열린 부엌 안을 들여다보다 주저앉은 정호를 보고는 얼른 뛰어들어 왔다. 그는 한때 제자였던 자의 멱살을 움켜쥐고 억지로 일으켜 세웠다. 불안한 기운이 가득한 그 작고 여읜 얼굴을 쳐들며 박길생은 모도리처럼 눈빛을 반짝이며 협박하듯 속삭였다.

"여기가 어디라고 감히 네놈 따위가 들어와? 어서 찍소리 내지 말고 나가지 못해? 이 가리사니 없는 놈 같으니라고!"

"전 분이를……."

"이놈이 실성을 했나? 분이라니? 제조 대감 둘째 마님이라고 해야지. 다시는 이 근처에 얼씬도 하지 말거라."

박길생은 패악스럽게 정호를 벽에다 갖다 밀고는 어색하게 입은 녹청빛 비단 도포자락의 맨드리를 이리저리 살피고 있었다. 정호는 입을 굳게 다물고 천천히 부엌을 걸어 나왔다. 주먹을 부들부들 떠는 그의 뒤를 향해 모진 스승은 조소를 보내며 혀를 차기 시작했다.

"내가 그랬지? 어디 내 딸을 함부로 넘보냐고. 네놈이 아무리 날고뛰어도 우리 분이 절대 못 데려간다고. 뚝딱 막치나 만들어 내는 놈이 뭐? 교서관 공작 자리를 넘봐? 야, 이놈아. 나쁜 짓을 해도 손바닥도 마주쳐야 하지. 비빌 곳 없는 네가 그 자리를 어찌 꿰어 차? 쯧쯧, 저런 뒷귀가 먹은 놈 같으니라고."

녹기 시작하는 눈서릿길이 햇살에 비쳐 밤하늘의 별처럼 반짝거렸다. 이미 푹 젖은 백발 때문에 절로 온몸이 떨리고 쌩그런 기운에 추워 몸을 웅크렸다. 한 걸음 한 걸음 디디는 것이 너무도 힘이 들고 고통스러웠다. 제 계집 하나 제대로 지키지 못한 사내라는 사실을 안 순간 돌부리에 머리를 쳐 박고 죽고 싶은 심정이었다.

"못난 놈……. 이 멀건이, 민충해 빠진 놈……."

두 볼을 간지럽히는 미풍은 여전히 서늘한 기운을 머금고 있었지만 그지없이 부드러웠다. 순간 정호는 늘 자신의 뺨을 다감하게 쓰다듬던 부드러운 손길이 떠올랐다. 앞이 뿌옇게 보이는 두 눈에서 어느새 눈물이 흘러내렸다. 단 며칠 전에 만지고 보던 그녀의 모습이 가마아득한 꿈길에서 본 것처럼 희미하게만 떠오를 뿐이었다.

아무리 생각해도 그 어여쁜 모습이 뚜렷하게 떠오르지 않았다. 갑자기 미칠 듯이 보고 싶고 또 보고 싶었다. 정호는 벌겋게 얼어붙은 손등으로 마구 눈가를 문질렀다. 아무리 문질러도 주책없이 눈물이 계속 흘러내렸다.

짝을 잃은 기러기의 축 쳐진 뒷모습을 보며 아낙들은 저마다 혀를 차며 안쓰러워했다. 언제 보아도 잘 어울리는 한 쌍이라 찬을 하며 예뻐했던 그들이라 이 안타까운 생이별이 보는 것만으로도 아프고 또 아팠다.

"에그 에그, 이를 어찌하면 좋누? 저 사람 좋은 총각, 어서 빨리 기운을 차려야 할 텐데. 그나저나 저 욕심 많은 늙은이는 벌써부터 양반행세네? 아무리 청포로 휘감으면 뭐해? 양반 뒤꿈치도 못 따라가는 그 천박한 인품이 어딜 가겠나?"

초심으로의 회귀

"이보게, 정호. 자넬 찾아온 사람이 있네."

현판을 각자하던 정호는 끌과 망치를 내려놓고 등을 두드리는 이숭질을 올려다보았다. 박일환이 소개한 마전교 근처의 각자장은 올해 마흔을 넘긴 사람으로 성정이 후덕하고 쾌활하였다. 정호는 웃으며 자신을 내려다보는 이 사내에게 고개를 끄덕이며 일어섰다.

몸과 마음이 엉망이 된 정호는 보름 정도를 앓다가 겨우 일어났다. 끼니도 거르고 송장처럼 누워만 있는 그를 보며 어머니와 형은 아무것도 묻지 않았다. 하루하루 먹고 살기도 버거운 살림살이에 신세 한탄하는 것만큼 어리석고 무의미한 것은 없었기 때문이다.

하지만 마냥 누워서 세월만 축낼 수도 없었다. 밤마다 끙끙거리는 형의 신음 소리와 매일 저녁마다 끼니 걱정을 하는 어머니의 한숨 소리는 심산한 그의 마음을 더욱 복잡하게 만들어 놓았다.

그는 대한이 지나고 입춘이 다 되어 가는 늦겨울의 어느 날, 박일환이 건네준 봉투를 들고 집을 나섰다. 눈이 부신 햇살과 구름 한 점 없는 면경 같은 번루빛 하늘은 정호의 새로운 출발을 축하하는 듯 다스하고도 상쾌한 가경을 만들어 주고 있었다.

"얼굴 잊어버리겠구나. 내가 이리 찾아와야 하느냐?"

상투를 튼 한기가 원망스러운 눈빛으로 마당에 서 있었다. 반년 넘게 보지 못하는 동안 죽마고우는 벌써 어른이 다 되어 있었다. 정호는 멋쩍은 듯 머리를 벅벅 긁어 대며 피식 웃고만 있을 뿐이었다.

"너희 집에 갔더니 여기서 일한다고 하더구나. 그래, 교서관에서 나왔으니 이제 어찌할 생각이냐?"

"우선은 끼니 때문에 각자로 돈을 벌어야겠지요."

"지도는 네 마음속에서 사라진 것이더냐?"

한기는 진지하게 정호를 바라보았다. 정호는 부끄러워 차마 고개를 들 수 없었다. 아주 오래전부터 품고 있던 소중한 꿈, 그 꿈을 잊고 지옥 같은 현실 속에서 허우적거리는 자신이 한없이 미거하고 한심해 보였다. 그리고 자신이 소홀히 한 그 꿈을 아직까지 기억하고 있는 한기가 고맙고도 또 고마웠다.

"대강의 이야기는 들었다. 과거를 준비하며 이런저런 태서의 서책들을 많이 보아 두었다. 한번 들르겠느냐? 꼭 너에게도 보여 주고 싶은 서책들이 있다."

"조만간 들르겠습니다."

한기는 정호 앞으로 다가들어 그의 가슬한 손을 부여잡았다. 하얗고 부드러운 한기의 손과는 달리 정호의 손은 너럭바위처럼 거칠고 투박하기 그지없었다.

"너도 꿈이 있지? 나도 이제 꿈이 생겼다. 제일 먼저 너에게 나의 꿈을 이야기하고 같이 이루어가고 싶구나."

아주 오랜만이었다. 회현방의 높은 솟을대문을 보며 정호는 마치 집에 온 것처럼 편안하고 좋았다. 벌써부터 서재에 쌓아 둔 쿰쿰한 서책 냄새가 대문 밖까지 풍겨 오는 듯하여 그는 반사적으로 코를 킁킁거렸다.

날상투를 하고 열심히 비질을 하던 길생이 빙그레 웃고 서 있는 정호를 보더니 한걸음에 뛰어왔다. 아내를 맞아들여 가정을 이룬 길생이는 좋은 주인을 만난 덕분에 다른 집 노비처럼 생이별의 아픔을 겪지 않고 행복하게 살고 있었다.

"세상에 이게 얼마만인가? 어서 들어오게. 도련님께서 벌써부터 기다리고 계신다네."

마당 안으로 들어선 정호는 하나도 변하지 않은 집의 자태에 절로 마음이 놓였다. 돌 하나, 나무 한 그루까지 그대로 제자리에 서 있었다. 교서관에서 나와 약현의 초가삼간으로 돌아갈 때도 느끼지 못한 가슴 벅차는 환희를 느끼며 정호는 한기를 기다리고 있었다.

"왔느냐? 들어오지 않고 뭘 하느냐?"

한기는 어린 내자와 함께 정호를 맞이하였다. 음전한 자태의 여인이 다과를 차린 소반을 들고 지아비의 뒤를 따르고 있었다. 정호는 얼른 달려가 한기의 내자에게 인사를 올렸다.

"이제야 인사를 올립니다, 마님."

"됐네. 자네와 나 사이에 무슨 격식인가?"

"하지만……."

한기는 정호와 함께 서재로 향했다. 정호는 마치 오랜 친구와 함께 다시 놀러 가는 것처럼 들뜨고 설레기 시작했다. 벌써부터 익숙한 서책 냄새가 문틈을 비집고 나오고 있었다. 허둥거리며 디딤돌 위에서 신을 벗는 그를 보며 한기는 킥킥대며 놀려 대었다.

"그리 보고 싶었으면서 어찌 참았을꼬?"

서재는 예전보다 더 많은 서책으로 가득하였다. 달라진 것이 있다면 태서의 서책을 따로 구분하여 놓았다는 것이었다. 일을 배우느라 바빴던 시간 동안 한기는 태서의 서책을 많이 구해 놓았다. 생전 처음 보는 지구의와 둘둘 말린 지도들이 서재 한 구석에 잘 정리되어 있었다.

"난 말이지, 솔직히 과거에 관심이 없네. 이번에 생원이 되었지만 난 사상누각 같은 공자의 가르침보다 백성들을 위한 실질적인 학문에 관심이 많다네."

"하오면 실학에……."

"맞아. 난 요즘 실학에 푹 빠져 있다네. 그것은 완전히 다른 세계야. 우리의 삶을 제대로 관철하고 있는 학문이란 말이지. 공자 왈 맹자 왈 하며 뜬구름 잡는 소리나 하지 않는, 백성들에게 좀 더 편히 먹고 살게 해 주는 학문이라네. 허니 자네도 이런 나의 꿈에 동참을 해야겠네."

처음으로 자신의 포부를 말하는 한기의 두 뺨이 홍조를 띠고 있었다. 정호는 한 번도 이런 한기의 모습을 본 적이 없었다. 개성에서 양자로 와 부유한 숙부 덕분에 편히 사는 전형적인 한성의 양반집 도련님이었던 그가 이렇게 떨리는 목소리로 또록또록하게 이야기하는 것은 오늘이 처음이었다.

"도련님, 아니 나으리 꿈에 동참을 하는 대신 한 가지 청을 드려도 되겠습니까?"

"말해 보게. 무엇인가?"

정호는 그저 웃기만 할 뿐 아무 말이 없었다. 뜸을 들이는 그를 보며 한기는 곁에 다가붙어 가동질을 하는 어린아이처럼 안달 난 얼굴로 바라보았다.

"허허, 왜 이러는가?"

"제가 앞으로 지도를 만들면 꼭 그 서문에 글을 적어 주십시오. 저의 꿈을 처음 알아준 분이시고 제 뜻을 존중해 주는 분이시니 오직 이 세상에 그 서문을 쓸 사람은 나으리밖에 없습니다."

"참, 자네도. 그건 당연한 것이 아닌가?"

너스레를 떠는 한기는 기쁜 듯 연신 방글거렸다. 정호 또한 기뻤다. 처음부터 그를 온전히 한 사람으로 보아 준 유일한 사람, 그 사람이 앞에 있다는 것이 또 그 사람과 꿈을 나눌 수 있게 되었다는 것이 참으로 설레고 좋았다.

"참 자네에게 내 글벗을 소개해 줘야겠네. 최성환이라는 자인데, 아버지를 따라 예조 서리로 일하고 있지. 중인이지만 많은 시사 활동을 펼치는 친구라네. 나보다도 연배가 많은데, 하도 깍듯하게 나으리라고 해서 그냥 동기처럼 지내자고 했어. 우연히 책전에서 만났는데 실학에 대해 많은 가르침을 받았다네. 그리고 실학에 관심이 많은 양반들과도 교류를 해서 구하기 힘든 서책들도 많이 지니고 있다네."

서책을 들여다보며 담소를 나누던 정호는 그의 말에 눈빛을 반짝였다.

"허면 시중에 유통되지 않은 귀한 서책들도 그분께서는 다 보실 수 있겠군요."

"그렇지. 아, 그리고 성환이를 통해 이규경이라는 분을 뵈었네. 오주거사라고 하시지. 정말 놀라우신 분이라네. 천문, 역수, 역사, 지리 등 모르는 것이 없으시다네. 내가 그분을 뵙기 위해서 백부를 속이고 충주까지 직접 가지 않았던가? 이생에 그런 분을 뵐 수 있다는 것은 참으로 광영일세. 자네도 그 벅찬 감동을 느낄 수 있을 게야."

"그렇게 박식하신 분이십니까?"

"그럼, 조부께서 북학파의 대표적인 학자셨지. 성환이 덕분에 그분을 알게 된 것이, 그 조부의 유작을 성환이가 다시 한 번 자신이 편찬해 보고 싶다고 하여 그분을 알게 되었고 자연스럽게 나도 뵙게 된 것이지."

"그럼 그 최성환이라는 분께서는 서책의 출간에도 관심이 있으신 겁니까?"

"그렇다네. 실학의 목적이 백성들을 위한 실용적인 학문을 연구하고 보급하는 것이 아니겠나? 성환이는 그것을 서책으로 널리 보급시키고 싶은 거라네. 자네는 참으로 운이 좋으이. 이규경 선생께서 집필로 충주에 계셨는데 잠시 서책 때문에 한성에 올라 오셨다네. 그 전에 인사를 올리도록 하지."

정호는 아주 오랫동안 잊고 있던 설렘을 느꼈다. 첫 스승이었던 안수교를 통해 알았던 또 다른 세상, 그리고 그 세상을 만들고 싶다는 욕망이 가져다주는 행복한 두근거림. 그 두근거림을 다시금 느끼고 있었다.

개밥바라기를 보며 약현으로 향하는 정호는 그 어느 때보다 지금이 정말 좋았다. 심산한 세상살이에 잠시 묻어 두어야 했던 그 소중한 것을 다시 가슴에 품게 되었으니 오늘처럼 좋은 날은 다시없을 듯싶었다.

"그래, 다시 돌아가는 거야. 다시 돌아가서 내가 그토록 바라던 일들을 흥지게 신명나게 해 보는 거야."

두 명의 지음을 만나다

"김정호라 하옵니다."

하얀 도포에 검은 갓을 쓴 선비는 그 단정한 자태 때문인지 마치 고고한 한 마리 학처럼 보였다. 정호는 마치 어둡고 퀴퀴한 냄새가 가득한 책전에서 마치 빛을 본 듯한 착각이 들었다.

"어서 오게나. 자네 이야기 많이 들었네. 지도에 대해 잘 알고 있다지?"

"그저 틈틈이 보았을 뿐입니다."

최한기는 누군가를 찾는 듯 두리번거렸다.

"아직 성환이는 오지 않았습니까?"

"일이 있어 조금 늦는 모양이로구먼. 예조에서 경아전으로 일하지 않으면 남은 시간엔 항상 새로운 서책을 구하느라 낮이고 밤이고 뛰는 자가 아닌가?"

이규경은 잠시 그윽한 눈을 들어 정호를 바라보았다. 서손이라 관직에 나갈 수 없었던 그였지만 규장각 검서관이었던 아버지의 영향으로 이미 최고의 학문의 경지에 오른 자답게 속된 현실에서 벗어나 깨끗한 기상을 뿜어내고 있었다.

"자네가 그린 지도가 보고 싶구먼. 보여 줄 수 있겠나?"

이규경의 부탁에 머뭇거리는 정호를 툭툭 치며 한기는 놀려 댔다.

"이놈이 아직도 황해도 촌놈인가 봅니다. 뭐해, 기다리시잖아?"

정호는 천천히 품에서 봉투 하나를 꺼내 내밀었다. 하얀 옥수를 지닌 선비는 전아한 몸짓으로 봉투를 열어 지도를 꺼내 펼쳤다.

정호는 다시 한 번 그를 찬찬히 뜯어보았다. 고요히 흘러가는 개천처럼 맑고 선한 눈빛을 지닌 자였다. 그러나 그 맑은 눈동자 위로 짙고 검은 눈썹은 강직하고도 굳은 결기를 지닌 선비임을 여실히 보여 주고 있었다.

지도를 살펴보던 이규경은 미소를 머금으며 정호를 바라보았다.

"제법이구먼. 정호라고 했는가?"

"예, 그러하옵니다."

"지리지를 읽었나 본데, 아무렇게나 그리지 않고 필요한 곳만을 그려 넣은 것이 참으로 보기가 좋네."

"송구하옵니다."

이규경은 책전 주인이 건네주는 보따리를 받으며 천천히 밖으로 나갔다. 그때, 뇌록색 비단 두루마기를 펄럭이며 한 젊은이가 뛰어오고 있었다. 아담한 덩치에 자그마한 얼굴은 매우 다라지고 꼼꼼한 그의 성정을 보여 주고 있었다.

"어찌 나를 두고 가십니까, 선생님!"

"허허, 오늘도 서책 구하느라 바빴구먼."

청년은 두어 번 크게 숨을 내쉬더니 이규경의 뒤에 서 있는 다른 장한들을 보며 반갑게 인사를 건넸다.

"나으리, 소개해 주시겠다는 최고의 지도를 만드는 벗이 이 사람입니까? 반갑네, 나는 최성환이라고 하네."

"인사 올립니다, 김정호라고 합니다."

천성이 활달한 그는 매우 고임성이 좋은 인상을 지니고 있었다. 동그랗고도 작은 얼굴에 악한 기운은 없으나 영리해 보이는 눈매가 누구라도 가까이 하고픈 마음이 들도록 만들 것 같았다.

"자, 어서 백탑 근처에 가서 차나 나누며 이야기하세나. 온갖 사람들 다 모이는 이 한성의 운종가 한가운데 서서 이야기할 수는 없지 않은가?"

이규경은 여유로운 걸음으로 앞장을 섰다. 정호는 한기, 새로 만난 성환과 함께 그의 뒤를 따르며 자신도 모르게 자긍심으로 가득했다. 오주거사의 발걸음은 경박하지도 그렇다고 모자란 북촌의 양반들처럼 거드름을 피우지도 않았다. 마치 이른 아침, 이슬이 내린 자국길을 걷듯 한 걸음 한 걸음마다 여유와 멋스러움이 배어 나오고 있었다.

성환이 새로 구한 서책을 들고 이규경에게 다가붙어 말을 건네는 동안 정호는 한기에게 아주 조심스럽게 말을 건넸다.

"헌데, 저분들은 중인이나 서손이 아닙니까? 입신양명하여 가문을 빛내기를 바라시는 어르신께서 교우하시는 것을 알고 계십니까?"

한기는 쓸쓸한 미소를 지었다.

"당연히 모르신다. 알면 가만두시겠느냐? 하지만 난 더러운 분탕질을 하며 조정에 출사하여 가문을 일으키는 것보다 현실을 직시해서 내가 가진 지식으로 백성들을 위해 도와주는 것이 훨씬 나은 일이라고 본다. 아마 숙부도 내자도 개성에 계신 내 친부모님들께서도 이를 알면 펄펄 뛰시겠지. 그러나 지금 많은 이들이 깨어나고 있다. 양반들이 제 몫을 하지 못하고 저리 자리싸움을 하며 고혈을 쥐어짜는 동안, 서손과 중인들이 중심이 되어 조금씩 세상이 변하고 있다고."

정호는 한기의 말에 숙연해졌다. 한성의 양반들은 음서나 과거를 통해 한 자리를 꿰어 차면 그 뒤로 자신을 위해 백성들을 외면하기 일쑤였다. 해서 가끔은 한기가 가깝게 그에게 다가와도 늘 알 수 없는 거리감을 두고 그를 대했었다. 그의 숨겨진 마음을 들으니 편견으로 벗을 대했던 자신의 졸렬한 모습이 부끄럽기 그지없었다.

"지금의 조선은 희망이 없어. 태서와 청을 통해 들어온 서책들과 문물들을 봐. 날이 갈수록 경이롭게 발전하고 있다고. 하지만 아직 조선은 그 고루한 학문에 빠져 큰 세계를 보지 못하고 있어. 백성을 위하지 않으면 나라님도 건재하지 못하다는 것을 모르고 있으니 딱한 일이지."

철물교 근처에 있는 백탑은 멀리서도 그 화려하고도 아름다운 자태를 보여 주고 있었다. 일명 백탑파라고 불리던 이들이 모였던 백탑 아래 동네, 한때 새로운 조선을 꿈꾸었던 이들의 보금자리였던 이곳은 아직도 그들의 뜻을 이어받은 이들이 끊임없이 학문을 닦으며 백성들을 위해 희망

찬 미래를 준비하고 있었다.

자그마한 초가 앞에 다다른 이규경은 다정한 목소리로 누군가를 불렀다.

"오주가 왔습니다. 차 한 잔 얻어 마시러 왔는데, 계십니까?"

창호가 열리더니 얼굴이 살짝 얽은 불혹을 한참 넘긴 듯한 사내가 반갑게 웃으며 뛰어나왔다. 몸집이 왜소한 그는 한눈에 보아도 병색이 만연한 듯 보였다. 그는 이규경의 손을 잡으며 껄껄 웃어 댔다.

"오주, 어서 오게. 자네가 충주로 가고 나서 어찌나 적적했는지 모르네. 아침부터 까치가 하도 울어 대기에 자네 생각을 했었더라네."

"그러셨습니까? 참, 선생님. 이 젊은이들도 함께 데려왔습니다. 인사드리거라. 이분은 서파 유희 선생님이시다. 훈민정음을 연구하시며, 백성들을 위해 언문의 유효함을 알리기 위해 애쓰시는 분이시지. 나보다 더 천문지리, 역사에 박식한 분이시다."

"허허, 이 사람도. 자, 날도 찬데 어서들 들어오게."

다섯 사람이 들어간 방은 너무도 작아 앉아 있기도 힘들었다. 그러나 단정한 선비의 성정이 오롯이 배어 있는 그곳은 많은 서책들의 향기로 무한한 배움을 꿈꾸는 젊은이들에게는 지식의 천국과도 같은 곳이었다.

화로에 찻물을 다리는 유희는 젊은이들을 하나하나 살피며 흐뭇한 듯 미소 짓고 있었다. 이규경은 눈을 감고 차향을 맡더니 가슴 벅찬 듯 날숨을 내쉬었다.

"이 향이 정말 그리웠습니다. 역시 선생님의 차를 마셔야 저도 안심이 되나 봅니다."

"그러한가? 헌데, 이 젊은이들은 모두 실학을 공부하는 이들인가?"

"예, 여기 있는 최성환은 시사에 능한 경아전으로 백성들에게 서책으로 지식을 보급하고자 하며, 또 최한기는 격물과 이념에 관심이 많은 젊은이옵니다. 김정호는 백성들을 위한 지도를 만들고자 열심히 공부하고 있습니다."

유희는 찻잔에 차를 따르고는 한 사람 한 사람에게 직접 잔을 건네주었다.

"여기 계신 오주거사의 조부께서는 참으로 훌륭한 분이셨네. 어찌 보면 지금의 오주거사는 조부이신 이덕무 선생 덕분에 이리 높은 학문의 경지에 오를 수 있었지. 태서의 새로운 문물이 들어올수록 그것을 외면하고 아집에 빠져서는 안 되네. 이 백탑 아래에서 처음 백성을 위해 밤새 이야기를 나누며 고민했을 그분들이 계셨기에 우리가 여기 있는 거라네."

이규경은 차를 마시며 고개를 끄덕였다. 차향은 집 주인의 성품처럼 오월의 풀내음같이 부드럽고 향기로웠다. 정호는 또 다른 세계를 꿈꾸는 이들 사이에서 책임감을 느끼고 있었다. 이유는 알 수 없었지만 지도를 위해 한평생을 바쳐야 한다면 꼭 그리해야 한다고 생각하였다.

유희는 차를 한 번 더 우려내어 따라 주었다. 그러고는 앞에서 경청하는 아직은 바래지 않은 순수한 의지를 품은 젊은이들을 바라보며 근엄하게 입을 열었다.

"앞으로 많은 유혹이 있을 걸세. 신분 상승이나, 부귀영화 등 자신을 흔드는 장애가 계속 나타날 거야. 하지만 그때마다 내가 한 말을 꼭 기억하게. 학문이란 양반이 아닌 백성들을 위해 존재하는 거라네."

철물교를 지나며 정호는 아련하게 보이는 백탑을 계속 뒤돌아 쳐다보았다. 그뿐만 아니라 한기와 성환도 깊은 감동을 품고 조용히 이규경의 뒤를 따르고 있었다.

서로 말하지 않았지만 그들 셋은 각자가 무슨 생각을 하고 있는지 알고 있었다. 오로지 백성을 위해 정진하는 학문, 또 그와 동시에 다가오는 새로운 문물에 대응할 수 있는 학문을 공구히 하기 위해 더 없이 겸허히 자신을 낮추고 끊임없이 노력해야 한다는 각오를 다지고 또 다져야 함을 각인시키고 있었다.

종각에 이르자 이규경은 아쉬운 얼굴로 젊은이들에게 작별을 고했다.

"이제 가 봐야 할 것 같으이. 다음에 볼 때까지 정진하게나."

젊은 그들 또한 서운한 얼굴로 인사를 올렸다. 점점 멀어지는 선비의 뒷모습은 천천히 큰 날갯짓으로 허공을 나르는 학처럼 아름답고도 고고하였다. 정호는 그를 만난 오늘이 잊히지 않을 꿈처럼 여겨질 만큼 황홀하고도 가슴 벅찼다.

"정호야, 오늘 잊지 못하겠지?"

"아? 예. 가슴 설레는 하루였습니다."

성환은 호기심어린 눈빛으로 정호를 보며 생긋 웃었다. 보면 볼수록 다정한 사람이었다.

"오주 선생님께서 계셔서 미처 많은 이야기를 나누지 못했구먼. 난 최

성환이네. 최 생원께 내 이야기 들었겠지? 나도 자네 이야기를 많이 들었네."

"자네 험담을 많이 했다네."

한기는 장난스럽게 그를 놀리기 시작했다. 성환은 능글거리는 얼굴로 그의 농을 맞받아쳤다.

"어허, 이러시면 안 되지요? 앞으로 절연을 해야겠습니다."

"허허, 그러시면 안 되지. 그럼, 내가 누구한테 그 귀한 서책들을 빌려 보겠나?"

껄껄 웃으며 서로를 놀리는 그들을 보며 정호는 다가오는 미래의 예지몽을 꾸는 듯 마냥 행복했다. 그리고 기리시단을 믿는 이들이 말하는 모두가 평등한 세상, 곧 그 세상이 왔으면 좋겠다는 생각을 잠시 하다 고개를 흔들었다.

'아직은, 아직은 멀었겠지. 그렇지만 언젠가는 꼭 그리되고 말 거야. 그렇고말고.'

세월이 약이라던 말대로 어느덧 두 번의 봄이 지나자, 정호의 마음속에서는 첫정의 상처가 서서히 아물어 가고 있었다. 하지만 한기와 성환과 함께 서책을 들여다보며 신나게 이야기를 나누다가 집으로 돌아올 때면 갑자기 밀려드는 외로움에 그녀의 얼굴을 떠올리며 눈물을 삼키곤 했다.

교서관을 나오고 두 번째 여름을 맞이하자, 정호의 머릿속에서는 분이란 이름이 잘 떠오르지 않았다. 갈수록 그의 재주를 믿고 일거리를 맡기는 단골이 늘어나고 성환과 한기가 보여 주는 서책이 많아질수록 과거의 이루지 못한 연정을 되새길 시간조차 허락되지 않았다. 그렇게 정호는 다른 이들처럼 똑같은 인생의 이정표를 따라가고 있었다.

"어이, 정호 잘 지냈는가?"

삼복더위가 끝나고 처서가 다 되어 갔지만 여전히 바람은 무덥고 습했다. 웃통을 벗어던지고 일을 하던 정호는 반가운 손님을 보자 벗어 놓은 저고리를 들쳐 입고 자리에서 일어났다.

"나으리, 어서 오십시오. 그간 강녕하셨습니까?"

"나야 잘 지내지. 그래, 이 각자장, 요즘 이 사람이 요령 안 피우고 잘하는가?"

이숭질은 넉넉한 웃음을 지으며 숫기 없는 젊은 각수의 어깨를 두드렸다.

"이렇게 일 잘하는 재주아치는 처음 봅니다. 제가 두고두고 나으리께 잘해 드려야겠습니다."

"허허, 그 정도인가?"

정호를 바라보는 박일환의 얼굴에는 여전히 안타까움이 스며 있었다. 말도 안 되는 농간으로 교서관에서 나오게 된 인재였기에 매일 작업장을 지날 때마다 마음이 아팠다. 꼭 다시 그를 교서관으로 데려와야 한다는 집념으로 그는 남몰래 다시 일을 꾸미고 있었다.

"잠시 자네 일꾼을 빌려도 되겠네. 정호, 잠깐 이야기 좀 하세."

평상 위에 앉자 가수알바람처럼 금세 땀을 식히는 바람이 두 사람 사이를 스치고 지나갔다. 정호를 잠시 쳐다보던 박일환은 조심스럽게 입을 열었다.

"자네를 교서관으로 다시 데려오고 싶네. 그래서 자네에게 한 번의 기회를 더 주려고 하네."

박일환은 손에 든 두루마기를 그에게 내밀었다. 정호는 두루마기를 펴 그 속에 그려진 한성의 관방지도를 쳐다보았다. 꼼꼼히 잘 그려진 지도이긴 하였으나, 조잡하게 필사되어 한눈에 알아보기가 어려운 것이었다.

"이것을 자네가 좀 더 수정해서 목판본으로 하나 만들어 주게. 자네 솜씨 정도라면 충분히 할 수 있겠지?"

"나으리······."

정호는 아직도 자신을 위해 노심초사 애를 쓰는 그에게 미안하여 고개를 숙였다. 필시 자신 때문에 교서관에서 큰 봉욕을 치렀을 그가 또다시 이렇게 애를 쓰는 모습을 보자 죄를 짓는 것처럼 마음이 무거웠다.

"미안해하지 말게. 난 자네 같은 인재를 놓치기 싫어 그러네."

"하오나, 저 때문에 이미······."

박일환은 환하게 웃으며 일어서서 사립문으로 향했다. 그는 열심히 일하는 이숭질을 향해 손을 흔들더니 경쾌한 걸음으로 걸어가기 시작했다. 천청색 도포가 늦여름 산들바람에 이리저리 흩날렸다. 정호는 그 뒷모습과 두루마기를 번갈아보며 눈시울이 뜨거워졌다.

"참으로 감읍하옵니다, 나으리. 절대 죽을 때까지 이 크신 은혜 잊지 않을 것입니다."

"그게 정말이더냐?"

청록색 관복을 입은 사내는 한쪽 입술을 추켜올리며 가소를 지었다.

"틀림없습니다. 그놈 정호가 맞았습니다. 박일환이 만난 자가 정호였고 두루마기 하나를 건네주었다고 합니다. 제가 다시 한 번 확인하고 오는 길입니다."

이지헌은 들고 있던 붓을 벼루 위에 내려놓았다. 그의 명을 받고 박일환을 따라다니는 발쇠꾼이 나가자 그는 두 주먹을 쥐고 두어 번 책상을 내리쳤었다.

그때부터 이상하게 불안했다. 그 꼴도 보기 싫은 놈을 내보내자고 할 때 순순히 응하던 그 인간이 참으로 이상했다. 정호의 일이라면 두 팔 걷어붙이고 나서던 그가 군말 없는 것이 내내 마음에 걸렸다.

이지헌은 문을 열고 밖으로 나갔다. 열기가 온몸을 덮치자 그는 미간을 찌푸렸다. 그토록 주워 입고 싶던 관복이었지만 한여름에는 벗어던지고 싶을 정도로 거추장스러웠다. 그는 천천히 작업장으로 향했다. 저작 자리를 폐차고 나서는 한 번도 가지 않았던 곳이지만 그 잘난 위인을 만나기 위해서는 어쩔 수 없었다.

멀리서부터 목판을 두드리는 경쾌한 소리가 파도 소리처럼 들려왔다. 각기 다르게 두드리는 망치질이었지만 어느새 한데 어울려 노랫가락처럼 불편한 더위를 잠시 잊게 만들어 주었다.

작업장 입구로 들어서기 전, 이지헌은 크게 숨을 내쉬었다. 저 문턱을 들어서자마자 자신을 향해 날아올 증오의 화살들을 맞고 태연히 웃기 위해 잠시 마음의 준비가 필요했다. 천천히 수화자를 신은 오른발을 들어 문턱을 넘었다. 여전히 목판 두드리는 소리가 정신없이 허공을 맴돌고 있었다. 왼발을 들어 작업장으로 들어서는 순간, 갑자기 허공을 메우던 경쾌한 소리가 멈추고 낯이 따가울 정도로 많은 눈이 그를 응시하고 있었다.

"어서 오게. 이 저작. 옛 일터가 그리워서 오셨는가?"

각수들 사이에 서서 목판을 들여다보던 박일환은 이지헌을 바라보며 다가왔다. 이지헌은 고개를 까닥하여 예의만 갖추고, 그가 자신의 앞으로 다가올 때까지 계속 서 있었다. 박일환은 그의 앞에 손에 든 목판을 보여 주며 마음에 들지 않는 듯 고개를 흔들었다.

"자네가 보기에도 부족하지 않나? 솜씨는 훌륭한데 서체가 쉬 눈에 들어오지 않구먼."

"나으리께서 마음에 담은 그 서체를 못 잊어 그러신 것이 아닙니까? 제가 보기에는 훌륭한 솜씨입니다."

박일환은 자신을 놀리는 그를 보며 그저 겸연쩍게 웃을 뿐이었다. 이지헌은 주변을 한번 둘러보더니 목소리를 낮추었다.

"요즘 마전교 근처를 자주 다녀가신다는 소문이 있어서 여쭈러 왔습니다. 행여 그놈을 다시 이곳으로 들이실 요량입니까?"

"허허, 내 마음까지 다 알고 싶은가? 우리가 그렇게 각별한 사이던가?"

이지헌의 한쪽 뺨이 실룩거렸다. 자신을 농락하며 옥죄는 이 위인이 꼴 보기 싫었지만 아직은 그의 아랫사람이었다. 이지헌은 억지로 웃으며 그를 뚫어질 듯 노려보았다.

"마음대로 해 보십시오. 절대 교서관에는 그놈이 차지할 자리가 없을 겁니다."

"할 말 다하셨는가? 어서 가 보시게나."

박일환은 휙 뒤돌아 다시 원래 서 있던 자리로 걸어갔다. 이지헌은 비소를 머금은 채 그를 삶아 먹이를 노리듯 바라보았다. 더수구니가 후끈거리고 미친 듯이 뛰어 대는 맥박 때문에 숨소리가 절로 거칠어졌다.

여기저기서 킥킥대는 소리를 들으며 작업장을 걸어 나오기 시작했다. 온몸을 삼킨 그의 분노 때문인지 언제 작업장을 나와 교서관 마당에 서 있는지 기억조차 나지 않았다. 이지헌은 입술을 꾹 눌러 깨물었다.

'너도 스스로 수렁 속으로 빠져드는 것이로구나. 그래, 나를 기만하고 그놈을 다시 데려오려 한 것을 평생 후회하도록 내가 만들어 주마.'

"그게 정말이더냐? 어서 다시 말해 보거라!"

오랜만에 이지헌과 기방에 들른 강대수는 술잔을 내려놓으며 두 눈을 부릅떴다. 얼굴이 말고기 자반처럼 벌게진 그를 보자 이지헌은 미소를 지었다. 교활한 그가 더욱 뜸을 들이며 애간장을 태우기 시작하자 성질 급한 늙은 황소는 그 두툼한 손바닥을 탕탕 내리치며 그를 채근하였다.

"어허, 이 사람이 숨넘어가는 꼴 보고 싶어서 그러는가? 어서 고하지 못해?"

이지헌은 술 한 잔을 들이키더니 답답한 듯 한숨을 내쉬었다.

"그게 사실이랍니다. 이미 교서관에서 대죄를 지어 쫓겨난 자를 다시 들이기 위해 애를 쓴다고 합니다. 허나 그것보다 더 큰 문제가 있사옵니다."

"또 있더냐? 뭐냐, 그게?"

양 옆에 낀 기생의 허리와 허벅지를 주물럭거리며 탐욕스러운 사내는 표독스럽게 응시하고 있었다. 이지헌의 입가에 보일 듯 말 듯한 미소가 걸쳐졌다.

"박일환 그자가 근엄한 유교의 경전보다 잡서들에 관심이 많은 듯싶습니다. 교서관이 무엇을 하는 곳입니까? 그러한 잡서들이나 찍어내는 곳입니까? 성리학으로 세워진 나라에 걸맞게 공자의 가르침을 되새기고 예를 중시하는 데 힘을 보태는 곳이 아닙니까? 헌데, 잡서라니요. 그것도 뜬구름 쫓는 소리만 늘어놓는 실학자들과 어울리며 은근히 그런 불온한 서책을 각자하라고 명을 내리고 있습니다."

강대수는 실학자라면 치를 떠는 자였다. 그는 양반 외에 그 누구도 공자의 가르침을 탐해서는 안 된다고 믿고 있었고 서책 꽤나 읽었다고 거들먹거리는 중인 출신의 관리를 보면 이유 없이 죄를 뒤집어씌워 체아직으로 내몰아 쫓아냈다.

다른 관리들과 달리 유서 깊은 가문의 자제인 박일환은 함부로 할 수 없는 자였기에 각수들과 어울리는 그가 못마땅했지만 아무 말도 못하고 있던 그였다. 눈엣가시인 그를 교서관에서 마주할 때마다 쫓아내고 싶은 마음이야 굴뚝같았지만 박일환에 대한 평판이 좋은지라 쉬 일을 꾸밀 수도 없는 상황이었다.

"그래? 그놈이 천한 서얼들과 어울린다 이 말이더냐? 그리고 그놈들이 쓴 것을 내 허락도 없이 이곳 교서관에 들여온다?"

"그러하다고 하옵니다."

강대수는 음침한 목소리로 낄낄거렸다. 웃음소리는 점점 커지더니 천장에 울릴 정도로 퍼져 나갔다. 이지헌은 비소를 지으며 기생이 따라 주는 술 한 잔을 시원하게 들이켰다. 이제 그 어떤 것도 그를 방해할 수 없었다.

'저 엉큼한 굴퉁이가 나대신 코 풀어 주겠구먼. 난 굿이나 보고 떡이나 먹으면 되겠어.'

"여전히 덥구먼. 그래, 잘 되고 있는가?"

백로가 지나고 나자, 열기가 옅어지는 바람은 제법 시원하였다. 더수구니의 비지땀을 데우던 열풍은 사라지고 한 번 스쳐도 절로 땀을 씻어 주는 산들바람이 여기저기서 불어왔다.

박일환은 오늘도 퇴청하며 마전교 근처로 발걸음을 옮겼다. 그는 하루 중 이 시간이 가장 즐겁고 좋았다. 그 누구의 간섭이나 눈치를 볼 필요 없이 목판을 들여다보며 정호와 이야기를 나누는 것이 요 근래 생긴 그의 제일 큰 낙이었다.

"너무 늦게 가시면 마님께서 싫어하시지 않습니까? 제가 알아서 잘 할 터이니 가끔씩만 들러 주십시오."

"자네가 우리 집안 걱정을 다하는구먼. 원 이거야."

박일환은 정호가 각자하는 목판을 들고 바라보았다. 그는 매번 놀랍고도 신기했다. 어찌 그 투박한 끌과 망치로 마치 종이 위에 그리 듯 새겨 넣을 수 있는지 감탄할 수밖에 없었다. 산과 강이 흐르고 여러 많은 대로들이 하나둘씩 그려지는 목판을 쳐다보며 손등으로 땀을 훔치는 각수의 어깨를 두드렸다.

"정말 대단하이. 어찌 이리 종이 위에 그리듯 각자할 수 있는가?"

"그래야 종이 위에 그대로 찍어낼 수 있는 게 아니겠습니까?"

정호는 잠시 일어서서 밖으로 나왔다. 어느새 어스름이 깔린 주변은 강색으로 어우러진 노을로 물들어 있었다. 아무리 생각해도 하루는 너무 짧고도 빨랐다. 서광을 보며 일을 시작하면 아무리 밥과 곁두리를 먹어 가며 일한다고 해도 벌써 해가 지고 있을 뿐이었다.

"언제쯤 자네의 벗들과 만날 수 있는가?"

"나으리께서 날을 잡아 주시면 제가 한번 얘기해 보겠습니다."

"아니야, 내가 맞추어야지. 괜히 나 때문에 다들 바쁜 사람들인데 번다하게 할 필요가 있나?"

"초하루와 보름에 최 서리의 집에서 만나 서책도 보고 많은 이야기를 나누고 있습니다. 많은 것을 보고 배울 수 있어 그날만 기다리지요."

박일환은 허공을 바라보며 들뜬 얼굴로 자신도 모르게 해맑게 웃고 있는 각수를 바라보았다. 문득 교서관보다 더 넓은 세상을 위해 그가 필요하다는 생각을 잠시, 아주 잠시 떠올렸다. 미욱한 골샌님들로 가득한 그곳보다 어쩌면 더 큰 일을 위해 그를 붙잡지 말아야겠다는 마음이 들어 괜스레 알 수 없는 죄책감에 가슴이 답답해졌다.

사립문으로 향하는 젊은 관리의 발걸음이 오늘따라 무거워 보였다. 검은 휘장 같은 땅거미가 여기저기 내려앉는 차가운 땅 위에 선 그 모습은 더욱 처량하고 가련하였다.

사립문 옆 나무 그늘에서 이지헌은 야밤에 돌아다니는 삵처럼 동네를 벗어나는 박일환과 다시 목판을 들고 일을 시작하려는 정호를 번갈아 보았다.

"참으로 저놈에 대한 마음이 갸륵하구나, 박일환. 허나, 이 세상은 당신이 바꾸고 싶어 할 만큼 그리 호락호락하지는 않다네."

"제조 대감, 부르셨습니까?"

등청하자마자 박일환을 불러올린 제조 대감은 심란한 얼굴로 뒷짐을 진 채 기다리고 있었다. 책상 위에 올려진 온갖 잡서들과 태서의 서책들이 정리되지 않은 채 이리저리 나뒹굴고 있었다.

박일환을 기다리는 사람들은 강대수뿐만이 아니었다. 부제조와 실질적인 교서관의 지휘관인 판교가 미간을 잔뜩 찌푸린 채 그를 바라보고 있었다.

강대수는 책상 위에 던져 놓은 잡서 중 하나를 꺼내어 교서관 젊은 박사에게 내밀었다.

"요즘 자네가 각수들에게 시켜 만든 목판이 이 잡서의 내용이라지?"

"그러하옵니다."

거침없이 대답하는 그의 모습에 그곳의 관리들은 경악하여 서로를 바라보았다. 강대수의 얼굴에는 징그러운 웃음이 배여 나오고 있었다.

"어찌 교서관에서 감히 이런 천한 잡서들을 각자할 수 있다는 말인가? 더군다나 이 태서의 서책들은 당연히 우리에게 의논하고 각자해야 하는 것이 아닌가? 성리학을 근간으로 하는 근엄한 교서관에서 어찌 이런 형편없는 잡서들을 찍어낼 수 있단 말인가?"

강대수는 책으로 책상을 탕탕 내리치며 더욱 큰 소리로 고함을 질러 댔다. 이 사태를 조용히 지켜보던 판교가 박일환에게 조용히 질문을 던졌다.

"자네의 집안은 최고의 가문 중 하나가 아니던가? 사실 자네 아버지께서 그토록 바라시는 입신양명의 길을 포기하고 이 교서관으로 자청한 것도 이해가 되지 않았지만 어찌 이런 천한 백성들이 보는 잡서, 더군다나 검열도 되지 않은 태서의 서책들을 우리에게 보이지도 않고 각자할 수 있단 말인가? 대체 왜 그런 것인가?"

강대수는 평소 박일환을 아끼는 판교를 노려보며 코를 찡긋거렸다. 다 된 밥에 재를 뿌리는 것도 정도가 있지, 아예 살려주려고 작정한 듯 보이는 그 노친네를 당장 이 자리에서 내치고 싶었다. 그러나 자신이 제조라고 하더라도 다른 이들의 의견을 무시하고 독단적으로 결정할 수는 없었다. 그는 어금니를 꽉 깨물며 사태를 주시했다.

"예, 맞습니다. 우리 같은 양반들이 보기에 그것들은 천한 백성들이 보는 것이 맞습니다. 허나, 어찌 학문이 일부 사람들을 위해 존재하는 것이 겠습니까? 요즘에는 양인의 자식들도 여력만 된다면 얼마든지 글을 배우고 소학과 사서삼경도 읽는 세상입니다. 조선의 밖에서는 빠르게 모든 것이 변화하고 있는데 어찌 이것을 못 본 척할 수 있습니까? 태서처럼 백성들을 위한 책을 만들고 백성들을 위한 제도들을 만들어 내야 합니다. 가장 쉬운 것이 이렇게 글로써 보급하여 널리 익히게 만드는 것이 아니겠습니까?"

강대수는 갑자기 자리에서 벌떡 일어나더니 그 살집이 두툼한 얼굴을 끄덕였다. 그러고는 박일환을 빤히 바라보며 벼르고 있었다는 듯 한여름 소나기처럼 시끄럽고도 정신없이 떠들어 대었다.

"자네, 지금 하는 그 말들이 누가 하는 것인지 아는가? 백탑 아래에 모여 조선을 뒤엎고 다른 세상을 꿈꾸던 천한 서얼들과 그 추종자들이 하는 말일세. 백성을 위한 학문을 해야 한다고 외쳐 대며 실상은 조선을 뒤집어 버리고 반역을 꿈꾸는 자들이 하는 말이 아니던가?"

강대수의 비방에 박일환 또한 자리에서 일어섰다. 말도 안 되는 궤변으로 실학을 모욕하는 것을 용납할 수 없었던 그는 다자색으로 벌게진 얼굴로 제조를 똑바로 쳐다보았다.

"어찌 그런 말씀을 하십니까? 조선을 뒤엎다니요? 그들이 하는 학문은 백성을 위한 애민이 그대로 배여 있습니다. 어찌하면 농사를 잘 되게 하여 배부르게 먹고 살 수 있게 할까, 어찌하면 장사를 잘 하여 많은 돈을 벌어 맘 편히 살 수 있게 할까. 이것이 조선을 뒤엎는 것입니까? 골방에 앉아 혼자 유교 경전을 읽으면 뭣합니까? 굶어 죽고 탐관오리들의 패악질에 처자식까지 노비로 팔아넘기는 이들이 허다한데요!"

"그래서 주상 전하와 우리 같은 양반들이 밥버러지다 이것이냐?"

강대수의 입가에 비열한 미소가 걸렸다. 미끼를 문 물고기를 바라보며 그의 심장은 기쁨으로 두근거리기 시작했다.

"녹을 받는 관리가 그런 패악질을 하니, 또한 제대로 일을 해내지 못하니 밥버러지가 아니면 무엇입니까? 떳떳하게 나는 백성을 위해 일했다고 말할 수 있는 관리가 지금 조선 땅에 몇이나 된다고 보십니까?"

"해서 교서관의 물품들을 몰래 장물아비에게 빼돌린 놈을 다시 들이기 위해 일언반구 말도 없이 몰래 일을 시켰더냐? 자네에게는 위아래도 없는 것인가?"

"김정호는 억울하게 누명을 쓴 것입니다. 그것은 제조 대감께서 더 잘 아시지 않습니까? 제가 구체적으로 말씀을 올려야 아시겠습니까?"

"그, 그게 무슨 말인가?"

"모르셔서 물으시는 것입니까? 이 자리에서 다 말씀 올릴까요?"

강대수는 자신을 바라보며 냉소를 짓는 그의 말에 말문이 막히고 말았다. 이미 그는 모든 것을 다 알고 있었다. 천한 각수의 정혼자를 첩으로 들이기 위해 그 엄청난 짓을 벌인 것을 만천하가 다 알게 되면 이제 그는 두고두고 웃음거리가 될 것이었다.

"이보게, 일환이! 어서 자리에 앉지 못하겠나?"

말없이 좌시하고 있던 판교가 홍안이 되어 책상을 치며 일어섰다. 강대수의 눈가는 분기로 인해 촉촉하게 젖어 있었다. 늘 맑고 선한 그의 눈동자에는 오랜 시간 동안 품은 분노의 불길이 타올라 벌겋게 핏발이 서 있었다.

"당장 제조 대감에게 사죄하게. 내가 자네를 용서하지 않아!"

"어찌 제가 틀린 말씀을 고했다는 것입니까? 저는……."

"그 입 다물게!"

판교의 숨소리가 거칠어졌다. 박일환의 붉은 뺨 위로 눈물이 흘러내렸다. 파르르 떨리는 입술을 굳게 다물며 그는 목울대를 울렁거리게 만드는 울분을 꾹 눌러 담았다. 가만히 이 모든 사태를 지켜보던 부제조 또한 자리에서 일어나 천천히 문으로 걸어가더니 잠시 멈추고 패기로 가득한 젊은 관리를 경멸하듯 바라보았다.

"자네를 파직하라는 상소를 올리기 전에 알아서 이 교서관을 나가 주게. 하극상을 일삼는 말꾸러기 같은 이는 녹을 먹을 자격이 없네. 생각이 있는 사람이라면 그악하고 구지레하게 일을 만들지 말고 조용히 정리해 주게."

"그 이야기 들었는가? 박일환 나으리께서 교서관에서 나가신데."

"뭐? 그게 무슨 말이야? 그나마 제대로 된 관리는 그분밖에 없지 않았나?"

"아마 잡서들에 관심이 많으신 나으리를 강대수가 곱게 보지 않았나 보더라고. 쯧쯧, 이런 억울한 일이 있나?"

"지난번에도 정호에게 죄를 뒤집어씌워 쫓아내더니 이번에는 나으리라니……. 이 일을 어찌하면 좋은가?"

잠시 한숨을 돌리던 각수들은 청천벽력 같은 소식에 침울하게 서로를 바라보았다. 거들먹거리는 다른 이들과 달리 제대로 사람으로 자신들을 대해 준 유일한 이였다. 밤을 새울 때는 퇴청하지 않고 같이 곁을 지키며 격려하던 그가 큰 의지가 되었었다. 이제 기댈 언덕을 잃어버린 각수들은 암담한 미래에 절로 마음이 답답해졌다.

"어서! 지금 나으리께서 나가신다고 하네!"

각수들은 끌과 망치를 내던지고 우르르 몰려 나가기 시작했다. 그에게 마지막 인사라도 해야 여한이 없을 것 같던 그들은 자신들의 앞을 막아서는 이지헌을 보자 얼어붙고 말았다. 차갑게 그들을 노려보던 그는 한쪽 입술을 추켜올렸다.

"한창 일할 시간에 어디 가는가?"

사내들은 아무 말도 못하고 쭈뼛거리며 입술만 깨물고 있었다. 제조 대감의 발쇠꾼인 그에게 잘못 보였다가는 교서관에서 쫓겨나는 것은 시간문제였다.

"박일환 박사에게 하직 인사라도 올리고 싶어 그러는가? 암, 당연히 그래야지. 사람이라면 짐승 같은 자신을 사람대접해 준 이에게 인사라도 해야지. 가 보게들, 방해하지 않을 테니."

이지헌은 옆으로 비켜섰다. 각수들은 저 그악한 위인을 들어다 실컷 매질이라도 하고 싶었지만 제조 대감의 위세를 등에 업고 있는 그를 감히 건드릴 수가 없었다. 이글거리는 눈으로 그를 바라보고 있었지만 그 누구도 나서지 못했다.

그때, 누군가 소리쳤다.

"개도 저를 거둬 준 주인을 끝까지 지킨다네. 우리가 아무리 천것이라고 하지만 금수보다 못한 사람들인가? 가세, 어서 가서 나으리께 하직 인사라도 드리세!"

각수들은 서로를 바라보며 고개를 끄덕였다. 누구랄 것도 없이 약속이라도 한 듯 그들은 앞으로 나아가기 시작했다. 이지헌의 눈 밑이 파르르 떨렸다. 덩치 큰 장한들이 밀치고 나가는 그 모습은 마치 풍랑에 넘실거리는 가각한 파도처럼 매섭고도 무서웠다. 당장 저 파도를 막고 저 아둔 패기들을 잡아다 물고를 내고 싶었지만 터진 둑에서 쏟아 내리는 물길을 막을 수는 없었다.

"제조 대감에게 일러야 하지 않을까요?"

나뱃뱃한 얼굴의 발쇠꾼이 그에게 속삭거렸다.

"놔두거라. 그 고고하신 분께서 마지막으로 얼마나 거창한 말씀들을 늘어놓으시는지나 보러 가자꾸나."

내삼문을 나서는 사내의 발걸음은 마치 쇳덩이를 발목에 매단 듯 쉬 떨어지지 않았다. 해야 할 일도, 하고픈 일도 많은 그는 하나라도 제대로 마무리 짓지 못하고 이곳을 떠나야 하는 것이 아프고도 부끄러웠다. 무엇보다 좀 더 나은 세상을 위해 애써 보고자 하는 그의 의기를 기대하는 자들에게 또다시 절망감을 안겨 주었다는 것이 미안하고도 또 미안했다.

"나으리! 대체 어디를 가십니까?"

울부짖는 각수들의 외침에 사내의 목이 매여 왔다. 천천히 뒤돌아보았다. 그동안 자신과 함께 밤을 지새웠던 이들이 두 뺨을 적시며 바라보고 있었다. 무슨 말이라도 해야 했건만 아둔패기처럼 아무런 말도 생각나지 않았다.

"나으리, 가시면 안 됩니다. 이제 저희들은 누구를 믿고 살란 말입니까?"

제일 나이 많은 각수가 달려와 고목처럼 투박해지고 메마른 손으로 그의 손을 붙잡고 꺼이꺼이 울기 시작했다. 박일환은 그저 그 거친 손등을 부드럽게 두드리며 위로가 되지 않은 말만 되뇔 수밖에 없었다.

"미안하이……. 이렇게 가서 정말 미안하이……."

각수들은 그의 주위로 몰려들어 손등으로 눈물을 훔치며 슬프고도 아쉬운 마음으로 그와의 마지막을 함께하고 있었다. 박일환은 뜨거운 것이 목 안에서 밀치고 올라왔다. 저 가량가량한 모습으로 자신을 붙잡는 이들을 보고 있으니 한 순간의 분기를 참지 못한 어리석음이 죽도록 후회되고 스스로가 미웠다.

"꼭 돌아오실 거지요? 언젠가 꼭 돌아오실 거지요?"

얼마 전에 들어온 어린 각수가 천진한 얼굴로 그를 바라보았다. 박일환은 그에게 그 어떤 말을 해 줄 수도 없었지만 그들의 남은 희망까지도 저버리게 만들고 싶지는 않았다.

"걱정 말게. 내 꼭 돌아올 걸세. 이리 온갖 일을 다 벌여 놓고 도망가면 안 되지 않은가? 내 꼭 다시 돌아와 자네들과 함께했던 그 일들을 마무리하겠네."

말하는 이도 듣고 있는 이들도 그 말이 기약할 수 없는 허공 속의 메아리임을 잘 알고 있었지만 아무 말도 하지 않았다. 서로의 마지막 모습을 더욱 정답고 아름답게 배려하고자 그의 말을 그저 마음에 새기며 아쉬운 마음을 달랠 뿐이었다.

"다시 돌아온다고 하네요? 이거 큰일 아닙니까? 저자가 단단히 벼르고 돌아온다면 저도 나으리도 가만둘까요?"

쥐새끼 같은 발쇠꾼이 걱정스럽게 중얼거리자 이지헌은 그저 피식 웃을 뿐이었다.

"그리 생각하더냐?"

"저자가 누구입니까? 김정호를 끝까지 교서관에 들이고자 수를 쓴 자인데요?"

이지헌은 자신만만한 얼굴로 사내를 비웃듯 내려다보았다. 그는 미소를 머금고 있었다. 그것은 승자만의 전유물인 여유 있는 미소였다.

"이미 조선은 구석구석까지 다 썩어문드러졌는데, 저런 독야청청한 인간이 발붙일 것이 있겠느냐? 낙향해서 밭이나 갈며 글이나 읽으며 잘난 척하다 한평생 보내겠지."

청구도, 원대한 출발의 시작

중양절 단풍놀이를 즐기러 찾은 인왕산 옥류 계곡은 마치 선녀가 붓으로 여기저기 붉은 점들을 찍어 놓은 듯한 단풍의 어우러짐과 함께 경쾌한 노랫소리를 만들며 흘러가고 있었다. 그러나 계곡 너럭바위 위에 앉아 국화주를 즐기는 세 젊은이는 여기저기 붉게 물들어진 산야의 가경보다는 다른 곳에 온통 마음이 빼앗겨 있었다.

"이것이 정상기가 그린 '동국지도'의 첫 필사본인가?"

정호와 성환은 한기가 펼쳐 보이는 지도를 보며 입을 다물지 못했다. 백 년 전에 만들어진 지도는 지금의 '해동여지도'와 비교해도 손색이 없었다. 아니, 더 실용적이고 지도다운 지도라고 할 수 있었다.

"제대로 필사된 것이 드물어 내 물어물어 구했다네. 이보게, 정호, 내게 앞으로 잘하게!"

"정말 대단합니다. 첫 필사본이라 그런지, 역시 다르군요. 이것이 '백리 척'이라는 것이네요."

지도 아래, 한 뼘 정도 기다랗게 그려진 막대 모양의 그림을 정호는 한참 동안 쳐다보았다.

"평평한 곳에 있다면 온전히 한 척으로서 백 리를 헤아리라고 했지요. 후에 많은 지도들이 만들어졌지만 아직까지도 이 정상기의 '동국지도'와 흡사한 지도들이 쓰이는 것은 그만큼 실용 가치가 있기 때문입니다."

한기는 그들 앞에 두 개의 지도를 더 펼쳤다. 하나는 정철조의 '호남지도'였고 엄청나게 큰 것은 신경준의 '동국지도' 필사본이었다. 성환이 맨 처음 살핀 지도보다 더 놀라운 눈으로 쳐다보고 있었지만 정호의 얼굴은 이상하다 싶을 정도로 침착했다. 한기는 놀라워하지 않는 지기의 얼굴을 보고 실망한 듯 입술을 축 늘어뜨리며 서운함을 토로했다.

"이것들은 정상기가 죽고 나서 만들어진 지도들일세. 이 신경준의 것은 정말 힘들게 구해 왔다네. 어찌 그런 표정을 짓는가?"

정호는 정상기의 지도를 맨 위에 두고 나머지 두 지도를 아래에 나란히 두더니 하나하나 되짚으며 입을 열었다.

"후에 만들어졌다고 하나, 정상기의 '동국지도'만큼 좋은 지도가 아닙니다. 우선, 정상기의 지도에서는 이 지도를 사용하는 이들을 위한 배려가 담겨져 있습니다. '백리척'뿐만 아니라, 도별로 고을의 색을 달리했고 선으로 표시할 수밖에 없는 산이나 강, 육로 같은 것들을 구별하기 쉽게 그려 놓았습니다. 봉수나 감영 등을 구분하는 방법을 이 범례에서 자세히 설명하여 헷갈리지 않도록 노력했음을 엿볼 수 있습니다. 그리고 크기도 가지고 다니기 편하지요. 허나 정철조와 신경준의 것은 그렇지 않습니다. 우선 신경준의 것은 이십 리 눈금선을 그렸다고 하나 크기가 너무 커 이용하기 불편하고 많은 것들이 빠져 있어 별도의 지리지를 가지고 다녀야 합니다. 오히려 지리지에 딸린 부도라고 할 수 있겠네요. 또한 정철조의 것은 너무 자세하여 지도를 보기가 힘이 들 정도입니다."

한기는 그의 말에 어깨가 축 늘어져 있었다.

"허면 내가 괜한 짓을 한 것이더냐?"

"하하, 그럴 리가요? 지도를 만드는 이에게 필요 없는 지도란 없습니다. 이 지도에 있는 것이 다른 것에는 없을 수도 있지요. 최대한 많은 지도와 지리지를 보고 비교하여 사람들에게 정확한 것을 보여 줄 수 있는 것이 제일 중요합니다."

그제야 한기는 얼굴이 밝아졌다. 옆에서 정호의 말을 듣던 성환은 눈앞에 있는 지도들을 물끄러미 바라보더니 들릴 듯 말 듯 한 소리로 중얼거렸다.

"헌데, 이리 큰 지도들을 다 가지고 다닐 필요가 있나? 내가 만약 충청도에 산다면 그곳의 지도만 더 자세히 볼 수 있는 방법은 없는 것인가? 그리고 어떤 고을에는 그 고을명에 여러 역사적인 이야기가 실려 있는데, 그런 것들도 알 수 있으면 참으로 좋겠구먼."

성환의 말을 들은 정호는 깜짝 놀란 얼굴로 그의 어깨를 붙잡고 다시 한 번 되물었다.

"방금 뭐라고 하셨습니까?"

정호의 말에 놀란 성환은 다달거리며 옆으로 살짝 비켜 앉았다.

"그렇지 않은가? 모든 지도를 다 가지고 다니는 거 보다 내가 속한 고을이 조선의 어디쯤에 있는지 정도만 알면 되고, 마치 '사서삼경'을 읽듯 내가 보고픈 고을에 대한 지도를 찾아볼 수 있다면 얼마나 좋겠는가? 나는 시사 활동을 해서 그런지 어떤 고을을 가게 되면 그 고을에 관계된 여러 역사적 이야기에 관심이 많다네. 그런 것도 알 수 있다면 더 쉽게 찾아갈 수 있지 않겠는가?"

성환의 말을 들은 정호의 얼굴에는 웃음꽃이 피어났다. 그는 성환의 두 손을 부여잡으며 몇 번이고 흔들며 고마움을 전했다.

"정말 큰 가르침을 주셨습니다. 제가 늘 고민하던 것을 명쾌하게 해결해 주셨습니다. 참으로 고맙습니다!"

그의 뜬금없는 행동에 어이가 없는 성환과 더욱 서운해져 시큰둥해진 한기는 다시 한 번 정상기의 지도를 뚫어지게 살피는 정호를 바라보고만 있었다.

"참으로 섭섭하구먼. 힘들게 발품 팔아 지도를 구한 나보다 자네한테 고맙다니. 갑자기 힘이 빠지네그려."

성환은 낄낄거리며 풀이 죽은 한기의 어깨를 두드렸다.

"아이고 그러셨습니까? 그러나 정호가 지도를 만들면 아마 제일 먼저 생각날 사람은 나으리가 아니실까요? 허니, 서운해 마십시오. 장가까지 가신 분께서 이리 푸석이처럼 말씀하시면 어쩌십니까? 하하."

"원, 사람도 참! 그만 놀리시게나."

정상기가 만든 백 년 전의 지도를 바라보는 정호의 두 뺨은 발그레하게 물들어 있었다. 가슴속에 품은 불길이 번져 그의 얼굴을 물들인 것처럼 그의 온몸은 새로 움트는 원대한 꿈으로 환희에 가득 차 있었다.

'그래, 이제껏 만들어진 적이 없는 새로운 지도를 만드는 거야. 더 정확하고 더 자세하게 그려진 것이 아닌 보는 이들이 쓰기 쉽고 찾기 쉬운 그런 지도를 말이야.'

"정호 있는가?"

가랑가랑하게 그믐치가 내리는 어느 겨울날, 박일환은 잠시 곁두리를 먹고 다시 일을 시작하는 정호를 불렀다. 각자하던 현판을 들고 이리저리 살피던 정호는 그를 보자 뛰어나가 반갑게 맞이하였다.

"나으리, 요즘에는 왜 이리 발길이 뜸하신 겁니까?"

"나야, 북촌의 한량이 아니던가? 관복을 벗은 후에는 남는 것이 시간이더구먼. 그동안 일에 쫓기느라 못 가 본 곳들도 가 보며 잘 놀고 있었다네."

정호는 꽁꽁 얼어 벌겋게 된 그의 손을 내려다보며 각수들이 잠시 쉬는 골방으로 향했다. 마침 그곳에서 따듯한 말차를 마시던 한 각수가 그들에게도 차를 부어 건네주었다. 연둣빛으로 물든 하얀 찻잔 속에서는 마음도 녹일 만큼 부드러운 향내가 흘러나왔다.

정호는 핼쑥해진 그의 얼굴을 보니 마음이 아려 왔다. 항상 패기 넘치고 씩씩하던 예전의 박일환의 모습은 전혀 찾아볼 수가 없었다. 정호는 자신 때문에 그가 이리 된 듯하여 뭐라 이야기해야 할지 몰라 차만 홀짝였다.

"요즘은 어찌 지내는가?"

"늘 하던 일을 하며 지냅니다. 그리고 같이 실학을 공부하는 지기들과 한 달에 두 번씩 모여 새로 구한 지도와 서책들을 보며 이야기를 나누지요."

"참으로 좋구먼. 이보게, 난 이제 한성을 떠나네."

갑작스러운 그의 말에 정호는 들고 있던 찻잔을 떨어뜨렸다. 하얀 찻잔에서 흘러나온 연둣빛 찻물이 그의 갈색 토시에 튀여 거무튀튀하게 물들었다. 박일환은 조용히 내리는 가랑눈을 바라보았다.

"난 조정에 나가는 것이 참으로 싫었네. 그 분탕질을 치는 그곳에서 일하기 싫어 자진해서 교서관으로 가게 된 거라네. 백성을 위해 내가 가진 모든 것을 쏟아붓고 싶었다네. 사실 나 같은 생각을 가진 이들이 조정에서는 결코 용납되지 않는 것임을 잘 안다네. 허나 난 백성들을 위해 무언가 할 수 있는 그 순간이 참으로 좋았다네. 여기저기 산천을 유랑하며 많은 생각을 했다네. 그래서 외가가 있는 영천으로 낙향해서 아이들을 가르치며 더욱 실학에 대해 공부해 보고자 하네."

또 한 번의 이별을 맛보는 이 순간이 꿈이었으면 했다. 항상 다정했던 그 사람은 그에게 세상이 만든 무미한 잣대를 쳐내고 한 인간으로서 진실하게 대해 준 이였다. 견디기 힘든 고비마다 또 한 번의 길을 터준 고마운 사람, 그에게 그동안 받은 것도 보답하지 못하고 이리 보내야 한다는 것이 안타깝고도 답답했다.

"그런 표정을 짓지 말게나. 지금 내 마음은 교서관에 들어갈 때처럼 매우 설렌다네. 아이들이 누구인가? 앞으로의 조선을 우리 보다 더 오래 온전히 살아갈 백성들이 아닌가? 그 아이들에게 사람의 도리와 함께 글을 가르쳐 보다 나은 조선을 만들 수 있도록 하는 것이 얼마나 위대한 과업인가? 정호, 난 참으로 기쁘다네."

"나으리……"

정호의 눈앞이 흐려졌다. 잠시 뒤 두 뺨을 차갑게 적시는 눈물이 흘러내리자 그는 급히 손등으로 훔쳐냈다. 담담히 자신의 미래를 받아들이는 그 앞에서 이리 약하고 못난 모습을 보여서는 안 될 듯싶었다.

박일환은 여인처럼 살포시 땅 위에 내려앉는 그믐치를 미소 지으며 바라보았다. 그렇게 두 사람은 아무 말 없이 앉아 눈이 내리는 것을 보고 있었다. 서로 말이 오가지 않았지만 이미 서로의 마음을 잘 알고 있었다.

그날 밤은 잠이 오지 않았다. 밤마다 등불을 켜고 신명나게 그리던 지도책들도 보기가 싫었다. 다시는 보지 못할 큰 둔덕같이 자신을 격려하던 이를 잃는 것은 마치 혈육을 잃는 고통처럼 두고두고 힘들고도 참아내기 힘든 일이었다.

그러나 그에게는 자신을 바라보는 많은 이들을 위해 할 일이 있었다. 그 일들을 위해 어떠한 시험과 한계가 오더라도 이겨내고 버텨내야 했다. 그는 그리다 만 지도를 폈다. 섬세하고도 깔끔하게 그려진 지도는 그 어떤 관방도보다도 더 한눈에 들어왔다. 가장자리에 표시된 괘선에는 '十'이라고 적혀 있었다.

이상하게도 자신이 그린 지도들을 보자 정호는 저녁 내내 마음을 어지럽히던 박일환과의 이별을 잊어버리고 평온을 되찾았다. 그는 자신이 그린 지도책을 덮으며 아무것도 쓰이지 않은 표지를 손으로 쓰다듬었다.

"청구도……. 그래, 이제 너의 이름을 '청구도'라고 부를 거다. 내가 아무리 힘들고 어려운 일을 겪더라도 항상 네가 날 일깨워 주어야 한다."

"현수야, 아비 왔다!"

한식이 지난 봄날의 저녁은 봄꽃을 닮은 듯 달콤하고 부드러웠다. 강색으로 물들이는 서산은 바쁘고도 고되었던 일상을 달래 주는 위로자였다. 좁디좁은 마당에서 놀고 있던 네 살 정도 된 사내아이는 아비를 보자 달려 나와 안겼다.

"아버지!"

품속에 쏙 들어와 안기는 아이는 또래들보다 훨씬 야위어 있었다. 정호는 좀 더 잘 먹이지 못하는 자신이 부끄러워 그저 등뼈가 만져지는 아이의 작은 등만 쓰다듬을 뿐이었다.

"오신 게요?"

강퍅한 얼굴로 갓난아이를 업고 나온 여인은 사나운 얼굴로 지아비를 노려보았다. 가량가량하고 기다란 더수구니에는 고단한 생활로 인해 목뼈가 드러나 있었다. 정호가 아이를 안고 일어서며 천천히 집 안으로 들어서자, 여인은 홍안이 되어 삿대질을 하며 소리를 질러 댔다.

"오늘 저녁 먹을 곡식은 구하셨소? 오늘도 돈 한 푼 못 벌고 오신 거요?"

"이보게……."

다듬거리는 지아비를 보자 더욱 부아가 치민 내자는 들고 있던 바가지를 사정없이 평상에 내팽개쳤다. 누런 바가지가 산산조각이 나자 업혀 있던 젖먹이는 놀라 울어 댔다.

"제발 그 미친 짓 좀 그만 하시오! 보아하니 오늘도 그 비싼 종이와 먹으로 그린 지돈가 뭔가 하는 나부랭이를 그냥 나누어주고 오셨구라. 요즘에는 왜 각자일도 하지 않고 뭘 하시는 게요? 당신 같은 치롱군이, 어정뜨기는 세상에 없을 거요!"

"미안하네……. 나도 노력은 하고 있네."

여인은 등에서 엉엉 울어 대는 갓난아이를 내려 부여안았다. 평상에 앉아 뒤돌아 저고리를 풀어 젖을 물렸지만 여전히 아이는 흑흑거리며 제대로 빨지를 못했다.

"당신이 사람이오, 짐승이오? 짐승도 지 새끼는 거두어서 먹이질 않소? 헌데, 당신은 힘들게 일한 돈으로 지도를 만들어 사람들에게 나누어주니 이게 미친 짓이 아니고 뭐란 말이오? 대체 왜 아이를 낳은 거요? 그리 밤비에 자란 놈처럼 살려거든 처자식 거느리지 말고 살 것이지, 왜 우리들까지 고생을 시키느냐 말이오!"

악에 받쳐 소리를 지르는 내자의 앙상한 더수구니를 물끄러미 바라보며 정호는 그 어떤 변명도 할 수 없었다. 겁에 질린 아들은 아비의 가슴에 바짝 붙은 채 바르르 떨며 어미의 눈치만 보고 있었다.

"이젠 변명도 않는 거요? 당신이 참으로 사람이오? 지금이라도 나가서 무슨 짓이라도 해서 새끼들 먹일 밥이라도 동냥해 오겠다는 생각은 전혀 들지 않는 거요? 지겹소, 참으로 지겹소!"

정호는 아이를 안고 천천히 평상으로 다가가 앉았다. 내자는 아직도 화가 풀리지 않았는지 작고도 가냘픈 두 어깨가 들썩이고 있었다. 그는 천천히 손을 뻗어 어깨를 토닥토닥 두드렸다.

"현수 어멈, 미안하이. 참으로 미안하이. 내 좀 더 신경을 써서……."

여인은 갑자기 벌떡 일어서더니 말고기 자반처럼 벌게진 얼굴로 패악스럽게 지아비를 내려다보았다. 폭 들어간 두 눈에서는 삶에 찌들어 악만 남은 여인의 분기만 가득할 뿐이었다. 내자는 냉소를 지으며 아까와는 달리 나직하게 중얼거렸다.

"어디 계속 그리 미친놈처럼 잘 사시오. 비렁뱅이로 굶어 죽을 때까지 그리 살아보란 말이오."

여인은 뒤돌아 방으로 냉큼 뛰어들어 갔다. 그녀는 젖먹이를 잠시 방바닥에 내려놓고 보자기를 펴더니 옷가지를 꺼내어 그 위에 올려놓았다. 정호는 안으로 들어가 내자를 말렸지만 그녀는 거칠게 뿌리쳤다.

"놓으시오! 오늘 사람 하나 죽는 거 보고 싶거든 날 막아 보시오. 내가 이 집을 떠나지 못한다면 오늘밤 양잿물 먹고 뒈져 버릴 테니."

"옥금이…… 현수 어멈…… 대체 어디 간다고 그러나? 화 풀게나."

"왜 갈 곳이 없소? 친정으로 갈 것이오."

정호는 더는 내자를 말릴 수 없었다. 빠른 손놀림으로 몇 개의 보따리를 싼 그녀는 젖먹이를 등에 업고 아버지에게 안겨 있는 어린 아들의 손을 잡아당겼다. 겁을 먹은 아이는 더욱 아버지 품으로 파고들었지만 여인은 두 팔로 아이를 잡아 정호의 품에서 빼앗았다. 겁에 질려 아무 말도 하지 못하던 아들은 아버지와 떨어지자 그만 울음을 터뜨리고 말았다.

"이보게……."

"내가 이 젖먹이를 낳고 나서 제대로 몸이나 푼 줄 아시오? 현수 낳고도 제대로 먹지 못해 온몸이 골골한데, 월희까지 낳고 나니 이젠 움직일 때마다 아프고 쑤셔 대오. 내가 삯바느질과 남의 집 품팔이하며 아이 둘을 낳고 기르는 동안 당신은 뭐했소?"

정호는 할 말이 없었다. 옥금의 말이 다 옳았다. 자비로 지도를 만드느라 식구들을 다른 이들처럼 보살필 수 없었다. 각수로 일하며 버는 돈 중 반 이상이 판목과 종이를 사는 데 써야만 했다. 가끔 불평을 하던 내자였지만 육 년이 넘게 버텨 준 것만 해도 감사한 일이었다. 그렇게 정호는 자신을 떠나려는 처자식을 감히 붙들 용기조차 없었다.

젖먹이와 울어 대는 어린 아들을 데리고 사립문을 나서던 그녀는 휙 뒤돌아서더니 짐을 내려놓고 방 안으로 다시 뛰어들어 갔다. 잠시 뒤, 종이꾸러미와 함께 목판들을 가득 안고 나온 그녀는 거침없이 부엌으로 돌진하였다. 그냥 지켜보던 정호는 경악하여 내자를 쫓아갔지만 이미 그녀는 그것들을 아궁이에 마구 쑤셔 넣고 활활 태우고 있었다.

"아, 안 돼! 절대 안 되네! 이게 무슨 짓인가?"

활활 타오르는 지도와 목판들을 보며 정호는 털썩 주저앉고 말았다. 망연자실한 지아비를 내려다보며 옥금은 어이가 없다는 듯 웃어 댔다.

"참으로 희한한 사내요. 처자식이 집을 나간다고 해도 붙들지도 않던 이가 저 아무짝에도 쓸모없는 것들을 태운다고 하니 이리 난리인 거요? 당신은 혈육보다 저 나부랭이들이 더 귀하단 말이오?"

지아비에 대한 실망과 서운함으로 가득한 여인은 그 가냘픈 몸을 짜내어 있는 힘껏 소리를 지르며 절규하고 있었다. 비쩍 말라 광대뼈가 드러난 두 뺨 위로 원망의 눈물이 흘러내렸다. 그러나 정호는 자신을 원망하며 울부짖는 내자보다 아궁이에서 사그라지는 땀의 결실들을 안타깝게 바라볼 뿐이었다.

옥금은 손등으로 눈물을 훔치고는 다급스럽게 부엌을 나와 짐을 들고 아들의 손을 잡았다. 사립문을 나서기 전 그녀는 아직도 부엌 바닥에 널

브러져 있는 지아비를 바라보며 깔보듯 비아냥거렸다.

"잘 사시구랴! 처자식 버리고 그 미친 짓 하시면서 잘 사시란 말이오. 내 현수에게도 월희에게도 아버지는 죽었다고 할 것이오. 만약 우리 앞에 나타났다가는 내 오라비를 시켜 가만두지 않을 테니 그리 아시오!"

연신 뒤돌아보며 울어 대는 어린 아들의 손을 부여잡고 옥금은 빠른 걸음으로 앞으로 나아갔다. 정호는 부엌 안에서 멀어져 가는 식구들의 모습을 바라보며 옥금의 말대로 아무것도 하지 못하는 자신이 죽도록 싫고 미웠다.

온몸의 힘이 빠져나간 듯 꼼짝도 할 수 없던 그는 이제 시커먼 재가 되어 풀풀 날리는 지도들을 보며 기어서 아궁이로 다가갔다. 다행스럽게도 목판들을 다 쑤셔 넣지 않은지라 반도 타지 않은 상태였다. 정호는 목판들을 하나하나 주워 살펴보더니 그것들을 그러안고 통곡하기 시작했다.

"으흑, 아흐흑!"

가린스럽게 둘러싼 현실의 벽 앞에서 무기력하게 버텨야 하는 자신이 싫었다. 못난 지아비에 무책임한 아버지. 그것이 사람들이 바라보는 자신의 모습이었다. 정호는 한 손으로 가슴을 쳐 대며 꺼이꺼이 울부짖었다.

"못난 놈! 둘도 없는 아둔한 놈! 죽지도 못하는 이 한심한 놈아!"

사람의 꿈은 참으로 이상하다. 시간이 흐를수록 봄바른 현실 속에서

잊혀 갈지언정 더욱 이루고자 하는 열망으로 굳건해진다. 그리하여 그 꿈을 이루고자 하는 장애가 커지고 단단해질수록 미거한 인간의 결기 또한 몇천 년 동안 견딘 바닷가 너럭바위의 이끼처럼 깊숙이 뿌리내리고 만다.

누구도 알아주지 않았고 강요하지도 않았지만 정호에게 지도는 꿈이자 숙명이었다. 세상과 타협하여 얼마든지 편하게 살 수 있는 방법은 수도 없이 많았건만 이 일을 위해 모든 것을 포기할 수 있을 만큼 그에게는 숙명이었다.

동대문 밖 용두리의 다 쓰러져 가는 초가에 혼자 앉아 정호는 다 타버린 지도와 목판을 떠올리며 다시 붓을 들었다. 예전에는 엉덩이 하나 붙이기도 힘든 작디작은 집이 오늘따라 고래 등 같은 기와집처럼 크게 느껴졌다. 지도책을 펴고 붓을 들었다. 어제 저녁까지는 일필휘지로 써내려 가는 필화처럼 거침없이 그려내던 그였건만 오늘은 아무것도 머릿속에 떠오르지 않아 민충한 멍추처럼 그리 앉아 있었다.

"아버지!"

저와 놀아 달라고 쪼르르 달려오며 매달리는 아들이 텅 빈 방 어딘가에서 숨어 있을 것 같았다. 정호는 주변을 한번 휘익 돌아보았지만 앙팡진 어린아이의 그림자는 보이지 않았다.

붓을 내렸다. 그리고 지도책을 덮었다. 알맹이가 쏙 빠진 나락처럼 그는 그렇게 앞만 바라보며 앉아 있을 뿐이었다. 덜렁거리는 문풍지 사이로 온몸을 나라지게 만들 정도로 부드러운 미풍이 비집고 들어왔다. 더수구니를 간질이는 야릇하고도 야살스러운 손길에도 정호는 그저 앞만 보며 그렇게 앉아 있었다.

달디 단 춘풍에 나근거리는 불빛이 눈물이 흘러내리는 사내의 눈꼬리를 간지럽혔다. 도홍빛으로 가득한 좁은 방 안에서 그렇게 외로운 가장은 잡을 수 없는 평범한 행복을 그리며 홀로 밤을 지새웠다.

"그래서 아직 시작도 못 한 것이야? 허허, 이보게나……."

"송구합니다. 지금은 영 일이 손에 잡히지가 않습니다."

여기저기 어질러진 방 안을 들여다보며 마루에 앉은 한기의 미간은 깊이 주름 잡혀 있었다. 오랜 죽마고우의 제대로 갖추어진 지도책을 처음으로 세상에 내 보일 수 있다는 부푼 희망으로 하루가 멀다 하고 성환과 함께 읍치와 지리지를 갖다 바쳤던 그였다.

"난 이미 '청구도제'도 다 써 놓았네. 헌데, 정작 자네가 이러고 있으면 어떻게 하는가? 상심 말게나. 곧 여인네들은 마음 풀고 자식 때문이라도 다시 돌아온다네."

"아닙니다. 전 현수 어미를 잘 압니다. 군말 없이 그동안 다 참은 거 잘 알기에 단단히 벼르고 나간 겁니다."

"허면 어찌하겠나? 그래도 할 일은 해야지."

한기는 정호의 낯빛을 살피더니 방바닥에 여기저기 나뒹구는 지도들과 서질 하나를 집어 들었다. 벽을 바라보며 나부라지듯 앉아 있는 정호와 달리 혜강은 미소를 머금었다.

"방괘를 그렸는가? '해동여지도'에서는 이십 리마다 표시한 것을 자네는 전도의 외곽선에 십 리마다 적어 두었구먼. '주현총표'라, 이건 또 뭔가?"

"아무것도 아닙니다. 오늘은 그냥 돌아가십시오."

한기는 눈빛을 반짝이며 물렁팥죽처럼 흐느적거리는 정호 옆으로 다가붙었다. 그는 만사가 귀찮은 듯 두 눈을 감고 벽을 보고 누운 죽마고우를 툭툭 쳤다.

"내가 얼마나 힘들게 도와주었는가? 나만 그런가? 최성환도 얼마나 동분서주하였어? 어서 말해 주게. 이 '주현총표'에 적힌 것들은 다 무엇인가?"

자꾸 그를 채근하는 한기 때문에 정호는 벌떡 일어나 앉았다. 한기의 손에서 서질을 빼앗은 그는 호기심을 충족시켜 주려는 대충의 노력이라도 하기 위해 빈 종이 위에 붓을 들어 그리기 시작했다.

"전 조선의 전체 모습을 동서남북으로 나누어 세세하게 나눌 것입니다. 대충 눈어림으로 보니 전체 고을 수가 삼백삼십 개가량이 될 거 같더군요. 하여, '팔도분표'에서 남북으로 스물여덟, 동서로 스물둘로 나누어 각각의 면마다 일정한 순서를 매겨 따로 표시한 것이 바로 '주현총표'입니다. 예를 들어, 한성을 찾고 싶으면 여기에 적힌 십육 층 십사 판을 보면 됩니다. 즉, 남북으로 열여섯 번째, 동서로 열네 번째에 있는 지도를 찾으면 그것이 한성의 전도입니다."

혜강은 무릎을 탁치며 고개를 끄덕였다.

"과연 백원일세. 자네는 참으로 대단하이. 어찌 그런 생각을 다 한 것이야?"

정호는 한기의 손에서 지도를 건네받아 바닥에 뒹굴고 있는 것들도 함께 차곡차곡 책상 위에 올려놓기 시작했다. 한기는 감탄한 얼굴로 오만상을 찌푸린 정호를 계속 바라보았다.

"훌륭하네. 참으로 훌륭해. 항상 지도를 사용하는 이들의 편의를 고민하는 자네의 노력이 그대로 녹아 있는 대단한 지도책이 될 걸세."

들뜬 낯빛으로 바라보는 한기와 달리 정호의 마음은 츠렁바위가 들어앉은 듯 무겁고도 힘들었다. 세상의 모든 이들을 위해 정작 챙겨야 할 식솔들을 희생시키며 가는 이 길이 과연 합당한 것인지 헷갈렸다.

여전히 표정이 어두운 그의 어깨를 두들기며 한기는 오늘따라 청아한 하늘을 올려다보았다. 천상바라기처럼 번루빛 천장을 바라보며 정호의 오랜 지음은 그 어떤 말도 할 수가 없었다. 정호는 홀로 떠 있는 새벽의 개밥바라기처럼 아무도 반기지 않는 고되고도 외로운 여정을 가고 있었다. 정작 오랜 지기를 자처하면서도 단순히 그의 수고를 조금 덜어 주는 것밖에 할 수 없는 자신이 처음으로 한심하게 보였다.

자리를 떨쳐 일어나며 한기는 엽낭 하나를 꺼내 방바닥에 올려놓았다. 정호는 여전히 벽을 바라보며 새끼 잃은 암소처럼 축 늘어져 앉아 있었다.

"나 가네. 어서 이거로라도 요기하고 힘내게나. 여인네들 팩 토라져도 또 금세 한숨 폭폭 쉬며 돌아오지 않던가? 자네만 내자 때문에 힘든 게 아니라네. 나 또한 벼슬길 마다하고 태서의 서책이나 죽어라고 사다 모으는 서방 보기 싫다고 입이 사발만큼 나온 내자가 있다네. 아, 뭐해? 어서 주막에 가서 국밥이라도 한 그릇 엎어 말아먹고 냉큼 일하지 않고!"

소만이 지난 봄날의 공기는 아이의 살결처럼 보드랍고 봄날의 꽃잎처럼 포시러웠다. 연이은 가경을 쳐다보고 있으니, 정호의 마음 또한 쾌청한 날씨처럼 경쾌해졌다. 옥금이 아이들을 데리고 친정으로 가 버린 후한 달간은 혈육에 대한 끈질긴 애정과 외로움으로 밤마다 한숨과 눈물로 지새운 그였다. 하지만 사람의 마음은 간사한 것인지 용케도 봄날의 달콤한 미풍을 몇 번 들이마시며 버티고 나니, 그 애간장 타는 고통은 익숙해져 어느 순간부터는 가슴을 부여잡으며 힘들어하는 시간 또한 짧아지고 있었다.

무엇보다 매일같이 자신을 찾아와 독려하는 한기와 성환의 노력으로 그는 다시 예전처럼 자신이 할 일에 대한 강한 집중력을 되찾아 가고 있었다. 서질에 쓰이는 글자 수가 늘어날수록, 책상 위에 쌓인 지도책의 높이가 높아질수록 평범한 행복에 대한 그리움 또한 옅어져 갔다.

"날씨 한번 좋구나."

정신없이 눈앞에 펼쳐진 지도들을 하나하나 비교하며 그리던 그는 뻐근한 더수구니를 두들기며 허리를 폈다. 열어 놓은 문 밖을 물끄러미 쳐다보았다. 송화빛으로 쏟아지는 햇살 너머로 보이는 물빛의 하늘을 수놓는 하얀 구름이 참으로 보기 좋았다. 잠시 붓을 내리고 방 밖으로 나간 그는 마루에 앉아 면경같이 맑은 하늘을 올려다보았다.

"뭘 그리 넋을 놓고 바라보고 있는 거야? 먼산바라기처럼."

부드러운 미풍은 어느 순간 그의 귀까지 먹게 만들었다. 아주 오래전에 가슴에 묻어 둔 그 목소리가 귓바퀴를 타고 머릿속을 울렸다. 정호는 머쓱한 듯 피식 웃으며 계속 하늘을 바라만 보았다.

"정말 하나도 안 변했네. 하나에 빠지면 다른 것을 안 보는 버릇은 여전하구나."

정호의 심장이 내달리는 준마처럼 두방망이질 쳤다. 봄날 미풍의 농간으로 만들어진 환청이 아니라면 자신이 축지법이라도 써서 그녀의 사는 집으로 달려간 것이 틀림없었다. 정호는 벌떡 일어서서 여기저기를 둘러보았지만 여전히 이곳은 용두리의 다 쓰러져 가는 초가삼간이었다.

"이 반편아, 넌 사람이 네 눈앞에 떡하니 서 있는데도 보지도 못하니?"

정호는 입술을 깨물었다. 목소리가 들리는 곳을 향해 돌아서고 싶었지만 차마 그리할 수 없었다. 아니, 잊힌 감정과 시간들을 다시 꺼내 놓을 용기가 생기지 않았다. 그는 그렇게 마당 한 구석만을 뚫어지게 바라보며 서 있을 뿐이었다.

어디선가 향기로운 체취와 함께 부드럽고도 연한 두 손이 다듬작거리며 그의 허리를 끌어안았다. 설렘으로 들썩이는 말캉한 가슴팍이 등 뒤에 느껴지자 정호는 그만 두 눈을 감고 말았다.

"보고 싶었어. 미치도록 보고 싶었어."

자신의 허리를 꼭 끌어안은 두 손을 떼어놓고 싶었지만 온몸이 얼어붙은 듯 꼼짝도 하지 않았다. 그를 붙든 존재는 더 강렬히 다가붙어 한여름 열기를 토해 내는 바람처럼 거침없이 숨겨 둔 연정을 쏟아 내었다.

"너를 두고 가서도 하루도 잊은 적이 없었어. 정말 미안하다. 난 가지 않으려고 했지만 어쩔 수가 없었어. 난 너를 잊은 적이 없는데, 넌 날 많이 미워했겠지? 그래도 좋아. 그래도 내 마음은 변함이 없으니까. 이렇게 만나서 이야기할 수 있으니까."

정호는 목구멍에서 스멀거리며 올라오는 뜨거움에 입안이 타들어 가는 듯했다. 뭐라고 말을 해야 했지만 말라 버린 입안에서 혀는 구죽바위처럼 굳어 버린 듯 꼼짝도 하지 않았다. 온몸을 에워싼 애증의 불길에 사로잡힌 그였지만 정호는 있는 힘을 다해 작고 하얀 옥수를 억지로 떼어 놓았다.

"정호야!"

"가십시오. 제조 대감께서 아시면 큰일 납니다. 마님께서는 무사하실 것이지만 전 천한 목숨 하나뿐인 미천한 각수일 뿐입니다. 어서 가십시오."

발걸음이 떨어지지 않았다. 그는 마루 위에 털썩 주저앉아 기듯이 방 안으로 들어가기 시작했다. 그를 찾아온 손님은 여기저기 헤어진 창호가 닫혀도 그렇게 서서 울고만 있을 뿐이었다.

"어찌 그리 매정하니? 그날 밤 네가 있기만 했어도 난 그리되지 않았을 거야. 아무리 뿌리쳐도 여인의 몸으로 사내들을 어찌 당한단 말이야? 그래, 너와의 연정을 생각하여 죽으려고 했어. 양잿물 마시고 뒈져 버리려고 했다고. 헌데, 죽는 것도 맘대로 안 되더라. 양반 만들어 준다는 그 말에 우리 아버지 나 팔아 치우고 지금 북촌에서 떵떵대며 잘 살고 있다. 네 마음 알아. 충분히 알아. 그리고 네게 처자식이 있다는 것도 알아. 하지만 늘 네 주변에서 숨어서 널 지켜보았어. 이 말을 하려고, 미안하다는 말을 하려고 그 오랜 시간 동안 숨어서 지켜보았다고!"

정호는 갑자기 눈시울이 뜨거워지고 목울대가 조이듯 아파 왔다. 억지로 침을 삼키며 날숨을 들이켰다. 끓어오르는 그깟 헛된 감정들을 다 눌러 버리고 잊어야 했다. 이미 다 깨져 버린 둘 만의 약조는 지금에서야 돌이켜보고 아파해 봐야 아무 소용이 없었다.

"가십시오. 제 식술들까지 다치게 하지 마시구요. 그때 받은 대가로도 충분합니다."

왈칵 문이 열리며 춘풍에 복사꽃이 날리듯 은홍빛 치마가 방 안 가득히 들어와 펄럭였다. 정호는 자신을 가득히 안고 있는 그녀를 밀쳐 내려 했지만 까맣고 반지르르한 쪽진 머리에서 풍겨 나오는 향내에 정신이 혼미해졌다. 가슴 가득히 안긴 담홍빛 삼장 저고리를 입은 여인의 뺨 위로 서러운 눈물이 흘러내렸다.

"미안해. 정말 미안해."

"가십시오."

여인은 더욱 거세게 그를 끌어안았다. 정호의 두 볼에 축축한 물기가 느껴지며, 가슬가슬한 자신의 입술 위에 양귀비 꽃잎이 내려앉는 것을 느꼈다. 익숙하고도 그리웠던 감각들이 아득한 기억 저편에서 살아나고 있었다.

"정호야, 너무 보고 싶었어. 정말이야. 하루도 널 생각하지 않은 날이 없었어."

여인은 차마 자신을 바라보지 못하는 그의 얼굴을 부여잡고는 서로를 갈라놓은 시간을 원망하듯 하염없이 울고 또 울었다. 정호는 가쁜 숨을 겨우겨우 내쉬며 두 주먹을 부르르 떨고 있을 뿐이었다. 분하고도 황홀한 마음을 꺼내 천지사방에 늘어놓고 싶었지만 그리해서도, 그리할 수도 없었다.

오랜만에 부엌에서 고소하고도 달작지근한 밥 냄새가 풍겨 나왔다. 정호는 좌불안석이었지만 내심 마음 한편이 편해지는 것이 스스로도 이상할 정도였다. 마치 기억의 강을 건너 아래대의 그 동네에 앉아 있는 것처럼 원래 있던 자리로 모든 것이 되돌아온 것처럼 자연스럽고 평온했다.

"자, 먹자. 대충 차렸는데 맛이 있을지 모르겠다."

눈앞에 앉아 수저를 쥐어 주는 여인은 예전처럼 곱고도 사랑스러웠다. 하지만 오랜 시간 동안 깊이 배인 그리움은 그녀에게서 생기를 빼앗은 듯 어여쁜 미소에는 슬픔이 묻어 있었다.

"이제 더는 오지 마십시오."

"어차피 너 처자식도 나갔다며? 분명 혼자서 청승떨며 지낼 터인데, 네 마누라가 씩씩대며 내 머리끄덩이 잡으러 오기 전까지는 가끔 와서 챙겨 줄 거야."

"하오나……."

여인은 바닥에 펼쳐진 지도를 집어 들었다. 흐뭇하게 미소 지으며 신기한 듯 들여다보는 그 얼굴은 예나 지금이나 변함이 없었다.

"제법인데? 예전에 어설프게 그리던 모습은 온데간데없네? 어머나, 신기하다. 정말 지도책 속에 나오는 지도 같아."

"어서 가십시오."

정호는 여인의 손에서 지도를 뺏어 방 한구석으로 치웠다. 그녀는 그저 어설픈 미소만 머금더니 수저를 들고 밥을 먹기 시작했다. 묵묵히 밥을 퍼먹는 여인의 눈가가 반짝거렸다. 정호는 괜스레 매몰차게 말한 것이 후회되었지만 딱히 할 말이 생각나지 않았다. 그녀는 이내 수저를 내려놓더니 금방이라도 굵은 눈물을 떨어뜨릴 정도로 그 큰 눈을 반짝거리며 어색하게 웃었다.

"앞으로 분이라고 불러 줘. 그만 존대도 하지 말고. 북촌에서 작은 마님이라고 불러도 뒤에서 천것이라 손가락질 받고 내 아들은 얼짜라고 괄시받아. 네 앞에서라도 제대로 사람답게 있고 싶어."

무르익은 봄이 내뿜는 달디 단 향내에 야천의 별들도 취한 듯 눈이 어릴 정도로 과하게 반짝거렸다. 평상에 앉아 혼자서 종알대는 그녀를 보고 있으니, 정호는 목울대가 조여 올 정도로 불편했던 호흡이 조금씩 자연스러워짐을 느꼈다.

"이리 늦은데, 가셔야지요?"

"조금만 더 있다가. 몸종을 따돌리느라 내가 얼마나 힘들었는지 아니? 똑같은 한성 밤하늘이라도 여기에서 별이 더 잘 보이니 참으로 이상한 일이지?"

정호의 입가에 미소가 머물렀다 이내 사라졌다. 그는 항상 이런 그녀의 모습이 좋았다. 마음속에 있는 말, 숨기지도 않고 다 내뱉는 저 다기지고 나뱃뱃한 얼굴이 참으로 보기 좋았다.

"근데 뭐라고 부를 거야? 네가 그린 지도 말이야. 보아하니 조선 땅을 모두 그려 넣은 전도 같던데? 왜 예전에 네가 보여 준 읍치에도 하나같이 이름이 붙어 있었잖아?"

"'청구도'라고 부를 겁니다."

"'청구도'? 왜 '청구도'지?"

"조선을 항상 '해동', '청구', '대동', '동구'라고 별칭을 쓰고 있지요. 그리하여 그리 칭하였습니다."

분이는 일어서더니 방 안으로 들어가 그의 곁에 다가앉았다. 조심스러웠지만 이상하게도 마음이 절로 편해져 붓질이 제법 수월해졌다. 연유를 알 수 없었지만 예전 교서관에 들어가기 전 밤잠을 줄여 가며 필사하던 그때처럼 신명나고 가뿐하였다.

"어디보자. 이건 조선이 아닌 거 같은데? 다른 나라 것도 그리는 거야?"

"예. '청구도' 안에는 보다 정확하게 정리된 지리지의 내용도 들어갈 겁니다. 역사적으로 유래가 깊은 곳에는 간단히라도 소개를 시켜 줄까 합니다. 좀 더 여유가 된다면 고조선에서부터 고려까지의 변화하는 모습들을 그려보고 싶습니다."

확신에 찬 얼굴로 이야기하는 옛 정인을 분이는 감회에 젖은 얼굴로 바라보았다. 정호 또한 그 옛날 인왕산 계곡 물에 발을 담그며 거침없이 숨겨진 꿈을 이야기하던 시절로 돌아간 듯 그녀 앞에서 외로이 견딘 시간을 보답받고 있었다.

남색 비단 위로 탐스러운 온달이 뽀얀 얼굴을 청백색 구름 사이로 내보였다. 홀로 고독한 여정을 걸어가던 한 사내가 잊힌 시간의 선물 앞에서 미소 짓는 것이 흡족한 듯 미풍에 실린 달빛이 고요히 춤을 추며 용두리의 작은 초가 위를 밝게 비추고 있었다.

두 사람은 오랜만에 아주 오랜만에 예전처럼 웃으며 서로를 바라보았다. 세월이 지우지 못한 상처의 흔적에 조심스러웠지만 남모르게 숨겨 둔 비밀스러운 감정을 조금씩 꺼내며 그렇게 옛 정인들은 잃어버린 시간을 조금씩 아주 조금씩 되찾아 가고 있었다.

"박사가 되고 나더니 낯빛이 참 좋아지는군. 늘어난 녹봉 때문인가, 아니면 공명첩이 가져다 준 양반의 위세 때문인가? 그래, 양반놀음하니 어떠하신가?"

기방에서 기생의 옷고름을 희롱하며 살집이 두툼한 얼굴로 헤벌쭉거리는 타락한 관리를 보며 이지헌은 쓴웃음을 지었다.

'지랄 맞은 위인 같으니라고……'

돈이면 모든 것이 다 주어지는 세상, 돈이면 하루아침에 천한 상놈에서 양반까지 될 수 있는 극락보다도 더 황홀한 세상의 혜택을 본 위인이었지만 사람들은 뒤에서 그를 보리둥지라며 손가락질하며 비웃었다.

양반이어도 다 똑같은 양반이 아니었다. 양반의 씨라고 하여도 그 어미가 천하다면 얼짜 소리나 들으며 괄시받듯, 돈 냄새 가득한 공명첩으로 산 양반이라는 위신은 땅에 굴러다니는 개똥처럼 이리저리 천대받는 노리개나 마찬가지였다.

이지헌은 기생이 따라 주는 술 두어 잔을 더 들이킨 뒤 자리에서 일어났다. 이미 대취하여 기생과 나자빠져 시시덕거리는 한심한 양반꼬락서니가 보기 싫어 예도 올리지 않고 그냥 밖으로 나왔다.

"어디 가시어요, 나으리!"

쪼르르 달려 나와 녹피혜를 신는 자신의 도포자락을 끌어당기는 기생을 이지헌은 거칠게 밀어 버렸다. 영문도 모르고 양귀비를 마다하는 그를 보며, 기녀는 강색의 입술을 일그러뜨리며 패악질을 부렸다.

"칫, 돈으로 양반된 주제에 감히 고고한 척하기는!"

"뭐야? 이년이!"

기녀는 아래위로 그를 훑으며 나삐 보더니 고개를 쳐들고 다시 방 안으로 들어가 버렸다. 이지헌은 취기인지 분기인지 알 수 없는 불길에 온몸이 휩싸인듯 입술을 파르르 떨었다. 당장이라도 뛰어들어 가 저 발칙한 년의 머리채를 휘어잡고 싶었지만 보나마나 내일 한성에 풍문 하나만 더 만들어 주는 꼴이었다.

거친 숨을 고르며 이지헌은 머리 위에서 밉살스럽게 환히 비추는 보름달을 보며 눈살을 찡그렸다. 그믐이면 더욱 좋으련만 그 어느 때보다 제일 환한 저 온달이 싫고도 미웠다. 늘 가슴속에 바다 깊은 곳에 뿌리박은 속여처럼 그 밉살스러운 말 한마디를 깊이 새긴 그놈처럼 꼴 보기가 싫었다.

'제가 이리 가도 나으리께서 원하시는 바를 다 이루셨다고 보십니까? 저는 절대 멈추지 않을 것입니다. 제 가슴속에 품은 것을 펼쳐 놓기 위해 전 최선을 다할 것입니다. 딱하십니다. 참으로 딱하십니다.'

또렷한 목소리로 자신의 두 눈을 똑바로 바라보며 출입패를 건네주던 그 잔망스러운 놈이 떠오르자 이지헌은 고개를 흔들었다. 갑자기 불길 하나가 심장에서 치솟아 오르더니 목울대까지 치밀고 올라오기 시작했다.

주색에 눈이 먼 사내들의 난봉질에 술시가 다 되어 가는 기방 안은 대낮처럼 시끄럽고도 훤했다. 갑자기 토악질이 치밀어 오른 이지헌은 얼른 대문을 향해 바삐 걸어갔다. 대문 밖에는 대취한 젊은 한량과 기녀가 서로 부둥켜안고 낄낄거리며 입을 맞추고 있었다.

"우억!"

교서관 박사 나으리는 채신머리없게 기방 대문 앞에서 그만 목구멍을 괴롭히는 구역질을 참지 못하고 게워 내고 말았다. 서로 엉겨 붙어 히죽거리던 두 남녀는 그 모습을 보고 경악하며 자리를 피했다. 좋은 시간을 방해받은 젖내 풀풀 나는 어린 한량은 이지헌의 뒤통수에 대고 삿대질을 하며 고래고래 소리를 질러 댔다.

"에잇! 저런 천하디 천한 놈이 도포 걸치고 갓 쓰며 양반놀음하다 체했나 보구나. 야, 이놈아! 어디 아무나 양반이 된다고 하더냐? 히히, 어디 보자꾸나. 얼짜 놈이더냐? 아니면 돈 주고 공명첩으로 양반된 놈이더냐? 네놈 낯 좀 보자꾸나!"

"나으리, 괜히 봉욕만 치르십니다. 그나저나 대단하셔요. 저분 돈 주고 양반된 교서관 박사 나으리이시잖아요? 아하하하!"

"그래? 허허, 내가 돗자리를 깔아야겠구나. 이놈아! 여기서 양반행세하며 걸리적거리지 말고 썩 물러가거라! 에끼, 이 천해 빠진 놈!"

이지헌은 온몸의 피가 거꾸로 솟음을 느꼈다. 주먹이 부르르 떨리고 두 서구니가 화끈거렸다. 몸을 일으켜 소맷부리로 입가를 닦은 그는 기녀와 끌어안고 낄낄거리는 어린 사내 앞으로 성큼성큼 걸어갔다.

"뭐라 했느냐? 천하다?"

죽일 듯이 노려보는 그와 눈이 마주친 기녀는 웃음을 멈추고 아직도 낄낄거리는 사내를 툭툭 쳤다. 그러나 젖비린내가 가득한 북촌의 어린 한량은 잠시 뒤 일어날 일도 전혀 예상하지 못한 채 화가 난 가납사니를 보며 여전히 놀려 대었다.

"아이고, 한 대 치시겠구먼. 자, 쳐 보거라. 어디 한번 쳐 보거라. 거 봐라, 감히 못 하지? 아무리 세상이 뒤집혀지고 천것이 양반되는 세상이라지만 천한 것은 역시 천한 것이야. 에끼, 이놈아! 그깟 분기 하나 누르지 못하면서 어디 감히 양반 흉내를 내더냐? 썩 물러가거라, 이히히!"

낄낄거리던 어린 사내는 순식간에 저 뒤로 나뒹굴고 있었다. 부지불식 간에 일어난 일에 넋이 나간 한량은 자신의 코에서 피가 흐르는 것도 모른 채, 어안이 벙벙한 채였다. 기녀는 수건을 꺼내 어린 한량의 인중으로 흐르는 피를 닦았다. 기녀는 그를 일으키려 했지만 흑곰처럼 거침없이 날아오는 주먹질에 그녀는 비명을 지르며 혼비백산하여 대문 안으로 뛰어 들어 가고 말았다.

"이, 이놈이, 이 천한 놈이 감히 양반을 때려?"

멱살을 잡혀 벌벌 떨면서도 어린 사내는 여전히 호통을 치고 있었다. 이지헌은 비릿한 웃음을 짓더니 한 번 더 코피를 질질 흘려 대는 면상을 내려쳤다. 겁에 질린 얼굴로 벌벌 떨어 대는 젖비린내 나는 한량을 노려보며 교서관 박사는 음험하게 속삭였다.

"이 천지 분간도 못하는 얼치기 같은 놈아, 오늘밤을 꼭 기억하거라. 상전벽해라고 네놈들이 잘도 읊어 대더구나. 네놈들이 아무리 설쳐 대도 바뀌는 것은 어쩔 수 없는 거야. 다시 한 번 내 앞에서 양반이니 천것이니 하며 나불대다가는 어둠을 틈타 객사할 것이니 명심하거라."

"허허, 요즘 자네 얼굴이 좋아졌구먼."

"그렇지요? 이보게, 백원. 무슨 좋은 일이 있는 것인가?"

성환과 한기는 도홍빛으로 상기된 정호를 놀려 대었다.

"별말씀을 다하십니다. 아이고, 벌써 좋은 자리는 다 차지했군요."

대서가 지난 여름의 뙤약볕은 백사실 계곡으로 가는 동안 하얗던 낯빛을 금세 말고기 자반처럼 달구어 놓았다. 홰치는 소리를 듣고 부지런히 걸었지만 벌써 좋은 명당자리는 약삭빠른 중인들의 차지가 되어 있었다. 겨우 음지를 찾은 세 사람은 유록색 이끼가 여기저기 덮인 바윗장 위에 걸터앉았다.

"사실대로 말해 보게나. 애들 어미가 돌아온 것인가? 아니다, 아니지. 얼마 전에도 보아하니 집 안에 아무도 없었어."

성환은 그 차돌 같은 두 눈을 장난스럽게 반짝거리며 정호의 곁에 다가붙었다.

"내 눈은 절대 못 속이네. 내가 누군가? 고임성 좋기로 육조 거리에서 소문이 자자한 인물이라네. 그만큼 눈치가 빠르다 이거야. 어서 다 고하게. 필시 여인의 손길이 스쳤어. 암, 그렇고말고!"

"아, 아닙니다!"

정호는 허둥거리며 봇짐을 풀어 그동안 그린 지도책들과 함께 서질을 꺼내기 시작했다. 한기 또한 성환과 가세하여 놀려 대었다.

"자네 모르지? 백원 이 사람이 은근 몽짜를 잘 친다네. 엉큼하다니까? 순진한 척하면서 할 건 다하지."

"아닙니다. 그런 것이 아닙니다."

"허허, 속일 사람을 속이게. 내가 상투 올리기 전부터 자네를 보아 온 사람이야."

정호의 얼굴이 다자색으로 무르익다 못해 더수구니까지 벌게졌다. 그는 얼른 흐르는 계곡 앞에 쭈그리고 앉아 정신없이 세수를 하며 열기를 식혔다. 성환과 한기는 재미있다는 듯 낄낄거리며 가지고 온 음식과 함께 술을 꺼내 놓았다.

비밀을 들킨 마냥 정호는 아직도 가슴이 두방망이질쳤다. 모든 것을 다 이야기하는 지기들 앞에서 속이고 있자니 죄스러운 마음이 들었다. 초어스름이 질 때마다 다른 사내의 첩실이 된 옛 정인이 집으로 찾아온다는 이야기를 해서는 안 되었다. 강상의 도리를 저버린 죄를 따지기보다 다시 찾아온 이 소박한 행복을 놓치기 싫어서였다. 살얼음판을 걷는 듯한 불안과 동시에 정호는 또 다른 향기로운 봄을 맞이하고 있었다.

너럭바위 위에 앉으니 구들장 위에 있는 듯 엉덩이가 뜨끈했다. 가져온

술과 음식으로 요기를 한 그들은 정호가 집필 중인 '청구도'의 지도들을 하나하나 살펴보았다. 성환은 서책을 출간한 시사활동가답게 한 장 한 장 꼼꼼히 들여다보았다.

"요즘 많이들 쓰는 '해동여지도'를 닮은 듯하나 훨씬 사용하기가 편리하겠구먼. 무엇보다도 자네가 만든 이 '주현총표'와 '팔도분표'가 마음에 든다네. 이 범례들은 어떤 지리지를 참고했는가?"

"신증동국여지승람'을 보고 열두 개로 나뉘었습니다. 이리 분류하여 동일한 것끼리 그려 놓으면 한눈에 들어올 뿐만 아니라, 필사할 때 오류도 최소화시킬 수 있지요."

"그렇구먼. 지도는 필사할 때 가장 많은 오류가 나오지. 목판으로 찍어 내면 그럴 일이 없겠지만."

"사실 목판본에 대한 고민도 하고 있습니다만 아직은 제대로 된 지도를 먼저 만드는 것이 급선무라고 봅니다. 목판본은 필사본에 비해 많은 것들을 삭제하고 축소해야 하니까요."

한기는 지도의 여백에 빼곡하게 적어 놓은 것들을 가리켰다.

"뭘 이리 많이도 적어 놓았는가? 보아하니 역의 수, 찰방역, 병영과 수영, 감영의 기본 위치 같은 것들도 있구먼."

"일반 사람들이 쓰는 것도 염두에 두어야 하나, 지도라는 것은 통치와 관련된 것이 아닙니까? 하여, '신증동국여지승람' 속의 전도와 다른 목판본 지도 등을 정리해서 그리 기록해 놓았습니다."

한기는 뿌듯한 얼굴로 성환과 마주보았다. 한 번도 본 적이 없는 체계로 만들어진 최고의 지도였다. 이것을 세상에 내놓고 기쁘게 사용할 사람들의 얼굴을 생각하니 한량없이 행복한 그들이었다.

"참으로 대단하네. 어서 사람들이 이걸 가지고 팔도를 누비는 것을 보고 싶구먼."

들뜬 그들과 달리 정호의 얼굴은 굳어 있었다.

"아직 이것은 시작입니다. 필시 이것을 쓰며 불편함을 느끼는 것도 있을 것입니다. 최고의 지도란 이 세상에 존재하지 않습니다. 세월이 갈수록 더 정확하고 더 정리된 지도가 나오기 마련이니까요. 죽을 때까지 더욱 정확하고 편리한 지도를 만드는 것이 중요합니다."

한기는 진지한 정호를 바라보며 껄껄대며 웃었다.

"역시 백원 자네는 참 재미가 없어. 어찌 찬을 해도 그리 제대로 맞받아치지 못하는가? 안 그런가 최 서리?"

"아무렴요. 세상에 저리 메부수수한 솔봉이는 없을 겁니다. 하하!"

정호는 농을 하는 지기들을 보며 그저 미소만 머금었다. 눈을 들어 번루빛 하늘을 수놓은 초록색의 이파리들을 바라보았다. 이리저리 손을 흔들어 대며 미풍을 보내 주는 저 사랑스러운 몸짓을 보고 있으니 부러울 것이 하나도 없었다. 그는 천천히 바람에 날리는 지도와 서질들을 챙겨 넣으며 성환의 말대로 이 지도를 가지고 팔도를 다닐 사람들을 떠올렸다.

'그래, 사람들을 위해 만드는 거야. 그저 보여 주기 위한 지도가 아닌, 또한 양반님들을 위한 것이 아닌 백성들을 위해 계속 만드는 거야.'

"여기입니다요, 나으리."

땡볕이 내리꽂아 물기가 말라 버린 외길에는 먼지가 풀풀 피어올랐다. 보기만 해도 당장 벗어나고픈 초가들이 모인 동네에 큰 갓을 쓰고 청포로 된 벽색의 도포를 입은 사내가 노인의 안내를 받으며 걷고 있었다.

"이곳이 각수 김정호가 머무는 곳이 틀림없는가?"

"예, 어찌 제가 모르겠습니까요? 얼마 전 처자식이 도망가고 혼자서 저리 살고 있습지요."

노인은 퀭하게 들어간 두 눈을 번득이며 계속 굽실거렸다. 낯선 사내는 가소를 지으며 수피처럼 말라비틀어진 손 위에 엽전 몇 냥을 던져 주었다. 늙은 무지렁이의 입은 금세 귀에 걸려 헤벌쭉거렸다. 사내는 부채를 펴며 천천히 부치기 시작했다.

"절대 내가 왔다는 소문을 내서는 안 되네. 만약 그리했다가는 자네와 식솔들까지 가만두지 않을 걸세."

"예, 예. 당연하지요. 고맙습니다, 나으리!"

노인은 손에 든 엽전을 얼른 소맷부리에 집어넣고는 주변을 살피며 뛰어갔다. 낯선 사내는 계속 부채를 펄렁거리며 좁디좁은 마당을 이리저리 돌아다니더니, 길잡이가 사라지고 보이지 않자 얼른 방문을 열고 뛰어들어 갔다.

진한 먹 냄새가 방 안 가득 꾹꾹 눌려져 있던 열기와 함께 사내의 코를 찔렀다. 작은 방에는 서책들과 함께 각자된 현판과 판목들로 가득했다. 그는 빠르게 부채질을 하며 책상 위와 서책들이 잘 정리된 방 한 구석으로 다가갔다. 사내는 책상 위의 두루마기 하나를 들었다.

"정철조의 지도라……. 이놈이 그리 쫓겨나고도 교서관에 들고 싶어 미련을 못 버린 것인가?"

사내의 얼굴은 책상 위에 올려진 서책 하나를 보자 갑자기 굳어졌다. 그는 낚아채듯 서책을 들어 표지에 적힌 글을 읽어 내렸다.

"청구도. 고산자?"

허겁지겁 책을 펼친 그의 낯빛은 흐린 날의 구름처럼 잿빛이었다. 한 장 한 장 넘길 때마다 섬세하고도 깔끔하게 정리된 도엽들은 사내의 숨소리를 거칠게 만들었다. 어느새 지도책을 들고 있는 그의 손 또한 부들부들 떨렸다. 서책을 덮고 그대로 책상 위에 올려놓고서 그는 털썩 주저앉아 멍하게 허공을 쳐다보았다.

"이놈이, 이 망할 놈이……. 대체 무슨 수작을 부리는 것이야?"

초어스름이 지기 시작하자 사내는 비틀거리며 방 안에서 나왔다. 충격을 받은 얼굴은 여전히 심하게 일그러져 있었다. 사내는 얼굴을 들어 반물색으로 가득한 하늘 저편에 사그라들기 시작하는 저녁노을을 하염없이 바라보았다.

"저놈이, 어떤 마음을 품고 있는지 모르겠구먼. 알 수 없어, 정말 알 수 없어."

사내는 방문을 닫으며 터벅터벅 평상으로 걸어가 앉았다. 저녁 바람이 기분 좋게 축축하게 젖은 등을 식혀 주었다.

"정호야, 나 왔어. 엥? 어디 갔나? 불이 꺼져 있네?"

사내는 얼른 부엌문 뒤로 달려가 몸을 숨겼다. 그는 숨소리를 죽이며 갑자기 들이닥친 손님을 살펴보았다. 어디서 본 듯한 자태와 목소리. 그는 아무리 떠올려도 그녀가 누군인지 생각이 나지 않았다.

"정말 없나 보네? 일거리 때문에 나갔나?"

여인은 소맷부리를 걷어붙이더니 아궁이에 불을 지피고 저녁을 준비하였다. 고운 낯빛과 벽청색 치마와 번루빛 저고리에 연두색 옥비녀를 꽂은 자태는 반가의 아녀자임이 분명했다.

"아무래도 낯이 익어. 어디서 보았지?"

사내는 다시 한 번 여인을 꼼꼼히 살폈다. 머리에서부터 천천히 그녀를 훑어 내리던 시선은 삼장 저고리 옷고름 밑에서 나달거리는 금니사로 만들어진 홍옥으로 된 노리개에서 멈추었다. 사내는 자신도 모르게 손으로 입을 막았다. 그것은 올 설에 강대수에게 갖다 바친 뇌물 품목에 들어 있던 것이었다. 내자의 패물함에서 몰래 빼내 와 직접 붉은 비단으로 싸서 강대수에게 건네준 노리개였다.

사내의 얼굴에는 만족스러운 웃음이 번져 갔다. 그 비굴한 미소에는 최고의 패를 손에 쥔 투전꾼처럼 여유로움이 묻어 나왔다. 그는 까치발을 들고 들킬세라 재빨리 사립문 밖을 향해 총총거렸다. 여인은 소댕을 열고 국을 휘이휘이 저어 대느라 바깥에서 낄낄거리며 도망가는 승냥이를 보지 못했다.

어스름이 깔린 외길은 아직도 한낮의 열기에 발을 내딛을 때마다 후끈거렸다. 여유롭게 부채를 부쳐 대며 반물빛 서쪽 하늘에서 순진하게 반

254

짝이는 개밥바라기를 보며 사내의 입은 계속 벙글거렸다.

"강대수 이 코푸렁이 같은 놈을 내 손바닥에 올려놓고 실컷 놀아 볼 수 있겠구나. 정호야, 어찌 너는 이리도 내가 디디고 올라갈 섬돌을 잘도 만들어 주는 것이더냐."

본채에 있는 제조의 집무실로 향하는 이지헌의 자태는 개선장군과도 같았다. 한 걸음 한 걸음 가까워질수록 그의 심장은 곧 다가올 승리로 인해 빠르게 달음박질치고 있었다. 턱을 하늘 높이 쳐들며 거들먹거리는 얼굴로 문 앞에 섰다. 천천히 문을 여는 그의 손가락은 기쁨에 겨워 벌벌 떨리고 있었다.

"뭐야?

하루의 일과를 시작해야 할 아침부터 얼음을 띄운 화채를 마시고 있는 교서관 제조의 모습은 걸태질로 배를 채운 한심한 관리의 전형적인 작태였다. 이지헌은 평소와 같이 예를 갖추어 인사를 올린 다음 교만한 얼굴로 제조 옆에 앉았다.

"어제 대취하셨나 보옵니다."

"아? 히히, 기방에 얼굴 반반한 계집이 하나 들어왔다고 해서 눈요기나 하고 왔네. 목이 칼칼하여 해장술도 들이킬 수 없어, 화채나 마시고 있네. 자네도 한잔 들겠나?"

"아닙니다. 등청하자마자 이리 찾아뵌 것은 대감께서 꼭 아셔야 할 일이 있기 때문입니다."

백자 사발에 남아 있는 화채를 마저 들이키는 강대수는 잠시 후에 일어날 폭풍을 여전히 감지하지 못했다. 이지헌은 비소를 띄우며 관아의 현령이 죄인에게 근엄한 명을 내리듯 느릿하고도 또렷하게 말하기 시작했다.

"이번 설에 대감께 드린 금니사로 만든 노리개와 똑같은 것을 다른 곳에서 보았습니다."

시원하게 갈증을 없앤 강대수의 얼굴에는 흡족한 미소가 번져 갔다. 여전히 이지헌의 말을 듣고도 그는 아무것도 눈치 채지 못한 듯했다. 애가 탄 이지헌은 딴청을 부리는 제조를 향해 야무지게 한마디 내뱉었다.

"어제 용두리에서 금니사 노리개를 하신 대감의 작은 마님을 뵌 듯합니다."

어린아이처럼 미소를 지으며 땀을 훔치던 강대수의 얼굴에서 순식간에 웃음이 사라졌다. 이지헌의 한쪽 입술이 추켜 올랐다. 눈앞의 있는 미련스러운 계정꾼의 낯빛이 심하게 어그러졌다.

"방금 뭐라 했더냐?"

"작은 마님을 천하디 천한 용두리에서 뵈었습니다. 잠시 볼일이 있어 한 동네에 들렀는데, 저도 제 눈을 의심했지요. 소인이 확신하게 된 것은 그 금니사로 된 노리개였습니다. 제가 직접 고른 것이라 대감께 따로 드리지 않았습니까? 밤새 장고를 하다 아무래도 대감께는 아뢰어야 할 듯하여……."

강대수의 한쪽 뺨이 실룩거리며 거친 숨소리가 연이어 들려왔다. 이지헌의 귀에는 그 사나운 들숨과 날숨 소리가 개선가처럼 황홀하게 들렸다. 잠시 노려보던 교서관의 제조는 의자를 밀치고 일어나 다짜고짜 이지헌의 멱살을 부여잡았다.

"니놈이 죽고 싶어 환장한 것이더냐? 어디 감히 거짓을 고해?"

이지헌은 숨이 막혀 왔지만 온몸을 관통하는 짜릿한 쾌감으로 허공을 훨훨 나는 듯했다. 홍안이 되어 죽일 듯 노려보는 가납사니를 여유롭게 쳐다보며 그는 상대의 숨통을 확실히 끊을 비수를 날렸다.

"소인이 본 그 초가는 몇 해 전 교서관에서 쫓겨난 김정호의 집이었습니다. 그자는 그리 쫓겨나고도 이곳으로 다시 되돌아오기 위해 몸부림을 치고 있습니다. 어제 소인은 그 다 쓰러져 가는 부엌 안에서 청포로 지은 옷을 두르고 콧노래를 흥얼거리며 밥상을 준비하는 그놈의 정혼자, 아니지 아니지 대감의 작은 마님을 뵈었습니다. 그 금니사로 된 홍옥 노리개를 보고 잘못 본 것이 아님을 확신했지요."

멱살을 부여잡은 두툼한 두 손이 털썩 떨어졌다. 비수에 심장을 관통당한 듯 강대수는 비틀거리며 의자에 주저앉았다. 넋이 나간 사람처럼 멍하니 바라보고 있었지만 더욱 짙은 다자색으로 변해 가는 강대수의 얼굴은 수미산을 지키는 지국천왕의 얼굴처럼 험악하게 일그러졌다.

"대감께서 이리 되실까 저어되어 밤새 망설였습니다. 허나, 조선은 강상의 윤리를 중히 하는 나라가 아닙니까? 더 큰 일이 일어나기 전에 막아야 했기에 말씀을 올렸습니다."

강대수는 두 눈을 감고 그에게 나가라고 손짓을 했다. 축 늘어진 그 모습을 다시 한 번 눈에 담으며 이지헌은 승리의 미소를 머금었다. 느릿느

릿 밖으로 나오면서도 그는 연신 뒤돌아 그를 보았다. 문을 닫자 책상을 부술 듯이 두드리며 포악스러운 비명 소리가 들려왔다. 비굴한 발쇠꾼은 기쁨을 감추지 못하고 낄낄대었다.

'천한 놈한테 네 여인을 빼앗긴 기분이 어떠하더냐? 네가 앞으로 미쳐 날뛰는 모습을 보며 실컷 어깨춤이나 추어야겠구나.'

분이는 이지러지기 시작하는 하현달을 어여삐도 바라보았다. 한참이나 남은 여름에 아궁이 앞에 서 있는 일은 아녀자라면 누구나 떠올리기도 싫은 일이었으나, 그녀에게는 하루 중 가장 기쁘고도 숭고한 일과였다.

남촌을 한 바퀴 휘감아 도는 바람에 분이는 살포시 눈을 감았다. 이마와 뽀얀 목덜미의 땀이 식자, 집으로 향하는 발걸음조차 경쾌했다. 저 앞에 멋들어진 솟을대문이 보이자, 그녀의 낯빛은 금세 침울해졌다. 들어가 봐야 비자 두 명이 지키고 있는 텅 빈 곳이었다. 본댁 마님의 구박에 못 이겨 강대수가 아들을 낳았다는 핑계로 지어 준 피난처였다. 그러나 풀 방구리 드나들던 쥐새끼마냥 뻔질나게 찾아오던 그 탐욕스러운 색주가는 이 년 전부터 한 달에 한 번 겨우 찾아올 정도였다. 미색도 길어야 삼 년이라 했듯, 제 계집 다 된 여인이 밋밋한 국처럼 그의 입맛을 자극시키지 못했기 때문이었다.

몸종 하나가 발을 동동 구르며 대문 앞을 이리저리 왔다 갔다 서성이고 있었다. 분이는 가슴이 두 근 반 세 근 반 하여 절로 발걸음이 빨라졌다. 그녀를 본 비자는 한걸음에 달려와 주인의 팔을 잡아당겼다.

"마님, 지금 대감마님께서 납시셨어요. 두 시진 전부터 퇴청하시자마자 달려오신 듯합니다. 계속 마님께서 어디 가셨냐고 물어보셔서 친정에 가셨다고 둘러대었지만 아무래도 믿지 않으시는 듯합니다."

분이는 발걸음을 멈추었다. 머리 위에서부터 훑어 내리는 찌릿하고도 불길한 기운에 온몸이 바위처럼 굳어 버린 듯하였다. 비자의 손에 이끌려 대문 안으로 들어서는 동안에도 그녀는 그 어떤 것도 보이지 않고 들리지 않았다. 오로지 분이의 머릿속에는 홀로 남겨진 정호의 얼굴만이 떠오를 뿐이었다.

관복을 벗지 않은 지아비가 냉랭하게 섬돌 위에 올라서서 내려다보고 있었다. 그를 보자 분이는 맹호를 만난 듯 절로 사지가 떨려 왔다. 굳은 낯빛으로 노려보는 그의 눈은 이미 모든 것을 다 알고 있는 듯 칼끝 하나 비집고 들어갈 수 없을 만큼 무서웠다.

"어찌, 어찌 오셨사옵니까? 기별이라도 하시면 미리 준비하고 있었을 것이온데……."

"그래, 아버님께서는 잘 계시더냐?"

"예? 아, 예. 잘 지내시옵니다."

강대수는 천천히 그녀에게로 다가왔다. 분이는 며칠을 굶은 맹수가 다가오는 것처럼 숨도 제대로 쉴 수 없었다. 차분해지려 갖은 애를 썼지만 자신도 모르게 가빠지는 숨소리는 어찌할 수 없었다.

"왜 숨도 제대로 쉬지를 못하는 것이더냐? 혹여 내가 오랜만에 들러 그런 것이더냐?"

"그랬습니까? 소첩이 감동하여 마음을 다스리지 못하나 보옵니다."

"그래?"

강대수의 한쪽 입술이 추켜 올라가더니 그 소댕 같은 큰 손바닥으로 사정없이 애첩의 작은 얼굴을 두어 번 내려쳤다. 고요한 밤에 온 세상을 울리는 천둥소리가 땅바닥에 나부라진 그녀 위로 쏟아지기 시작했다.

"이 천하에 몹쓸 년, 더러운 년! 감히 네년이 나를 능멸하고 그 천한 놈이랑 정을 통했단 말이더냐? 외동서 간에 투기가 심하여 따로 거처까지 장만해 주었건만 이제 보니 딴 맘을 품고 있었던 거로구나!"

"대, 대감……."

강대수는 하얗게 질려 두 손을 모아 쥔 그녀 앞에 쭈그려 앉더니 쪽진 머리를 거칠게 부여잡고 마구 흔들어 댔다.

"말해 보거라. 의산이의 아비가 누구이더냐? 저놈과 몰래 정을 통해 낳은 더러운 자식이지?"

"대감! 아니옵니다. 대감의 여인이 된 이후로 그 어떤 사내와도 몸을 섞지 않았사옵니다. 의산이의 아비가 누구라뇨? 의산이의 얼굴을 보십시오. 누구나 대감을 빼닮았다고 하지 않습니까? 큰댁 마님께서도 그러셨구요!"

"거짓말하지 말거라! 네 너희 모자를 당장 저잣거리로 내칠 것이다!"

"아닙니다! 이년, 아무리 천하다하나 지아비를 두고 몰래 정을 통하는 죄를 짓지는 않습니다. 제발 믿어 주십시오! 이 천한 년, 하나뿐인 목숨을 걸고 맹세합니다. 혹여라도 거짓이 있을 경우에는 의산이와 함께 자진하겠습니다!"

머리를 조아리며 자비를 구하는 여인의 모습은 측은하다 못해 가련해 보였다. 하나뿐인 아들을 위해 모든 것을 버리고 애걸하는 분이의 가슴은 끊어지듯 저려 왔다. 강대수는 여전히 사납게 그녀를 내려다보았다. 자신의 발밑에서 납작 나부라져 죄인처럼 용서를 구하는 모습이 더욱 가증스러웠다. 그는 사정없이 그 가녀린 등을 향해 발길질을 퍼붓기 시작했다.

"죽어라, 이년! 죽어 버려라 이 더러운 년! 큰 마누라를 뒷방마누라로 만들어 주었더니 이렇게 내 뒤통수를 후려갈겨? 에잇, 이 천하에 몹쓸 년!"

그녀는 비명 소리 하나 신음 소리 하나 흘리지 않았다. 그저 어금니를 꽉 깨물고 숨소리까지 죽여 가며 아들에게 올 형벌을 자신의 그 가냘픈 몸으로 다 막아내고 있었다. 어깨와 등 언저리가 큰 바윗덩어리에 맞은 듯 아프고 쑤셔 왔다. 한 대 두 대 맞기 시작할 때는 골수까지 파고들던 고통이 어느 순간부터 느껴지지 않았다. 오히려 그 사나운 발길질에 온몸이 저 야천으로 나부시 노닐 듯 가뿐했다.

'죽자. 차라리 이리 죽어 버리자. 반송장처럼 진정에 대한 그리움만 묻고 살 바에는 그냥 죽어 버리자.'

그녀는 두 눈을 감고 미소 지었다. 더수구니와 어깨로 둔탁한 발길질이 더해지자 코에서 피가 흘러내렸지만 분이는 그지없이 평온해 보였다. 주변에서 아들의 울부짖는 소리와 몸종의 사정하는 소리가 섞이어 들려왔다. 그녀는 벌벌 떨리는 손으로 흙을 꼭 움켜쥐었다.

한여름 야천을 식히는 하현달은 매정한 지아비의 매질을 온몸으로 받아들이며 웃고 있는 그녀를 이상하다는 듯 계속 내려다보았다. 펄펄 뛰는 탐욕스러운 가납사니의 두 눈은 마치 탁주 한 사발 걸치고 칼을 휘두르는 망나니의 눈처럼 벌겋게 달아올라 있었다. 모든 이가 더위에 지친 몸을 누이며 편안하게 하루를 마무리 짓는 이 남촌의 여름밤은 기만당한 사내의 분노한 패악질에 얼룩져 갔다.

"대체 어디에 그리 넋이 나간 것인가? 이보게 백원!"

한기의 채근에 정호는 그제야 정신을 차렸다. '청구도'의 '팔도분표'와 '주현총표'를 비교하며 지도책을 정리하던 그의 지기들은 하루 종일 사립문 밖만 쳐다보는 지기를 걱정스럽게 쳐다보았다.

"무슨 근심이 있는가? 요 며칠 자네 이상하네."

성환은 날카로운 눈빛으로 정호를 다시 살폈다. 불안한 듯 집중하지 못하고 더디게 일을 진행하는 그 모습은 자신이 알던 그가 아니었다. 성환은 정호의 손에서 붓을 빼앗았다.

"차라리 지금 털어놓게. 우리가 도울 수 있다면 도울 것이야."

"아닙니다."

"어서 말해 보라니까? 자네의 첫 지도책을 완성할 날이 머지않았네. 이제 끝손질만 잘하면 되는데, 이리 정신줄을 놓고 있으면 어찌 하나?"

정호는 아무 말도 할 수 없었다. 차마 다른 사내의 내자를 기다린다고 말할 수도 말해서도 안 되었다. 그저 마음속에 품고 꼭꼭 숨긴 채 아무렇지도 않은 듯 지내면 그만이었다.

하지만 너무도 힘이 들었다. 늘 다 차려놓은 저녁 밥상과 함께 웃으며 반기던 그녀의 그 고운 눈빛이 그리웠다. 그녀가 오지 않은 지 이틀이 지났을 때는 그녀의 유약한 아들이 고뿔이 들어 오지 않은 것이라 생각했다. 닷새가 지났을 때는 그녀가 아파 오지 않은 것이라 생각하며 밤을 지새웠다. 그러나 한 달이 다 되어 가자 매 순간 그녀의 얼굴이 떠오르고 일이 손에 잡히지 않았다.

채근하는 지기들의 얼굴을 부끄러워 볼 수가 없었다. 탐해선 안 될 것을 탐한 그 저급한 마음을 털어놓을 수 없었다. 그것은 그녀의 순수한 연정까지 욕보이는 짓이었다.

"허, 참으로 알 수가 없구먼. 혹여 처자식이 걱정이 되어서 그런 것인가? 무슨 연통이라도 온 것이야?"

한기는 정호의 얼굴을 걱정스럽게 바라보았다. 성환은 답답한 듯 단죽을 꺼내 부싯질을 하기 시작했다. 아무것도 눈치 채지 못한 한기와 달리 대갈마치처럼 눈치 빠른 성환은 의미심장한 눈빛으로 정호를 쳐다보더니 시원하게 연초 연기를 내뿜으며 중얼거렸다.

"다정이 병이로구나. 세상에서 제일 몹쓸 짓이 그깟 연정에 마음을 주는 것이라네. 어찌하겠는가? 세월이 약인 것을……"

"아씨, 약 드셔야죠?"

오늘도 정자에 앉아 멍하니 허공을 바라보는 여인은 귀신처럼 너저분했다. 제대로 빗질을 하지 못한 머리채와 풀려진 옷고름, 다 터진 허연 입술과 핏기 없이 파르스름한 얼굴은 살아 있는 사람이라기보다 송장에 가까웠다. 비자가 옆에 둔 약사발을 쳐다도 보지 않고 그녀는 계속 무표정하게 아무것도 보이지 않는 텅 빈 여백만 바라보았다.

"어이고 오늘도 저러고 계시네. 완전 넋이 나간 거 아니야?"

"알 수 없죠. 말도 하지 못하시니……."

부엌으로 들어서는 몸종에게 말을 거니 늙은 비복은 이미 영혼 없는 가련한 여인을 쳐다보며 혀를 찼다. 몸종은 흐르는 눈물을 연신 치맛단으로 찍어내며 훌쩍거렸다.

"근데, 참으로 독하시네. 어찌 도련님께서 계시는데 비상을 삼키셨을꼬?"

"불쌍한 우리 아씨, 도련님까지 본댁으로 보내시고 제정신이셨을까요? 짐승처럼 그리 발길질을 당하시고 대감마님께서 도련님 데리고 가시자마자 방 안으로 뛰어들어 그리하셨데요. 아이고, 그때만 생각하면 아직도 가슴이 두근거리네요."

"네가 빨리 발견해서 다행이었어. 큰일 나실 뻔했지. 그나저나 그 고운 목소리 이제 듣지 못해 어찌하누? 작은 마님 노랫소리가 얼마나 듣기 좋았는데……."

감정이 복받친 듯 여종은 아예 두 손으로 얼굴을 가리고 통곡하듯 울기 시작했다. 옆에 선 늙은 비복 또한 소맷부리로 두 뺨을 계속 닦아댔다.

"대감마님 정말 너무하셔요. 차라리 아씨 친정으로 보내시지 어찌 저리 홀로 두신데요? 너무도 모지시고 독하셔요!"

자신을 바라보며 눈물짓는 비자들과 달리 여인의 입가에는 살포시 미소가 피어올랐다. 이제 막 가을로 들어서기 시작하는 정원에서 나니는 나비를 바라보는 그 공허한 눈빛에는 아직까지 무미한 설렌 마음이 깃들어 있었다. 여인의 맑고도 검은 눈동자에는 갈색 점이 촘촘히 박힌 호랑나비가 가득했다. 나비의 애달픈 날갯짓 때문이었는지 격한 감동 때문인지 곱고도 커다란 눈망울에서 맑은 이슬이 뚝뚝 떨어졌다. 여인의 입술이 조금씩 달싹거렸다. 마치 누군가를 부르듯 허옇게 들뜬 피목처럼 말라비틀어진 두 꽃잎이 위아래로 움직였지만 그 어떤 소리도 들리지 않았다.

짙푸른 여름의 열기가 조금씩 사라져 가는 초가을 정원에서 이리저리 나라지듯 춤을 추던 나비는 점점 담장 쪽으로 다가갔다. 슬픔만 가득한 그곳이 가슴 아팠는지, 아니면 이제 고운 노랫소리에 맞추어 춤을 출 수 없는 게 아쉬웠는지 나비는 담장을 넘기 위해 더욱 다급스럽게 날갯짓을 연신 해 대고 있었다.

"하하, 이제 거의 다 마무리되었네. 정말 감회가 새롭구먼."
"다음은 최 서리 자네의 몫이네. 부디 잘 만들어 주게나."
성환과 한기는 정리가 다 된 서질들을 보며 서로를 바라보며 기쁘게 웃었다. 정호의 첫 지도책은 그들 모두의 원대한 꿈의 시작이었다. 그들이 이루고자 하는 것은 자신들의 지적인 감흥이 아닌 모두를 위한 진정한 공유였다. 작은 개천의 물길이 대하로 이어지듯, 이 작은 시작이 희망으로 가득한 먼 미래의 자양분이 될 것이라 믿어 의심치 않았다.

"자자, 이리 좋은 날 술 한잔 해야지? 얼마 전에 내 진하고 진한 꽃소주 하나 구해 놓으라고 단골 주막의 주모에게 일러 놓았다네. 아까 오다 보니 구해 놓았다고 다른 이가 채가기 전에 얼른 오라고 하더구먼."

평소 여흥을 즐기는 성환은 장난스럽게 웃으며 자리에서 일어섰다. 한기 또한 입맛을 다시며 머뭇거리고 있는 정호의 손을 잡아당겼다.

"자, 백원 어서 가세나. 우리끼리 축하주를 들어야지?"

"아닙니다. 두 분께서 드십시오. 전 술을 잘 못하지 않습니까?"

성환은 얼굴을 찡그리며 고개를 흔들더니 뒤에서 정호의 허리를 안아 올렸다.

"어허, 이럴 때 술을 배우는 게야. 자, 가자고. 내가 진정한 주도를 가르쳐 주겠네."

억지로 등을 떠다미는 지기들의 채근에 정호는 어쩔 수 없이 두루마기를 걸쳤다. 섬돌에서 다 헤어진 미투리를 신으면서도 계속 방 안에 있는 수많은 서질과 지도들을 바라보고 있었다.

"허허, 마음을 그리 두고 가면 어쩌하나? 오늘밤은 달이 참으로 좋구먼. 자, 가세나. 어서!"

창호를 닫고 사립문을 나서는 정호는 알 수 없는 불길한 마음에 연신 뒤돌아보았다. 마치 밭일하러 나가는 어미가 어린 자식을 홀로 집에 두고 가는 것처럼 그의 마음은 계속 답답하고 편하지 않았다.

한로가 다 되어 가는 가을밤은 그 어느 때보다 풀벌레 소리가 청아하게 들려왔다. 갈고리달이 희끄무레하게 비추는 초가로 들어서는 검은 그림자 둘은 주변을 이리저리 살피더니 귀신처럼 얼른 방문을 열고 뛰어들었다.

잠시 뒤, 두 그림자는 한가득 서책을 들고 부엌으로 향했다. 그것은 두 지기와 함께 축배를 나누고 있을 정호의 꿈과 미래였다. 휑한 부엌의 아궁이에서 불길이 피어올랐다. 무도한 이들의 손에 의해 하나둘씩 불살라지는 정호의 첫 지도책들은 아쉬운 듯 탁탁거리는 울음소리를 내며 그의 행복한 미래와 이별을 고하고 있었다.

마지막 한 권까지 아궁이에 쳐 넣은 불청객들은 재빨리 부엌을 나와 동네 외길로 달려갔다. 세상을 위하고자 하는 그 작고도 큰 꿈의 이정표를 삼키는 불길이 원망스러운 듯 풀벌레들도 소리 높여 시끄럽게 울어대기 시작했다. 외길 너머로 사라지는 두 그림자를 쫓으며 갈고리달은 더욱 서럽고도 슬픈 미소로 초라한 정호의 초가를 비추고 있었다.

"아이고, 너무 마셨구먼. 정호, 정신 차리게나."

"오늘은 아무래도 백원의 집에서 자고 가야겠네. 통행금지라 걸리면 순라군들이 봐주질 않아."

춤을 추듯 너울대며 세 사람은 서로를 부축하며 어슴푸레한 달빛이 비추는 마당으로 들어섰다. 평상에 정호를 눕히고 한기와 성환 또한 취기를 이기지 못해 뒤로 벌렁 누워 버렸다.

밤하늘의 별들이 예쁘게도 반짝거렸다. 새침한 초승달을 시기라도 하듯 저마다 저만 쳐다보라는 듯 유난히도 반짝거렸다. 성환은 단내를 훅훅 뿜어내며 아쉬운 듯 중얼거렸다.

"그 꽃소주 정말 맛나던데. 정말 진하게 잘 익었지 않습니까?"

"아, 나는 머리가 빙빙 도네. 자네 주량 대단하더군. 진정한 애주가일세."

"밤공기가 차네요. 이리 밖에서 자다가는 고뿔 들기에 십상입니다."

성환은 비틀거리며 일어나 정호를 들쳐 업고 천천히 방으로 향했다. 한기 또한 머리를 싸안고 일어서더니 한번 나부라지다 일어서 뒤를 따랐다. 방 안에 정호를 눕힌 성환은 허리춤에 찬 쌈지에서 부싯돌을 꺼내 불을 붙였다. 주변이 환해지자, 그는 기분 좋게 취한 술이 확 깨어 버렸다. 성환은 경악한 얼굴로 정호를 흔들어 깨웠다.

"이, 이보게 어서 일어나 보게! 없어졌어, 다 없어졌다고!"

술이 약한 정호는 여전히 오만상을 찡그리며 성환의 팔을 뿌리쳤다. 벽에 기대어 있던 한기는 미간을 찌푸리며 억지로 두 눈을 뜨더니, 화들짝 놀라 벌떡 일어서서 외쳤다.

"큰일 났네, 백원! 없어졌어. 서질 한 권도 지도 한 장도 남아 있지 않다고!"

한기의 외침에 정호는 눈을 번쩍 떴다. 고개를 돌려 방 한구석을 쳐다보았다. 집을 나서기 전까지 높이 쌓여 있던 서질과 지도들이 하나도 남아 있지 않았다. 여전히 머리가 빙빙 도는 그는 젖 먹던 힘을 다해 바닥을 짚고 일어나 앉았다.

"어찌 된 것입니까? 어찌……."

성환은 방문을 열어젖히고 뛰어나가더니 부엌으로 향했다. 한기 또한 몸을 가누지 못하는 정호를 부축하여 그의 뒤를 따랐다. 부엌 안에서 코를 찌를 듯한 고약한 화근내가 풍겨 나오고 있었다. 성환은 바닥에 털썩 주저앉아 부엌문을 붙잡고 버겁게 서 있는 정호를 바라보더니 한숨을 내쉬었다.

"백원······. 이게 어찌······."

정호는 자신을 부축하던 한기의 팔을 뿌리치고 부엌 안으로 들어갔지만 이내 깨지 못한 취기로 인해 고꾸라졌다. 그러나 그는 바닥을 기어 잿더미로 가득한 아궁이 앞으로 바짝 다가붙어 두 손으로 그 안을 마구 헤집기 시작했다.

"안 되네! 아직 뜨거울 거야!"

성환이 그를 붙들었지만 정호는 거세게 뿌리쳤다. 뜨거운 잿더미의 열기에 금세 그의 손이 익어 부풀어 올랐지만 정호는 아무 고통도 느낄 수 없었다. 손으로 쓸어 낸 잿더미 속에는 일부 타다 만 지도들과 서질들이 섞여 있었다.

다 타 버린 자신의 첫 지도책들을 부둥켜안은 정호의 입에서는 신음 소리가 흘러나왔다. 벌겋게 데인 손등은 터져서 이내 피가 흘러내렸다. 잿더미들을 한가득 끌어안고 앞뒤로 몸을 흔들며 울음을 삼키던 그는 마음속 분기와 슬픔을 다 싸안지 못한 채 온전히 토해 내고 말았다.

"아악! 아아악!"

성환과 한기는 차마 그 모습을 쳐다볼 수 없어 고개를 떨구었다. 무엇보다 축하주를 핑계로 집을 비우게 한 성환은 죄스러운 마음에 그저 울부짖는 정호의 등만 바라보며 눈물을 삼킬 뿐이었다. 한기는 온몸으로 울고 있는 죽마고우를 끌어안으며 뜨거운 눈물을 흘릴 뿐 그 어떤 말로도 위로할 수 없었다.

참으로 슬프고도 애통한 밤이었다. 가을밤을 가득히 채우며 지리하게 이어지던 풀벌레 소리가 갑자기 뚝 끊어졌다. 다 쓰러져 가는 초가에서 흘러나오는 세 사내의 비통한 울음소리에 마치 목소리를 잃어버린 듯 벌레 한 마리도 소리를 내지 않았다.

모든 것을 지켜 본 야천의 별과 달들은 미안한 듯 아청빛 구름 뒤로 숨어 버렸다. 순식간에 빛을 잃은 가을 밤하늘로 인해 가난과 굶주림에 찌든 용두리의 작은 동네는 금세 어둠에 뒤덮였다. 그렇게 빛과 희망을 잃은 가을의 밤은 슬프고도 아파 떠올리기도 고통스러운 기억이었다.

"어찌 또 납신 것입니까?"

동지가 지난 용두리에는 고요히 눈 갈기가 흩날렸다. 휘항을 뒤집어쓴 한 사내가 솜을 넉넉히 채운 비단 반요를 걸치고 눈 쌓인 외길을 늙은 노인과 함께 걷고 있었다.

"그 초가에 살던 사내는 요즘 뭘 하며 지내고 있는가?"

"가을에 도둑이 들어 가져갈 것이 없어 부아가 치밀었는지 그간 써 놓은 서책들을 몽땅 태워 버리고 도망갔다고 하지요? 한 달포간은 미친 사람처럼 먹지도 자지도 않고 거의 반 넋이 나가 있다가 요 근래 집 안에 틀어박혀 있습니다요."

사내의 걸음이 멈추었다. 윗입술 위의 콧수염이 보이지 않게 떨리며 눈 밑도 실룩거렸다.

"아무것도 하지 않고 그리하고 있는가?"

"그건 아닌 것 같습니다요. 뭘 한다고 분주하고 늘 찾아오던 사람들도 있구요. 아! 젊은이 하나가 요즘 일을 거드는 것 같습니다요. 어딜 가더라도 그 청년이 집을 지키고 있습지요."

눈에 덮인 초가 앞에 다다르자 사내는 젊은 청년과 함께 판목을 들고 이야기를 나누는 정호를 뚫어지게 쳐다보았다. 큰 봉욕을 치른 이답지 않게, 그의 얼굴에는 예전처럼 활기가 넘쳐흘렀다.

'저놈이…….'

사내는 아랫입술을 꽉 깨물었다. 어찌나 세게 깨물었는지 혀끝에 쓰디쓴 피맛이 느껴졌다. 차분하던 숨소리가 바람소리처럼 쌕쌕거리고 심장이 미친 듯이 뛰기 시작했다. 아무리 밟고 밟아도 고개를 쳐드는 잡초처럼 끊임없이 강한 생명력과 의지로 일어서는 그자를 보고 있는 것이 노엽고 또 노여웠다.

'제가 이리 가도 나으리께서 원하시는 바를 다 이루셨다고 보십니까? 저는 절대 멈추지 않을 것입니다. 제 가슴속에 품은 것을 펼쳐 놓기 위해 전 최선을 다할 것입니다.'

또 한 번 비수처럼 박힌 저놈이 내뱉은 마지막 말이 그의 머리를 어지럽혔다. 사내는 비틀거리며 뒤돌아섰다. 그러고는 마치 무언가에 쫓기듯 빠르게 눈길을 걸어가기 시작했다.

노인은 도망가듯 급히 걸어가는 사내와 초가에서 웃으며 이야기를 나누는 사내를 번갈아 쳐다보더니 고개를 흔들었다.

"거 아무리 생각해도 알 수가 없구먼. 하루 벌어 하루 먹는 저 비렁뱅이 각수 놈에게 왜 그리 신경을 써 대는지 원. 여하튼 양반놈들은 우리 같은 천것들이 잘 지내는 꼬락서니를 못 봐 난리구먼, 난리야!"

四장 영원한 꿈을 향하여

불행의 서막

1894년 9월 3일 오전 10시, 일본 영사관 내 작전회의실.

"야와타리! 이 무슨 망발인가? 대 일본 제국이 만든 지도라니?"

뜬금없는 질문에 장교들은 어이가 없다는 듯 서로를 바라보았다. 그러나 야와타리는 여유로운 미소를 지으며 되물을 뿐이었다.

"또 한 번 묻겠습니다. 어떤 것이 위대한 대 일본 제국이 만든 것입니까?"

장교들은 이제 낄낄대며 평소 사령관에게 들붙어 검정새치처럼 가살을 떠는 그 앞으로 바짝 다가왔다. 야와타리의 코앞까지 얼굴을 갖다 댄 한 장교는 나지막하나 위협적인 목소리로 속삭였다.

"새똥도 안 마른 놈이 어디 나대고 있어? 왜? 저 욕심 많은 멧돼지 옆에서 아양 떠는 것도 모자라 이젠 우리까지 데리고 노는 것이더냐?"

야와타리의 얼굴에서는 여전히 웃음이 떠나지 않았다. 아무런 동요가 없는 그 모습을 보자 화가 치민 장교는 눈엣가시 같은 사내를 거칠게 떠다밀었다.

"사령관님, 크나큰 대전을 앞두고 어찌 이런 골샌님과 농을 주고받아야 합니까? 당장 야와타리에게 군법에……."

"시끄러워!"

회의장 구석에 서서 가만히 사태를 주시하던 사령관은 포악스럽게 고함을 질렀다. 찬물을 끼얹은 듯 주변이 조용해지자, 야마가타 아리토모는 야와타리의 곁으로 다가와 그의 어깨를 툭툭 두드렸다.

"이 반편이 같은 밥버러지들아, 귓구멍이 막혔어? 어떤 것이 대 일본 제국이 만든 지도냐고 묻지 않더냐?"

홍안이 되어 소리를 지르는 상관이 두려운 듯 장교들은 다시 한 번 바닥에 놓인 지도 둘을 번갈아 쳐다보았다. 한참 동안 모여 쑥덕이던 그들은 확신에 찬 얼굴로 수많은 도엽으로 이루어진 커다란 조선의 북녘 땅을 가리켰다.

"저것입니다! 이 아름답게 채색된 정교한 도엽들을 보십시오. 대 일본 제국이 아니고서야 절대 이런 걸작은 만들 수 없습니다!"

"맞습니다. 이것이 분명합니다. 조선은 무지한 나라가 아닙니까? 일찍부터 태서의 문물을 받아들여 발전시킨 대 일본 제국이 그 어떤 분야에서도 앞서는 것은 당연한 것입니다!"

서로를 쳐다보며 고개를 끄덕이는 그들은 자랑스러운 긍지로 가득 차 있었다. 아리토모와 야와타리는 서로 묘한 눈빛을 주고받으며 냉소를 지었다. 이구동성으로 가리킨 지도의 그 절묘한 도법과 섬세한 표현력을 칭송하며 그들은 장터에 나온 여인네들처럼 신나게 떠들어 대었다.

그러나 그들의 찬양 소리가 높아질수록 아리토모의 얼굴은 험상궂게 일그러지더니 두 주먹으로 벽을 쾅쾅 쳐 댔다.

"그만! 그만하지 못해? 이 멍청한 들병이들아. 네놈들이 그리 침이 마르도록 찬하는 그것이 대 일본 제국이 만든 것이라?"

포효하는 사자처럼 씩씩대는 사령관의 면상을 물끄러미 쳐다보며 장교들은 늘 그러하듯 곧 휘몰아칠 광풍을 두려워하며 숨소리를 죽이고만 있었다. 야와타리는 정적이 감도는 회의장을 뚜벅뚜벅 걸어 다니기 시작했다. 돌기둥처럼 겁에 질려 서 있는 장교들 사이사이를 나닐며 그는 마치 노래를 부르듯 들뜬 목소리를 드높였다.

"이것은 '대동여지도'라는 지도입니다. 두 가지 종류가 있지요. 필사본과 목판에 새긴 목판본 두 가지입니다. 제가 보여 드리는 것은 바로 자세한 필사본이지요. 이 지도는 놀랍게도 삼십여 년 전 조선의 알려지지 않은 평범한 사내가 만든 지도입니다. 이것 말고도 이자가 만든 지도는 아주 많이 있습니다만 이것이 제일 정확하고 많은 정보가 들어 있지요. 조선의 전도까지 다 보려면 연병장에서 봐야 할 정도로 크기 때문에 우리가 필요한 부분만 따로 모아 소개한 것입니다. 대단하지 않습니까? 쇄국으로 일관하며 태서의 문물을 외면한 그들이 이런 지도를 만들었다는 것이 말입니다. 전 이 지도를 처음 본 순간 온몸에 전율이 일었습니다."

야와타리는 회의장 바닥에 펼쳐 놓은 지도 앞에 무릎을 꿇고 앉아 평양성 부근에 붉은 표식을 얹어 놓았다.

"이곳입니다. 이제껏 우리는 잘못된 작전을 계획하고 있었습니다. 헌데, 이 지도에는 한양에서 이곳까지의 시간거리도 기록되어 있었지요. 이 지도에 명시된 대로 간다면 하루가 덜 걸릴 것을 우리는 미련스럽게 지형도만 보았던 것이랍니다."

"작전은 다시 세우면 되지 않나? 난 자네가 우리에게 이 오래된 조선의 지도를 보여 주는 이유가 궁금하네. 대체 이 쿰쿰한 냄새가 나는 오래된 유물을 보여 주는 까닭이 무엇인가? 그리고 그리 대단한 지도인데 왜 우리는 한 번도 들어본 적이 없는 것인가?"

야와타리는 그대로 앉아 질문을 던진 장교를 냉소를 지으며 올려다보았다. 자신을 못마땅하게 쳐다보는 이들을 쓰윽 훑어보았다. 야와타리를 제외한 사내들은 모든 것을 독단적으로 처리하는 사령관에게 깊은 반감을 가지고 있었다. 그런 와중에 자신들과 뜻을 같이 하기보다 사령관의 꽁무니만 쫓아다니는 저 뺀질뺀질한 어린 후배가 선배 장교에게 예쁘게 보일 리는 만무했다.

"대동아공영권'! 우리가 이 좁디좁은 조선 땅에서 냄새나는 청국놈들과 싸우는 이유가 무엇입니까? 이 조선 땅을 밟고 대륙으로 진출하고자 하는 호연지기 때문이 아닙니까? 이전에 못다 이룬 꿈을 이루고자 대 일본 제국은 오랜 시간 동안 치밀하게 또한 은밀하게 준비해 오지 않았습니까?"

"그게 이 오래된 지도와 무슨 연유가 있다는 것이야?"

야와타리는 일어서서 비아냥거리는 사내를 향해 걸어갔다. 사내는 호리호리하고 검정새치처럼 잔망스러운 어린 장교를 보며 윗입술을 뒤집은 채 웃고 있었다.

"참으로 멍청하시군요. 아둔패기처럼 쓸 곳 하나 없으신 분이십니다. 차라리 여기서 쓸데없는 소리나 지껄이시지 마시고 귀국하셔서 행상이나 하십시오."

"뭐라? 이놈이!"

"위대한 도요토미 히데요시가 말씀하셨던 '정명가도'를 잊으셨습니까? 조선을 완전히 삼켜야 대륙으로 나갈 수 있음을 어찌 모르시는 겁니까?

그러기 위해서는 조선을 샅샅이 다 알고 있어야 합니다. 아시겠습니까? 가장 우선시되어야 할 것이 바로 이번 전쟁에서 수단과 방법을 가리지 않고 싸워 이겨야 하는 것이지요. 우리의 승리를 위해서 이 지도를 적극 활용해야 함은 물론이요, 차후 조선을 효율적으로 통치하기 위해서는 더욱 필요합니다."

야와타리의 다라진 말솜씨에 누구도 이의를 제기하지 않았다. 무리 진 원숭이떼처럼 시끄럽게 설쳐 대던 사내들은 무언가에 홀린 듯 아무 말도 하지 못하고 있었다. 야심찬 젊은 장교는 그 뾰족한 턱을 쳐들고는 어림쟁이 같은 이들을 나삐 보며 거만하게 미소 지었다.

"이 지도의 존재에 대해 알고 있는 사람들은 저와 여러분뿐이어야 합니다. 우리 육군 안에서만 공유되어야 한단 말입니다. 절대 외부로, 특히 조선놈들이 이 지도에 대해 알고 있어서는 안 될 것입니다. 지금 비변사 서고에 있는 모든 지도책들을 가져오라고 일렀으니 명심하십시오."

1894년 9월 15일 오전 6시, 평양성.

반물빛이 가득한 하늘 동편에서 조금씩 해가 떠오르고 있었다. 차가운 땅에 바짝 엎드린 그들에게 일출은 죽음을 의미하는 상징처럼 보였다. 조금 뒤, 지휘관의 명령이 떨어지면 저 기라성 같은 성벽을 무슨 수를 써서든 넘어야 했다. 이제 갓 스무 살이 다 되어 가는 청년들은 숨소리조차 죽이며, 고향에 두고 온 어머니의 얼굴을 떠올렸다.

강원도 원산에서 또 다른 부대가 합류했을 때는 이미 이긴 전쟁이라고 자신했지만 그것은 착각이었다. 연이은 패전으로 독이 오를 대로 오른 청의 군대는 사력을 다해 싸움에 임하고 있었다. 특히, 좌보기라는 자는 그중 출중한 인물로 을밀대, 모란대, 현무문을 굳건히 지키며 틈틈이 일본군을 습격하여 사기를 꺾어 놓았다. 만약 오늘 이 전투에서 패한다면 청군의 승기는 확실해지는 것이었다.

"공격하라! 죽기를 각오하고 공격하라!"

도살장에 끌려가는 소처럼 군인들의 눈빛이 흔들렸지만 항명할 수 없었다. 스스로 두려움을 감추기 위해 고함을 질러 대며 성벽을 향해 돌진하는 그들은 용맹하다기보다 광분을 가장한 겁쟁이들이었다.

"왜놈들이 온다. 모두들 쏘아라!"

개틀링 기관포에서 튀어나온 총알들이 한여름 소나기처럼 사납게 성벽 아래로 떨어졌다. 일본군들은 위치적으로 유리한 성벽을 이용하여 수비하는 그들을 도저히 상대할 수 없었다. 우박처럼 떨어지는 총알에 일본군들은 허수아비처럼 피를 쏟으며 맥없이 푹푹 쓰러졌다. 속수무책으로 당하는 병사들의 모습을 본 오오시마 여단장은 보병 제21연대의 연대장인 다케다 히데노부 중좌에게 명을 내렸다.

"서쪽 하구로 돌격해. 저놈들이 기관포를 연발하니 중앙으로 나가지 못하겠구만."

다케다 중좌는 명을 따르기 위해 황급히 뛰어갔다. 오오시마 여단장은 미간을 잔뜩 찌푸린 채 상황을 지켜보았다. 정중앙을 뚫지 못하더라도 적의 뒤를 친다면 승산이 있는 전투였다.

오전 7시가 될 때까지 보병 제21연대의 전투 상황은 나아지지 못했다. 맹렬히 공격하는 청군의 기세에 다케다 중좌는 어쩔 수 없이 의주 가도 서쪽 부락에서 겨우 전열을 정비하여 전투를 계속하고 있었다.

하지만 전세가 그들에게 완전히 불리한 것은 아닌 듯 뜻밖의 이변이 생겨났다. 정문으로 돌격한 그들과 달리 북쪽의 일본군 삭녕지대는 평양성 바깥 교두보를 모두 탈취하여 오전 7시까지 현무문, 칠성문 방면으로 청군을 몰아붙이고 있었다. 일본군 원산지대 또한 진격하여 기자능 방면으로 수월하게 전진하여 평양성에서 버티는 청군을 점점 옥죄여 왔다.

"이번 전투는 어렵겠어. 저놈들이 독을 품고 덤비니 말이야."

오오시마 여단장은 입술을 꾹 눌러 깨물었다. 측면에서 공격하는 일본군 삭녕과 원산지대와는 달리 중앙에서 공격하는 혼성 제9여단은 청군의 증원 부대로 인해 악전고투를 면하지 못하고 있었다. 오전 10시가 되자 중앙 부대에서 서쪽 교두보 남쪽으로 돌격을 명령했다.

우레와 같은 고함소리를 지르며 일본군들은 맹수처럼 뛰어들었지만 청군은 기관포가 아닌 십자포화를 마구 떨어뜨렸다. 검과 총을 들고 앞서 전진하던 젊은 장교들이 가을에 공중으로 흩날리는 검댕이들처럼 맥없이 쓰러져 버렸다. 병사들의 팔과 다리가 잘려 나가고 검붉은 피가 여기저기 튀어 댔다. 순식간에 평양성 인근은 지옥으로 변하여 시체와 비명소리로 가득 찼다.

"어젯밤 꿈이 이걸 말하는 것인가?"

오오시마 여단장은 젊은 청춘들이 저리 허망하게 죽어 가는 것을 보고 두 눈을 감아 버렸다. 간밤의 꿈속에서 부대를 이끌고 칠흑처럼 검은 강을 건너던 그는 갑자기 나타낸 괴수에 부하들을 빼앗기고 말았던 것이다. 포탄에 사지가 잘려 나가고 심장에 총알이 박혀 쓰러지는 저 처참한 모습들은 꿈속에서 본 아비규환 그 자체였다.

송화빛처럼 눈부신 해가 벌써 정남쪽에 머물렀다. 오오시마는 더는 무고한 희생을 지켜볼 수 없어 퇴각을 명령했다. 물러서는 길목에는 시체들이 즐비했다. 방금 전까지 뜨거운 피를 지닌 채 맹렬히 싸우던 젊은이들은 검붉은 차가운 선혈로 뒤덮여 그 형체도 알아볼 수 없었다. 부상당한 전우를 부축하며 절뚝거리는 일본군을 향해 성벽 위의 청군들은 야유를 보내며 환호하였다.

"꼴좋다! 니깟 놈들이 아무리 설쳐 대도 대국을 이길 수 있을 것 같더냐? 썩 물러가거라!"

"타츠미 나오후미가 이끄는 삭녕지대가 원산지대와 전진하고 있다고 합니다."

"그들이 유일한 희망이야. 중앙으로 바로 정면 돌파하는 것은 무모한 짓이었어. 계속 삭녕지대와 원산지대를 지켜보며 상황에 따라 증원을 하자고."

오오시마는 저 멀리 굳건히 서 있는 평양성을 노려보았다. 이번 전투에서 패한다면 다 된 밥에 코 빠뜨린 격이었다. 대 일본 제국의 원대한 꿈이 여기서 꺾인다면 그는 스스로 할복하여 패자라는 오명을 지워야 했다.

"지대장님! 저놈들이 계속 기관포를 쏘아 댑니다. 시야를 확보해야 하는데, 나아갈 수가 없습니다."

타츠미 나오후미는 그 작은 눈빛을 반짝이며 묵묵히 지켜보았다.

"산포부대를 진격시켜 포를 계속 쏘아. 맞대응하는 것밖에는 방법이 없어."

"하지만……."

"어차피 죽기를 각오해야 하는 전투야. 저놈들이 연이어 패했는데 쉬 물러날 거라고 생각했나?"

지대장의 명을 따른 산포부대가 맹렬히 포를 쏘며 진격하기 시작했다. 예상치 못한 맹렬한 진격에 청군은 주춤거렸지만 좌보기는 흔들리는 그의 부대를 채근하였다.

"여기서 물러나면 죽어. 알겠느냐? 다 끝이라고!"

그러나 일본의 산포부대는 지옥에서 튀어나온 불사신처럼 불을 뿜으며 계속 돌진하고 있었다. 격렬한 반전이 시작되자 청군들은 이내 사기를 잃고 슬슬 뒤로 물러나기 시작했다. 어떤 이들은 대놓고 성의 뒷문으로 빠져나가기 위해 도망치다 잡혀 단칼에 목숨을 잃었다. 동요하는 군대를 보며 좌보기는 통탄을 금치 못했다.

"어찌 여기서 물러난다는 말이냐? 어찌 이리 허망하게……."

"저기, 저기 백기가 걸렸습니다!"

한 병사의 외침에 일본군 모두가 한 곳을 주시했다. 평양성에 하얀 깃

발이 펄럭이고 있었다. 최고 지휘자 섭지초가 부하들을 남기고 몸만 빠져나가 버리자 남아 있던 청군들은 금방 분열되어 패배를 선언하고 만 것이다.

"청군놈들이 도망간다. 돌격해라, 승리를 위해 돌격해라!"

사기가 끓어오르는 일본군들은 맹호처럼 성으로 돌격하였다. 연이어 발사한 포탄의 공격에 평양성의 문이 열리고 우두머리를 잃은 청군들은 일본군의 총검에 도망치다 처참하게 쓰러졌다. 반나절 동안 수많은 전우를 잃은 병사들은 그들의 복수를 위해 피를 덮어쓴 얼굴에 허연 눈을 희번덕거리며 도망치는 청군을 쫓아가 무자비하게 살육했다.

들개들처럼 제 살길을 찾아 우왕좌왕하는 청군들을 보며 오오시마는 안도의 한숨을 내쉬었다.

"참으로 길고도 힘든 하루였어. 정말 다시는 생각하고 싶지 않은 하루야."

1894년 9월 16일 저녁 5시, 한양의 기방 청화관.

"축하드립니다. 사령관님!"

"하하, 나만 축하받을 일인가? 대 일본 제국에 영광을 돌리게."

아리토모와 장교들은 조선의 기생을 하나씩 끼고 축하주를 마시며 낄낄대고 있었다. 단 한 사람, 야와타리만이 구석 자리에 홀로 앉아 늘 그렇듯 냉랭한 낯빛으로 술을 마시고 있었다.

"이봐, 야와타리, 이번 전투의 공신인 자네가 왜 이리 점잖을 빼고 있는가? 오늘밤 조선 계집을 품고 실컷 즐겨야지?"

야와타리는 그저 한번 픽 웃으며 술잔을 기울였다. 벌겋게 취한 얼굴로 기녀의 치마 속을 헤집거나 옷고름을 풀어 희롱하는 사내들은 승리가 가져다 준 환희에 흠뻑 취해 있었다. 왜인들에게 웃음을 팔아야 하는 기녀들의 미소는 해어화라는 명성에 맞지 않게 어색하기 그지없었다. 대놓고 옷을 벗겨 눕히는 사내를 보고 한 기녀가 비명을 지르자 무도한 이들은 박장대소하며 즐거워했다.

"그 청나라 놈들이 얼마나 급했으면 군량미 이천구백 석까지 다 두고 갔다면서요?"

"세상에 끝까지 싸워야 할 최고 지휘관이 먼저 내뺐으니 말 다했지요?"

"아니지요, 이번 전투의 최고 공로자는 섭지초가 아닙니까? 그놈을 열도로 데리고 와 사냥개 노릇을 시키는 것이 어떠하겠습니까? 아하하하!"

초어스름이 지기도 전에 기생을 품고 나부라져 낄낄대는 모습들을 야와타리는 쌍그런 눈빛으로 바라보았다. 대취하여 기녀를 벗겨 희롱하는 꼬락서니가 역겨웠던 그는 문을 열고 기방 정원으로 향했다.

시원한 가을바람을 쐬니 울렁거리던 속이 가라앉는 듯하여 기분이 좋아졌다. 야와타리는 마루에 걸터앉아 군화를 신기 시작했다.

"이제야 만족하십니까?"

얼굴이 핼쑥한 이노스케가 야망으로 눈이 먼 젊은 장교를 노엽게 내려다보았다. 야와타리는 말없이 일어서서 천천히 기방 대문으로 향했다. 분기로 가득한 이노스케는 다시 한 번 소리쳤다.

"그것은 그리 사용될 지도가 아니었습니다! 어찌 그 한 사람의 거룩하고도 위대한 업적을 그리 희롱할 수 있다는 말입니까? 그 지도들은 말입니다. 한두 해만에 만들어진 것이 아닙니다. 몇십 년 동안 모인 고혈로 이루어진 것이란 말입니다."

야와타리는 걸음을 멈추고 뒤돌아보았다. 그는 항상 그러하듯 자신의 감정을 드러내지 않았다. 그저 냉랭하게 주시할 뿐이었다. 이노스케는 그의 앞으로 바짝 다가갔다.

"그 지도는 조선을 위한 마음이 담긴 것이었습니다. 보시지 않았습니까? 백성들을 위해 오랜 세월 고혈이 맺힌 한 사람의 인생이었습니다!"

"허면 가져오시지 마셨어야죠? 비변사 서고에서 먼지 풀풀 나는 그 지도책을 가져올 때부터 교수님께서는 순수한 의도였다고 생각하십니까?"

"그건……."

"그것 보십시오. 교수님께서도 영웅이 되고자 그 무도한 인사 앞에 그 잘난 지도책을 펼치신 것이 아닙니까? 어찌되었든 감사드립니다. 교수님 덕분에 이 전쟁이 승리로 가고 있으니까요. 귀국하면 교수님의 업적을 빼놓지 않고 다 고할 것입니다."

야와타리는 허리를 굽혀 정중하게 예를 표했다. 이노스케는 온몸에 한기가 느껴졌다. 꼿꼿한 자세로 그에게 예를 갖추고 뒤돌아서는 봄바른 모습을 보고 있으니 절로 소름이 끼쳤다.

"내가 왜 그랬을까? 대체 무엇에 미쳐 그랬단 말인가? 그깟 허망한 영예를 위해 너무 엄청난 짓을 저질렀어."

1894년 10월 24일 오전 10시, 일본 영사관 내 작전회의실.

"이제 얼마 남지 않았습니다. 완벽하게 저들을 쫓아가 조선 밖으로 몰아내고 나면 이 싸움은 다 끝난 것이나 마찬가지입니다."

평양에서 이긴 일본군은 천혜의 요새지인 여순을 점령하고자 갖은 애를 쓰고 있었다. 작전회의실 책상 위에는 지난 번 발견한 조선 지도의 북녘 땅이 펼쳐져 있었다.

"중요한 길목인 여순만 차지하면 대륙으로 들어가는 것은 문제가 없습니다. 그러니 반드시 무슨 수를 써서라도 그곳을 차지해야 합니다."

아리토모는 늘 그렇듯 비집고 들어갈 틈 없이 꼿꼿하게 서서 이야기하는 야와타리를 보며 지겹다는 듯 얼굴을 찡그렸다.

"오야마 이와오가 제2군을 이끌고 출항했다네. 평양에서 그리 기세가 꺾였는데 그놈들이 저항하겠나?"

"하지만……."

"자, 오늘은 여기까지 하지. 곧 여순에 오야마 이와오가 도착할 것이니 두고 보자고. 오늘 회의는 여기까지다."

사령관의 명이 떨어짐과 동시에 썰물처럼 장교들은 회의장을 빠져나갔다. 야와타리는 한심한 얼굴로 다리를 꼰 채 담배를 피워 무는 아리토모를 쳐다보았다. 회의장 책상 위에 펼쳐 놓은 지도책들을 하나하나 정리한 그는 복도에서 회의장 안을 들여다보는 이노스케를 발견했다.

그는 여전히 분노한 눈빛으로 그를 쳐다보고 있었다. 야와타리가 그에게 조선의 지도책을 가져온 뒤로 항상 그랬다. 회의가 시작하면 늘 밖에서 똥 마른 강아지마냥 서성대며 지켜보고 있었다. 야와타리는 정리한 지도책들을 들고 복도로 걸어 나갔다.

"제가 교수님께 큰 결례를 범했군요."

다자색 낯빛의 이노스케는 그와 눈을 마주치지 않았다. 오로지 야와타리의 손에 든 지도책들만 애달픈 눈빛으로 바라볼 뿐이었다. 야와타리는 자신이 든 지도책들을 이노스케의 손에 건네주었다.

"작전 회의에 정신이 팔려 교수님께 부탁드릴 일을 차일피일 미루고 있었습니다. 이제 대 일본 제국을 위해 큰일을 해 보시지 않으시겠습니까?"

지도책들을 들고 있는 이노스케의 두 손이 떨렸다. 야와타리는 여전히 화가 난 이노스케의 어깨에 팔을 두르며 천천히 걷기 시작했다.

"곧 전쟁은 끝날 것이고 조선은 오롯이 우리 일본의 것이 될 것입니다. 아, 물론 여러 다른 단계들도 남아 있겠지요. 그전에 기본적 토대는 모두 닦아 놓아야 할 것입니다. 제일 먼저 교통로를 정리해야지요. 철도와 도로를 놓는 일이 급선무입니다. 그렇게 하기 위해서는 지형도가 기본이 됩니다. 교수님, 이 지도책들을 바탕으로 최고로 정확한 조선의 지형도를 만들어 주십시오."

이노스케는 걸음을 멈추었다. 은은한 웃음을 띠고 있는 그 점잖은 얼굴을 보자 그의 왼쪽 뺨이 실룩거렸다.

"싫으십니까? 허면 다른 이에게 시킬 것입니다. 전 그간의 교수님과의 관계를 생각하여 이리 정중히 부탁드리는 것입니다."

"이건 조선의 것이오. 어찌 그들을 위해 만든 것으로 그들을 난도질하는 검으로 만들 수 있소? 너무 잔인한 짓이오."

미소 띤 젊은 장교의 얼굴에서 미소가 사라졌다. 그는 턱을 쳐들고 눈물을 머금은 채 바라보는 이노스케를 보며 한쪽 입술을 추켜올렸다. 이노스케는 갑자기 그가 낯설었다. 일본 최고의 명문가에서 태어나 자란 그는 항상 예의가 바르고 깍듯한 젊은이였다. 한 번도 다른 이를 업신여기거나 겸손한 품성을 지닌 장교였기에 그가 특별히 막내 동생처럼 아끼고 가까이한 청년이기도 했다.

"내 부탁을 거절해도 상관없습니다. 허나, 귀국 후 반드시 책임을 물을 것입니다. 아마 나뿐만 아니라 다른 이들도 그리하겠지요. 위대한 대 일본 제국의 군대를 따라 이 조선에 온 이유가 무엇이냐고요. 여기 이 미개하고 더러운 조선 땅에 유람하러 오신 건 아니지 않습니까?"

이노스케의 두 눈이 붉게 충혈되더니 주름진 눈꼬리 사이로 눈물이 흘러내렸다. 그는 북받친 감정을 이기지 못하고 아랫입술을 파르르 떨며 다달거리며 말했다.

"난 이 고산자라는, 김정호라는 이를 알지도 듣지도 못했습니다. 하지만 밤새 그의 지도들을 보며 그가 어떤 마음으로 평생을 바쳐 이것들을 만들었는지 알 것 같았습니다. 명예를 위해, 부를 위해 결코 만든 것이 아닙니다. 오로지 조선의 백성들을 위해 모든 것을 바친 것입니다. '청구도' 범례에 쓰인 그의 이야기를 읽어 보신 적이 있습니까? 그 따뜻하고 사려 깊은 마음이 절절히 녹아나 있습니다. 그것을 한 번이라도 읽어 보셨다면 결단코 이 지도를 그리 험히 다루시지는 않으셨을 겁니다."

야와타리는 코웃음을 쳤다. 이노스케의 어깨에 두 손을 얹은 그는 다시 한 번 천천히 아까 한 말을 반복하였다.

"귀국 후 제가 교수님께 책임을 묻지 않도록 해 주십시오. 이것은 제가
교수님께 드리는 마지막 배려입니다. 절 나쁜 놈으로 만들지 마십시오.
아시겠습니까?"

신헌, 꿈의 대들보를 만나다

'수선전도'가 새겨진 목판본을 바라보는 성환의 얼굴은 경이로움에 가
득했다. 이제 불혹이 지난 지기들은 서로의 눈빛만 보아도 무슨 생각을
하는지 알 수 있을 정도로 오랜 시간과 삶을 나누고 있었다.

"백원, 참으로 자네 솜씨는 대단하이. 그리 나이를 먹고도 어찌 이리
선 하나 놓치지 않고 깔끔하게 각자할 수 있는가?"

"어찌 한성만 나오는 그 지도만 보고 그리 말씀하십니까? 앞으로 많은
일들이 남아 있습니다."

"내 지난번에 자네가 혜강 선생의 부탁으로 만든 '지구전후도'를 보고
도 탄복했지만 이리 정확한 한성의 지도를 본 적이 없네. 헌데, 왜 도성
밖의 것들은 대강 그려 넣었는가?"

정호는 말없이 웃으며 성환이 들고 있는 목판 위를 손끝으로 쓰다듬었다. 강 하나, 길 하나 그의 마음을 담지 않은 것이 없었다. 이것으로 찍어 낸 지도를 들고 길을 찾을 사람들을 생각하면 한 치도 서툴게 각자할 수 없었다.

"보고자 하는 것만 자세히 보면 되는 것이지요. 구태여 필요 없는 부분까지 세세히 나타내어 지면을 낭비할 필요는 없지 않습니까? 고을의 읍지를 보고 많이 본떠 왔지요. 보는 이가 편해야 하니 말입니다."

"역시 자네일세. 어찌 몇 번이나 서책을 출간한 나보다 훨씬 나은가?"

성환은 정호의 방을 가득 채운 그의 지도들과 지도책들을 둘러보았다. 지도를 향한 근 사십 년간의 세월이 쌓아 놓은 보물들이었다. 각수 일로 편히 살 수 있지만 정호는 한결같이 새로운 서책과 지도책들을 사는 데 돈을 아끼지 않았다. 내자와 아들은 그런 지아비와 아버지를 비난했지만 그는 자신이 바라보던 그 길을 멈추지 않고 걸어가고 있었다.

"참, 내 자네한테 소개할 사람이 있네. 무관 출신으로 자네처럼 지도에 관심이 많으시다네."

"그래요? 무관이시면 당연히 관방도에 관심이 많으시겠군요."

"관방도뿐이겠는가? 그분께서는 당대의 석학들과도 토론을 하실 만큼 박학다식하신 분이라네. 추사 김정희 선생님의 제자이시기도 하시지. 무엇보다 궁 출입이 자유로우시니 비변사에 보관 중인 많은 지도책들을 보여 주실 수도 있지. 지금은 전라우도 수군절도사로 계신다네. 일간에 서로 날을 맞추어 해남으로 내려가세나."

정호는 마치 어린아이처럼 가슴이 설레었다. 그 옛날 돌아가신 어머니께서 잔칫집에 다녀올 때마다 가져온 떡들을 기다리는 마음처럼 비변사 서고에 깊숙이 감추어진 귀한 지도들을 떠올리자 들뜨기 시작했다.

지도와 지리지를 만들며 제일 큰 난관에 부딪히는 것은 바로 많은 서책과 지도책들이었다. 한기와 성환이 도와주기도 했지만 무엇보다 직접 발품을 팔아 다니며 구해야 했다. 특히나, 고을의 읍지를 구하는 것이 가장 힘들었다. 조정에 진상하는 읍지는 특별한 인맥을 동원하지 않고는 구경하는 것도 힘든 것들이었다.

성환은 얼굴빛이 발그레해진 지기를 보며 재미난 듯 낄낄거렸다.

"그리 좋은가?"

정호는 마냥 고개를 끄덕이며 함박웃음을 지었다.

"예, 너무도 좋습니다. 이제 마음껏 원하는 지도책들을 구해 볼 수 있으니 더 정확한 지도를 만들 수 있겠지요?"

바다였다. 태어나 처음으로 바라보는 바다였다. 기분 좋은 짠내, 비릿하지도 역겹지도 않은 짠내가 들숨을 타고 폐부 깊숙이 들어왔다. 청백색 구름으로 가득한 흐린 하늘 아래, 비색의 아리따운 물결이 너울대며 다가와 모래 위에 하얀 구슬들을 터뜨리고 다시 달아났다. 심연으로 갈수록 진한 번루빛으로 물들어 가는 바다의 자태를 보고 있으니 정호의 심장은 연정에 들뜬 것처럼 정신없이 뛰고 있었다.

미끈유월의 공기는 늘 그러하듯 끈끈한 습기로 가득하여 목 언저리와 이마의 땀구멍이 절로 따끔거렸다. 눅눅한 공기가 바다에서 세차게 불어왔지만 잠시 땀만 식힐 뿐 다시 등줄기를 따라 열기가 후끈거렸다.

"어떠한가? 바다를 보니 후련하지? 이제 조금만 걸어가면 전라우수영에 도착하네."

성환은 갓을 벗고는 정호에게 수건을 건넸으나 그는 고개를 저었다. 연한 송화빛 모래를 손으로 집어 손가락 사이로 흘러내렸다. 밟을 때마다 사각거리는 소리가 참으로 듣기 좋았다. 정호는 한성에서 해남으로 향하며 생전 처음 걷는 이 길이 낯설지 않았다. 마치 예전부터 알고 있던 길처럼 다정하고 편안했다.

"자, 어서 가세. 조금 있으면 해가 기울겠구먼."

성환은 모래를 털며 일어나 운혜를 신었다. 정호는 일어나기 전, 눈을 감고 깊이 바다 내음을 들이마셨다. 생명수처럼 숨구멍으로 짠 내음이 스며들어 올 때마다 힘이 생겨났다. 오늘 처음 만난 바다에서 그는 지친 삶의 자양분을 흠뻑 얻어 가고 있었다.

땅거미가 서린 선창 앞 바다 위의 저녁하늘은 묘한 자태로 나그네의 발길을 멈추게 하였다. 염혼조차 사라진 바다 위에 짙은 반물빛과 연한 번루빛이 어우러진 신비스러운 벽청색 하늘은 동트기 전 세상을 밝히는 새벽하늘과는 또 다른 미혹이었다. 정호는 그 하늘 풍광을 그대로 담아내어 고요히 요동치는 바다에 탄성을 질렀다.

"마치 묘술을 부리는 듯합니다. 어찌 하늘빛이 이리 신비롭습니까? 꿈을 꾸듯 정신이 혼미해집니다."

"하하하, 벌써부터 취하면 어찌하나? 절도사께서 애주가이신데, 나중에 곯아떨어지면 어쩌려고 그러나?"

옆에서 놀리는 성환의 말에 정호는 멋쩍은 듯 웃을 뿐이었다. 이곳에 내려온 목적을 어느샌가 잊어버렸다. 그저 계속 이 순간을 멈추어 영원히 바라보았으면 좋겠다는 생각만이 가득할 뿐이었다. 지금 서 있는 이 순간 이곳은 온갖 번민과 고통으로 가득한 속세가 아닌 선계였다.

"어서들 오게나. 비가 내리지는 않았는가?"

호방한 사내의 목소리에 고개를 돌렸다. 구군복을 입은 건장한 체구의 장한이 그들에게로 웃으며 다가오고 있었다. 정호는 순간, 크고 우아한 뿔을 지닌 수사슴을 떠올렸다. 이렇게 안올림 벙거지와 붉은 동달이가 어울리는 무관은 한 번도 본적이 없었다. 무관이랍시고 거들먹거리는 자들은 하나같이 기품이 없었지만 이 자는 태생부터 고귀한 귀티가 흘러나오고 있었다.

"아이고 나으리! 이리 나오셔서 기다리셨습니까?"

성환이 한달음에 뛰어가 그에게 허리를 굽혔다. 그들을 선창에서 기다린 무관은 갓 서른을 넘긴 듯 생각보다 젊은이였다. 무가에서 태어나 크고 강한 골격과 사내답게 시원하고 큼직한 이목구비를 지녔지만 그의 눈빛은 온화하고 따뜻해 보였다.

"뭐하는가? 인사드리지 않고. 이분께서 자네를 보고자 하시는 전라우수영절도사이시라네."

정호는 사내를 처음 맞이하는 처녀처럼 가슴이 설레 숨도 제대로 쉴수 없었다. 그저 말없이 고개를 푹 숙이며 성환이 시키는 대로 허리를 굽혔다.

"난 신헌(원래 이 당시 신관호였으나 후일 신헌으로 개명)이라고 하네. 자네가 김정호로구먼. 최 서리에게 이야기 많이 들었네. 자네가 한성 최고로 지도를 잘 만든다고 들었다네. 이리 만날 수 있어 광영일세."

"아, 아닙니다. 아직 많이 배워야 합니다."

호방한 장한은 목소리 또한 대금 소리처럼 부드럽고 울림이 있었다. 무엇보다 그가 지닌 가장 큰 힘이라면 상대의 마음을 편안하게 만들어 주는 것이었다. 그의 다감한 얼굴과 목소리를 듣고 있으면 절로 기분이 좋아졌다.

"먼 길 온 저희에게 술 한잔 내려 주실 수 있으십니까? 목이 타 죽겠습니다."

"하하, 못 말리는구먼. 그렇지 않아도 저기 누정에 금주가 기다리고 있다네. 잘 익은 감로주에는 거문고가 제격이지 않은가?"

"이리 감읍할 데가! 오랜만에 나으리의 거문고 가락에 취할 수 있겠습니다."

그들을 누정으로 이끄는 신헌의 뒤를 따르며 정호는 마치 하늘을 나는 듯 발걸음이 가벼웠다. 그 오랜 시간 동안 길을 걸어와서 발바닥이 쑤셔 댔지만 이상하게 하나도 노곤함이 느껴지지 않았다.

정호는 미소를 머금고 점점 짙은 벽청색으로 물드는 저녁하늘을 올려다보았다. 오늘따라 복스럽고도 청아한 온달이 더욱 고왔다.

'참으로 이상한 날이다. 태어나 처음 온 곳인데도 어찌 이리 정겨울 수가 있을까? 마치 내가 이곳에 살았던 것처럼 살갑고도 다정하여 태어난 토산보다도, 자라난 약현보다도 아늑한 고향처럼 느껴지는구나.'

밤바다에서 불어오는 바람은 소금기와 물기를 머금었지만 살갗에 닿자마자 다디단 봄바람처럼 부드럽게 간질여 댔다. 달큰한 감로주와 장부의 거문고 소리에 취해 누정에 앉은 사내들은 말없이 야천의 가경을 마음속에 담고 있었다.

다기한 그를 보는 것만으로도 정호는 부럽고 또한 설레었다. 사내가 여인에게서 느끼는 설렘이 아닌, 또 거미치미는 감정이 아닌 한 사람으로서 깊은 존경이 우러나오는 선망이었다.

"나으리의 거문고는 조선 최고입니다. 매번 들을 때마다 어찌 이리도 감흥에 젖는지요. 이보게 백원, 이리 좋은 가락을 들어본 적이 있는가?"

정호는 말없이 웃을 뿐이었다. 사십여 년 동안 지도와 판목만 보고 살았던 그가 풍류를 알리 만무했다. 가끔 운종가 근처 기방을 지나며 노다니는 바람처럼 가야금 소리나 들었을 뿐, 그에게 그러한 여유는 허락되지 않은 삶이었다.

신헌은 거문고를 누정 난간에 세우고 자신을 찾은 객들에게 술을 따랐다.

"백원이라고 했는가? 내 자네의 '청구도'와 '여도비지'를 보고 몹시도 감명을 받았네. 특히, '청구도'는 한 번도 접한 적이 없던 형식의 지도였네. 놀라워, 정말 놀랍네."

"아닙니다. 다 혜강 선생과 여기 계신 서리 나으리께서 도와주신 덕분입니다."

신헌은 술잔을 들어 향을 음미했다. 정호는 점점 여독과 취기에 앉아 있기가 힘들었지만 이 순간을 놓치기 싫었다. 청량한 바닷바람, 밝은 달과 향기로운 술. 그리고 무엇보다 뜻을 같이한 이들과 함께 나누는 이 시간은 절대 다시 오지 않을 듯 애틋하고도 소중했다.

"헌데, 내 자네의 '청구도'를 보며 여러 의문이 들었다네. 어찌 지도에 그리 많은 역사 기록을 담아 놓았는가? 또한, 처음에는 산줄기를 그려 넣지 않더니 나중에 만들어진 '청구도'에는 다시 산줄기로 그려 넣었더구먼. 왜 '해동여지도'처럼 이십 리 방괘를 긋지 않고 가장자리에 십 리 간격으로만 표시해 놓았는가? 방괘를 보고 거리를 가늠하는 것이 훨씬 쉬운 일이 아니던가?"

정호는 쏟아 내듯 질문을 던지는 젊은 무관의 뜨겁고도 순수한 눈빛을 물끄러미 바라보았다. 그저 조용히 초라한 골방에 처박혀 수많은 서책을 이리저리 뒤적이며, 외로운 싸움으로 만들어 낸 그 땀의 결실을 살뜰히 보아 준 그가 한없이 고맙게 느껴졌다.

"무릇 지도라는 것은 그것을 이용하는 자들을 위해 만들어야 합니다. 영조대왕 때 만들어진 '조선전도'를 보셨습니까? 얼마나 불편하고 불필요한 지면을 낭비하고 있습니까? 제가 처음에는 봉우리로 산맥을 표시하다가 다시 산줄기를 선택한 것은 아직도 많은 이들이 풍수를 중히 여기기 때문입니다. 물론, 산줄기보다 봉우리로 표시하는 것이 훨씬 많은 지면을 활용할 수 있지요. 허나, 이용하는 자들이 그것보다 산줄기로 보기를 원하기에 그리한 것입니다."

"허나, 지도를 사용하는 것은 우리와 같은 통치를 하는 자들이 아닌가? 관방도만 자세히 만들면 되는 것이지, 어찌 길 찾을 때나 지도를 들여다보는 백성들을 생각하는 것인가?"

"통치를 하는 데 지리지와 지도가 필수적인 것은 사실입니다. 하지만 통치를 위한 지도만을 만들 수는 없습니다. 보다 많은 이들, 백성들이 쉬 볼 수 있는 지도가 최고의 지도가 아니겠습니까? 보부상과 지게꾼에서부터 거상들까지 생업을 위해 지도가 필요합니다. 보기 좋게 만들어진 지도는 그저 벽에 걸어 두고 보는 그림이지, 보부상이나 거상들에게는 쓸모없는 물건이나 마찬가지입니다."

"허면, 왜 이십 리 방괘를 긋지 않는가? 물론, 가장자리에 십 리씩 표시하여 거리를 알 수 있게 했지만 익숙하지 않네."

정호는 환하게 웃었다.

"그것이 지금 제가 고민하는 부분입니다. 이제부터 제가 만드는 지도는 병풍처럼 접어서 서로 다른 도면을 맞대어 이어 볼 수 있습니다."

"그러한가?"

신헌은 성환을 마주보며 흡족하게 웃었다. 젊은 무관은 자신의 꿈을 같이 할 새로운 동료의 등장에 들떠 발그레하게 홍조를 띠었다. 정호 또한 자신의 꿈을 더욱 원대하게 만들어 줄 조력자를 만난 지금을 결코 잊을 수 없을 듯했다.

신헌은 자리에서 벌떡 일어섰다. 그가 일어서자 마치 눈앞에 커다란 성벽이 나타난 것처럼 누정이 꽉 차게 느껴졌다.

"내 나간에 자네를 찾아 비변사 서고에 있는 다른 지도들과 지리지를 보여 줌세. 자네가 만드는 새로운 지도가 어떠한지 너무도 궁금하구먼. 정말 잘 왔네, 참으로 잘 왔어."

"네 스승이 해남으로 가셨다?"

"예, 그리 들었사옵니다."

젊은 각수는 사내의 손끝만 바라보고 있었다. 그의 말을 들은 사내의 얼굴이 다자색으로 굳어졌다. 그의 말을 듣고 심기가 상한 것이 분명했다. 각수는 예전처럼 수고비를 받지 못할 수도 있다는 불안함에 사내의 손끝과 얼굴만 번갈아보고 있었다.

"어찌 그러시옵니까?"

"아니다. 애썼네."

사내는 청록색 엽낭에서 돈 꾸러미를 꺼내 각수의 손바닥 위에 던지듯 올려 주었다. 분기로 이글거리는 사내의 두 눈을 보며 각수는 무슨 말을 하려고 입을 오물거렸지만 손에 쥔 엽전들만 내려다볼 뿐이었다.

"요즘 네 스승께서 무얼 하시느냐?"

"늘 그렇듯이 지도를 만들고 계시지요. 예전에는 그냥 서책처럼 한 장 한 장 넘겨서 보는 지도를 그리셨는데, 요즘은 희한하게도 길게 늘여 그리시더라고요."

"한 번 볼 수 있겠느냐?"

각수의 두 눈에는 당황하는 빛이 서렸다. 그러나 사내가 엽낭을 열어젖히는 그 모습을 본 순간, 젊은이의 마음은 금방 손바닥을 뒤집듯 돌변했다. 각수는 검정새치처럼 주변을 살피더니 방문을 열고 사내에게 손짓을 했다.

"어서 들어가십시오. 혹여나 다른 이들이 볼까 저어됩니다."

사내는 만족스럽게 웃으며 냉큼 방 안으로 뛰어들어 갔다. 각수는 사립문 밖까지 나가 주변을 한번 쓱 훑어보더니 잽싸게 방 안으로 들어가 문을 닫았다.

방 주인의 성정을 보여 주듯 수많은 서책과 판목들이 일목요연하게 잘 정리되어 있었다. 책상 위에 일정한 간격으로 접힌 도첩들을 본 사내는 그중 하나를 집어 들고 천천히 좌우로 펴기 시작했다.

접힌 면들이 반듯하게 펴질수록 섬세하게 그려진 도면들이 드러나기 시작했다. 더욱 단조롭고도 정확해진 지도를 바라보는 사내의 숨소리가 듣기 거북할 정도로 조금씩 씩씩거렸다. 따라 들어온 각수는 연신 밖을 내다보며 점점 홍안이 되어 가는 사내를 불안하게 쳐다보았다.

"왜 그러십니까요? 뭐가 잘못되었습니까?"

사내는 각수의 말에 대꾸 없이 책상 위에 있는 다른 첩들 또한 바닥에 펴놓았다. 이리저리 지도들을 맞추어 보던 그는 세 개의 지도들이 마주 이어 또 하나의 지도를 만들어 내자 그만 털썩 주저앉고 말았다.

"이것이 요즘 네 스승이 만드는 것이더냐?"

"예, 그러하옵니다. 이상하게도 예전 '청구도'를 만드실 때는 서책처럼 넘겨보는 지도를 그리셨는데, 요즘은 가장자리에 십 리 간격의 표식과 여백을 없애시고 이십 리 선을 방괘를 그어 이렇게 이어서 볼 수 있는 도첩을 만드시더라고요. 제가 보아도 훨씬 쓰기 편한 지도 같습니다요."

각수는 얼굴이 벌게진 사내의 면상을 슬금슬금 훔쳐보았다. 사내는 잠시 그렇게 멍하니 바닥에 펴진 지도들을 바라본 채 앉아 있었다. 거칠게 들숨과 날숨을 번갈아 내쉬던 그는 갑자기 벌떡 일어나더니 문을 열어젖혀 밖으로 뛰어나가 버렸다.

"나으리, 나으리!"

각수는 얼른 뒤쫓아 가 그의 도포자락을 붙잡았다. 사내는 경멸하는 듯 그를 노려보더니 엽낭 채로 땅바닥에 던졌다. 어딘가에 쫓기듯 정신없이 달려가는 뒷모습을 바라보며 약삭빠른 망석중이는 입을 삐죽거렸다. 그러나 이내 땅바닥에 던지고 간 엽낭을 열어 엽전을 세어 보기 시작하자 그의 얼굴은 어린아이마냥 해맑게 웃고 있었다.

"참, 별일도 다 있구먼. 그게 뭐 대단한 거라고 저리 몽짜를 부리는지 모르겠구먼. 에그, 나중에 집에 갈 때 오랜만에 새끼들 배에 기름칠이나 하게 저포전에 들러 고기나 사야겠구먼."

"대감마님, 이지헌 나으리께서 뵙기를 청하시옵니다."

새로 들인 노리개첩을 끼고 계명주를 들이키던 강대수는 윗입술을 일그러뜨렸다. 간만에 주색질을 제대로 즐기려던 그는 강퍅하게 술잔을 내려놓더니 신경질적으로 소리를 질러 댔다.

"다음에 오라고 하거라. 퇴청하고 무슨 공무를 한다고 그러더냐? 급한 일이 아니면 돌아가라고 해!"

갑자기 띠살문이 다르륵 열리더니, 밖에서 눈이 부신 허연 달빛이 한풍과 함께 방 안으로 쏟아 들어왔다.

"뭐야?"

입가에 비릿한 웃음을 가득 띤 사내가 강대수를 내려다보았다. 밝은 보름달을 뒤로 한 그의 얼굴은 온통 시커멓게 보여 마치 저승사자처럼 절로 더수구니가 쌍그래졌다. 강대수는 놀란 기색을 애써 감추며 헛기침만 연신 해 댔다.

"어허, 자네 어찌 이리 무도한가? 지금 시각이 얼마나 되었는지 몰라서 그러나?"

"지금 이리 작은 마님 옷고름을 푸시며 한가로이 지내실 때가 아닌 듯하옵니다. 신헌이 주상전하께 바칠 지도를 만들고 있는데, 지금 잘 익은 계명주가 넘어가십니까?"

강대수의 눈빛이 섬뜩할 정도로 사나웠다. 그러나 건방진 무관 놈의 이름을 듣자마자 그는 분기를 억눌러야만 했다. 앙탈을 부리며 흘겨보던 노리개첩을 늙은 색주가가 달래며 겨우 내보내자, 사내는 천천히 문을 닫았다. 불청객은 도포 자락을 뒤로 휙 날려 강대수의 맞은편에 앉더니, 첩실이 마시다 만 술잔을 홍분한 가납사니 앞에 쑥 내밀었다.

"한잔 따라 주셔야지요, 대감? 이리 밤길을 뛰어왔으니 목이 타 죽겠습니다. 팔 떨어지겠습니다, 어서요."

살살 웃어 가며 약을 올리는 사내를 보자 강대수의 뺨이 파르르 떨렸다. 그러나 그는 아무 말 없이 술 주전자를 들어 넘치도록 술을 따라 주었다. 시원하게 한잔 들이킨 불청객은 다시 술잔을 내밀었다.

"갓 만들어 향이 기가 막힙니다. 한잔 더 주시겠습니까?"

강대수의 두 눈이 커지며 얼굴빛이 말고기 자반처럼 짙은 강색으로 일그러졌다. 당장 저 발칙한 놈의 멱살을 잡아 대문 밖에 내치고 싶었지만 어금니를 꽉 깨물고 다시 술 주전자를 들었다. 사내는 비웃듯 눈웃음을 치며 금세 술을 들이켰다.

"이제야 살겠습니다."

"밑자락 깔지 말고 어서 말하게. 이 야밤에 달려온 연유가 무엇이더냐?"

"지금 김정호가 해남으로 갔다고 합니다. 해남이 어딘지는 아시지요? 전라우수영이 있는 곳이 아닙니까? 잘난 조부의 후광으로 음서로 벼락출세한 그 젊은 무관이 있는 곳으로 김정호가 내려갔다고 그 제자에게 들었습니다. 아시지요? 실학으로 세상을 구제해야 한다며 잘난 척 고개 쳐들고 다니는 신헌이란 자 말입니다."

술 주전자를 들고 잔을 채우려던 강대수는 그 부리부리한 눈을 치켜떴다. 아꼈던 여인의 마음을 오롯이 가져가 버린 천한 놈과 자신에게 바락바락 대들던 세상 무서운 줄 모르는 모도리 같은 계정꾼의 이름을 듣자마자, 얼큰하던 취기가 금세 가시고 언제 그랬냐는 듯 정신이 말짱해졌다. 미동도 하지 않았으나 목덜미가 벌겋게 달아오르는 사내를 보며, 약아빠진 가쇄꾼은 회심의 미소를 지었다.

"오늘 계명주가 정말 좋군요. 갈 때 좀 가져가도 되겠습니까?"

이지헌은 술향을 맡으며 좌우로 몸을 흔들었다. 도살장으로 끌려가는 심술궂은 종돈처럼 퉁실한 몸을 웅크리고 앞만 노려보는 그를 보고 있으니, 이지헌은 웃음이 터져 나올 듯하였다.

"뭘 원하나? 자네 같은 대갈마치 같은 위인이 나한테 그저 고자질이나 하자고 이 야밤에 달려오지는 않았을 것이 아닌가?"

불청객은 그저 술만 들이켰다. 아무 말 없이 술잔만 내미는 그를 보자 강대수는 부아가 치민 듯 술잔을 빼앗아 던져 버렸다. 산산조각이 난 비색의 청화 술잔은 흔들리는 불빛에 초라하게 반짝거렸다. 당장이라도 덤벼들 것 같은 가납사니와 달리 술잔을 빼앗긴 손님은 그저 픽 웃을 뿐이었다.

"네놈을 내가 모르는 줄 알더냐? 어서 속내를 사실대로 고하지 못하겠느냐?"

"우리도 관방도를 만들어야 합니다. 쓸 만한 화공과 무관들을 보내 주십시오."

"관방도라니? 그 무슨 엉뚱한 소리더냐? 지도라면 비변사 서고에 차고 넘치지 않더냐?"

이지헌은 강대수의 술잔에 술을 넘칠 듯이 붓더니, 그 잔을 들어 자신의 입에 털어 넣었다. 방자한 그의 태도에 포악한 성정을 참지 못한 교서관 제조는 몸을 일으켜 건방진 불청객의 멱살을 그러쥐었다.

"야, 이놈아! 죽고 싶은 것이더냐?"

"분명 신헌 그자가 전하의 성은을 더욱 받고자 관방도를 만들려는 것이 분명합니다. 그렇지 않고서야, 어찌 해남까지 그 천한 놈을 불렀겠습니까? 이 기회에 김정호 그놈이 양반이라도 된다면 그 설쳐 대는 꼬락서니를 어찌 보시려고 그러십니까? 예전에 그놈한테 빼앗은 계집이 다시 가서 정분을 통하니 어떠셨습니까? 참으로 좋으시지 않으셨습니까?"

"허나, 지도를 만든다는 것이 하루나 이틀이 걸리지 않지. 몇 년이나 길게는 수십 년도 걸리는 일일세. 그동안 옥좌의 주인이라도 바뀌면 어찌 하려고?"

이지헌은 여전히 멱살을 그러쥔 강대수의 손을 억지로 풀었다. 그는 맨드리를 살피며 여전히 낯빛이 붉은 교서관 제조를 비웃듯 나삐 보았다.

"당연히 오래 걸리지요? 옥좌의 주인이 누가 되든 무슨 상관입니까? 어차피 잘난 안동 김씨 세력들이 정하는 것이 아닙니까? 조정의 실세이신 대감께서 계시니 걱정할 게 무엇이겠습니까? 교서관에 제가 따로 일할 수 있는 곳을 마련해 주십시오. 그곳에서 일을 시작하겠습니다."

"자, 백원. 이것들을 참고하게나."

신헌은 지구관이 가지고 온 지도책들과 지리서를 정호의 앞에 내밀었다. '신증동국여지승람', '문헌비고', 청에서 들여온 태서의 지도책과 그 외에 최근에 진상된 각 고을 읍지들이었다.

"이 지리지들은 아마 가지고 있겠구먼. 허나, 시중에 돌아다니는 것은 필사본이 많아 정확하지 않은 게 있다네. 허니, 비변사 서고에서 가져온 이것을 참고 하게나. 읍지는 최근에 진상된 것이니 가장 정확한 것이네."

"참으로 감읍하옵니다. 이 서책들을 구하기 위해서는 제가 몇 달을 돌아다니고 부탁해야 하는 것들이지요. 이리 수월하게 볼 수 있도록 해 주시니 너무도 고맙습니다, 나으리."

정호는 눈앞에 놓인 읍지 하나를 폈다. 진상된 지 얼마 되지 않은 것이라 책장이 빳빳하고 질이 나 있지 않았다. 먹 냄새가 배여 빠지지 않은 새 읍지를 보며 그의 두 볼은 어린아이마냥 발그레해졌다.

"'청구도'를 만들 때는 정철조, 황엽, 윤엽의 지도들을 참고했다고 했었지? 이번에는 누구의 지도를 가장 참고할 것인가?"

정호는 읍지를 덮으며 의미심장한 미소를 지었다.

"'해동여지도'입니다."

"뭐? '청구도'에서 그 지도는 방패가 산을 자르고 물길을 끊는다고 하지 않았던가? 헌데, 왜?"

"지도는 말입니다. 만드는 이의 욕심으로만 만들 수는 없습니다. 무엇보다 그것을 쓰는 이들을 우선시해야 하지요. 그렇기 때문에 제가 봉우리식으로 산을 그리다 다시 산줄기식으로 그린 것입니다. 제가 만들고자 하는 지도는 이어보기에 쉬운 지도이지요. 다들 그런 지도가 편하고 좋다고 하구요."

신헌은 재미있다는 듯 웃으며 고개를 끄덕였다.

"참으로 자네는 대단한 사람이네. 보통은 자신을 드높이기 위해 보는 이를 배려하지 않는 법이지. 허나 자네는 오히려 자신의 눈을 낮추어 백성들의 눈높이에서 모든 것을 바라보고 있구먼. 내 자네한테 항상 이렇게 배우고 가네."

"어서 들어오게."

구군복을 입은 무관 하나가 불안한 듯 주변을 살피며 이지헌의 사가로 들어서고 있었다. 정원에서 연못을 바라보며 뒷짐을 지고 있던 교서관 판교는 한달음에 달려가 낯설어하는 무관의 손을 부여잡았다.

"힘든 걸음 해 주어서 참으로 고맙네. 자, 어서 들어가지."

젊은 무관은 화려한 기와집의 위용에 잠시 입을 벌리고 있었다. 이지헌은 멍하니 서 있는 그의 팔을 잡아 이끌어 그의 서재로 이끌었다. 서재 안은 당상관의 것이라고 할 만큼 수많은 서책들과 지도들로 뒤덮여 있었다. 무관은 여전히 두리번거리며 자리에 앉지 못하고 서 있었다. 이지헌은 숫보기 같은 그를 보며 살짝 냉소를 머금었다.

"어서 앉게나. 망부석이 될 요량인가?"

그제야 자리에 주저앉은 무관은 좌불안석인 듯 계속 어색한 숨소리를 내며 교서관 판교만 바라보고 있었다. 이지헌은 문갑을 열어 아청빛 엽낭을 꺼내 책상 위에 올렸다.

"가면서 요기라도 하게나. 먼 길 오셨는데, 이건 내 마음이라 생각하고 받아두게. 그래, 전라우수영의 기패관이라고 하더니 역시 늠름하구먼. 절로 기개가 느껴지네."

추켜세우는 빈말뿐인 찬을 들으며 무관은 금세 긴장을 풀며 거들먹거렸다. 이지헌은 미리 데워 놓은 차를 따르며 어젯밤부터 묻고 싶어 안달 난 그 말을 거침없이 쑥 내밀었다.

"그래, 절도사께서 요즘 늙은 각수를 하나 만나신다고 들었네. 관방도 때문이신가?"

우수영 내에서만 알고 있는 기밀을 교서관 판교에게서 듣자 기패관의 얼굴은 어색해졌다. 우물쭈물 거리며 다듬거리는 그를 보며 이지헌은 엽낭을 아예 그의 손에 쥐어 주었다. 손에 쥔 묵직한 엽낭을 내려다보며 무관의 입술은 금세 방실거리고 있었다.

"아, 예. 맞습니다. 요즘 한성에서 내려온 각수와 함께 관방도를 만드시느라 정신이 없으시지요. 그자가 그린 지도가 꽤 있다고 들었습니다. 이미 많은 보부상들과 거상들도 지니고 다닌다고 하지요."

이지헌의 얼굴에 순간 쌍그런 빛이 감돌았다. 그는 역한 심정을 다스리기 위해 억지로 찻잔을 들어 향을 맡았다. 상대의 기분도 아랑곳없이 돈을 받은 기패관은 운종가의 재담꾼처럼 천박하고 신나게 떠들어 댔다.

"비변사 서고에 깊숙이 박아 둔 지리서와 지도책도 구해 오셔서 그 각수에게 보여 주실 정도로 열심이시랍니다."

"그 서책들이 무엇인지 알고 있는가? 내 그것 때문에 자네를 불렀는데."

"아, 예. 뭐 잘 알려진 '신증동국여지승람', '문헌비고', 그리고 최근 진상된 읍지들이지요. 이미 비변사 서고에 먼지가 앉아 있던 옛날 지도들도 다 보여 주었답니다. 그리고 다른 태서나 청에서 들어온 지도책도 틈틈이 구해 주신다고 들었습니다."

교서관 판교는 들떠서 계속 떠는 기패관의 말을 묵묵히 듣고만 있었다. 오늘따라 차 맛이 너무도 썼다. 혀끝에 착 감도는 그 감미로운 향은 온데간데없이 그저 약처럼 쓴맛만이 입안을 가득 메우고 있었다. 이지헌은 입에 머금은 차를 그대로 삼켜 버리고는 눈앞에서 떠들어 대는 데퉁한 검정새치에게 툭 던지듯 말했다. 그의 말을 들은 기패관의 눈이 휘둥그레지며 얼굴이 벌겋게 달아올랐다.

"짠 비린내 맡으며 해남에서 지내는 것도 이젠 지겹지 않은가? 내 훈련원에 좋은 자리 선처할 것이니, 이번 일만 잘해 주게. 교서관 제조대감의 외가가 안동 김씨 가문이니 자네 하기에 따라 자네의 출셋길도 달라질 걸세."

"이보게, 정호. 이번 지도들은 좀 이상하이. 지난번과 다른 거 같네."

보부상 부황과 석산이 도첩을 접었다 폈다를 반복하며 고개를 갸우뚱거렸다. 옆에 서 있는 한기와 성환 또한 들고 있는 도첩을 요리조리 살피며 계속 정호를 쳐다만 보았다. 한동안 도첩만 끄적거리던 성환은 호기심을 이기지 못하고 뒷짐을 지고 웃고만 있는 정호 옆으로 다가들었다.

"'청구도'에서는 지도 가장자리 여백에 십 리 간격으로 표식을 남기지 않았는가? 방괘가 산을 자르고 물길을 끊는다고 여기 계신 혜강 선생께서도 '청구도제'에서 말씀하셨지. 이것이 지난번 절도사께 말씀드린 병풍식 지도인 것인가? 자네가 그리 피하고 싶던 '해동여지도'의 이십 리 방괘를 다시 이것에 도입한 연유가 무엇이야?"

정호는 성환의 지도를 들고 다른 도첩을 가져왔다. 그는 평상 위에 몇 개씩 도첩을 펴놓더니 위아래 좌우로 이어 맞붙이기 시작했다. 서너 개

의 도첩들은 원래 하나의 지도를 여러 개로 자른 것처럼 그 가장자리가
바늘 하나 들어갈 틈이 없이 딱 맞았다. 보부상들은 팔짱을 끼고 신기한
듯 고개를 빼고 쳐다보았다.

"이어, 기가 막히는구먼. 이렇게 병풍처럼 접어서 들고 다니다가 다른
것과 딱 붙여서 보면 내가 어디쯤에 있는지도 알겠구먼."

"아무렴. 넘겨서 봐야 하는 지도는 각기 따로 봐야 하니 영 불편하지.
정호, 자네 대단하이."

정호는 다른 서책 하나를 꺼내어 펼쳐 들었다. 그곳에는 전체 도첩에
든 고을들의 목록들이 일목요연하게 정리되어 적혀 있었다. 또한, 도성 안
과 도성 밖을 그린 두 개의 '도성도'가 삽입되어 있었는데, 한기가 그것을
보고 의아한 듯 물었다.

"어찌 '도성도'를 이렇게 그렸는고? 같이 그려 넣으면 되지 않은가?"

"한성의 성 안과 성 밖을 그릴 때 범위가 달라집니다. 말하자면 거리를
재는 주척이 달라지는 것이지요. 똑같은 주척으로 그리자면 엄청난 지면
을 써야 하지만 그리 큰 지도를 어찌 들고 다니겠습니까? 하여, 쓰임새에
따라 성 안과 성 밖을 따로 그려 넣은 것입니다."

"과연 백원일세. 보아하니 '지도표'에 고을에 대한 등급도 분류해서 표
식을 했더군. 훨씬 보기가 수월하네."

정호는 새롭게 만든 지도를 이리저리 살피는 이들을 흡족하게 바라보
았다. 지도를 만들 때마다 자신의 일처럼 기뻐하는 지기들을 보고 있으
니 오십 년이 다 되어 가는 세월 동안 오롯이 걸어온 외길이 그리 외롭지
만은 않다고 생각했다.

보부상들은 평상에 앉아 도첩들을 살펴더니 그중 부황이란 사내가 정호에게 다가왔다.

"이것을 필사해도 되겠는가? 당장이라도 장사할 때 들고 다녀야겠네. 고을의 위치도 이 지도가 제일 정확한 거 같으이."

"그렇습니까? 그것은 아마도 백원 이 사람을 도와주는 분 때문인 것 같습니다."

성환은 한쪽 눈을 찡긋거리며 정호를 쳐다보았다. 그의 말이 맞았다. 이 넓은 세상을 일일이 다니며 그려 넣는 것은 인간의 한계, 이미 그려진 지도들과 최근에 만들어진 읍지를 하나하나 비교해 가며 그리는 것이 가장 합리적이고도 정확한 방법이었다. 그러기에 신헌과의 만남은 정호에게 가뭄의 단비와도 같았다. 각종 지도와 지리지, 읍지들이 보관된 비변사 서고는 그에게 완벽한 보물창고였다. 함부로 꺼내 볼 수 없는 그 보화들을 하나하나 들추어 보는 순간순간이 정호에게는 잊을 수 없는 희열이었다.

"참, 좋으시겠습니다. 처자식 내팽개치고 허울 좋은 명성이나 얻고자 못따래기처럼 데퉁스럽게 사시니 걱정거리가 하나도 없으시지요?"

뿌다구니처럼 삐딱한 목소리가 찬물을 끼얹듯 흥을 깨 버렸다. 사립문에서 건들거리며 들어오는 젊은 사내는 윗입술을 삐죽거리며 평상에 올려진 많은 도첩들을 쓰윽 훑어보았다. 그를 뒤따라 들어온 어린 여인은 수줍은 듯 사람들에게 고개를 숙이더니 정호에게로 쪼르르 달려갔다.

"아버지, 그동안 잘 계셨어요?"

정호는 오랜만에 보는 딸의 모습에 감격이 북받쳐, 그저 두 손만 잡고 눈만 뻐끔거릴 뿐이었다. 집을 나간 제 어미가 가지 말라고 악다구니를 써도 막내딸은 한결같이 아버지를 보러 왔다. 가슴 뭉클한 부녀의 상봉을 나빠 보던 젊은 사내는 여전히 뒷짐을 쥔 채로 정호와 그의 일행을 실실 웃으며 바라보았다.

보다 못한 부황이 평상에서 일어나더니 언짢은 얼굴로 젊은이를 나무랐다.

"허허, 어찌 이리 버르장머리가 없을꼬? 당장 예를 갖추지 못하겠더냐? 여기 계신 이분들께서는 생원 나으리와 예조 서리 나으리시니라. 머리에 새똥도 안 벗겨진 놈이 이리 둘되게 구는 것이더냐?"

젊은 사내는 콧구멍을 후벼 파며 가소를 지었다. 그 꼴사나운 모습에 분기가 치밀어 오른 부황은 그의 멱살을 쥐고 마구 흔들었다.

"이놈이 어디 누구 안전이라고? 당장 예를 올리지 못하겠더냐?"

"어르신이 양반이요? 딱 보아하니 다 터진 패랭이를 쓴 것을 보아 겨우 하루 벌어 먹고사는 장돌뱅이로구먼."

"뭐야?"

부황은 멱살을 쥐고 사정없이 흔들었지만 젊은 사내의 힘을 당할 재간이 없었다. 젊은이가 한 손으로 패악스럽게 그의 팔을 뿌리치자 부황은 뒤로 벌렁 넘어졌다. 평상 위로 고꾸라진 그는 허리를 부여잡고 고래고래 소리를 질렀다.

"이, 이놈이! 너는 애비도 어미도 없는 후레자식이더냐?"

"후레자식? 애비도 어미도 다 있지만 못난 애비 만나 후레자식처럼 컸다지요? 저 혼자 잘난 척 살겠다고 처자식 다 갖다 버리고 죽어라 지도만 만들어 여기저기 갖다 뿌리는 저 얼치기 같은 위인이 그 애비랍니다."

정호의 눈에는 슬픈 빛이 감돌았다. 가납사니처럼 식식거리는 아들을 보고 그는 무슨 말도 할 수가 없었다. 아비 없이 큰 아들 현수는 저잣거리에서 여리꾼 노릇을 하며 겨우겨우 먹고 살고 있었다. 얼마 전 어미를 폐병으로 잃은 아들은 모든 것이 못난 아버지 탓이라고 생각하여 찾아올 때마다 패악을 부려 댔다. 하지만 그런 그를 보고 분기를 느끼기는커녕 연민과 미안함에 고개를 더욱 들 수가 없었다. 가난으로 고통스럽게 살고 있는 식솔들의 지금은 모두 자신의 업보였다.

"이보게, 자네가 백원의 장남이로구먼. 그건 자네가 아버지의 깊은 뜻을 몰라서 그런 것이네. 이것을 보게. 평생을 바쳐 사람들을 위해 이리 놀라운 것들을 만드셨다네. 이것은 세상천지 그 어느 곳에도 없는 훌륭한 지도라네. 어서 이리 와서 보게."

한기는 웃으며 현수에게 다가가 손을 잡아 이끌었다. 아들은 한쪽 입술을 추켜들더니 순순히 혜강의 손에 이끌려 평상 앞으로 다가갔다. 아들이 가까이 올수록 정호의 심장이 두방망이질쳤다. 필시 기뻐하는 모습이 아니었다. 그것은 독기로 가득 찬 살쾡이의 쌍그런 낯빛처럼 소름이 돋도록 만드는 얼굴이었다.

현수는 도첩 하나를 들더니 쫙 펴 보고는 과장되게 고개를 끄덕거렸다.

"아, 이것들이 제 아버지께서 밤낮없이 쫓아다니며 구한 지도와 서책으로 만든 지도입니까? 뭐, 쓸 만하군요. 불쏘시개로 쓰기에 말입니다."

현수의 말에 갑자기 주변이 찬물을 끼얹은 듯 조용해졌다. 그 누구도 숨소리 하나 내지 않고 그 날선 공기의 위압에 입을 열지 못하고 있었다. 아들은 도첩을 이리저리 손으로 끄적거리며 평상 주위를 빙글빙글 돌았다.

"제 아버님의 위대한 꿈이 보입니까? 뭐 그러실 수도 있겠군요. 저도 이리 형형색색인 지도는 처음 봅니다. 아, 사실 저 같은 막 굴러다니며 큰 놈이 이런 지도를 본 적도 없습니다요, 하하! 까막눈이라 글자도 모르지요. 저 대단하신 분께서는 글자를 알아 온갖 양반 행세 다 하고 고귀한 척 돌아다니시는데, 자식은 이리 무지렁이처럼 저잣거리를 들개마냥 쏘다니고 있습죠. 제게는 말입니다, 이것들이 제 어머니와 저희들의 피와 눈물처럼 보입니다!"

갑자기 현수는 손에 들고 있던 도첩을 두 쪽으로 좌악 찢어 버렸다. 그러고는 또 다른 도첩들도 들어 마구 찢기 시작했다. 순식간에 벌어진 일이라 그저 황망한 얼굴로 쳐다만 보고 있던 이들은 이내 정신을 차리고 분기를 이기지 못한 젊은이를 말리기 시작했다.

"왜 이러는 것인가? 이것은 이리 험히 다루어서는 안 되는 것일세."

"다 필요 없어, 다 태워 버리라고! 우리 어머니 살려 내, 살려 내라고!"

아들은 자신을 붙잡는 보부상들을 뿌리치고는 평상에 올려진 도첩을 한 손으로 쓸어 버렸다. 땅바닥에 떨어진 도첩들은 무도한 몽짜의 행패에 찢겨지고 뭉개져서 흙투성이가 된 채 나뒹굴었다. 그러나 말리는 이들과 달리 정호는 그저 눈물만 흘리며 자신을 부축하는 딸의 손만 붙잡고 있을 뿐이었다.

"아버지, 어떡해요?"

월희는 아버지의 눈물을 손등으로 훔쳤다. 가무퇴퇴하고 비쩍 마른 그의 얼굴은 피목처럼 황폐했다. 굵은 주름 사이를 따라 물줄기처럼 끊임없이 눈물이 흘러내렸지만 그는 신음 소리 하나 흘리지 않았다.

"다 필요 없어, 다 필요 없다고! 우리 어머니 살려 내라고!"

한바탕 폭풍이 휘몰아친 마당가에 초어스름이 내려앉았다. 흙으로 얼룩진 도첩들이 반듯하게 정리되어 평상 위에 올려진 도첩들을 월희는 마음이 불편한 듯 계속 손으로 쓰다듬었다. 서산에 강색의 노을이 타오르는 것을 멍하니 바라보던 정호는 저 멀리 개밥바라기를 발견하자 보일 듯 말 듯 웃음 지었다.

"아버지, 어째요? 그리 고생을 하시며 만드신 것인데."

월희의 그 말갖고도 하얀 눈자위가 붉게 충혈되더니 매끄러운 눈매가 촉촉하게 젖기 시작했다. 아비는 그저 말없이 미소 지으며 딸의 뺨을 어루만질 뿐이었다.

"어떻게 하면 되는지 말씀해 주세요. 제가 도울게요."

"괜찮다. 또 그리면 된다."

"아버지……."

정호는 딸의 오동통한 손등을 어루만졌다. 계속 개밥바라기를 바라보던 그의 눈꼬리에서 눈물이 흘러내렸다.

"네 어미가 힘들게 갔더냐?"

월희는 아무런 말도 하지 않고 그저 고개만 끄덕였다.

"나를 원망하며 죽었겠구나. 하긴, 지아비 잘못 만나 고생만 하고 간

불쌍한 사람이지."

월희는 정호의 곁에 다가붙어 앉아 그의 어깨에 머리를 누였다. 심산한 그의 마음이 점점 편안해졌다. 알싸한 머리 냄새를 맡으며 그는 딸의 어깨를 감싸 안았다.

"오라버니가 아버지 미워서 그런 게 아니에요. 어머니 그리되시고 정신이 있었겠어요? 원래 착한 사람이니 곧 후회하고 아버지를 찾을 거예요."

정호는 웃으며 눈물을 흘렸다. 심장이 아릿한 것이 복잡한 감정들이 섞여 자신을 계속 흔들어 대고 있었다. 지키지 못한 식솔에 대한 미안함, 내자의 죽음과 더불어 그래도 남들은 알아주지도 않는 신념을 이리도 믿어 주는 딸에 대한 고마움이 그의 눈물에 뒤엉켜 흘러내리고 있었다.

"아버지, 저 이제부터 여기 살래요……"

정호는 더는 아무 말도 하지 않았다. 쪽빛 하늘에서 처량하게 홀로 빛나는 개밥바라기만 바라보며 계속 웃으며 울고 있을 뿐이었다. 제법 쌀쌀한 가을바람이 더수구니를 스치고 지나갔지만 이상하게도 한기가 전혀 느껴지지 않았다. 오랜만에 감도는 온기에 그들은 계속 그렇게 서로를 의지하며 강색 물결이 사그라지는 서편만 바라보고 있었다.

"백원, 날세. 혜강이네."

현수가 엉망으로 만들어 놓은 도첩들을 하나하나 살피던 정호는 낯익은 목소리에 미소를 머금었다. 문을 열고 밖을 내다보지 않아도 그가 누구인지 알 수 있었다.

"어허, 이 사람. 나 추워 죽겠네. 뭐하는가?"

정호는 누워서 잠이 든 딸에게 행여 바람이라도 몰아칠까 조심스럽게 너덜대는 창호를 열었다. 조금씩 열었는데도, 제법 한기를 품은 밤바람이 가린스럽게 비집고 들어왔다.

사립문 밖에는 세상에서 가장 반가운 손님이 서 있었다. 어릴 적 운명적인 만남 이후, 한 번도 서로를 바라보지 않은 적이 없었던 고마운 이, 다른 이가 다 외면해도 늘 자신을 다시 한 번 돌아봐 준 지기, 혜강 최한기였다. 그는 하얀 술병을 들어 짓궂은 표정으로 흔들어 댔다.

"내 좋은 술 하나 가지고 왔지. 좋은 꽃소주일세. 향이 좋으니 거섶안주도 필요 없다네."

평상에 앉은 그는 술병을 정호에게 내밀었다. 그러나 정호는 고개를 흔들며 술병을 한기에게 밀어냈다.

"아닙니다. 제가 사발이라도 가져오겠습니다."

"우리 사이에 무슨 체면치레인가? 잔도 필요 없네. 자네 한 모금, 나 한 모금 이렇게 즐기세나."

"허나……."

"뭐하는가? 어서 마시게나. 그래야 나도 맛을 볼 것이 아닌가?"

정호는 마지못해 한 모금 머금었다. 한기의 말대로 쓴맛이 배여나지 않은 아주 잘 익은 달큰한 꽃소주였다. 감미로운 향이 목구멍에서부터 타고 올라가 콧속을 부비고 돌아다니며 절로 기분 좋게 취하도록 어루만지는 것 같았다. 혜강은 지기가 내미는 술병을 들어 마시더니 흡족한 듯 고개를 끄덕였다.

"역시, 좋군. 처음 내린 술이라 향이 그대로일세. 이보게, 백원. 오늘 낮에 마음이 많이 상했겠구먼. 이 술 마시고 다 잊어버리게."

"전 벌써 잊었습니다. 사실 현수의 말이 틀리지는 않지요. 한 번도 아비 노릇 제대로 해 본 적이 없으니까요. 제 어미도 그리 허망하게 갔으니 내가 얼마나 원망스러웠겠습니까?"

"나도 집에서 항상 눈칫밥 먹는다네. 허울 좋아 백성을 위한 실학을 연구한다고는 하지만 벼슬길 마다하고 방구석에 처박혀 서책만 파고드는 지아비를 어느 내자가 좋아하겠나? 그래서인지 아들아이에게 강권하는 그 모습을 볼 때마다 마음이 좋지 않으이."

혜강은 한 모금 더 마시고는 정호에게 술병을 건넸다. 그는 수염을 어루만지며 야천에서 무심히 빛나는 많은 별들을 천상바라기처럼 올려다보더니 뒤로 벌렁 누웠다.

"너무 좋네. 이리도 좋을 수가 있는가? 우리가 격식을 따지지 않고 서로 알아 온 세월보다도 더 많은 별들이구먼. 백원, 자네 참으로 대단하이. 난 자네 같은 죽마고우를 두어 얼마나 자랑스러운지 모른다네."

"제가 오히려 드릴 말씀이지요. 늘 힘들 때마다 발 벗고 절 도와주셨습니다. 끼니조차 잇지 못할 때에도, 제대로 된 서책을 구하지 못해 안달할 때에도 사비까지 털어 가시며 저를 도와주셨지요. 제가 만드는 모든 지도는 제 것이 아닌 나으리와 같이 만드는 우리의 꿈입니다."

혜강은 멋쩍은 듯 웃으며 정호의 팔을 잡아당겼다. 한기 옆에 누운 정호는 웃으며 야천을 바라보는 지기를 바라보았다. 그 어떤 경우에도 첫 마음과 한결같이 그를 지켜본 지기였다. 한 번도 싫은 내색하지 않고 오히려 쓰러지는 그를 일으켜 세운 것도 혜강이었다. 그가 있어 오히려 더

이 지독한 고행길을 포기할 수 없었다. 죽을 만큼 힘든 상황 속에서도 정호는 우정으로 자신을 끝까지 지지하는 그를 위해서라도 더욱 안간힘을 쏟아야 했다.

혜강은 벌써 취한 듯 어느새 눈을 감고 잠이 들었다. 정호는 계속 그를 물끄러미 바라보았다. 개성에서 갓 내려온 순진한 양반집 도련님은 어느새, 머리가 잔설로 반쯤 뒤덮인 노인이 되어 그의 옆에 누워 있었다.

'고맙습니다. 참으로 고맙습니다. 나으리께서 계시지 않았다면 지금의 저도 그 많은 지도들도 없었을 것입니다. 참으로 고맙고 또 고맙습니다.'

대동여지도, 위대한 꿈의 절정

"아니야, 이게 아니라고!"

이지헌은 현란한 색채로 그려진 지도를 들여다보더니 사정없이 찢어발겼다. 한 달 동안 제대로 퇴청도 하지 못하고 지도만 바라보고 그린 화공들은 깃털처럼 가볍게 흩날리는 종이쪼가리에 홍안이 되어 저 가린스러운 인사를 노려보았다.

"그리 째려보면 어찌할 것이더냐? 이게 그림이지 지도이더냐? 어찌 그리 보는 눈이 없어?"

"저희들은 화공들입니다. 최대한 보기 좋게 그리는 것이 지도가 아닙니까? 어떤 군현도와 읍지를 보니, 그림처럼 알록달록한 색채로 그려져 있는 것이 보기 좋았습니다. 하여……"

"시끄러워! 나가, 꼴도 보기 싫은 밥버러지들!"

밖으로 쫓겨난 화공들은 입술을 깨물며 책상 위에 앉아 거칠게 숨을 몰아쉬는 판교를 연신 흘겨보았다. 일 년 내내 그리고 싶은 그림은 내팽개치고 눈알이 돌아갈 정도의 지도들만 필사하여 멀미가 날 정도였다. 추석에도 쉬지도 못하고 교서관에 나와 일을 해야 했던 것을 생각하니 부아가 치밀어 올랐다.

"공명첩으로 양반이 된 놈이 판교가 다 무어야?"

"판교 자리는 지가 잘나서 올랐나? 해마다 그 탐욕스러운 돼지 같은 제조에게 뇌물 먹여서 산 자리지. 어디서 몽짜를 부리고 있어?"

"교서관에서 책이나 찍고 목판이나 만들지 무슨 관방도를 만든다고. 내가 교서관 각수들한테 들은 이야기인데, 저 화상이 지도에 집착하는 것이 수십 년 전에 쫓아낸 각수 때문에 그렇다는구먼."

"각수?"

"그 각수가 각자를 기가 막히게 했다는구먼. 그래서 당시 한 박사가 공작 자리에 앉히려고 했는데, 교서관에 불이 나서 해 놓은 걸 다 태워 버렸다네. 그리고 교서관 물품을 장물아비에게 빼돌린 죄목으로 쫓겨났다네. 그 사람이 원래 지도에 관심이 많았는데, 저잣거리의 보부상들은 다 그 양반이 그린 지도만 갖고 다닌다네."

"저놈이 쫓아냈구먼. 그래서 끝까지 갈구기 위해 저 지랄을 떠는 거야."

화공들의 얼굴에 경멸스러운 미소가 가득했다. 혼자 앉아 분기를 이기지 못해 몇 번이고 책상을 내리치는 사내를 보며 그들은 킥킥거리며 걸어갔다.

이지헌은 관모를 벗고 머리를 싸매었다.

'왜 그렇게 만들 수 없는 것일까? 얼마든지 수많은 지도들을 구해 볼 수 있고 관방도를 작성한 무관들에, 도화서의 화공에 그놈보다 더 많이 갖춘 내가 왜 더 나은 지도를 만들 수 없는 것이야?'

몇 번을 생각해도 그 연유를 알 수가 없었다. 궁에서만 볼 수 있는 귀한 지도와 지리지에 경험 많은 무관들도 그런 지도를 만들어 낼 수 없다는 것이 이해할 수 없었다.

훌륭했다. 참으로 훌륭했다. 인정하기 싫었지만 그자의 지도들은 완벽하고도 보기 좋았다. 마치 예전부터 알고 있었던 것처럼 쓱쓱 쉽게 그려진 그의 지도들에서는 경이로움마저 느껴졌다.

이지헌은 자리에서 일어났다. 문을 열고 밖으로 향하니 소설을 앞둔 한풍이 관복 밑단을 휘감고 돌았다. 그 서늘한 기운에 절로 마음이 가벼워졌다. 이지헌은 한번 크게 들숨을 마시고는 어디론가 급하게 걸어갔다.

"이 종이쪽들 뭣에 쓴다고 그러는 것인가?"
"저번처럼 난리 부리지 마시고 어여 가십시오."

"이 강엿 하나 먹어 볼 텐가? 참으로 달다네."

현수는 백당전에서 얻어 온 강엿을 빨아 대며 정호의 조수 옆에서 가살을 떨고 있었다. 각자할 판목들을 이리저리 살피는 조수는 지난번처럼 패악을 부리던 그를 연신 흘겨보며 급하게 뒷손질을 하고 있었다.

월희마저 아버지에게 가 버리고 외톨이처럼 되어 버린 그는 몇백 번을 생각해도 아버지를 용서할 수 없었다. 그러나 용서할 수 없는 아버지보다 더 화가 나게 하는 것은 하나뿐인 피붙이인 여동생의 행동이었다. 젖먹이 때부터 어머니와 자신이 고생하는 것을 뻔히 보아 온 그녀가 연례행사처럼 가끔씩 보아 온 아버지를 따르는 것이 노여웠다.

"아이고, 나으리 오셨습니까요?"

사립문 밖에 두록색 도포를 걸친 사내가 감히 들어오지 못하고 마당 안만 살피고 있었다. 정호의 조수는 현수를 한번 곁눈질하더니 냉큼 달려가 사내를 데리고 어딘가로 걸어갔다.

'뭔가 구지레한 것이 수상한 걸?'

현수는 행상하는 어머니를 따라 저자에서 자란 그였다. 눈칫밥으로 여리꾼 노릇을 하는 그는 사람의 표정이나 발걸음만 보아도 그 속을 훤히 들여다보는 대갈마치였다. 들고양이가 쥐를 조용히 쫓듯, 그는 흙먼지 하나 일으키지 않는 가벼운 발놀림으로 그들을 뒤따라갔다.

동네의 후미진 곳에 도착한 그들은 연신 주변을 살피며 뭐라고 쑤군거리고 있었다. 도포를 입은 사내의 낯빛은 조수의 입에서 나오는 말을 듣고는 금세 일그러졌다. 한참 동안 듣고 있던 사내는 품에서 검은 엽낭을 열어 조수의 손바닥 위에 엽전을 두둑이 쥐어 주었다. 조수는 땅바닥에 나부죽하게 엎드릴 정도로 머리를 조아리며 급히 걸어가는 사내의 뒷모습을 향해 헤벌쭉거렸다.

현수는 본능적으로 낯선 사내의 뒤를 쫓았다.

'조수를 발쇠꾼으로 부려먹는 짓거리로 보아 필시 아버지의 일거수일투족을 캐려는 것이 분명해. 대체 저놈 뭐야?'

동지가 다 되어 가는 하루는 그지없이 짧아 봄바른 장사치들처럼 야속하게 느껴졌다. 땅거미가 깔린 저녁의 화려한 북촌의 자태는 하늘이 드리운 검은 그림자로 인해 더욱 가련스러웠다.

"대체 양반놈이 뭐가 아쉬워서 그 천한 동네까지 마실을 나온 것이야? 돈 주고도 안 살 지도를 거저 가져가려고 저러는 것인가? 하긴 양반놈들 죄다 도둑놈들이니 그러고도 남을 위인들이지."

사내는 장대한 기와집 앞에 서더니 급히 비복을 불러 안으로 들어갔다. 현수는 마치 바위산처럼 우뚝 서 있는 하늘을 찌를 듯한 솟을대문을 보며 입맛을 쩝쩝 다셨다.

"들어가는 품새로 보아하니, 집주인은 아닌 듯하고. 저놈도 발쇠꾼인 것인가?"

오랫동안 한풍을 쐬며 미행한 현수는 온몸이 벌벌 떨리기 시작했지만 오기가 생겨 돌아갈 수가 없었다. 이왕지사 이렇게 된 거, 제대로 물고 흔들고 싶어졌다. 담벼락 밑에 소맷부리에 손을 집어넣고 쭈그리고 앉은 그는 한기를 쫓기 위해 품에서 연초 쌈지를 꺼내 단죽에 채워 넣었다. 젖먹던 힘을 다해 단죽을 쪽쪽 빨아 댔지만 그리 달게만 느껴지던 남령초의 향은 무미했다.

"오늘 따라 연초 맛도 더럽게 없구먼. 대체 저 작자는 오늘 저기서 날 밤을 샐 건가? 우라질, 이러다 남의 동네에서 동사해서 내일 아침에 발견되는 거 아냐?"

단죽에 눌러 넣은 연초가 다 태워 없어지려는 순간, 대문이 열리더니 사내가 나왔다. 현수는 남아 있는 연초를 탁탁 털어 버리고는 몸을 숨기고 사내를 주시했다. 집 안으로 들어설 때와 달리 돌아가는 사내의 발걸음은 제법 여유가 있었다. 그러나 여전히 낯빛은 칙칙하고 어두워 보였다. 현수는 얄미울 만큼 희미하게 내비치며 이지러지기 시작하는 그믐달빛에 기대어 낯선 사내의 뒷모습을 다시 쫓기 시작했다.

반 시진 정도 걷던 사내는 갑자기 걸음을 멈추더니 휙 뒤돌아 미행하는 잔망스러운 젊은이의 눈을 똑바로 쳐다보며 손짓을 했다. 현수의 온몸이 굳어지고 심장이 미친 듯이 뛰기 시작했다. 예상치 못한 이 순간을 어찌 모면해야 하나 머리를 굴려 대기 시작했지만 얄밉게도 발걸음이 떨어지지 않았다. 사내는 비릿한 웃음을 머금은 채 그에게로 다가오고 있었다.

"이런 젠장……."

"네놈이 죽고 싶어 환장을 했구나. 어찌 죽여 줄까? 추위도 쫓을 겸 멍석말이를 시켜 주랴? 아니면, 포청에 고해 못된 손버릇 고쳐 달라고 옥방에 쳐 넣을까?"

현수의 한쪽 입술이 추켜 올라갔다.

"그건 내가 할 소리가 아니오? 어찌하여 사람을 매수하여 남의 것을 훔치려고 그러는 것이오?"

사내의 눈빛이 배고픈 삵처럼 사납게 번뜩였다. 그 와중에도 현수는 몸을 움직이려고 안간힘을 썼으나 오히려 쥐가 난 듯 종아리가 저려 오기 시작했다.

'우라질······.'

"간이 보통 큰 놈이 아니구나. 여긴 북촌이다. 너 같은 놈이 감히 올 곳이 못 되지. 내가 소리라도 질러 네가 봉욕을 치르게 만들 수도 있다."

"해 볼 테면 해 보시오. 전 포도대장께 모든 걸 다 고하겠습니다."

사내의 얼굴이 일그러지더니 홍시처럼 벌게졌다. 잠시 아주 잠시 둘 사이에는 고요하고도 격렬한 시선이 오가며 팽팽한 긴장으로 숨이 멎을 듯했다. 현수는 점점 쥐가 난 종아리의 고통이 사타구니 쪽으로 타고 올라오자 입술을 꾹 깨물었다.

갑자기 사내는 박장대소를 하며 그의 어깨를 툭 쳤다. 그와 동시에 현수의 발이 한걸음 뒤로 물러나며 굳었던 다리 근육이 풀리기 시작했다.

"맹랑한 녀석이구나. 그래, 네놈이 원하는 것이 무엇이더냐?"

"제가 그 발쇠꾼 노릇을 하면 안 되겠습니까? 전 저자에서 먹고 산 놈이라 그런 짓은 눈감고도 할 수 있습니다. 기방 조방꾼의 잔심부름질도 다 제가 했지요."

"왜 내가 그래야 하느냐?"

사내의 질문에 현수는 말문이 막혔다. 꿈에라도 저주하며 싫어하던 아버지였지만 순간 모든 것이 저어되었다. 망설이는 그를 보던 사내의 눈에 묘한 살기가 서렸다.

"왜? 돈 때문이더냐? 아니면 다른 사연이 있더냐? 니놈이 이리 죽기 살기로 나를 쫓아온 것을 보니 대충 작정하고 온 것이 아니로구나."

사내는 현수 앞으로 바짝 다가붙었다. 현수는 숨통이 조여 오는 듯 호흡이 가빠 왔다. 마치 맹호를 마주한 것처럼 온몸을 잠식하는 쭈뼛한 한기에 입안이 바짝 타들어 갔다.

"말해. 천한 목숨 바로 끊어주기 전에."

현수는 눈을 한 번 감았다 뜨며 숨을 들이켰다.

"그 사람이 잘되는 것이 싫습니다."

의외의 답에 사내는 당황한 듯 다가온 걸음만큼 뒤로 물러났다. 기 싸움에서 이긴 현수는 온몸이 허공에 나불대는 나비처럼 가벼워졌다. 어색한 얼굴로 자신을 쳐다보는 사내를 향해 그는 천진한 어린 아이처럼 웃었다.

"네, 잘되는 것이 싫습니다. 보아하니 나으리께서도 그러신 것 같사온데, 도와드릴 테니 이제 그 갱충맞은 반편이한테 헛돈을 쓰시지 말고 차라리 저한테 그 돈을 배로 주십시오. 허면, 원하시는 바를 빨리 이루어 드리도록 하겠습니다."

"힘들지 않더냐? 미안하구나. 귀하디귀한 외동딸한테 이런 일이나 시키고."

"어쩔 수 없는 일이잖아요? 아버지 조수가 일을 관두었으니 저라도 도와드려야지요."

　정호는 혼기를 넘긴 딸을 가석한 얼굴로 바라보았다. 제대로 해 준 것도 없는데 아버지에게 제 발로 찾아와 뜻을 같이하는 딸을 볼 때마다 죄스러운 마음이 들어 감히 고개를 들 수 없었다. 혼기가 지나 스스로 머리를 올린 모습을 처음 본 날, 그는 측간으로 가서 소리 없이 울었다. 곱디고운 손이 거친 각자일로 생채기가 나서 이젠 사내 손인마냥 가슬가슬했다.

　"우리 월희, 좋은 혼처자리 구해 주어야 하는데. 어찌 하누?"

　"그깟 시집가서 뭐해요? 평생 지아비 밥이나 해 주고 자식 기르느라 좋은 시절 다 가 버리잖아요? 남들처럼 궁하게 살며 아웅다웅하는 것보다 차라리 이리 아버지 옆에서 같이 일을 하는 게 좋아요. 그리고 도첩이 하나씩 완성될 때마다 얼마나 뿌듯하다고요."

　정호는 딸의 어깨를 어루만지며 곳간에 쌓이는 쌀가마니처럼 차곡차곡 쌓이는 '동여도'를 뒤돌아보았다. 이제 거의 다 이룬 것이었다. 저 한 봉우리만 넘으면 그가 그토록 소망하던 태산의 꼭대기에 설 수 있었다.

　"그런데 아버지. 이번 '동여도'는 지난번 지도와 좀 다르게 많이 고치셨더라고요. 해안선도 갈수록 단조로워지고요. 왜 그러신 건가요?"

　"이제 곧 '동여도'가 끝나면 목판본 지도를 준비해야 한다. 내 나이가 거의 이순이 다 되어 가지 않더냐? '동여도'를 기본으로 만드는 지도가 마지막 지도가 될 듯하여, 다른 지도와 지리지를 보고 다 정리한 것이지. 목판본에는 모든 것이 다 들어갈 수가 없단다. 너도 알다시피 목판으로 각자하는 것은 섬세한 붓으로 필사하는 것과 다르지 않더냐? 그래서 꼭 필요한 것들만 발췌해야 하는 것이지."

"목판본이라. 더 많은 사람들이 아버지의 지도를 볼 수 있도록 하시려는 거네요? 생각만 해도 설레네요."

설레는 것은 월희뿐만이 아니었다. 정호는 어느 때부터인가 매일 하루를 시작할 때마다 마음이 남달랐다. 누군가가 알아주기를 바라며 시작한 길은 아니었지만 한 사람이라도 자신의 마지막 꿈이자 희망이었던 이 지도를 가지고 보다 나은 삶을 살 수 있다면 지금 죽는다고 해도 여한이 없었다.

그는 '동여도' 한 첩을 양옆으로 길게 폈다. 얼기설기 맞물렸던 씨줄과 날줄이 이제 제법 촘촘하게 얽혀 하나의 완성된 모양을 이루어가고 있었다. 산줄기 하나, 물줄기 하나마다 그의 고혈이 맺히지 않은 곳이 없었다. 이것은 그의 삶 자체이자 그 자신이었다.

'그래, 나의 모든 것이지. 내 목숨과 맞바꾼 내 모든 것이야.'

"더 주셔야 하는 것이 아닙니까?"

현수는 두둑한 엽낭 두 개를 손에 들더니 다시 책상 위에 내려놓았다. 이지헌은 어이가 없는 듯 픽 웃더니 책상을 뒤집어엎었다. 그는 단숨에 달려들어 족제비 같은 건방진 사내의 멱살을 그러쥐었다.

"네놈이 죽고 싶은 것이더냐?"

"죽여 보십시오. 허면, 나으리도 원하시는 바를 이루실 수 없습니다."

"이놈이……."

비굴한 발쇠꾼은 실실 웃으며 부들부들 떠는 이지헌의 손을 억지로 떼어놓았다. 맨드리를 살피며 현수는 방바닥에 나뒹구는 엽낭들을 주워들었다.

"다음번에 이번에 못 주신 것까지 챙겨 주십시오. 그렇지 않으면 이제 참지 않고 포청에 가서 모든 것을 고해 버리겠습니다."

"네놈이 그러지 않아도 다 알아낼 수 있느니라. 건방떨지 말거라."

약삭빠른 사내는 겁도 없이 연초 쌈지를 꺼내 단죽에 채우고는 부싯질을 했다. 이지헌의 눈 밑이 실룩거렸다. 이 사내는 여태껏 발쇠꾼을 했던 놈들과 달리 배짱도 부리며 담대한 놈이었다. 엽전 몇 푼만 쥐어 줘도 모든 것을 다 얻었던 그는 저 모도리 같은 놈을 만난 뒤부터 엄청난 돈을 쥐어 주며 김정호에 대한 근황과 지도에 대한 새로운 사실을 가뭄에 콩 나듯 감질나게 얻어야 했다.

"다시는 오지 말거라. 나도 지치는구나. 어서 가 보거라."

"저런 저런. 벌써 포기하신 것입니까? 김정호는 벌써 필사본을 다 끝내고 목판본을 준비 중이라고 들었습니다. 아, 그리고 얼마 전에는 주상 전하의 아버지이신 대원군의 총애를 받으시는 금위대장께서도 다녀가셨다지요? 쯧쯧, 조금만 더 가시면 되는데. 아쉽습니다."

현수는 곰방대를 뻐끔거리며 자리에서 일어섰다.

"서거라. 방금 목판본이라고 했더냐?"

"뭐 그 딸내미가 그렇다고 합디다. 피붙이가 말했으니 사실이겠지요. '동여도' 스물세 첩을 다 완성했다고 하더군요. 여태껏 만든 것 중 제일 정확한 것이라고 합니다. 그것을 바탕으로 '대동여지도' 목판본을 만들 계획이라고 하더군요."

이지헌은 어금니를 꽉 깨물었다. 그러고는 문갑을 열어 엽낭 두 개를 가린스러운 발쇠꾼 발아래 집어던졌다. 현수의 입가에 희미한 미소가 감돌았다.

"이런, 너무 무리하십니다."

교서관 판교는 엽낭을 집어 드는 현수를 죽일 듯이 노려보았다. 무릎 위에 올려진 두 주먹이 부들부들 떨고 있었지만 그는 억지로 분기를 가라앉히며 침착함을 유지하고 있었다.

"더욱 상세히 보고 나에게 하나도 빠짐없이 고하거라. 김정호가 보는 지도와 지리지가 어떠한 것이고 어떻게 일을 하는지. 마치 네 말을 듣고 우리가 지도를 만들 수 있도록 꼼꼼하게 살피란 말이다. 만약 네놈이 이번에 제대로만 일을 해 준다면 그깟 여리꾼 일 따위는 안 해도 될 만큼 뒤를 살펴 주겠다."

금위대장은 각자하고 있는 목판 하나를 들었다. 그저 평범한 나무판 위에는 반 정도 붓으로 그린 듯한 산줄기와 물줄기가 구불구불한 자태를 뽐내며 달려가고 있었다.

"자네 각자 솜씨는 알아줘야 하네. 하긴 한성 바닥에서 알아주는 솜씨이니 어련하겠나? 지도 말고 각자 일만 했으면 아마 많은 돈을 벌었을 걸세."

"그리하면 나으리를 뵙지도 못했겠지요. 마음에 드십니까?"

"마음에 들다마다. 이보게 성환, 그리고 혜강 선생. 그대들도 대단하다고 생각하시지 않소?"

평상에 앉아 목판을 들여다보는 성환과 한기는 신헌의 말에 대답대신 웃으며 고개를 끄덕였다. 상투를 틀기 전부터 만났던 지기들의 머리에는 어느덧 하얀 눈에 물을 들인 듯 백발로 뒤덮여 있었다. 다시 만날 때마다 깊이 팬 주름이 몇 개씩 더 늘어나 있는 그 얼굴들에는 정호와 같은 희망도 깊이 서려 있었다. 오랜 세월, 작은 가슴으로 품은 그 광활한 꿈에 동참한 이들은 많은 것을 같이 이루어 냈다. 새로운 지도와 지리지를 만들어 낼 때마다 원대한 꿈의 봉우리에 더욱 바짝 다가간 그 희열에 서로의 손을 잡고 환호했다. 이제 얼마 남지 않은 영광의 그 순간을 위해, 이 고마운 이들을 위해서라도 정호는 잠자는 시간과 먹는 시간까지 쪼개어 가며 최선을 다하고 있었다.

"이번에 만들어진 목판본을 대원군께 보여 드릴 것이네. 아무리 쇄국으로 일관하신다고는 하나, 군현도를 정리하여 진상하라고 하실 정도로 각별히 관심을 기울이시고 계신다네. 백원, 자네 고생길이 이제 얼마 남지 않았네."

신헌의 말에 정호는 옆에서 묵묵히 각자를 하고 있는 딸을 바라보았다. 어느새 딸의 얼굴에도 잔주름이 하나둘씩 생기기 시작했다. 그 좋은 시절을 아버지 옆에서 다 보내고도 이리 끝까지 같이하는 딸이 고맙고도 한없이 미안했다.

성환은 목판본을 들어 살펴보더니 미간을 찌푸렸다.

"헌데, 백원. 좀 다르구먼. 기호들도 단순해지고 목록첩을 각자하지 않았어. 산줄기의 모양도 필사본과는 많이 틀리구먼. 마치 먹물이 퍼져 나가는 듯 그리 묘사한 연유가 무엇인가? 너무 단순하구먼."

"목판본은 필사본과 달리 먹을 묻혀 찍어내야 합니다. 헌데, 똑같이 필사본과 만들어 버리면 제대로 찍히지를 못하지요. 해서 그리 표현한 것입니다."

"조금은 아쉬우이. 필사본처럼 더욱 세세한 것들까지 볼 수 있으면 좋겠는데. 어찌 '동여도'에 그 많던 것들도 보이지 않는구먼. 나처럼 자네의 고생을 보아 온 입장에서 많이 아쉽구먼."

정호는 성환의 말에 그저 웃을 뿐이었다. 그의 말이 옳았지만 그리 할 수는 없었다. 평생 자신이 원하는 지도보다는 사람들을 위한 지도를 만들어 온 그였다. 자신의 솜씨를 뽐내는 업적보다는 사람들의 삶을 보다 편하게 만들어 주는 도구로서의 지도를 만들고 싶었다.

정호는 고개를 들어 유백색 하늘 저편에서 희미하게 빛나는 송화빛 태양을 바라보았다. 마치 얼마 남지 않은 '대동여지도' 목판본의 완성처럼 구름 속에 가려진 태양 또한 곧 이 겨울이 지나면 봄을 맞이하여 그 강한 기운을 마음껏 뽐내며 비출 것이었다.

그는 난생 처음으로 부푼 가슴속에 희망이라는 것을 품었다. 절망과 외로움의 시간 속에서 한 번도 떠올린 적이 없던 그 말을 감히 마음에 품었다. 더 많은 이들이 자신의 꿈으로 기쁘게 웃을 수 있는 그날이 올 것이라 확신하는 그 두근거림으로 정호는 어린아이처럼 즐겁고 참으로 기뻤다.

"다 완성되었더냐?"

이지헌은 말끔하게 각자된 목판과 지도를 들고 비교하며 살펴보았다. 어젯밤 강대수가 조정 대신들의 이야기를 전해 주었지만 그는 한숨도 잘 수 없었다.

솜씨 좋은 화공들과 무관, 풍수가들까지 동원되어 만들어진 그의 관방도는 그 어디에도 비할 바 없이 완벽했다. 화려한 색채로 그려진 필사본 지도는 보는 이들마다 찬을 하며 혀를 내둘렀다.

그러나 그는 결코 만족할 수가 없었다. 모두가 최고라고 갈채를 보내는 그의 지도는 양반들만 인정할 뿐이었다. 어느 날, 저자에 나가 몰래 보부상을 불러와 김정호의 '동여도'와 자신이 만든 지도를 보여 주며 아무것이나 선택하라고 했다. 보부상은 전혀 망설임 없이 화려하고 날렵한 붓놀림으로 그려진 멋들어진 지도보다 소박하고 단순하게 그려진 그 밉살스러운 경쟁자의 지도를 선택하였다. 너무도 분하여 대문 밖으로 나서는 보부상을 붙들고 연유를 물으니, 봐도 헷갈리는 거추장스러운 장식만 가득 담긴 지도는 필요 없다고 귀찮게 내뱉었다.

분했다. 참으로 분했다. 오랜 세월, 그리 악다구니를 쓰며 쫓아갔지만 도저히 그를 따라갈 수가 없었다. 도대체 그 무엇이 아무리 쫓아도 넘어설 수 없는지 알 수가 없었다.

이지헌은 지도를 내려놓았다. 분명 내일 조정 대신들이 택할 지도는 어떤 것인지 알고 있었지만 전혀 기쁘지 않았다. 이 더럽고도 씁쓸한 기분은 아무리 뿌리치려고 해도 발꿈치에 들러붙은 그림자처럼 떨어지지 않았다.

"참으로 모를 일이야. 어찌 이리도 마음이 불안하고 흡족하지 않은지. 정호, 자네는 그 연유를 알고 있는 것인가?"

미망의 미소

"아직도 아니 오신 것인가?"

사립문 밖에서부터 발을 동동거리며 살피던 성환을 보며 한기는 연신 한숨을 쉬어 댔다. 벌써 유시가 다 되어 가건만 금위대장의 그림자조차 보이지 않았다. 애써 태연한 척했지만 정호는 자신을 죄여 오는 불안한 직감에 두 손을 만지작거리며 숨소리를 고르고 있었다.

한식이 지나 불어오는 춘풍은 보드랍고도 매끄러운 청포전의 비단 같았다. 허나, 목 언저리를 간지럽히며 가살을 떠는 산들바람의 장난질에 그 누구도 웃음으로 화답하는 이는 없었다. 야천의 반짝거리는 별들은 심술궂은 구름의 방해질로 하나도 보이지 않아 답답한 마음을 가눌 곳 하나 없었다.

"아마 축하주를 가지고 오시느라 늦으시겠지. 그리 훌륭한 지도는 내 본 적이 없다네. 백원, 참으로 수고 많았네. 월희야, 너도 애썼다."

성환은 미간을 찌푸리고 평상에 앉은 정호 부녀를 위해 일부러 어색하게 웃어 댔다. 하지만 그 누구도 성환의 말에 맞장구를 치며 기쁘게 웃지 않았다. 월희는 초조한 듯 계속 입술만 깨물어 대며 아버지의 낯빛만 살필 뿐이었다.

"대감, 오셨습니까?"

한기의 반가운 외침에 모두들 일어나 사립문 밖을 바라보았다. 붉은 구군복을 입은 금위대장은 그 차림새에 걸맞지 않게 축 처진 어깨로 천천히 걸어 들어오고 있었다. 그 뒤를 따르는 말구종이 짐수레에서 꽁꽁 묶여진 도첩과 목판들을 끌어내렸다. 자신만을 쳐다보는 이들과 감히 눈을 마주치지 못하는 신헌은 비복에게 평상 위를 가리켰다. 성환은 비복이 차곡차곡 내려놓는 도첩들과 목판본들을 보며 홍안이 된 채 평상에 걸터앉는 신헌에게 다가갔다.

"어찌 된 것입니까? 대원군께서 '대동여지도'를 보셨습니까? 보시고는 뭐라고 하시던가요?"

봇물처럼 쏟아지는 그의 질문에 신헌의 얼굴은 더욱 어두워졌다. 성환은 답답한 듯 그의 곁에 다가붙어 계속 캐묻기 시작했다.

"어찌하여 저 도첩들이 다시 돌아온 것입니까? 혹여 천한 백성이 만든 것이라고 하여 보시지도 않은 것입니까? 대체 어찌된 것입니까?"

한기는 성환의 팔을 잡아끌며 고개를 흔들었다. 지기들은 패장처럼 앉아 있는 금위대장보다 오랫동안 고독한 싸움으로 저 위대한 업적을 일구어 낸 오늘의 주인공을 바라보았다. 애가 타 어찌할 줄 모르는 그들과는 달리 정호의 얼굴은 평온해 보였다. 그는 자리에서 일어서더니 신헌의 앞으로 다가가 두 손을 모으고 절을 하였다.

"대감의 보살핌으로 원도 없이 좋은 서책들을 보며 이리 제 소원을 이룰 수 있었습니다. 다시 한 번 이리 모자란 제게 크나큰 선물을 안겨 주셔서 고맙습니다, 대감."

"이러지 말게, 백원!"

신헌은 자리에서 일어나 정호를 일으켜 세웠다. 얼굴에 수심이 가득한 금위대장과 달리 백발이 다 된 각수의 얼굴은 밝게 미소 짓고 있었다. 신헌은 그저 그의 까칠한 두 손을 부여잡으며 고개만 떨굴 뿐이었다.

"제 지도를 보여 드렸다는 것보다 전 이리 제가 백성을 위해 보기 쉽고 보급하기 쉬운 지도를 원도 없이 만들었다는 것이 기쁩니다. 대감, 절대 심려치 마십시오. 어차피 제가 만든 '대동여지도'는 백성들을 위한 삶의 도구였습니다."

곁에서 지켜보던 월희는 차마 마음을 추스르지 못하고 울음을 터뜨리고 말았다.

"정말 너무합니다. '대동여지도'는 아버지의 일생을 다 바친 고혈로 이루어진 필생의 업적입니다. 아버지뿐만 아니라 어머니와 저의 눈물까지 바친 지도입니다. 근데, 어찌 그리 말씀을 하시어요!"

"월희야!"

"나으리, 어찌된 것입니까? 어찌하여 아버님의 지도가 여기 있는 것입니까?"

울부짖는 정호의 딸을 보자 신헌은 답답한 듯 크게 날숨을 내쉬었다. 성환과 한기 또한 그를 아련한 눈빛으로 바라보고 있었다.

"대원군께서는 보시고 좋다고 하셨네. 이리 잘 만들어진 지도는 처음이라고 하셨지. 복잡하지도 않고 현란하지도 않고 이것만 있으면 어디로든 찾아갈 수 있겠다고 몇 번이고 찬을 하셨다네. 허나, 조정 대신들의 생각은 달랐다네. 모두들 교서관 판교인 이지헌이 바친 관방도를 찬하느라 정신이 없었지. 그 화려한 색채로 뒤덮인 지도는 그림에 불과했다네. 하지만 궁궐과 고래 등 같은 기와집만 오가며 입방아만 찧어 대는 위인들이 어찌 지도를 볼 줄 알겠는가? 백원, 참으로 미안하이. 내가 할 말이 없구면."

신헌의 눈에서 회한의 눈물이 흘러내렸다. 그뿐만 아니라 성환과 한기의 눈시울도 붉어지기 시작했다. 월희는 차마 그 자리에 있지 못하고 뒤란으로 달려가고 있었다. 그러나 딱 한 사람 오늘의 선택을 빼앗긴 당사자인 정호만이 껄껄 웃을 뿐이었다.

"대원군께서 지도를 볼 줄 아십니다. 역시 왕의 부친께서는 안목도 다르십니다. 자, 되었습니다. 이 백원은 어차피 왕에게 진상할 지도를 만든 것이 아니라, 백성들을 위해 만든 것입니다. 자, 모두 웃으세요. 이리 좋은 날 왜 울고들 계십니까?"

어두운 밤, 그림자 하나가 사립문 밖에서 서성이고 있었다. 화려한 유록색 도포를 입고 갓을 뒤집어쓴 젊은이는 아직 질이 나지 않은 가죽신처럼 멋들어진 의복과 어울리지 않았다. 초라한 초가의 좁은 마당에서 꿈을 빼앗긴 개척자들의 허탈한 눈물을 바라보며, 그는 냉소를 머금었다. 한동안 계속 그 가슴 아픈 광경을 바라보던 사내는 뒤돌아섰다.

"우라질, 오늘 따라 더럽게도 어두워 하나도 안 보이네. 왜 이리 도포는 걸리적거리는 줄 모르겠구먼. 저 망할 늙은이가 저리 웃고 있으니 기분이 더 더럽구먼, 더러워!"

"금위대장께서 납시셨군요."

비변사 서고에 서책과 목판을 차곡차곡 정리하던 교서관 판교는 노여운 얼굴로 다가오는 금위대장을 향해 허리를 굽혀 예를 갖추었다. 신헌은 이지헌이 정리하는 서책 하나를 집어 펴 들었다. 화려한 붓놀림과 색채로 단장된 지도는 어색하게 분단장한 여염집 아녀자처럼 쉬이 눈에 들어오지 않았다.

"참으로 잘난 지도일세. 그 색채가 수려하여 나 같은 자는 함부로 볼수 없을 듯하구먼."

"과찬이십니다, 대감."

이지헌은 비소를 지으며 계속 서책을 정리하기 시작했다. 아무렇지도 않은 듯 태연한 그를 보며 신헌의 낯빛은 더욱 어그러졌다. 잠자코 지켜만 보고 있던 무관은 맹호처럼 바짝 다가들었다.

"참으로 실망일세. 이깟 지도 때문에 조정 대신들에게 뇌물을 먹인 것인가? 지도는 김정호에게 삶이자, 모든 것이야. 교서관에서부터 그런 그를 보아 온 자네가 어찌 이런 짓을 꾸밀 수 있는가?"

가린스러운 사내는 냉소를 지은 채 계속 서책 정리를 하고 있었다. 그 모습에 더욱 부아가 치민 신헌의 숨소리가 거칠어지더니 이지헌의 손에서 서책을 빼앗고 그의 팔을 부여잡았다.

"말해 보게. 어찌 그리하였는가?"

"알고 싶으십니까?"

이지헌은 돌아보지도 않은 채 대답했다. 기고만장한 모습을 지켜보는 신헌은 주먹을 꼭 쥔 채 입술을 깨물었다.

"그가 나보다 나아지는 것이 싫습니다. 교서관에서부터 내 자리를 위협하는 그 어린 각수놈이 참으로 마음에 들지 않았더랬지요. 하루하루가 지날 때마다 일취월장하는 그를 보며 차라리 이 세상에 없었으면 하고 매일매일 바랐다면 믿으시겠습니까? 교서관 밖으로 쫓아내고 나서도 다시 돌아올까 늘 노심초사했었지요. 왜냐면 그 사람의 타고난 명민함과 재주를 잘 알기 때문입니다."

"어찌 그리 못난 생각을 하시는가? 백원은 부귀영화를 탐하는 자가 아니야. 오로지 백성들을 위해 지도만 그리는 솔봉이처럼 소박한 이라네. 그건 그 사람을 겪어본 자네가 더 잘 알지 않는가?"

이지헌은 서책을 내려놓고 뒤돌아보았다. 기뻐해야 할 그의 얼굴은 슬퍼 보였다. 모든 것을 거머쥔 승자가 아니라 모든 것을 빼앗긴 이처럼 분노로 일렁이는 두 눈에서는 황폐함마저 느껴졌다.

"더 잘 아니 싫었지요. 아무리 최고의 화공과 풍수가, 무관을 데리고 만들어도 그가 만드는 지도보다 훌륭하지 않았으니까요. 장사를 하는 보부상들도, 천하디 천한 비자들까지 하나같이 그놈이 만든 지도를 택했습니다. 제가 얼마나 비참했는지 모르실 겁니다. 결코 따라갈 수 없는 그의 재주와 혜안에 난 평생 절망하며 살았습니다."

홍안이 되어 눈 밑이 파르르 떨리는 판교의 얼굴은 가련할 정도로 초라해 보였다. 거짓 승리에 자신을 단장했건만 변하지 않는 진실에 치욕스러워 하는 그는 결코 행복한 승자가 아니었다.

"참으로 딱하네. 그리 자신의 마음을 속이고 살면 위안이 되는가? 잘 계시게. 앞으로도 비굴하게 얻은 그 거짓 기쁨이 얼마나 오래가는지 내 지켜봄세."

신헌은 뒤돌아섰다. 그러고는 계속 걸어갔다. 서고의 문으로 가까이 다가갈수록 흐느끼는 소리가 들려왔다. 밖에서 문을 닫자 안에서는 탐욕으로 일그러진 한 사내의 고통으로 가득 찬 포효성이 서고 안을 울려댔다.

"그래, 지켜봐. 지켜보라고! 절대 그깟 놈이 칭송받는 일 따위는 내 생전에 없어. 없다고!"

달콤한 미풍이 춘삼월 용두리에서 이리저리 밤마실을 즐기며 돌아다니고 있었다. 하나둘씩 집집마다 불이 꺼지기 시작했다. 고단한 하루를 좁디좁은 방 안에서 마무리하며 사람들은 오늘도 그렇게 힘든 하루를 보내고 있었다.

그러나 단 한 집만이 끝까지 불을 끄지 않고 이 밤을 밝히고 있었다. 다 헤진 문풍지에는 나이든 아버지와 딸이 말없이 서로를 마주보며 앉아 있는 그림자가 어우러졌다.

정호는 계속 쓰고 있었다. 목판본 도첩인 '대동여지도'와 최성환과 같이 만들었던 '여지도서'와 함께 다른 지리지를 펴서 이리저리 비교하는 그는 그 어느 때보다 평온해 보였다. 옆에서 먹을 갈던 월희는 그런 아버지의 모습이 가슴 에려 차마 볼 수가 없어 치맛단으로 눈물을 찍어냈다.

"이제 그만하셔요. 누구도 보아주지 않는 길을 왜 계속 가려고 하십니까?"

그러나 정호는 계속 서책들과 도첩을 비교하느라 여념이 없어 보였다. 가슴이 터질 것 같은 딸은 아버지에게 다가가 억지로 보고 있던 서책들을 덮어 버렸다.

"월희야."

"그만하세요. 다시는 지도 따위 만들지 마세요! 아버지, 이제라도 우리 마음 편하게 살아요. 각자일 하며 다른 사람들처럼 맘 편히 살자고요."

정호는 딸의 두 손을 다감하게 어루만지고는 다시 서책들을 펴고 하던 일을 계속하기 시작했다. 어이없는 듯 아버지의 모습을 지켜보던 월희는 아랫입술을 파르르 떨며 자리에서 벌떡 일어났다.

"이리 보고 있으니 마음 아파 죽겠어요. 정말 너무하셔요, 아버지! 제 혼기까지 넘기며 아버지를 도왔어요. 이제 아버지 곁에 남은 피붙이는 저 하나뿐이에요. 제발 남은 생 동안 저하고 재미나게 살아요!"

"월희야. 난 그저 지도를 만드는 것이 좋은 거란다. 허니 그리……."

딸은 얼굴을 두 손으로 감싸며 밖으로 뛰쳐나갔다. 달짝지근한 봄바람이 방 안 가득히 들어와 불빛을 흔들어 놓았다. 좁아서 겨우 앉을 것 같은 방 안에 커다란 그림자가 마구 흔들렸다. 갑자기 휑한 방 안에 앉아 있는 늙은 사내는 입술을 꾹 다물고 목구멍에서 솟아오르는 뜨거운 것을 억지로 삼켜 버렸다.

서책을 보니 자꾸 눈앞이 뿌옇게 보였다. 눈을 질끈 감아 봤지만 계속 눈자위가 뜨거워지며 눈꼬리에서 무언가가 흘러나와 뺨 위를 타고 내려갔다. 어느새 두 뺨이 축축하게 물기로 가득 적셔지고 있었다. 얼굴 가득히 물기가 뚝뚝 떨어지자, 정호는 견디지 못하고 목구멍에서 꾹꾹 누르고 있던 그것을 입을 열어 내뱉었다.

"아흑……."

짧고도 깊은 탄식과 함께 정호는 옆에 세워 둔 목판 위에 엎드려 서럽게 그리고 구슬프게도 울었다. 아무리 울어도 눈물이 멈추지 않았다. 육십 평생을 오롯이 바친 이 길은 가린스럽게도 세상은 절대 살펴 주지 않았다. 외롭고도 고독했던 여정, 그는 이제 마지막 한 걸음도 내딛기가 힘들었지만 멈출 수가 없었다. 이것이 자신의 숙명이었고 또 헤쳐 나가야 할 자국길이었다. 그 누구도 청하지 않았던 슬펐던 고행길. 이 길의 끝에 서서 그는 안간힘을 다하고 있었다.

어깨를 들썩이며 흐느끼는 사내 옆에 서책 몇 권이 나뒹굴고 있었다. 아련하고도 아픈 이름 중의 하나가 표지 위에 적혀 있었다. '대동지지'.

그가 스스로 오롯이 혼자서 만들어 나가야 할 또 다른 후미진 푸서리길

이었다.

五장 암울한 희망

1894년 11월 21일 오전 6시, 중국 여순항 근교 일본군 막사.

야마지 모토하루는 담배를 껐다. 방금 불을 붙여 입에 물었지만 피울수록 쓴맛이 입안에 감돌았다. 아키야마 요수히루 소좌가 토성자에서 고전을 면치 못하자, 급히 제2군 1사단을 이끌고 잠도 자지 않고 요동 반도까지 달려왔다.

"긴장되십니까?"

종군기자 도포 쿠니키타가 싱겁게 웃으며 시원하게 담배 연기를 뿜어냈다. 회백색 안개로 덮인 여순항은 이상하리만큼 고요했다. 야마지 모토하루는 냉혹한 얼굴로 그 모든 광경을 두 눈에 담아내고 있었다. 쿠니키타는 호기심 어린 눈빛으로 계속 지켜보았다.

"이제 거의 다 왔는데, 어떻게 개선가를 부르실 요량이십니까?"

비아냥거리는 종군기자의 말에 일언반구도 없이 야전사령관은 뒤돌아 연병장으로 향하였다. 이만 명 이상의 젊은이들이 오랜 구보로 지쳐 피폐한 얼굴로 힘없이 서 있었다. 온기 가득한 열도의 대기에만 단련된 그들은 스치기만 해도 살을 베일 듯한 북녘 한풍이 몸서리나도록 싫었다.

야마지 모토하루의 한쪽 입가가 경미하게 실룩거렸다.

"오늘은 전우에 대한 복수의 날이다! 그간 저 극악무도한 청나라 놈들이 우리 전우의 주검을 훼손하고 숨이 붙어 있던 전우를 태워 죽여 대일본 제국을 욕보여 왔다. 머리를 잘라 개에게 던져 주거나, 배를 갈라 그 창자를 씹어 먹었다고 한다. 이것은 얼마 전 치룬 토성자 전투에서도 마찬가지였다. 이러한 모욕을 그대로 가지고 귀국할 수 없다. 제군들이여, 오늘은 적의 피를 실컷 마시자! 가거라, 어서 가서 이 여순항에 남아 있는 청나라 놈들의 씨를 말려 버려라!"

허수아비마냥 축 늘어져 있던 청년들은 야전사령관의 말을 듣고 시간이 갈수록 야수처럼 눈을 번득이며 숨을 몰아쉬었다. 총을 잡은 손에 더욱 힘이 들어가며 다 터진 입술은 꾹 깨물어 피가 새어나왔다. 그들은 앞서 고통스럽게 죽어 간 전우들의 참상을 떠올렸다.

"죽이자! 죽이자! 더러운 청군놈들을 모두 쓸어버리자!"

어디선가 들려오는 소리에 젊은이들은 누구랄 것 없이 허공으로 주먹을 찔러 대며 합창했다. 각양각색의 외모를 지닌 이들이었지만 그들의 모습은 마치 한 사람이 하는 것처럼 흐트러짐 하나 없었다.

"죽이자! 쓸어버리자! 전우의 원수를 갚자!"

발바닥에서 한기가 느껴질 정도로 대지가 데워지지 않은 초겨울의 이른 아침, 일본군의 연병장에서는 소름끼치는 합창 소리가 울려 퍼졌다. 피의 서막이었다. 그것은 무고한 이들의 죽음을 알리는 피의 서막이었다.

오늘은 여순항에 해가 떠오르지 말아야 했다. 모든 생명체가 깨어나 살아 숨 쉬어야 할 시간 동안 여순에서 흘러나온 수많은 이들의 핏방울은 수원을 이루어 점점 물줄기가 굵어져 도시를 휘감아 돌아 적시다 못해 바다까지 흘러내리고 있었다.

"사, 살려주세요. 제발! 제발 이 아이만은 죽이지 마세요!"

젖먹이를 안고 맨발로 도망가는 한 젊은 여인을 두 눈이 충혈된 야수두 마리가 쫓고 있었다. 길거리에 널린 시체 위에 넘어진 여인은 다시 일어섰지만 주변을 적시는 핏물에 다시 미끄러졌다. 여인은 백짓장 같은 얼굴에 눈물을 흘리며 사정하였지만 극악한 괴수들은 여인의 가느다란 목덜미와 복부를 사정없이 총검으로 몇 번이고 찔러 대었다. 숨이 끊어질 때까지 여인은 아이를 부둥켜안고 웅크리고 있었다. 복부가 드러나 장기가 다 보일 때까지 난도질을 한 야수들은 여인의 몸을 뒤집어 두려워 울고 있는 젖먹이를 향해 거침없이 총검을 내려쳤다. 한 번의 난도질로 세상에 제대로 피워 보지 못한 꽃이 저버렸지만 자그마한 몸뚱이가 남아나지 않을 때까지 몇십 번을 내리치고 또 내리쳤다.

1894년 11월 23일 저녁 5시, 중국 여순항 중국 육군대장 막사.

야마지 모토하루는 연병장에 늘어서 있는 이만 명의 인간병기들을 흡족하게 바라보았다. 삼일 동안 피로 배를 불린 야수들은 영혼 없는 눈빛으로 극악무도한 그들의 우두머리를 올려다보았다.

군악대에서 개선행진곡이 울려 퍼졌다. 야마지 모토하루는 한쪽 손을 높이 처들었다.

"대 일본 제국 만세! 만세! 만세!"

그가 손을 내림과 동시에 연병장에 서 있는 이만의 야수들 또한 합창으로 따라 했다. 감개무량한 야마지 모토하루는 이제 두 손을 번쩍 들고 소리쳤다.

"대 일본 제국 만세! 만세! 만만세!"

그와 함께 이만의 인간병기들은 똑같이 만세 삼창을 끊임없이 외쳤다. 군악대에서는 개선행진곡에 이어 기미가요가 흘러나왔다. 누가 시키지도 않았는데도 인간 도살자들은 지옥에까지 닿을 정도로 소리 높여 환희에 들뜬 승전가를 불러 댔다.

도포 쿠니키타가 연신 사진을 찍어 대더니 손으로 코를 막으며 인상을 찌푸렸다. 옆에 서 있던 그의 조수가 손수건을 건넸지만 고개를 흔들었다.

"아무리 콧구멍을 틀어막는다고 해도 소용없네. 삼 일간 흘린 피는 아마 수십 년 동안 이 여순항에 남아 그 비릿한 냄새가 지워지지 않을 테니까."

1895년 4월 17일 저녁 6시, 일본 영사관 내 연회장.

모두들 얼큰하게 취해 조선 기생들을 끌어안고 낄낄대고 있었다. 아직 땅거미가 지지 않은 초저녁이었지만 그 안에 있는 단 한 사람만 빼고 다들 취해 있었다. 이노스케는 아무리 마셔도 오늘은 취기가 느껴지지가 않았다. 그는 경멸스럽게 난장판이 된 연회장을 둘러보았다. 기생들의 저고리를 풀어헤쳐 앙가슴에 얼굴을 비벼 대거나 입을 맞춰 가며, 세상에 하나밖에 없다던 대 일본 제국의 자랑스럽다던 장교들은 난봉꾼처럼 흐트러져 추태를 부리고 있었다.

오늘은 칠 개월간의 지리한 전쟁이 마무리되어 양국 간에 조약이 체결된 뜻깊은 날이자, 조선 땅이 완벽하게 청의 간섭에서 벗어난 날이었다. 그러나 조선인에게 오늘은 더 큰 족쇄를 채우는, 떠올리기도 싫은 어둠의 시작이었다. 그것은 또 수십 년간의 고통스러운 지옥의 암굴 속으로 들어가는 슬픔의 초야나 마찬가지였기 때문이었다.

이노스케는 연회장 한가운데의 흰 천으로 덮인 긴 테이블 위에 올려진

'대동여지도' 북녘 땅을 아련하게 바라보았다. 여기저기 일장기로 상징화된 표식으로 난잡하게 장식되어 있는 그 모습은 전아한 기품을 갖춘 음전한 여인이 나락으로 떨어져 만신창이가 된 비참한 모습과도 같았다. 이노스케는 숨을 쉴 수 없을 정도로 가슴이 옥죄였다. 내일부터 저 지도를 갈기갈기 찢어발겨 야욕의 희생물로 만들어야 했다. 저 위대한 정신이자 한 시대의 업적을 타락시켜 사정없이 진흙탕 속에 굴리고 또 굴려 대야 하는 자신의 처지가 대죄를 지은 범죄자처럼 수치스럽고 한스러웠다.

넓은 연회장 유리창 밖에서 마지막으로 타오르는 모닥불처럼 서편에서 붉게 타오르며 기울고 있는 저녁 햇살이 비춰 들어왔다. 붉은 선혈 같은 그 햇살은 처량하게 누워 있는 한 사내의 삶이자 꿈이었던 마지막 지도를 어루만지고 있었다. 깔깔대며 취기에 허우적거리는 장교들의 난잡하고 어지러운 웃음소리가 더욱 커져 갔다. 점점 사그라지는 저녁 햇살을 끝까지 붙드는 듯, 테이블 위에 올려진 고독하고도 위대했던 한 남자의 원대한 꿈은 그렇게 희망만을 고이 간직한 채 눈물을 삼키며 암울한 시대의 서곡을 듣고 있었다.

〈참고문헌〉

김기혁, 2007, 우리나라 고지도의 연구 동향과 과제, 한국지역지리학회지, 13(3).

배우성, 대동여지도 연구의 쟁점과 과제, 한국과학사학회지, 28(1).

양보경, 2001, 고산자 김정호의 지리지 편찬과 그 의의, 고산자 기념사업 연구 용역 논문 집, 국립지리원.

이기봉, 2003, 동여도 해설, 동여도, 서울대학교규장각.

이기봉, 2004, 김정호의 〈청구도〉 제작과정과 지도적 특징에 관한 연구, 대한지리학회지, 39(3).

이기봉, 2005(a), 〈청구도〉와 〈동여도〉의 지명 위치 비정에 대한 일고찰: 충청도의 해미현을 사례로, 문화역사지리, 17(1).

이기봉, 2005(b), 김정호의 〈동여도〉 제작 시기에 대한 일고찰, 문화역사지리, 17(3).

이기봉, 2005(c), 조선지도(규16030) 해설, 조선지도, 서울대학교규장각.

이기봉, 2007, 〈청구도범례〉에 나타난 김정호의 고민과 희망: 지도의 제작과 이용 및 교정 방법, 문화역사지리, 19(1).

이기봉, 2008, 국립중앙박물관 소장, 〈동여〉와 〈청구도〉의 관계에 대한 비판적 재검토, 한국 지역지리학회지, 14(3).

이기봉, 2009, 〈청구도〉 이본 4개 유형의 제작 시기에 대한 검토, 한국지역지리학회지, 15(2).

이기봉, 2010, 〈청구도〉 이본 4개 유형의 지도적 특징과 변화에 대한 연구, 한국고지도연구, 1(2).

이상태, 1999, 한국의 고지도 발달사, 혜안.

이상태, 2005, 해동여지도 해제, 해동여지도 1, 국립중앙도서관.

이찬, 1991, 한국의 고지도, 범우사.

장상훈, 2008, 조선후기 분첩식 대축척 전국지도의 제작과 〈조선도〉, 문황겨사지리, 20(2).

장상훈, 2009, 〈청구도〉 이본 비교 시론, 한국고지도연구 1(1).

한영우 외, 1999, 우리 옛지도와 그 아름다움, 효형출판.